ROSE

Van Ineke Kraijo verscheen eerder bij uitgeverij Mozaïek:
Kate

Ineke Kraijo

Rose

Uitgeverij Mozaïek – Zoetermeer

Voor Cor en Betty, mijn vader en moeder

Bij de productie van dit boek is gebruikgemaakt van papier dat het
keurmerk Forest Stewardship Council (FSC) draagt. Bij dit papier is
het zeker dat de productie niet tot bosvernietiging heeft geleid.
Ook is het papier 100% chloor- en zwavelvrij gebleekt.

FSC
www.fsc.org

MIX
Papier van
verantwoorde herkomst
FSC® C004472

Ontwerp omslag Marleen Verhulst
Foto omslag Chiara Fersini / Trevillion Images
Layout/dtp binnenwerk zetR, Hoogeveen

ISBN 978 90 239 9422 0
NUR 342, 284

© 2013 Uitgeverij Mozaïek, Zoetermeer

www.uitgeverijmozaiek.nl
www.inekekraijo.nl

De handen voor vriendschap
De kroon voor trouw
Het hart voor liefde

DEEL I

MEI 1847

1

Met haar handen op de reling van de 'Mary Elisabeth' staart Kate over zee naar het steeds kleiner wordende stukje land. Ierland, haar land, dat ze nu voorgoed achter zich laat. Ze ziet de grillige kust en de groene heuvels daarachter. Laaghangende wolken raken de hoogste top van de heuvel, de nevelslierten zacht als een lichte streling.

'Kate O'Doherty?'

Kate draait zich om en kijkt recht in een woedend gezicht. Ze houdt haar adem in. Voor haar staat Edward Harrison, de man die haar heeft vernederd en die ze met iedere vezel van haar lichaam haat. Edward vernauwt zijn ogen.

'Wat moet jij hier?'

'Hetzelfde als jij, ik ga naar Amerika.'

Ze kijkt Edward aan. Zijn nette pak van echt schapenwol is versleten en er zit een gat in de neus van zijn rechterschoen, zijn grote teen steekt er doorheen. Ze trekt haar wenkbrauwen op.

'Ik kan me herinneren dat jij zei dat de mislukte aardappeloogst een straf van God was om het Ierse volk te treffen, maar als ik naar jou kijk heeft God de Engelsen ook gestraft.'

Ze beseft dat ze brutaal is, maar hier op dit schip is Edward niet langer haar meerdere omdat zijn voorouders toevallig Engels waren. Edward verschiet van kleur.

'Hoe durf jij zo tegen mij te praten!'

Hij doet een stap naar voren en klemt zijn vingers om haar bovenarm.

'Kate O'Doherty, jij zult nog spijt krijgen dat je een voet op dit schip hebt gezet. De reis naar Amerika is lang en al die tijd zal ik bij je in de buurt zijn, dichterbij dan je eigen schaduw. Je kunt me niet ontlopen en als ik de kans krijg, zal ik je laten boeten. Ik zal je straffen voor alles wat jullie mijn familie hebben aangedaan. Jij en die buren van je!'

Abrupt laat hij haar los, draait zich op zijn hakken om en loopt weg in de richting van het voordek. Met trage bewegingen wrijft Kate over haar bovenarm, waar Edward haar heeft vastgepakt. Ze ademt diep in en blaast dan langzaam en geconcentreerd de lucht uit. Edward Harrison, op hetzelfde schip als zij!

Fergus komt naast haar aan de reling staan en slaat een arm om haar heen, op een vertrouwde vanzelfsprekende manier.

'Laten we samen kijken naar ons land.'

Kate knikt zwijgend. Ze wil dit moment niet laten verpesten door zo'n arrogante Engelsman. Met tranen in haar ogen legt ze haar hoofd op Fergus' schouder en kijkt hoe Ierland kleiner en kleiner wordt. De groene heuvels van Westport lijken vlak te worden. Mijlenver daarachter ligt het dorp dat Kate achter heeft moeten laten nadat *bailiff** Harrison, de vader van Edward, hen uit hun huisje had laten zetten en het had laten platbranden. Edward was erbij geweest. Met een voldane glimlach had hij toegekeken hoe de soldaten alles uit de *bothán*, het kleine huisje, hadden gegooid: stoelen, de tafel, strozakken, zelfs de kookpot en de kruik. Edward had hoog op zijn paard gezeten en triomfantelijk naar de vernielingen van de soldaten gekeken tot Kate woedend op hem af was gestormd. Kate schudt haar hoofd. Nu denkt ze toch weer aan Edward en dat wil ze niet. Ze wil afscheid nemen van Ierland, de aanblik indrinken tot er niets meer van haar land over is dan een klein, groen stipje in het onmetelijke grijsblauwe water dat haar omringt.

'Goedemorgen!' klinkt het opeens luid. 'Mijn naam is Andrew Jordan, kapitein van de 'Mary Elisabeth'. Welkom op mijn schip.'

Kate draait zich om naar de lange man in het donkerblauwe

* Achter in dit boek is een verklarende woordenlijst opgenomen.

uniform. Hij staat wijdbeens op het rollende dek, maar lijkt even stevig te staan als op het land. Alle ogen zijn op hem gericht. Zelfs als hij niet had gezegd dat hij kapitein was, had Kate geweten dat hij de baas van het schip was.

'Ik wil dat u allemaal goed naar mij luistert. We staan aan het begin van de oversteek naar Amerika. Een tocht van 2700 mijl over de Atlantische Oceaan. U zult willen weten hoe lang we er over doen, maar daar kan ik u nog geen antwoord op geven. Dat hangt af van de wind en de tegenslagen die we zullen hebben. Als alles meezit, zijn we over een maand al in Amerika, maar het kan ook twee maanden duren.'

De kapitein zwijgt even alsof hij de passagiers de gelegenheid wil geven dit nieuws te verwerken. Er klinken verschrikte uitroepen, er wordt gesust en gemompeld. Kate zegt niets. Ze probeert zich voor te stellen hoe het is om wekenlang op een schip te zijn met alleen het diepblauwe water om zich heen. Ze heeft nog geen idee waar ze zal slapen, waar ze met haar spullen heen moet. Haar enige zorg was om met haar drie broers en haar geliefde weg te komen uit Ierland, dat al jaren wordt geteisterd door honger en ziekte. Weg van de ellende en vooral, weg van de mensen die haar, Fergus en haar broer Connor zoeken. Ze heeft nooit beseft wat het betekent om wekenlang op een schip te zitten, op weg naar een land dat ze alleen uit verhalen kent, maar dat haar nieuwe thuisland zal worden. De donkere stem van de kapitein vervolgt: 'Ik heb u hier op het achterdek gelaten om een laatste blik op uw land te kunnen werpen, maar nu we onderweg zijn, zult u naar het benedendek moeten. Naast mij is een luik, waardoor u naar beneden kunt. Het benedendek zal de komende weken uw plaats zijn. U vindt daar kooien en u kunt zich daar installeren. Ik hoop dat u beddengoed heeft meegenomen, anders moet u op het stro slapen.'

Kate denkt aan de dikke dekens, de warme kleren en het extra eten dat zij in haar kist heeft zitten. Ze is er dankbaar voor, maar als ze om zich heen kijkt, ziet ze dat zij een van de weinigen is met een kist. Veel mensen aan boord lijken niet meer te bezitten dan de kleren die ze aan hebben, graatmagere, verzwakte mensen in lompen. Toch hebben deze mensen het beter getroffen dan al die duizenden die ze achter hebben gelaten in hun gebroken land. Zij hebben in ieder geval geld voor de overtocht en krijgen de kans om opnieuw te beginnen. De kapitein gaat verder: 'Zoals overal gelden hier aan boord regels. Wie deze regels overtreedt, zal worden gestraft. Ik zal een van u aanwijzen om geschillen te beslechten. Bij ernstige overtredingen zal ik rechtspreken, samen met Jackson, mijn stuurman. In het vrachtruim is een cachot en als het nodig is, kunt u daar voor de rest van de reis worden opgesloten. Als eerste: geen sterke drank! Geen rum, geen whiskey, geen *poitín*.'

Ondanks het strenge gezicht van kapitein Jordan, glimlacht Kate. Het Ierse woord, uitgesproken door een Amerikaan, klinkt heel vreemd. Maar ze begrijpt dat hij geen ander woord zal kennen voor de sterke, Ierse aardappeldrank. Toch snapt ze niet dat dit zijn eerste waarschuwing is. Haar reisgenoten zien er niet uit of ze geld hebben om *poitín* te kopen en dat mee aan boord te nemen. Het is waarschijnlijker dat ze alles wat ze bezaten hebben verkocht voor een reisbiljet.

'Regel twee,' gaat de kapitein verder. 'Er wordt niet gevochten. Als u wapens bij u hebt, kunt u deze inleveren bij Jackson. Ze worden opgeslagen in het vrachtruim en in Amerika krijgt u ze weer terug. Regel drie: geen vuur.'

Met een ruk heft Kate haar hoofd op.

'Geen vuur?' vraagt ze. 'Hoe krijgen we dan licht en warmte? U kunt toch niet van ons vragen om twee maanden in het donker in een hok te gaan zitten?'

Om haar heen wordt instemmend geknikt, maar haar jongere broer Connor legt een hand op haar arm.

'Laat hem uitpraten,' zegt hij zacht.

De kapitein kijkt Kate aan. Ze ziet aan de manier waarop hij haar opneemt dat ze hem verbaast. Natuurlijk weet ze zelf ook wel dat ze er anders uitziet dan de mensen om haar heen. Ze heeft, voordat ze vluchtte met haar broers, een half jaar gewerkt voor lady Evelyn, de vrouw van een landheer. Een half jaar waarin ze goed heeft kunnen eten, fatsoenlijke kleren droeg en zichzelf kon verzorgen. Ook nu draagt ze warme kleren: een wollen onderhemd, een groene jurk en een dikke, gebreide omslagdoek. Ze heeft zelfs kousen en schoenen aan en haar krullende, donkerrode haren zijn verzorgd en geborsteld.

'Beneden zijn olielampen, die wat licht zullen geven.'

De kapitein wendt zich weer tot de groep.

'U kunt hier iedere morgen schoon water komen halen en eenmaal in de week krijgt u een rantsoen scheepsbeschuit. Jackson zal dat straks uitdelen.'

Kate ziet hoe de ogen van een meisje naast haar oplichten. Helderblauwe ogen in een smal gezicht, omgeven door donkerbruin, bijna zwart haar.

'Scheepsbeschuit,' fluistert ze zacht. 'Eten.'

Kate kijkt het meisje aan. Ze schat haar een jaar of dertien, iets jonger dan zijzelf is, maar meteen beseft ze dat het moeilijk is om de leeftijd te raden van iemand, die zo verzwakt is en half verhongerd. Naast het meisje staan twee jongens, een man en een vrouw, waarschijnlijk haar vader en moeder. Even voelt Kate een steek door haar hart gaan, een bijna fysieke pijn. Haar eigen vader en moeder moet ze in Ierland achterlaten. Moeder in een graf bij de kerk in *Ghealcnoc*. En vader... ze heeft geen idee waar vader is en of hij nog leeft. Hij heeft hen in de steek gelaten toen de aardappeloogst voor het eerst mislukte. Hij zei dat hij naar Galway ging om daar als visser te werken en dat hij geld zou sturen, maar dat heeft hij nooit gedaan.

'Kapitein, waar zijn de latrines?' vraagt een kleine, wat oudere vrouw, die aan de andere kant van het achterdek staat. Ze heeft een warme, vriendelijke stem.

De kapitein wijst naar een hoek van het achterdek.

'Die zijn daar. Overdag kunt u er gebruik van maken, maar 's nachts moet u beneden blijven. Ik wil niet dat er in het donker over de dekken wordt gezworven. Daarom zal Jackson straks emmers uitdelen, dan kunt u die 's nachts gebruiken.'

Kate volgt zijn wijzende vinger en slikt. Er zijn vijf latrines voor de honderden passagiers aan boord. En 's nachts zou ze op een emmer moeten gaan zitten, waar iedereen bij is. Ze wil er niet eens aan denken! De kapitein vervolgt: 'Verder gelden alle normale fatsoensregels en wetten die ook op land gelden. Als er geen vragen meer zijn, kunt u nu de trap afdalen naar het benendendek.'

Langzaam schuifelt de menigte naar het luik. Kate loopt mee met de rest van de groep, maar ze voelt een scherpe tegenzin. Ze wil het luik niet door, niet naar het benedendek. Het lijkt haar vreselijk om wekenlang in een ruim opgesloten te zitten. Plotseling hoort ze de stem van de kapitein weer: 'Wacht!'

Met een paar grote stappen loopt hij naar haar toe. Hij pakt haar bij de arm, zacht, maar dwingend. Terwijl hij haar vasthoudt knikt hij naar Connor en Pat, haar broers met wie ze bij lady Evelyn heeft gewerkt.

'Deze drie krijgen de bedden bij het luik.'

Er wordt gemompeld en Kate hoort iemand zeggen: 'Het zullen wel Engelsen zijn. Zelfs op zee krijgen ze een voorkeursbehandeling!'

Kate draait zich om en balt haar vuisten. Ze zal deze mensen vertellen dat zij een van hen is, dat ze weet hoe het is als het hongermonster in je maag nooit slaapt, als je voeten kapot gelopen zijn van de weg naar het grote niets en als al je spieren verkrampt zijn door het slapen in greppels en op stenen. Maar Connor gaat voor haar staan. Rustig zegt hij: 'Wij zijn Iers. We komen uit *Ghealcnoc* en zijn vorig jaar april uit onze *bothán*, ons huisje, gezet, omdat we de pacht niet konden betalen. Ik snap dat we er in jullie ogen anders uitzien, maar onder deze warme kleren, die we met Gods hulp hebben gekregen, klopt een Iers hart.'

Kate ademt uit. Slimme Connor. Hij zegt weer precies de juiste dingen, laat weten dat hij een van hen is, zonder te verraden dat ze voor de vrouw van de landheer hebben gewerkt, de landheer voor wie ze Ierland ontvlucht zijn. De kapitein heeft Fergus en haar kleine broertje Michael niet aangewezen, maar Kate houdt hen allebei stevig vast, terwijl ze in de richting van het luik loopt. Zij moeten ook in de kooien bij het luik slapen. Vanuit haar ooghoek ziet ze dat het meisje met de helderblauwe ogen vlak achter haar aan komt.

'Kapitein,' zegt Fergus. 'U hebt nog niemand aangewezen die de orde benedendeks moet bewaren.'

De kapitein stopt weer. Zijn ogen vliegen over de gezichten van de mensen op het achterdek. Een grote, donkere man recht zijn schouders en duwt zijn borstkas naar voren. Zijn ogen zoeken die van de kapitein, maar die negeert zijn onuitgesproken vraag. Kate vraagt zich af wat de kapitein ziet, waar hij naar zoekt. Zijn blik blijft rusten op de vader van het meisje achter haar. Hij vuurt vragen op hem af: 'Hoe heet u? Hoe oud bent u? Met wie bent u hier?'

De man staat rechtop, wijdbeens op de deinende boot. Hij lijkt niet geschrokken dat de kapitein rechtstreeks tegen hem praat.

'Mijn naam is David Murphy. Ik ben hier met mijn vrouw Alice, dochter Nora en zoons Martin en John. Ik kom uit Claddagh, een dorpje in *county* Galway, waar ik als visser heb gewerkt.'

Zijn ogen gaan een kort moment naar de ring die hij om zijn vinger draagt. Kate ziet het en trekt verbaasd haar wenkbrauwen op. De gouden ring lijkt zo misplaatst bij deze man, op blote voeten en in een verschoten bruine kiel.

'Ik ben vijfendertig jaar, mijn vrouw dertig, mijn dochter veertien en...'

De kapitein heft zijn hand op.

'Ik weet genoeg.'

Hij draait zich om en zegt tegen de wachtende mensen op het achterdek: 'David Murphy zal jullie leider zijn. Zijn bevelen moeten door iedereen worden opgevolgd.'

Snel kijkt Kate naar de familie Murphy. Nora bloost licht, maar haar vader lijkt geen problemen te hebben met de verantwoordelijkheid die hem onverwachts wordt gegeven, de leiding over een groep van zeker tweehonderd mannen, vrouwen en kinderen.

'De familie Murphy krijgt de bovenkooi bij het luik,' vervolgt de kapitein. 'Nu kunt u naar beneden gaan. Kies een kooi uit, zes mensen per kooi, kinderen tellen half. Als u uw bezittingen heeft uitgepakt, kunt u uw tassen en kisten weer op het achterdek zetten. Die zullen voor de rest van de reis in het vrachtruim worden gesloten.'

De kapitein knikt, draait zich om en loopt met grote passen naar het voordek. Kate zucht. Het is zover. Ze moet naar beneden. Met gebogen hoofd daalt ze de steile treden af. Ze spert haar ogen wijd open om te wennen aan het halfduistere ruim. Er zijn lange rijen houten kooien. Eenvoudige planken, bedekt met een dunne laag stro, steeds twee boven elkaar, aan beide zijden van het ruim. In het midden staat een smalle houten tafel met banken. Daarboven branden een paar olielampen die schaduwen werpen op de houten vloeren, maar die de kooien nauwelijks verlichten. Ze veegt even over haar ogen. Wekenlang hier moeten bivakkeren, omgeven door andere, wanhopige mensen, onbekenden met elk hun eigen verhaal, hun eigen leed, hun eigen redenen om het thuisland te ontvluchten. Ze haalt diep adem, bedwingt de neiging om de steile trap weer op te rennen naar de buitenlucht. Connor legt even zijn hand op haar schouder. 'Wij redden het wel,' zegt hij zacht. 'Wij wel.'

Kate gaat op het stro zitten en kijkt naar alle mensen die de trap afdalen, al die magere benen in kapotte broeken en rokken, al die ingevallen gezichten. Maar Edward Harrison is er niet bij.

2

Kate trekt de dikke deken die ze van lady Evelyn heeft gekregen recht, doet een stapje achteruit en bekijkt hun bed. Het ziet er vreemd uit; warme dekens op houten planken met een dunne laag stro. Langzaam haalt ze de andere spullen uit de kist: extra kleding, een voorraad eten, een bijbel, schrijfgerei, Pats fluit, haar spiegeltje. Kate kijkt in het kleine, ronde spiegeltje en probeert de sproetjes op haar neus te zien, maar het is veel te donker. Toch blijft ze even kijken. Ze wil zo lang mogelijk doen over het uitpakken van hun bezittingen om maar bezig te blijven. Na een tijdje legt ze de spiegel weg en gaat verder. Met een zak gedroogde appelen in haar hand blijft ze staan. Snel kijkt ze om zich heen. Haar reisgenoten zijn allang klaar met het uitpakken van hun weinige bezittingen. Ze slaat haar arm om de zak heen, beschermend, zich erg bewust van het feit dat zij meer heeft dan de anderen. Ze weet wat hongerige mensen doen om aan eten te komen. Haarscherp herinnert ze zich hoe haar broer Pat werd neergeslagen omdat hij een zak meel had en zij heeft nu zo veel meer dan alleen een zak meel. Ze denkt aan de dolk die Connor bij zich heeft. De kapitein was daar duidelijk over: alle wapens moeten worden ingeleverd. Maar Connor heeft dat niet gedaan en ze begrijpt waarom; het voedsel en hun extra kleren moeten niet onbeschermd zijn. Op de planken boven haar zit David Murphy, de visser uit het dorpje Claddagh in Galway, die deze reis hun leider zal zijn. Ze weet niet waarom de kapitein juist hem heeft uitgekozen, maar ze durft er niet op te vertrouwen dat hij een rechtvaardig leider zal zijn, dat hij hen zal beschermen tegen diefstal. Ze weet niet eens of hij hen zelf niet zal bestelen. Dat kan heel makkelijk als ze allemaal liggen te slapen. Kate knielt op het bed van harde planken en duwt de zak appels onder de dikke deken tegen de achterwand van het schip. De andere zakken legt ze ook tegen de houten wand. Eindelijk is de kist leeg. Nu is er niets meer te doen. De stem van David Murphy klinkt luid: 'Iedereen klaar met uitpakken? Dan nu even allemaal naar mij luisteren.'

Kate heeft het gevoel dat David Murphy haar al die tijd in de gaten heeft gehouden, dat hij met opzet heeft gewacht tot zij klaar was. Tot haar verbazing verstomt het geroezemoes onmiddellijk.

'Ik wil straks vijf sterke mannen hier hebben die een rij vormen de trap op,' zegt David in het Iers met een zwaar dialect. 'Alle lege kisten, koffers, tassen, knapzakken en balen zullen door hen worden doorgegeven. We zijn nog niet gewend aan het gehobbel en gestamp van dit schip en er zouden ongelukken kunnen gebeuren als iedereen met zijn eigen kist de trap opklimt.'

Het blijft stil. Kate kijkt naar de gezichten om zich heen, voor zover ze die kan zien in het schemerdonker. David Murphy heeft gelijk, maar ze voelt dat ieder voor zichzelf afweegt of hij daadwerkelijk een leider is. Fergus stapt als eerste naar voren.

'Ik wil wel helpen,' zegt hij. 'Het was net erg lastig om met een kist naar beneden te klimmen, dus kunnen we het beter met elkaar doen. Waar moet ik gaan staan?'

Kate hoort hoe Nora, de dochter van David, een diepe zucht slaakt, terwijl ze naar Fergus kijkt. Nu Fergus zich heeft aangemeld, volgen er meer. Al snel staan er acht sterke, jonge mannen voor David. Hij wijst er vijf aan en legt uit wat ze moeten doen. De mannen werken volgens de aanwijzingen van David en in korte tijd is alle bagage opgeslagen in het vrachtruim.

Fergus komt naast Kate zitten en slaat een arm om haar heen. Ze glimlacht om te maskeren dat ze niet zo goed weet wat ze moet zeggen. Het is nog altijd onwerkelijk dat Fergus weer bij haar is en dat ze samen op weg zijn naar Amerika. Fergus, haar Fergus, die ze maandenlang heeft moeten missen. Ruim een jaar geleden werd Kate met haar broers en Fergus, die toen bij hen woonde, uit hun *bothán* gezet. De *bothán* waar ze vijftien jaar gewoond had, waar ze was geboren en waar ze zoveel avonden met vader en moeder bij het turfvuur had gezeten. Het huisje waar vader op zijn viool speelde en zong, waar moeder verhalen vertelde over Ierland, over de kinderen van koning Lir of over de witte forel. Soms vertelde moeder over de reuzen en feeën, over de *leipreacháns* en de *síogs*, maar ook over Saint Patrick, die de slangen uit Ierland verdreef. Het huisje waar Kate zo gelukkig was toen moeder nog leefde, de aardappeloogst niet was mislukt en vader niet was weggelopen naar Galway. Van dat huisje was in een paar minuten niets meer over dan brandend stro en zwarte stenen. De herinneringen aan de gelukkige tijd zijn voorgoed vergiftigd door de scherpe geur van rook. Nadat Kate uit het huisje was gezet, was ze met haar broers naar het armenhuis in Tuam gegaan, maar de non in het armenhuis had hen niet op willen nemen. Ze waren niet mager genoeg. Alleen haar kleine broertje Michael had mogen blijven en ze had hem daar achtergelaten, omdat ze wist dat hij anders niet zou overleven. Kate, Connor, Pat en Fergus waren verder naar het zuiden getrokken, op zoek naar vader die in Galway als visser was gaan werken. Maar in Galway had Kate vader niet gevonden en bij rellen in de haven was ze Fergus kwijtgeraakt. Maandenlang dacht ze dat ze Fergus nooit meer terug zou vinden, totdat ze op de dag voordat ze naar Amerika zou vertrekken, Fergus en haar kleine broertje Michael in Westport had gezien. Kate weet dat het Gods hand is die haar Fergus en Michael terug heeft gebracht, dat het een teken van Hem is om Zijn goedheid te tonen. En nu is ze samen met Fergus en al haar broers op weg naar Amerika. Ze legt haar hoofd op Fergus' schouder en sluit haar ogen. Het schip deint en ze merkt dat ze samen met Fergus mee wiegt op de cadans van het schip.

Plotseling hoort ze geschreeuw en gevloek in het Engels. Ze opent haar ogen en kijkt in de richting van het geluid. Het luik gaat open. De kapitein en een grote, blonde matroos, die Kate nog niet eerder heeft gezien, proberen een man de steile trap af te duwen. De man verzet zich hevig, hij slaat en schopt en weigert te lopen.

'Pak zijn benen!' brult de kapitein.

Hij klemt zijn armen onder de oksels van de man en pakt zijn polsen. De matroos grijpt naar de schoppende benen en krijgt ze te pakken. Zo dragen ze hem de trap af, terwijl de man kronkelt en vloekt.

'Nee,' schreeuwt hij. 'Sluit me hier niet op. Niet tussen die vieze honden.'

Kate herkent de stem en gaat rechtop zitten. Ze voelt hoe Fergus naast haar verstrakt.

'Dat lijkt Edward Harrison wel,' fluistert hij.

'Het is Edward,' antwoordt ze zacht. 'Ik heb hem net op het achterdek al ontmoet. Ik wilde het niet zeggen om het afscheid van ons land niet te bezoedelen!'

'Die *Sasanach* bezoedelen ons land al eeuwen,' zegt Fergus fel. 'We zouden ze moeten verdrijven, met alles wat we in ons hebben tegen hen moeten strijden. Maar wat doe ik? Ik vlucht als een laffe hond en laat mijn landgenoten in de steek.'

Kate bijt op haar lip. Ze zou Fergus willen zeggen dat hij niet laf is, maar gewoon geen keus heeft. Hij wordt in verschillende *county's* gezocht. Als hij niet zou vluchten zou hij worden gearresteerd en waarschijnlijk opgehangen worden. Of, op zijn minst, verbannen naar *Van Diemens land* en dan kan hij zeker niets voor Ierland doen, niets veranderen aan het lot van de Ieren. De situatie is al eeuwenlang zo. De Engelsen zijn eigenaar van het Ierse land. Ze laten de Ieren als slaven werken op velden die de Ieren van Engelse grootgrondbezitters moeten pachten. De stem van de kapitein doorbreekt Kates gedachten: 'Murphy?'

David springt meteen van de bovenste kooi op de vloer en gaat recht voor de kapitein staan. De sterke matroos laat de benen van Edward los, pakt zijn armen en draait ze op zijn rug.

De kapitein knikt naar Edward.

'Zorg dat hij een plaats krijgt, het beste zo ver mogelijk achteraan.'

Als David knikt, begint Edward weer te schreeuwen.

'Nee, nee, ik hoor hier niet. Ik ben Engels. Mijn vader was *bailiff* en mijn familie vocht in het leger van Oliver Cromwell.'

Fergus veert op van de stromatras en gaat recht voor Edward staan.

'Oliver Cromwell is al honderden jaren dood. Moge zijn ziel voor eeuwig branden in de hel.'

'Jij,' briest Edward, terwijl hij naar Fergus kijkt. Pure haat straalt van zijn gezicht. 'Jij, moordenaar, moordenaar!'

Hij probeert zich los te worstelen, maar de grote matroos is veel te sterk. Edward draait zijn hoofd naar de kapitein.

'Kapitein, ik smeek u. Ik kan niet in één ruimte zijn met deze man.'

Hij knikt naar Fergus.

'Hij heeft mijn ouders vermoord, vermoord!'

Met een ruk draait Kate haar hoofd naar Fergus, maar Fergus kijkt haar niet aan. Zijn samengeknepen ogen zijn op Edward gericht. In zijn kaak trilt een spiertje.

'*Ráméis*,' zegt hij kort. 'Onzin!'

Edward gaat verder: 'Alstublieft kapitein, ik smeek u. Ik ben Engels. Ik hoor hier niet.'

Hij probeert zich op zijn knieën te laten vallen, maar de matroos houdt hem stevig vast. Half hangend in de houdgreep van de matroos zegt hij: 'Laat mij in de passagiershutten! Ik smeek u.'

Kate wendt haar hoofd af. Walgelijk om een man zo te zien kruipen. Zeker een man zoals Edward. Ze kent hem hoog op een paard, in een prachtig rijkostuum, een arrogante lach op zijn gezicht en vol verachting voor alles wat Iers is. Nu is hij verachtelijker dan de armste Ier.

De kapitein houdt zijn gezicht vlak voor dat van Edward.

'Luister goed. Het interesseert me niet of je Iers of Engels bent, of je vader een *bailiff* was, een arme pachter, een ketellapper of een koning. In Amerika is iedereen gelijk. En jij hebt een passagebiljet voor het benedendek. Dus hier blijf je de rest van de reis. Ik wil niet dat je op het dek van de eersteklas passagiers komt. Zodra ik je daar zie, kun je de rest van de reis in het cachot doorbrengen.'

Hij gebaart naar David.

'Murphy, hij is voor jou. Houd hem kort.'

Murphy knikt, maar Edward begint te schreeuwen als de kapitein zich omdraait.

'Nee, nee, mijn voorvaderen zijn Engels. Ze vochten zij aan zij...'

'Houd je stil,' onderbreekt David hem. 'Je hebt de kapitein gehoord. Jij blijft hier. Zoek een plek voor jou en je vrouw.'

Nu pas ziet Kate dat er achter Edward een jonge vrouw staat, iemand van haar eigen leeftijd. Blond en mager, met angstige bleekblauwe ogen. Ze draagt een verschoten rijkostuum. Kate houdt haar hoofd wat schuin en staart naar het gezicht. Ze weet zeker dat ze haar eerder heeft ontmoet, deze vrouw van Edward, maar ze kan zich niet herinneren wanneer dat was.

'Het is mijn vrouw niet.'

'Nee,' zegt Fergus met een minachtende blik op Edward. 'Er is geen vrouw die jou zou willen trouwen. Wat was je walgelijk aan het smeken, Edward.'

Kate legt haar hand op de arm van Fergus. Ze begrijpt waarom hij zo tegen Edward praat. Jarenlang heeft Edward hen getreiterd, veracht en vernederd, alleen omdat zij arm en Iers waren en hij rijk en Engels. De herinnering aan zijn vieze handen op haar lichaam, aan zijn smerige woorden is nog niet vervaagd. Maar ze begrijpt ook dat ze tot elkaar veroordeeld zijn de komende weken. En zijn dreigement dat hij haar zal laten boeten voor alles wat zij en haar buren zijn familie hebben aangedaan is ze niet vergeten. Zij en haar buren, had Edward gezegd. Fergus was haar buurjongen in *Ghealcnoc*, hun dorp vlakbij Cong. Maar Kate heeft Edward en zijn ouders niets aangedaan. Zijn ouders, vooral zijn vader en diens soldaten, hebben haar iets aangedaan, niet andersom. Toch moet er wat gebeurd zijn, anders zou

Edward nu niet in versleten kleren met een passagebiljet voor de laagste klasse voor haar staan. Voor het eerst vraagt ze zich af waar Edwards ouders zijn, of ze inderdaad vermoord zijn en Edward haar daarvoor wil laten boeten.

'Kate?'

De vrouwenstem is zacht, niet meer dan een fluistering. Kate kijkt naar de jonge vrouw die achter Edward staat en haar mond valt open.

'Adelaide?'

Ze kan het bijna niet geloven. Daar staat Adelaide, de zus van Edward. Wat was Kate als kind jaloers op haar. Adelaide, de dochter van de *bailiff* met haar fluwelen jurken en de schitterend gekamde haren bijeengehouden door zilveren sierspelden. Rond en dik, met rode, bolle wangen. In gedachten ziet Kate zichzelf weer zitten op de harde kerkbanken, op de dag voordat Séan werd geboren. Ze zat naast Bridget, de zus van Fergus, toen de hele familie Harrison de kerk binnen kwam schrijden. De Harrisons kwamen nooit in de katholieke kerk; ze hadden hun eigen anglicaanse diensten. Maar eens in het half jaar, een paar weken voordat de pacht aan hen betaald moest worden, kwamen ze in de kerk om alleen al door hun aanwezigheid de pachters aan de betaling te herinneren. Alsof ze dat ooit konden vergeten! Adelaide Harrison had in een zachtroze jurk achter haar ouders gelopen. Bridget had zich voorover gebogen en in Kates oor gefluisterd dat ze Adelaide net een varkentje vond, een klein roze biggetje, dat het een verspilling was dat die dikke dochter van de *bailiff* zo'n mooie jurk droeg. Maar nu draagt Adelaide geen mooie jurk en is ze zo mager dat Kate haar niet herkend zou hebben als ze niet gesproken had.

Langzaam staat Kate op van haar kooi en loopt naar Adelaide toe. Vlak voor haar blijft ze staan en kijkt in de bleekblauwe ogen. Zacht vraagt ze: 'Wat is er gebeurd, Adelaide?'

Edward trekt Adelaide ruw bij haar weg.

'Dat weet jij heel goed, Kate O'Doherty. En anders vraag je het maar aan je fijne buurjongen.'

Hij zuigt zijn wangen in en spuugt in de richting van Fergus.

'Houd op!' roept David meteen. 'Beheers je. Ik wil niet op de eerste dag aan boord al iemand in het cachot opsluiten. Zoek een plaats voor jou en de vrouw. En blijf verder bij elkaar uit de buurt.'

Zonder er op te letten of Adelaide hem volgt, loopt Edward weg naar het donkere deel van het benedendek. Kate kijkt opzij naar Fergus, de vragen die Edwards geschreeuw hebben opgeroepen brandend op haar lippen, maar Fergus draait zijn hoofd weg.

3

Kate staart met wijd open ogen voor zich uit. Ze heeft geen idee hoe lang ze al wakker ligt, luisterend naar de geluiden om zich heen. Het water klotst met een eentonige regelmaat tegen de houten wand van het schip. Het zou haar in slaap moeten wiegen, maar dat gebeurt niet. Ze denkt er steeds aan dat ze slechts door wat dunne planken gescheiden is van een onmetelijke massa water. Ze gaat wat verliggen en voelt hoe Fergus' lichaam zich vanzelf aanpast aan haar andere houding. Ze ligt op haar zij, met haar rug naar hem toe. Hij ligt achter haar, zijn lijf om het hare gekromd, zijn hand op haar heup. Precies zoals ze vroeger lagen. Toch voelt het anders. Een paar dagen geleden was ze zo gelukkig. Ze was God dankbaar dat ze Fergus en Michael terugvond en ze heeft er niet over nagedacht hoe het verder zou gaan. Ze heeft hen gewoon mee aan boord genomen en erop vertrouwd dat alles weer goed zou komen, dat ze nu voor altijd samen zouden blijven en door niets meer gescheiden konden worden. Maar nu beseft ze dat ze al gescheiden zijn, hoewel ze in Fergus' armen ligt. Ze weet niet precies wat hij heeft gedaan in de tien maanden die lagen tussen de rellen in Galway en de dag dat ze hem terugvond op de heuvels bij Westport. Het woedende geschreeuw van Edward over moordenaars laat haar niet los. Ze zucht. Kon ze maar slapen. Ze vraagt zich af met hoeveel Ieren ze hier opgesloten zit in het ruim, tweehonderd, driehonderd? Hoeveel van hen zullen er ook wakker liggen, angstig over de oversteek naar dat grote, onbekende land? Ze hoort de regelmatige ademhaling van mensen die wel diep in slaap zijn, af en toe wat gesnurk. Soms klinkt het zuchten van degenen die wakker liggen, een enkele keer kokhalsgeluiden. Opeens wordt er hartverscheurend gehuild, een schel babygeluid vlakbij. Ze heeft gezien dat in de kooi naast haar een gezin ligt met zes kinderen. De jongste is pas een paar maanden oud. Ze weet niet of het een jongetje of een meisje is, ze zag alleen een klein bundeltje, gewikkeld in een vale omslagdoek. Maar nu hoort ze het kind huilen, hongerig, eisend. Geritsel van kleding, een zacht gefluister. Dan houdt het huilen op en klinken er smakkende geluidjes. Het kindje drinkt bij de moeder en het is tevreden. Een baby, die niets anders nodig heeft dan de warmte, de troost en de melk van de moeder. Kate strijkt over haar ogen. Ze denkt terug aan Séan, haar mooie, veel te kleine broertje, dat slechts enkele uren geleefd had. Ze ziet hem voor zich alsof hij naast haar ligt, zijn kleine mondje dat steeds sneller open en dicht ging, snakkend naar adem. De hand van moeder die zijn donkere haartjes bleef strelen, zelfs nadat hij gestorven was. Ze ziet zichzelf met Michael aan haar hand de heuvel op lopen, vader en Pat met een klein, witgekalkt kistje tussen hen in, om Séan stiekem onder een gele gaspeldoorn te begraven, weg te stoppen, alsof hij nooit geleefd had. Moeder was na de begrafenis van Séan weer op de stromatras gaan liggen, geveld door kraamvrouwenkoorts, haar lichaam te zwak en haar geest te vol van verdriet om ertegen te vechten. Een week later stierf ook moeder en zij werd begraven op het kerkhof. Moeder was gedoopt en mocht daarom begraven worden in gewijde grond, de kleine Séan had daar niet lang genoeg voor geleefd. Séan, haar arme, arme broertje. Twee zou hij nu zijn geweest, net twee. Hij zou hebben kunnen lopen, kunnen praten. Ze schudt haar hoofd om de gedachte aan Séan en moeder te verdrijven. Natuurlijk gedenkt ze hen nog dagelijks in haar gebeden, maar nu, in dit volle scheepsruim op weg naar Amerika, wil ze niet aan de doden denken. Ze begint een nieuw leven met Fergus en haar broers. Ze kijkt naar Michael die naast haar ligt, zijn kleine gezichtje op een paar centimeter van haar hoofd af. Het is te donker om hem goed te zien, maar ze hoort zijn rustige ademhaling, de troost van de slaap die over hem is gekomen. Michael, ze heeft hem nog langer niet gezien dan Fergus. Toch is de liefde die ze voor haar kleine broertje voelt onveranderd. Ze strekt haar hand uit en streelt zacht over zijn wang, voelt hoe strak de huid om zijn jukbeenderen spant, hoe ingevallen zijn wangen zijn. Kleine, kleine Michael. Wat zou hij allemaal meegemaakt hebben in het armenhuis in Tuam, bij zijn reis dwars door het kapotte land naar Westport? Hoe erg is zijn kleine lijfje uitgeput, hoe verzwakt? Kan hij de lange tocht naar Amerika nog aan? In zijn slaap pakt Michael haar hand. Ze brengt zijn vingers naar haar mond en kust een voor een de knokige knokkels. Dan vouwt ze haar handen om die van Michael en sluit haar ogen.

'Goede Vader in de hemel,' bidt ze. 'Blijf bij ons op deze reis, behoed ons voor alle gevaren en geef ons kracht voor onszelf en elkaar. En vooral voor Michael, vooral voor Michael.'

Nogmaals kust ze zijn handen. Ze zucht. Haar gebed, hoe kort ook, geeft haar rust. God is altijd bij haar, waar ze ook heen gaat. Ze voelt hoe ze wegglijdt in een troostende slaap.

Ze wordt wakker van een hand die zacht over haar gezicht streelt. Stil blijft ze liggen, haar ogen gesloten, genietend van de vingers die koesterend over haar voorhoofd gaan. Langzaam naar beneden over haar wang en kin. Fergus, denkt ze. Lieve, lieve Fergus. Ze voelt Fergus' hand op haar heup bewegen. Ergens in haar slaapdronken hoofd beseft ze dat er iets niet klopt. Te veel handen, te veel vingers. De hand streelt nu haar keel en ze opent haar ogen. Ze ziet dat Edward over haar heen gebogen staat. Hij strijkt over haar keel en fluistert: 'De volgende keer heb ik een mes, Kate O'Doherty!'

Met een ruk gaat ze overeind zitten en duwt Edward van zich af. Vanuit een ooghoek ziet ze Fergus bewegen. Hij springt op van de kooi en stort zich op Edward. Edward verliest zijn evenwicht en valt op de harde planken. Fergus zit bovenop hem en haalt uit. Zijn vuist treft Edward op zijn rechteroog. Edward schreeuwt. Met een grote sprong landt David Murphy naast Fergus en trekt hem van Edward af.

'Beheers je!' schreeuwt David.

Fergus draait zich om naar David, zijn vuisten gebald. Zijn borstkas gaat op en neer. De magere visser legt zijn handen op Fergus' schouders en kijkt hem recht in de ogen.

'Beteugel je drift, jongen,' zegt David vaderlijk. 'Voor je in de problemen komt.'

Even kijkt Fergus van hem weg. Dan zegt hij zacht: 'Goed. Ik zal proberen me te beheersen.'

Edward krabbelt overeind, zijn ogen vol haat op Fergus gericht.

'Je zag het, meneer de gezagshandhaver van de paupers,' smaalt hij tegen David. 'Die vuile Ier viel mij zonder reden aan. Sluit hem op in het cachot!'

David kijkt naar Edward alsof hij een schurftige hond is.

'Ik zal beoordelen wanneer iemand in het cachot moet worden opgesloten en dat doe ik niet als ik niet het hele verhaal ken. Ik wil eerst van jou horen waarom je in dit deel van het ruim bent. 's Nachts zijn de luiken gesloten. Je kunt niet naar buiten en jouw kooi is helemaal achteraan. Wat moest je hier?'

Edward kijkt David hooghartig aan en trekt zijn neus op.

'Ik ben niet verplicht om jou te antwoorden, Ier. Voor het geval je vergeten bent wie je voor je hebt. Ik ben Edward Harrison, zoon van een *bailiff* en ik ben Engels. Mijn voorvaders vochten...'

'Het lijkt me niet de juiste plaats om daar over op te scheppen, Edward Harrison,' komt Connors rustige stem uit het donker. 'De reis naar Amerika is nog lang.'

Edward zwijgt, alsof de kalmte van Connor hem meer raakt dan de klappen van Fergus. Kate hoopt dat hij het hierbij zal laten. Connor heeft gelijk. In het ruim zijn bijna alleen maar Ieren, landgenoten, die de Engelsen haten. Ze verwijten de Engelse regering dat die hen laat creperen nu de aardappeloogst twee jaar achter elkaar mislukt is. De *Sasanach*, die rijke grootgrondbezitters, steken geen hand uit om hen te helpen. Sterker nog, ze voeren goed Iers voedsel uit om Engelse monden te voeden, terwijl de Ieren zelf leven van bloembladeren, zeewier en gras en bij duizenden sterven. Als Edward zonder verdere vechtpartijen Amerika wil halen, kan hij beter proberen zo min mogelijk op te vallen.

David draait zich om naar Fergus.

'Waarom sloeg jij hem?'

Fergus klemt zijn lippen op elkaar en geeft geen antwoord. Kate aarzelt, gedachten wervelen door haar hoofd. Het zou goed zijn als David weet waarom Fergus Edward aanviel, als David weet van de bedreiging. Dan zou hij Edward opsluiten in het cachot en hoefde zij niet meer bang voor hem te zijn. En Edward zou niet in elkaar geslagen kunnen worden door gefrustreerde Ieren. Maar als Edward opgesloten zit, is zijn zus Adelaide alleen, zonder begeleiding, zonder bescherming van haar broer. Een jonge vrouw, een maand lang alleen in dit ruim, omgeven door mannen en vrouwen die haar haten omdat zij Engels is. Kate herinnert zich hoe Adelaide haar stiekem voedsel heeft toegestopt en hoe Adelaide haar probeerde te helpen, toen Edward haar vernederde. Adelaide, een angstige, jonge vrouw die haar hielp toen ze hulp nodig had, ondanks het verschil in afkomst. Ze kan Edward niet op laten sluiten en Adelaide aan haar lot overlaten! Kate zwijgt en ook Fergus zegt niets.

'Goed,' zegt David uiteindelijk. 'Ga allebei weer slapen en ik wil jullie niet meer zien vechten.'

Edward draait zich met een ruk om en loopt naar achteren. Kate ziet hoe iemand hem vanuit het donker bespuugt. Fergus gaat weer naast haar liggen. Hij slaat een arm om haar heen en fluistert in haar oor: 'Als hij je nog een keer aan durft te raken, vermoord ik hem. Ook al moet ik de rest van de reis in het cachot zitten en word ik op de eerste dag in Amerika opgehangen. Ik laat hem niet aan jou komen!'

Kate slikt. Als Fergus haar met deze woorden gerust probeert te stellen, bereikt hij het tegendeel. Opnieuw vraagt ze zich af waarom Edward Fergus zo haat en wat Fergus heeft gedaan, waardoor hij op meerdere plaatsen in Ierland wordt gezocht.

4

Het luik kraakt als het wordt geopend. Kate gaat onmiddellijk overeind zitten. De eerste nacht aan boord is voorbij. Zonder Michael en Fergus wakker te maken schuift ze naar het voeteneinde van de kooi. Ze kleedt zich aan en pakt de emmer. Als ze gaat staan, wankelt ze. Snel grijpt ze zich vast aan het hout van de kooi. Ze moet nog wennen aan het slingeren van het schip. Schuifelend langs de kooi loopt ze naar de steile trap en klimt omhoog. Zodra ze buiten staat, haalt ze diep adem. Heerlijk, die frisse, zilte zeelucht. Het prikkelt haar neusgaten en de kille wind laat haar ogen tranen. Even sluit ze haar ogen, haar gezicht naar de wind gekeerd. Ze ruikt de oceaan, de geur van de vrijheid. Ze zou zo wel uren willen blijven staan. Alleen, haar longen vol zuigend met zeelucht, het gekrijs van meeuwen, het stampende schip onder haar voeten, haar hand op de reling. Toch doet ze al snel haar ogen open en kijkt om zich heen. Er is nog niemand op het achterdek, niemand bij de latrines. Ze zet de emmer neer en gaat naar de latrines. Als ze klaar is, loopt ze weer naar de emmer. Ze zal hem legen in de zee en dan schoonspoelen. Ze pakt het touw dat aan de emmer vast zit in haar rechterhand en wil met haar linkerhand de emmer overboord gooien.

'Dat zou ik niet doen!'

Ze schrikt van de lage stem en draait zich snel om. De grote, blonde matroos die gisteren hielp om Edward naar het benedendek te dragen, komt met lange passen haar kant oplopen. Hij lijkt totaal geen last te hebben van het rollen van het schip. Hij buigt zich voor haar langs, zijn adem in haar nek, zijn hand op haar hand. Ze blijft roerloos staan, zich afvragend wat de matroos van haar wil. Hij glimlacht vriendelijk en pakt het touw uit haar hand. Snel maakt hij een knoop aan de reling, doet een stap naar achteren en knikt haar toe.

'Nu kun je hem schoonspoelen. Als je de emmer zo overboord zou gooien, komt er veel kracht op te staan als hij zich vult met water. Dan laat je hem vallen. Je moet hem altijd vastbinden. Onthoud dat voor de rest van de reis. En zeg het ook tegen de anderen.'

Hij geeft haar een dun touwtje.

'Hier, dan kun je de knoop oefenen. Ik hoef het touwtje niet terug.'

Kate pakt het touwtje aan. Daar zal ze later wel mee oefenen. Nu wil ze eerst de emmer schoonspoelen. Ze gooit hem overboord. Het touw komt onmiddellijk strak te staan en ze is blij dat de matroos er een stevige knoop in heeft gelegd. De emmer vult zich met water. Kate hijst hem op, keert hem om en laat hem opnieuw in het water zakken. Zij delen de emmer samen met de Murphy's, die boven hen slapen. Tien personen die 's nachts hun behoefte moeten doen op één emmer. Toch beseft Kate dat zij nog geluk hebben. De meesten moeten een emmer delen met twaalf of meer. Als de emmer schoon is, draait ze zich om. De blonde matroos staat nog steeds naast haar. Hij steekt zijn hand uit naar Kate.

'Ik ben Sam Jones.'

Kate schudt de uitgestoken hand.

'Kate.'

Ze aarzelt even.

'Alleen maar Kate?' lacht Sam.

Kate bijt op haar lip. Ze had gewoon meteen haar familienaam moeten zeggen. Nu heeft ze alleen maar de aandacht op haar naam gevestigd. Een kort moment overweegt ze om zichzelf Mullan te noemen, alsof ze getrouwd is met Fergus, maar hij wordt op veel meer plaatsen gezocht dan zij. Ze weet niet eens of lord Lawrence haar en haar broer Connor echt zoekt. Connor heeft de lord neergeslagen toen hij haar aanrandde en lady

Evelyn had gezegd dat ze moesten vluchten voordat lord Lawrence bijkwam. Misschien loopt er geen arrestatiebevel tegen hen en is het voor de lord voldoende dat zij weg zijn. Ze glimlacht naar Sam.

'Als ik alleen maar Kate zou heten, zou dat lastig zijn in Ierland. In ons dorp ken ik zeker zes vrouwen die Kate heten. Ik ben Kate O'Doherty.'

'Ik dacht dat de meeste Ierse vrouwen Mary heetten?'

'Ja, dat klopt. Ik ken ook dertien Mary's in ons dorp.'

Sam Jones lacht.

'Waar kom je vandaan?'

Kate fronst. Deze matroos wil zoveel van haar weten en ze hebben niet besproken wat ze wel en niet zullen vertellen. Misschien kan ze beter zeggen dat ze uit Westport komt. Dat is niet helemaal gelogen, want daarvandaan zijn ze vertrokken. Even verschijnt moeders gezicht voor haar geestesoog. Kate kan haar stem bijna horen als ze zegt: 'God gaf ons de tien geboden. Het achtste gebod was: 'Gij zult geen valse getuigenis spreken tegen uw naaste.' Denk daar altijd aan als je een onwaarheid wilt spreken, Kate.' Moeder heeft dat zo vaak gezegd dat Kate altijd aan haar moeder moet denken als ze op het punt staat te liegen. Toen moeder nog leefde en in de eerste maanden na haar dood, probeerde Kate echt een goede katholieke dochter te zijn. Maar hoe meer honger ze kreeg, hoe minder ze moeders stem in haar hoofd hoorde, tot moeder en de tien geboden waar ze het zo vaak over had gehad, niet meer in haar gedachten kwamen. In de maanden dat Kate met Connor en Pat door het verhongerde Ierland zwierf, overtrad ze regelmatig Gods geboden. Ze stal eten, loog, bedelde. De eerste keer dat ze eten stal, zag ze moeder in gedachten hoofdschuddend naast haar staan, maar later dacht ze niet eens meer aan moeder. Tot ze als dienstmeisje mocht gaan werken voor lady Evelyn. Samen met Pat en Connor, die als staljongens voor de lady werkten, woonde ze op de vliering van een stal en ze kregen drie keer per dag een maaltijd. Sinds die tijd probeerde ze weer te leven als een goed katholiek. Toch weet ze niet wat ze de blonde matroos moet antwoorden. Ze kijkt uit over het achterdek. Af en toe duiken er mensen op uit het luik, wankel, nu ze met hun landbenen op een scheepsdek moeten lopen. Kate ziet David Murphy en zijn dochter Nora in de richting van de latrines lopen. Terwijl ze hen met haar ogen volgt en denkt aan al die honderden mensen op het benedendek, komen Edward en Adelaide in haar gedachten. Zij weten precies waar Kate, haar broers en Fergus vandaan komen. Als ze zou liegen, zou het uit kunnen komen en dat zou alleen maar argwaan wekken. Dus glimlacht ze naar Sam en zegt: 'Ik kom uit een klein dorp in de buurt van Cong.'

'Hoe heet dat dorp?'

Weer een vraag. Toch geeft Kate snel antwoord, alsof ze daarmee haar eerdere aarzelende antwoorden goed maakt.

'Het dorp waar we woonden was zo klein, dat het niet eens een naam had. We noemden het zelf altijd *Ghealcnoc*, omdat we op een heuvel woonden met een prachtige meidoorn aan de oever van het meertje.'

Er luidt een bel en Sam roept: 'Oh, dat is de bel voor de wacht. Dag Kate O'Doherty uit *Ghealcnoc* in de buurt van Cong.'

Kate draait zich weer om en kijkt uit over het water. Het kielzog kleurt het water wit, verderop is het blauwgrijs.

'Kate O'Doherty?'

David Murphy staat naast haar, zijn dochter Nora ziet ze niet.

'Sta je het uitzicht te bewonderen? Doe het nog maar, over een paar weken kun je misschien geen water meer zien.'

Hij glimlacht.

'Hoewel, ik ben visser en ik heb in mijn leven de zee al ontelbare malen gezien, maar ze verveelt nooit. Ze kan woest zijn, dodelijk, maar ook kalm en lieflijk. En ze gaf mij en mijn gezin eten. Tot de hongersnood kwam.'

Kate antwoordt niet. Ze begrijpt niet dat een visser zo getroffen werd door het mislukken van de aardappeloogst. Zij hoeven geen pacht te betalen aan de landheren en kunnen vis eten. David legt kort een hand op Kates arm, een vaderlijk gebaar.

'Laat me je een verhaal vertellen,' zegt hij zacht.

Hij strekt zijn hand voor haar uit en laat haar de gouden ring zien. De ring was haar al eerder opgevallen. Het is een mooie | 35 ring met een afbeelding van twee handen die een hart vasthouden. Op het hart staat een kroontje. Ze weet niet waarom David naar haar toe is gekomen en waarom hij zijn ring laat zien, maar het verbaast haar dat hij zo'n sieraad draagt, terwijl ze aan zijn kleren kan zien dat hij arm is. David haalt diep adem.

'Veel mannen in Galway zijn visser. Mijn vader was visser, mijn grootvader en mijn overgrootvader ook. Deze ring heb ik van mijn moeder gekregen. Ik heb alleen broers en geen zusters, dus draag ik hem nu tot mijn dochter Nora gaat trouwen. Het is een claddaghring. Weet je wat dat is?'

Kate schudt langzaam haar hoofd. Moeder heeft ooit iets over een claddaghring verteld, maar Kate weet niet meer precies wat. Moeder vertelde liever over de *sidhe*, wezens uit de andere wereld, of over Oliver Cromwell en Saint Patrick. Kate kan die verhalen woordelijk navertellen, maar over de claddaghring weet ze niet veel. David wijst naar het hart op zijn ring.

'Dit hart staat voor de liefde, de handen betekenen vriendschap en de kroon is trouw, loyaliteit. Alle vissers in Galway hebben zo'n ring. Die ring betekent dat je een visser bent, dat je voorvaders dat waren en dat je weet wat vissen inhoudt. Een ringvisser doet meer dan wat kabeljauw, haring, tong of makreel uit het water halen. Het is een spel tussen de vissen, de visser, de natuur en God, een spel vol regels. Niet iedereen kan visser worden. Begrijp je, Kate, dat kan niet iedereen.'

David kijkt haar doordringend aan en plotseling weet Kate dat hij haar dit niet zomaar vertelt, dat hij geen gelegenheidspraatje met haar maakt, omdat ze toevallig op hetzelfde schip reizen. Daarvoor lijkt hij haar te veel te willen zeggen. David kijkt weer naar zijn ring.

'Ik kom uit het dorpje Claddagh, aan de kruising van de rivier de Corrib en de Galwaybaai. De ring is het bewijs dat ik daar thuishoor. Sommigen in ons dorp hebben het claddaghteken op hun boot geschilderd. Onze voorvaders beschermden de zee met hun leven. Als er een boot kwam zonder het claddaghteken, werd die verdreven, lek geslagen en de mannen die probeerden in onze wateren te vissen eindigden zelf als vissenvoer.'

Opnieuw kijkt hij Kate aan.

'Dat was vroeger, hoor. Nu worden mensen die willen vissen niet meer gedood, maar je begrijpt dat wij nog steeds niet toestaan dat er vreemden in onze zee vissen. Dat zou het evenwicht tussen God en ons verstoren. Dat snap je, toch?'

Kate knikt. Niet omdat ze het werkelijk begrijpt, maar omdat ze wil weten wat David haar nog wil vertellen. Ze wil geen uitweidingen horen, wil hem niet onderbreken. David gaat verder, in zo'n zwaar dialect dat ze soms moeite heeft om hem te verstaan.

'In Claddagh hebben wij een burgemeester, onze koning, en hij maakt de regels, de wetten. Wij moeten hem allemaal gehoorzamen, anders moeten we onze ring en onze boot inleveren. En dat kan niemand. Zonder boot kunnen we niet vissen, verdienen we geen geld en kunnen we niet leven. Jarenlang ging het goed in Claddagh, maar ook wij hadden te lijden van de hongersnood. Het eten, de aardappels, werden te duur voor ons en we hadden alleen nog vis te eten. Sommige vissers verkochten hun boot en hun netten om eten te kopen. En we werden overspoeld door uitgezette pachters. Boeren die niets van het vissersleven begrepen, maar die naar ons kwamen om hun diensten aan te bieden. Als wij hen niet als knecht aannamen, vestigden ze zich in hutjes langs de kust en probeerden ze onze zee leeg te vissen.'

David zwijgt en kijkt uit over het water. Kate wacht, maar David praat niet verder. Toch voelt Kate dat hij haar nog niet het hele verhaal heeft verteld. Er komen steeds meer mensen op het achterdek. Witte gezichten, magere benen, wankelend en glibberend over het dek. Kate kijkt opzij naar David, haalt diep adem en vraagt: 'David, waarom vertel je me dit allemaal?'

David wendt zijn blik af van het zog, kijkt haar recht aan en zegt: 'Kate O'Doherty, ben jij de dochter van James O'Doherty?'

5

38 | Zo snel als ze durft loopt Kate de houten trap naar het benedendek af. Als ze bij hun kooi aankomt, roept ze: 'Connor, Pat, wakker worden.'

Terwijl ze het zegt, bedenkt ze dat ze Michael niet heeft genoemd en ze schaamt zich. Een jaar lang heeft ze haar kleine broertje niet gezien, was ze samen met Pat en Connor en ze is er nog niet aan gewend dat hij er nu weer bij is. Snel, om niet te laten merken dat ze hem een kort moment vergeten was, zegt ze: 'Michael, doe je ogen open. Ik heb nieuws!'

Michael reageert niet op haar stem, Pat kreunt wat, maar Connor gaat overeind zitten. Hij kijkt haar aan.

'Nieuws over vader.'

Hij vraagt het niet eens, hij zegt het, met een rustige zekerheid, alsof hij al weet wat voor nieuws ze heeft. Kate staart naar zijn ernstige gezicht en ze verbaast zich dat hij het al weet. En toch ook weer niet. Al zo lang als ze zich kan herinneren weet Connor dingen die hij niet kan weten. Hij voelt wat mensen denken en heeft een gave waardoor dieren naar hem luisteren. Toen Connor meer dan veertien jaar geleden in een koude januarinacht geboren werd, zweefde er een *síog* rond hun huisje. Daardoor is Connor anders dan andere jongens van zijn leeftijd. In hun dorp waren veel mensen bang voor hem. Ze fluisterden dat hij 's nachts alleen de heuvel opliep en met de *sidhe* danste. De *sidhe* zouden hem op een nacht meevoeren naar die andere wereld, de wereld waar hij thuishoort. Moeder heeft altijd gebeden dat Connor bevrijd zou worden van de *síog*, maar haar gebed is niet verhoord. Hoe ouder Connor wordt, hoe meer hij weet en sinds moeders dood is er niemand meer die bidt dat Connor bevrijd wordt van de *síog*. Kate ook niet. Ze weet zeker dat hij niet thuishoort in die andere wereld, Connor hoort bij hen. En de enige andere wereld voor hem is Amerika, het land dat voor iedereen *de nieuwe wereld* is. Kate knikt.

'Ja,' zegt ze zacht. 'Ik heb nieuws over vader.'

Nu tilt Pat ook zijn hoofd op.

'Ga zitten, Kate,' zegt hij, terwijl hij naast zich op de dikke deken klopt. 'En vertel.'

Kate kijkt snel naar Michael en Fergus, maar ze slapen allebei nog. Michael heeft zijn duimpje in zijn mond en ze glimlacht als ze dat ziet. Michael is nu zes, maar hij duimt nog altijd alsof hij een kleine baby is en dat vindt ze fijn. Het is zo bekend, zo vertrouwd om Michael te horen sabbelen op zijn duim. Net alsof hij niet een jaar bij haar vandaan is geweest, niet maandenlang alleen in het armenhuis heeft gezeten en daarna samen met Fergus dwars door Ierland trok. Ze weet niet waar hij toen allemaal is geweest, waar Fergus hem mee naar toe heeft genomen. Michael heeft verteld dat ze in de winter in een grot woonden, maar ze weet niet waar die grot was. Ze zucht. Haar gedachten zijn weer bij Fergus, bij wat hij gedaan kan hebben in de lange, lange tijd dat ze hem kwijt is geweest. Ze heeft het gevoel dat Fergus een groot deel voor haar verzwegen heeft. Maar in ieder geval heeft ze nu wel iets gehoord over vader. Ze kijkt Pat en Connor aan en zegt dan: 'Vader is inderdaad naar Galway gegaan, zoals hij zei dat hij zou doen. David Murphy komt uit Claddagh, een dorp in *county* Galway en hij heeft vader ontmoet.'

Ze zwijgt en denkt terug aan de laatste keer dat ze vader zag. Terwijl de kille ochtendwind het gehuil en geweeklaag de heuvel opblies naar hun aardappelveldjes, was vader in zijn onderhemd weggelopen om na te denken. 's Avonds was hij teruggekomen en hij had ernstig met hen gesproken. Hij zei dat de mislukte aardappeloogst een straf van God was, dat God hem liet boeten omdat hij zijn vrouw had geslagen terwijl ze zijn kind droeg. Dat het zijn schuld was dat moeder te vroeg van de kleine Séan was bevallen en dat God hem daarom zijn kleine kindje en vrouw had afgenomen. God zou vader blijven straffen, dat bleek uit de nieuwe ramp die hen nu trof. Daarom zou vader weggaan van hun heuvel, zodat zijn kinderen een kans maakten. Hijzelf was verdoemd. Connor was het niet met vader eens geweest. Op zijn eigen, rustige manier had hij gezegd dat vader de mislukte aardappeloogst gebruikte om hen in de steek te laten. God, had Connor gezegd, was een liefdevolle God en Hij zou nooit een dorp, een hele *county* en misschien wel een heel land treffen door de daad van één man, een eenvoudige pachter in het westen van Ierland. Kate was geschrokken geweest dat Connor zoiets durfde te zeggen, hoewel ze voelde dat hij gelijk had. Maar vader had zwijgend geluisterd en tenslotte gezegd dat zijn besluit vast stond. De volgende ochtend, heel vroeg, was hij vertrokken. Hij wilde naar Galway lopen om daar als visser te gaan werken. Sindsdien hadden ze niets meer van hem gehoord en hij had geen penny opgestuurd. En nu had David Murphy gezegd dat vader daadwerkelijk naar Galway was gegaan en een baan als visser had gezocht.

'Vader is in Claddagh geweest, het dorp waar David Murphy woonde. Op een koude, regenachtige novemberavond verscheen hij bij David aan de deur en vroeg of David een baan voor hem wist. Omdat vader helemaal verkleumd was en David kon zien dat hij een lange reis gemaakt had, heeft hij hem binnengelaten. David heeft vader te eten gegeven en bood hem een slaapplaats aan, maar de volgende dag heeft hij hem verteld dat ringvissers geen buitenstaanders in hun dorp willen en dat vader weg moest gaan.'

Ze zwijgt, denkend aan haar vader, die al die mijlen op zijn blote voeten had gelopen, op zoek naar een baantje als visser en dan te horen kreeg dat ze hem niet moesten.

'En daarna?' vraagt Pat. 'Dit was anderhalf jaar geleden. Weet David waar vader heen is gegaan? Of is hij gestorven?'

Connor schudt zijn hoofd.

'Nee,' zegt hij stellig. 'Vader leeft.'

Kate houdt haar hoofd wat schuin en wacht op verdere uitleg, maar Connor zegt niets meer. Ze haalt haar schouders op.

'Ik weet niet of vader nog leeft. De vrouw van David, Alice, heeft vader ruim een half jaar later nog gezien. Ze was toen naar de stad Galway om vis te verkopen en daar zag ze vader in de haven.'

'Een half jaar later,' roept Pat zo hard dat Fergus er wakker van wordt. 'Wanneer precies?'

Kate slikt. Zij heeft hetzelfde aan David Murphy gevraagd.

'Dat was vorig jaar juni,' zegt ze zacht. 'Alice Murphy heeft vader even gesproken. Hij werkte als sjouwer en hij zei dat hij wat gespaard had, genoeg voor de overtocht naar *de nieuwe wereld*. Vader had gehoord dat hij daar een eigen boerderij kon beginnen. Hij wilde hard werken en dan geld sturen naar ons. Vader heeft Alice over ons verteld en hij zei ook wanneer hij uit Galway zou vertrekken. Hij had een passagebiljet voor 15 juni.'

Pat kreunt en Connors gezicht verstrakt. Toen zij in april vorig jaar uit hun *bothán* werden gezet, zijn ze eerst naar het armenhuis in Tuam gegaan en daarna doorgelopen naar Galway, op zoek naar vader. Eind juli waren ze in de stinkende havenstad. En vader was een paar weken daarvoor vertrokken. Waren ze maar wat sneller geweest, waren ze maar niet eerst naar Tuam gegaan, dan hadden ze hem misschien nog gezien. Maar misschien wilde vader hen niet zien. Hij had Alice verteld dat hij hen geld op zou sturen vanuit Amerika, maar vanuit Galway had hij niets opgestuurd. Hij had ervoor gekozen het geld te gebruiken voor de overtocht, niet voor hen. Eigenlijk liet hij hen voor de tweede keer in de steek.

'En wat was er nog meer, Kate?'

Ze draait haar hoofd weg van Connors onderzoekende blik. Dan schudt ze haar hoofd. David heeft haar niet meer verteld, maar ze heeft het gevoel dat hij niet helemaal openhartig is geweest.

'Wij gaan nu ook naar Amerika,' zegt Fergus. 'Misschien vind je je vader daar.'

Pat schudt mismoedig zijn hoofd.

'Weet je wel hoe groot Amerika is? Zelfs als je tachtig jaar wordt en je loopt je hele leven van de ene naar de andere kant, ben je er nog niet doorheen.'

'Vader wilde naar New York gaan,' zegt Kate. 'Dat heeft hij aan Alice verteld. Hij had een passagebiljet voor een andere stad, Alice wist niet meer welke, maar ze zei dat hij het over New York had gehad. Wij gaan naar Boston.'

Ze kijkt voor zich uit, probeert zich een voorstelling te maken van het nieuwe land. Ze heeft geen idee hoe ver Boston en New York uit elkaar liggen. Het kan duizenden mijlen zijn, maar misschien is het maar een dag lopen. Ze moet het uitvinden. Als New York en Boston niet ver uit elkaar liggen, dan gaat ze in Amerika op zoek naar vader. Misschien heeft hij daar al een boerderij en kunnen ze allemaal bij hem wonen. Dan zijn ze niet alleen in dat grote, onbekende land.

6

'Kate, Kate.'

Ze hoort het indringende gefluister wel, maar ze heeft geen zin om haar ogen open te doen.

'Kate, alsjeblieft, word nou wakker.'

Kate trekt de deken verder over haar hoofd en schuift wat naar achteren in haar kooi. Ze schurkt lekker dicht tegen Fergus aan. Hij mompelt in zijn slaap en slaat zijn arm vaster om haar heen. Maar de stem gaat smekend verder en er wordt een zachte hand op haar haar gelegd.

'Toe nou, Kate, ik wil even met je praten.'

Met tegenzin opent Kate haar ogen. Ze heeft het gevoel dat ze nog niet zo lang in slaap is. Het is zo lekker warm onder de deken en het kost haar moeite om haar hoofd op te tillen. Toch draait ze zich om. Tot haar verbazing zit Adelaide, de zus van Edward, op haar knieën voor haar kooi. Snel gaat Kate zitten. Ze wil niet in bed liggen terwijl Adelaide zit, ook al is dat geknield en zijn hun hoofden op gelijke hoogte. Kate weet niet wat ze precies van Adelaide moet denken. Ze is de dochter van de *bailiff*, opgegroeid op een grote boerderij, een witgekalkt huis met twee verdiepingen. Ze had een hemelbed met donzen dekens in een verwarmde kamer en heeft nooit een dag hoeven werken. Ze is Engelse, maar toch haat Kate haar niet zoals ze Edward haat. Adelaide heeft haar nooit iets aangedaan. Ze herinnert zich dat ze Adelaide en Edward op de heuvel tegenkwam, een paar weken nadat de *bailiff* hen het bevel had gegeven het land van de landheer te verlaten. Kate en haar broers hadden het bevel genegeerd en waren gebleven omdat Pat gewond was geraakt bij de aanval van de soldaten van de *bailiff*. Toen Kate Edward en

Adelaide vlak bij hun verwoeste *bothán* had gezien, had Edward haar vernederd. Hij had haar gevraagd haar rok op te tillen in ruil voor een stuk brood en hij had haar bedreigd met een vuurwapen. Adelaide was geschokt geweest en toen Edward op zijn paard weg was gegaloppeerd, had ze Kate snel een pakketje met brood, kaas en appels toegestopt. Maar nu is alles anders. Adelaide en zij zitten al zes dagen in hetzelfde ruim, op weg naar hetzelfde land. Kate kijkt Adelaide aan.

'Wat is er?' fluistert ze. 'Waarom kom je midden in de nacht hierheen? Weet Edward dat je hier bent?'

Ze is zijn hand op haar keel en de dreiging dat hij de volgende keer een mes zal hebben niet vergeten. Dat zou ze niet eens kunnen. Iedere keer als Edward langs haar kooi komt of als hij haar tegenkomt op het dek, kijkt hij haar met samengeknepen ogen aan of hij fluistert haar toe dat ze nergens op het schip veilig is. Daarom draagt Kate de dolk van Connor voortdurend bij zich. Nu ligt het weggestopt onder de stromatras. Ze kan zo haar hand uitstrekken om het te pakken. Maar Adelaide schudt haar hoofd.

'Edward weet het niet; hij mag het ook niet weten. Hij zou woedend worden. Hij vindt...'

Ze maakt haar zin niet af en haalt de schouders op.

'Je weet wel hoe Edward denkt.'

Kate vraagt zich af of Adelaide heel anders denkt, maar eerst wil ze weten wat Adelaide midden in de nacht komt doen. Daarom herhaalt ze haar vraag. Adelaide geeft niet meteen antwoord. Ze staart naar haar handen, vlecht haar vingers in elkaar en zucht diep.

'Ik ehm,' begint ze zo zacht dat Kate haar nauwelijks kan verstaan. 'Ik wil je wat vragen, maar ik vind het heel moeilijk.'

'Vraag maar. Je bent niet voor niets midden in de nacht hierheen gelopen.'

Het lijkt Kate niet fijn om in het schemerdonker langs al die kreunende en slapende mensen te moeten lopen. Dit is al de zesde nacht aan boord en Kate bidt iedere avond dat ze snel in slaap valt, zodat ze al die geluiden niet hoeft te horen.

'Toen we maandag aan boord stapten, kregen we een voorraad scheepsbeschuit uitgedeeld door de stuurman. Daar moesten we de hele week mee doen, had hij gezegd.'

Kate knikt. Natuurlijk weet ze dat nog. Ze heeft de hoeveelheid netjes in achten verdeeld. Evenveel voor iedere dag en nog een beetje extra voor als dat eens een keer nodig mocht zijn. Maar ze is blij dat ze zelf veel eten mee hebben gekregen van lady Evelyn, want anders zou het wel weinig zijn, net genoeg om niet te verhongeren. Adelaide buigt haar hoofd.

'Ik heb alles al op en we krijgen pas overmorgen nieuwe, maar ik heb zo'n honger. Ik kan er gewoon niet van slapen en ik dacht...'

Ze maakt haar zin niet af, maar Kate begrijpt wat ze bedoelt. Adelaide, rijke Adelaide, bedelt bij haar om een stuk scheepsbeschuit! Kate denkt aan de scheepsbeschuit die zij over heeft. Ze zou het Adelaide zo kunnen schenken, ze hebben zelf genoeg. Toch aarzelt ze. Het is zo vreemd om het aan Adelaide te geven. Het klopt gewoon niet, eten geven aan een Engelse. Ze beseft dat ze te lang stil is als Adelaide zacht zegt: 'Ik wil niet bedelen, Kate. Echt niet. Ik kan je betalen. Ik heb geprobeerd om wat te kopen van de mensen met wie we de kooi delen, maar ze zeiden dat ze geld niet kunnen eten en scheepsbeschuit wel.'

Adelaide draait haar hoofd weg.

'Dat zeiden ze, maar ze bedoelden iets anders.'

'Wat dan?'

'Ze willen het gewoon niet geven omdat ze vinden dat ik Engels ben.'

'Dat ben je toch ook?'

Kate verbaast zich over de bitterheid in Adelaides stem. Edward schept constant op dat hij Engels is, maar Adelaide schijnt er helemaal niet trots op te zijn.

'Laten we het daar nu niet over hebben,' zegt Adelaide met een vermoeide stem. 'Ik wil gewoon graag wat eten. Heb jij nog scheepsbeschuit? Alsjeblieft, Kate.'

'Smeek me niet,' zegt Kate. 'Dat past niet bij je. Je broer zou woedend zijn als hij dat zou horen. Maar ik weet wat honger met je doet, Adelaide. Ik weet hoe je je voelt, hoe je aan niets anders meer kunt denken dan aan dat holle gat dat in je maag brandt. Wacht even.'

Kate kruipt naar het voeteneind en trekt een zak onder de deken vandaan. Ze schuift weer terug naar het hoofdeind en overhandigt Adelaide een stuk scheepsbeschuit.

'Oh, Kate,' zegt ze dankbaar, terwijl ze een grote hap van de scheepsbeschuit neemt. 'Ik zal dit niet vergeten. En ik heb een gouden haarspeld van moeder...'

Ze legt de speld op haar vlakke hand. Hij licht op in het schemerlicht. Kate schudt haar hoofd.

'Kun je je nog herinneren dat wij Edward en jou tegenkwamen toen Michael zijn lievelingssteen aan het wassen was in het meertje met de meidoorn aan de oever?'

Als altijd voelt Kate zich wat verloren als ze over de meidoorn praat, over haar eigen plekje. Iedere keer dat ze *Ghealcnoc* noemt vlamt het besef dat ze er nooit meer terug zal keren door haar heen.

Adelaide knikt.

'Natuurlijk herinner ik me dat. Mijn broer heeft zich toen ernstig misdragen en daarna liet hij me in de steek. Ik weet nog dat ik heel bang voor jullie was, dat ik dacht dat jullie wraak op me zouden nemen omdat mijn vader jullie had uitgezet.'

Adelaide zwijgt en kauwt. Kate denkt terug aan die dag op de heuvel, aan Adelaide hoog op haar paard, de angst in haar ogen.

'Jij gaf ons brood, kaas en appels. Dat had je niet hoeven doen. Wij waren op dat moment in overtreding.'

Adelaide haalt haar schouders op.

'Dat was nog wel het minste wat ik kon doen, na alles wat mijn vader jullie had aangedaan. En Edward... Ik zou dit niet mogen zeggen, Kate, want hij is mijn broer, de enige van mijn familie die nog in leven is, maar soms...'

Adelaide kijkt voor zich uit. Dan zegt ze heel zacht: 'Soms

schaam ik me dat hij mijn broer is, dat wij hetzelfde bloed hebben.'

Met een ruk heft ze haar hoofd en ze pakt Kate bij de arm.

'Kate, beloof me, zweer me op alles wat je lief is, dat je dit nooit, nooit tegen Edward zal zeggen. Hij zou woedend worden als hij zou weten dat ik met je praat. Hij kijkt neer op iedereen die Iers is. Maar hij weet niet wat ik denk, wat ik al die jaren over jou gedacht heb.'

Verbaasd kijkt Kate op. Ze wist niet dat Adelaide ooit aan haar gedacht had, dat ze zelfs maar wist dat ze bestond tot die ontmoeting op de heuvel. Edward had gezegd dat Ieren niets voor hem betekenden en dat ze aan schapen meer konden verdienen. Ieren zijn geen mensen in zijn ogen en ze heeft steeds gedacht dat alle Engelsen dezelfde mening hadden.

'Wat heb je dan over mij gedacht, Adelaide?'

Adelaide schudt haar hoofd en staat op.

'Bedankt voor de scheepsbeschuit, Kate. Daarmee houd ik het wel vol tot maandag de nieuwe uitgedeeld wordt. Ik moet nu snel terug. Edward mag niet weten dat ik hier ben. En alsjeblieft, vertel niemand dat ik vannacht bij jou geweest ben. Als je dat toch doet, ontken ik het gewoon. Ik heb je nooit gesproken, nooit eten van je gehad.'

Haastig loopt Adelaide weg in het donker.

Kate gaat weer liggen en krult zich tegen Fergus aan. Hij is gelukkig niet wakker geworden van haar gesprek met Adelaide. Dat zou heel vervelend zijn geweest. Fergus haat alle Engelsen en hij vindt dat die *Sasanach* met geweld uit Ierland moeten worden verdreven. Maar Kate vindt Adelaide aardig. Ze is vriendelijk en zacht. Adelaide en zij, ze zijn even oud, maar wat hebben ze een verschillend leven geleid tot een paar weken geleden. Nu lijkt hun leven niet meer zo te verschillen. Ze zijn allebei op weg naar Amerika, maar zij is met haar geliefde en haar broers en vader woont waarschijnlijk in Amerika. Adelaide heeft alleen Edward. Hoewel, dat weet ze niet. Misschien heeft zij ook nog familie in Amerika, zijn ze daarom aan boord van de 'Mary Elisabeth' gegaan. Kate zucht. Afwezig streelt ze Fergus over zijn krullende haar. Ze wil weer slapen, maar dat lukt niet. De geluiden van al die mensen die hier op het benedendek slapen of wakker liggen en haar eigen malende gedachten houden haar uit haar slaap. Voorzichtig buigt ze zich wat naar Fergus en geeft hem een kus op zijn mondhoek.

'*Ghaoil*,' mompelt hij in zijn slaap, 'lieveling.'

Hij slaat zijn arm dicht om haar heen en ze legt haar hoofd tegen zijn borst. Stil ligt ze daar, in de schuddende kooi, luisterend naar Fergus' regelmatige ademhaling. Het lijkt of het schip hardere klappen maakt dan anders, of het meer stampt en rolt. Kon ze maar slapen.

Opeens hoort ze zacht gekraak, een geluid dat niet thuis hoort op het benedendek. Toch heeft ze het eerder gehoord, maar nog nooit 's nachts. Plotseling weet ze het. Het is het luik naar het achterdek dat wordt geopend, ondanks het uitdrukkelijk verbod van kapitein Jordan. Tussen zonsondergang en zonsopgang mag er niemand op het achterdek komen. Het luik moet gesloten blijven. Toch doet iemand het nu open. Ze hoort voetstappen, harde zolen die op de houten treden tikken. Ze komen de trap af. Bewegingsloos blijft ze liggen, Fergus' adem geruststellend vlakbij haar oor. De stappen komen dichterbij, stoppen bij haar kooi. Zacht beweegt ze haar hand en voelt onder de stromatras. Daar ergens moet het mes liggen. Haar hand tast onder de matras tot ze op het heft van het mes stuit. Haar vingers klemmen zich erom heen. Als het Edward is, die haar wat aan wil doen, zal hij spijt krijgen. Ze voelt hoe er een schaduw over haar heen valt, een hand streelt zacht over haar haren. Ze gluurt door haar oogharen. Het is Edward niet. Dat kan ook niet. Dit moet iemand zijn die van buiten komt. Als de hand over haar kin naar haar hals glijdt, schiet ze overeind. De man trekt meteen zijn hand weg.

'Kate, ik wist niet dat je wakker was.'

Kate herkent de stem van de grote, blonde matroos. Snel kijkt ze om zich heen. Niemand is wakker geworden.

'Matroos Jones, wat doet u hier beneden?'

De matroos geeft niet meteen antwoord. De stilte wordt ongemakkelijk en ze vraagt zich af of ze dat niet had mogen vragen. Of voor matrozen andere regels gelden. Ten slotte zegt Sam Jones: 'Ik was wat eerder uit mijn foksel en de kapitein zei dat ik beneden moest gaan kijken.'

'Waarom?'

Het lijkt haar vreemd dat de kapitein midden in de nacht zomaar een matroos naar het benedendek stuurt. Sam Jones zucht.

'Je vraagt wel veel, Kate O'Doherty.'

'Nog niet half zo veel als jij op de eerste dag dat ik aan boord stapte.'

Ze hoort een zachte lach.

'Dat vond je niet prettig, hè. Ik dacht juist dat Ieren altijd wilden praten, zingen en dansen, maar hier aan boord merk ik daar niet veel van. Jullie hebben toch die bijzondere dansavonden, zomaar in de open lucht.'

'Ja, *céilís*,' knikt Kate, terwijl ze denkt aan de *céilís* die ze zelf heeft meegemaakt. Het feest met veel muziek en dans was altijd op een kruispunt van landwegen, zodat er veel mensen konden komen. Ze kan zich de laatste *céilí* nog herinneren. De *bailiff* en Edward wilden toen haar vader arresteren, maar Fergus wist dat te voorkomen. Maar ze wil nu niet denken aan de tijd dat ze vrolijk feest vierde. Ze wil weten waarom Sam beneden is en ze laat zich niet afleiden.

'Klopt het dat het harder waait dan de andere dagen?' vraagt ze.

'Ja,' antwoordt Sam. 'Daarom ben ik ook hier. De kapitein wilde dat ik ging kijken of alles goed was en er niet al te veel zeeziekte was.'

'Maakt de kapitein zich daar dan zorgen over?'

Sam haalt zijn schouders op.

'Dat weet ik niet. Ik doe gewoon wat de kapitein zegt. Ik ga snel verder, anders ben ik te laat voor mijn wacht.'

Hij komt overeind, maar loopt nog niet weg. Met zijn grote hoofd wat schuin, wijst hij naar haar broers en Fergus.

'Zijn dit allemaal broers van je?'

Kate schudt haar hoofd. Ze wijst naar Fergus.

'Hij is mijn man. De anderen zijn wel broers.'

'Je man? Ben je getrouwd?'

Kate aarzelt. Ze is nog niet getrouwd, maar het voelt wel zo. En ze wil ook graag trouwen met Fergus. Ze herinnert zich nog hoe ze bijna twee jaar geleden moeders trouwjurk verkocht om eten te kopen. Ze wil niet trouwen zonder de trouwjurk van haar moeder en zonder haar vader. Daarom zegt ze: 'Nog niet, we trouwen in Amerika. Mijn vader is daar. Hij woont in New York.'

Door het hardop te zeggen wordt het waar. Haar vader woont in New York. Hij wacht op haar en haar broers en zal trots zijn op haar bruiloft.

'Waarom ga je dan naar Boston?'

Kate slikt. Nu ze verteld heeft dat ze naar Amerika gaat, naar haar vader, kan ze niet meer vertellen dat ze pas een paar dagen weet dat haar vader ook naar Amerika is gegaan. Ze weet niet of hij nog in New York is, of hij er ooit is aangekomen, of hij zelfs nog leeft.

'Is New York dan ver van Boston?'

'Nee, niet heel ver.'

'Is het te lopen?'

Sam lacht zacht.

'Ik zou het je niet aanraden. Het is toch zo'n 250 mijl, niet al te ver dus.'

Kate geeft geen antwoord. 250 mijl is een enorme afstand. Je kunt heel Ierland doorlopen, van Westport in het westen naar Wexford helemaal in het oosten, dan nog is het geen 250 mijl. Niet zo ver, noemt Sam dat.

'Kate, ik moet echt gaan. Straks mist de kapitein me. Ik moet achterwacht lopen, omdat het misschien gaat stormen.'

Kate fronst. Vreemd, de kapitein heeft hem toch juist naar beneden gestuurd? Ze heeft het idee dat Sam liegt, maar ze wil niet weten waarom.

'Dag matroos Jones,' zegt ze, terwijl ze weer tegen Fergus aankruipt.

'Dag Kate O'Doherty uit *Ghealcnoc*. Jammer dat je hier met je man bent.'

7

52 | Het schip wordt hoog opgetild en neergesmeten. Kate legt haar beide handen op haar maag en krimpt in elkaar. Het lijkt of haar lichaam alleen bestaat uit haar maag, die net als de golven met grote klappen op en neer gaat. Ze voelt hoe de scheepsbeschuit die ze de avond ervoor heeft gegeten omhoog komt en slaat een hand voor haar mond. Ze moet niet gaan overgeven. Ze wil naar buiten naar de frisse lucht, maar ze ziet dat het luik nog dicht is. Opeens hoort ze luid gekreun vlakbij. Nora springt van de bovenste kooi af en landt vlak voor Kate. Nora knielt en slaat allebei haar armen om haar eigen lichaam, alsof ze zichzelf wil omhelzen. Opnieuw een hoge golf. Nora braakt over de houten vloer van het benedendek. Kate wendt haar gezicht af. Ze is al zo misselijk en dat wordt alleen maar erger als ze naar Nora kijkt. De zure geur van Nora's braaksel prikt in Kates neusgaten en ze stopt haar hoofd onder de deken. Ze wil het niet zien, niet ruiken. Vaag hoort ze doffe stappen, maar ze blijft liggen in haar bed. Op haar zij, haar armen tegen haar buik geklemd. Dan hoort ze een harde stem.

'Vies Iers varken! Je hebt de vloer bevuild. Ruim op!'

Ze hoort hoe Nora begint te huilen, onbeheerste snikken en dan weer kokhalsgeluiden.

'Pak een doek en veeg op.'

'Ik heb geen doek,' huilt Nora.

Kate komt onder de deken vandaan. Nora zit nog altijd op de grond, voorovergebogen, huilend. Edward staat naast haar. De voet met de kapotte schoen heeft hij op Nora's rug gezet. Zijn gewicht drukt zo op haar dat Nora vlak met haar gezicht boven haar eigen braaksel zit. Zelfs in de schemer ziet Kate dat Nora's gezicht groenwit is. Zelf voelt ze hoe de misselijkheid erger wordt nu ze overeind zit. Toch moet dat; ze moet Nora helpen.

'Neem dat smerige vod maar dat je aanhebt.'

Edward trekt aan Nora's jurk en Nora huilt harder.

'Alsjeblieft, dat is mijn enige jurk.'

Kate haalt diep adem, probeert haar eigen misselijkheid te vergeten en roept hard: '*Gabh suas ort fein*, rot op, Edward, laat haar met rust.'

Edward lacht hatelijk en duwt Nora's gezicht in haar braaksel. Plotseling voelt Kate een beweging naast zich. Fergus springt uit bed en schopt naar Edward. Zijn blote voet raakt Edward vol in zijn buik. Edward valt op de grond en Fergus stort zich bovenop hem.

'*Bhastaird!*' schreeuwt hij.

Hij stompt en slaat. Edward probeert zich om te draaien en ze rollen samen over de houten vloer.

'Houd op!' gilt Kate. 'Stop allebei!'

Edward en Fergus luisteren niet. Fergus beukt in op Edward en Edward beschermt zijn gezicht met zijn linkerhand, terwijl hij met zijn rechterhand iets uit een foedraal op zijn heup probeert te trekken. De lichtstraal van een olielamp valt op het lemmet.

'Hij heeft een mes! Fergus, pas op!'

Kate gilt, maar ze is te laat. Edward haalt uit met het mes en steekt naar Fergus' slaande arm. Fergus schreeuwt, omklemt een kort moment zijn bloedende rechterarm, terwijl Edward onder hem kronkelt. Dan duikt Fergus naar Edwards hand, probeert het mes van hem af te pakken. 'Steek hem kapot, die vieze *Sasanach!*' roept iemand.

In een paar seconden heeft zich een hele kring rond Edward en Fergus gevormd.

'Doe toch iets!' schreeuwt Kate naar de omstanders, maar die klappen en moedigen Fergus aan. Edward schijnt daardoor nog woedender te worden en trapt wild om zich heen. Er klinkt luid gerinkel als de emmer van het gezin in de kooi naast Kate omvalt. Edward krijgt de drek over zijn benen.

'Stront voor de *Sasanach!*'

Hoongelach vult het ruim.

'Ophouden, nu!'

David Murphy is uit zijn kooi gesprongen. Hij trekt Fergus van Edward af. Edward wil overeind komen, maar David zegt scherp: 'Blijf liggen!'

'Nee,' weigert Edward. 'Het is hier smerig.'

'Blijf liggen!' herhaalt David.

Edward kijkt even om zich heen. Dan laat hij zich weer languit op de vloer vallen, verslagen. Kate ziet de gezichten van de omstanders, triomfantelijk, vol leedvermaak. Daartussen staat Adelaide, lijkbleek, met grote verschrikte ogen. Zelfs haar blonde haar lijkt kleurloos. Even voelt ze een vlaag van medelijden met Edward die door iedereen om hem heen wordt gehaat, maar meteen daarna herinnert ze zich hoe hij zijn schoen op Nora zette en haar wilde dwingen haar braaksel op te vegen met haar enige jurk. Edward verdient alle haat en hoon. Maar Adelaide, trillend tussen de toeschouwers, heeft niets gedaan om zo gemeden en veracht te worden. David heeft Fergus nog steeds vast. Fergus hijgt na, zijn vuisten gebald. David kijkt naar de bloedende wond op Fergus' arm. Fergus lijkt het zelf vergeten te zijn; hij lijkt geen pijn te voelen.

'Kate,' zegt David. 'Verzorg die wond. Daarna zal ik met Fergus praten.'

Hij laat Fergus los en draait zich om naar Edward, die nog steeds op de grond ligt.

'Sta op, jij, en vertel me wat er is gebeurd.'

Snel komt Edward overeind. Hij recht zijn rug, maar het ziet er niet indrukwekkend uit omdat zijn handen trillen. Hij gebaart naar Fergus.

'Ik stond hier gewoon en opeens viel die hond me aan. Ik deed niets, ik stond gewoon.'

'Je liegt!'

Kate draait zich om naar David.

'Hij liegt, hij... hij...'

Ze wil David vertellen wat Edward gedaan heeft, maar Nora

is zijn dochter, dus aarzelt ze. David kijkt haar met gefronste wenkbrauwen aan. Kate zegt niets meer. Ze buigt zich over Fergus' arm. Ze rolt de mouw van zijn kiel op en kijkt naar de wond op zijn bovenarm. Het is niet erg, niet meer dan een ondiepe schram. Het bloeden is al gestopt en de wond hoeft niet eens verbonden te worden. Fergus legt zijn hand op haar hoofd. Ze draait haar lippen naar hem toe en geeft hem een kus op zijn handpalm, op de hand, die net inbeukte op Edward. Even sluit ze haar ogen, wil ze genieten van Fergus' hand op haar gezicht. Als hij in het cachot wordt opgesloten, zal ze hem moeten missen, misschien wel tot aan Boston. Ze opent haar ogen als ze Nora met zachte stem hoort zeggen: 'Vader, Kate heeft gelijk. Hij liegt. Ik was zo misselijk en ik had overgegeven. Die Engelsman zag dat. Hij zei dat ik een vies, Iers varken was en dat ik alles op moest vegen met mijn jurk.'

Kate ziet een felle flikkering in de ogen van David verschijnen en even denkt ze dat hij Edward ook aan zal vliegen. Hij zet een dreigende stap in Edwards richting.

'David!' roept zijn vrouw Alice vanuit de bovenste kooi waarschuwend.

David balt zijn vuisten en ademt diep in en uit.

Een mannenstem roept: 'Die *ùmaìdh*, die vieze, smerige vent zette zijn voet op haar rug en duwde haar gezicht in de kots. Durft hij wel, tegen zo'n jong meisje. Hij had mij moeten nemen, maar daar is hij te schijterig voor, *cladhaire*. Ha, hij heeft precies gekregen wat hij verdient. Stront!'

Er wordt gelachen, maar Kate lacht niet mee. Ze kijkt naar de man die dat zegt. Het is Hugh, een grote, donkere kerel van een jaar of veertig met enorm grote handen. De man die de blik van de kapitein probeerde te vangen toen er een leider voor het benedendek gezocht werd. Kate vraagt zich af waarom hij niet ingreep toen het gebeurde. Om haar heen wordt geknikt. Blijkbaar waren er meer mensen, die het gezien hebben en die niets deden.

'Is dat waar?' vraagt David.

Het lijkt of hij langzamer praat dan normaal, alsof hij over ieder woord van het kleine zinnetje na moet denken. Zijn accent is nog nadrukkelijker dan anders. Edward haalt zijn schouders op.

'We moeten zorgen dat het ruim schoon blijft. We zitten hier nog weken. Als iemand het bevuilt, moet hij het schoonmaken, anders worden we allemaal ziek. Ik vroeg gewoon heel vriendelijk of ze het op wilde ruimen en opeens viel die moordenaar mij aan.'

Hij gebaart naar Fergus.

'Die man is een gevaar. Hij heeft mijn ouders vermoord en hij wilde mij ook vermoorden. Hij had een mes, terwijl dat verboden is.'

'Leugenaar! Ik zag jou het mes trekken. Het gebeurde recht voor mijn neus.'

De vrouw in de kooi naast Kate is ook gaan staan.

'Jij trok het mes en jij viel Fergus aan.'

Onmiddellijk wordt aan alle kanten ingestemd.

'Sluit hem op, sluit hem op, sluit hem op.'

Tientallen mensen scanderen.

'Sluit hem op, sluit hem op!'

Ze dringen steeds verder naar voren. Kate ziet hoe Adelaides ogen haar zoeken, wanhopig, smekend. David heft zijn hand op.

'Stil! Ik doe pas uitspraak als ik ook Fergus heb gesproken. Jij, Engelsman, hoe heet je?'

Met een ruk trekt Edward zijn hoofd naar achteren.

'Edward Harrison.'

Het zou trots hebben moeten klinken, maar het klinkt alleen zielig, alsof Edward door die naam uit te spreken nog iets van gezag en waardigheid zou hebben.

'Goed, Edward Harrison. Ruim die kotsvlek daar op en zorg dat de drek uit de emmer die je hebt omgeschopt weggeruimd wordt, dan luister ik ondertussen naar Fergus. Daarna horen jullie wat voor straf je krijgt.'

'Maar...'

'Zwijg, en ga schoonmaken, voor ik de kapitein vraag om je aan de mast vast te laten binden in deze storm.'

De storm. Nu David dat noemt voelt Kate weer hoe het schip heen en weer rolt. De spanning, de angst om Fergus heeft haar misselijkheid even verdreven, maar nu is het weer terug. Heviger zelfs dan toen ze in haar kooi lag. David gebaart naar Fergus.

'Kom mee.'

Fergus loopt achter David aan en samen gaan ze op de houten bank in het midden van het ruim zitten. Ze praten lang en ernstig en af en toe ziet Kate hoe Fergus zijn hoofd schudt. Het duurt veel te lang naar haar zin. Ze zou op willen staan en er naartoe slenteren om hen af te luisteren, maar David zal dat niet toestaan. Iedereen die in de richting van de bank loopt, stuurt hij met een handbeweging terug. Het valt haar op dat alle mensen hem gehoorzamen. De kapitein heeft een goede keus gemaakt, toen hij David als leider aanstelde. Voor haar is Edward bezig met het poetsen van de vloer. Hij heeft zijn ogen strak op de doek gericht en doet of hij de opmerkingen en het gelach niet hoort. Af en toe kijkt hij met samengeknepen ogen naar Fergus, maar hij zegt niets. Maar Kate weet dat hij Fergus de schuld geeft van deze vernedering, op zijn knieën poetsend op de scheepsvloer, terwijl hij uitgelachen en bespot wordt door tientallen Ieren.

Opeens gaat het luik open en een lange, magere matroos daalt een paar treden de trap af.

'Waar is David Murphy?' roept hij.

David staat op van de houten bank en loopt naar de trap toe.

'Hier ben ik.'

De matroos buigt zich naar hem toe en fluistert iets in zijn oor. David antwoordt met zo'n zachte stem dat Kate hem niet kan verstaan, hoewel ze vlakbij de trap zit. Niemand in het benedenruim beweegt, alsof iedereen wacht op wat er gaat gebeuren. De matroos praat een paar minuten met David, dan keert hij zich om en gaat de trap weer op. Hij sluit het luik. David draait zich om naar de mensen van het benedendek en kucht.

'Luister allemaal naar mij. Ik heb drie dingen te zeggen. Allereerst, die vechtpartij van vanmorgen. Dat accepteer ik niet. We zitten met tweehonderdvijftig man in dit ruim, we hoeven geen vrienden te worden, maar ik wil dat de fatsoensnormen in acht worden genomen.'

'Ja,' roept een man. 'Wij Ieren zijn een beschaafd volk en zo zullen we ons ook gedragen.'

Kate bijt op haar lip. Zulke opmerkingen moeten heel pijnlijk zijn voor Adelaide.

'Wij zijn allemaal beschaafde mensen,' zegt David rustig. 'Ik heb vanmorgen twee overtredingen geconstateerd. Edward Harrison heeft zich misdragen tegenover Nora Murphy en zal haar daarom deze week de helft van zijn scheepsbeschuit moeten geven. En hij heeft zich misdragen tegenover Fergus Mullan door een mes te trekken.'

'Ja,' roept Hugh, de grote man met de enorme handen. 'Dus moet hij hem de andere helft van zijn beschuit geven. Laat hem maar verhongeren, die vieze, laffe *bhastaird*. Dan weet die Engelsman ook eens hoe dat voelt.'

'Stil,' zegt David. 'Ik ben aan het woord. Fergus heeft Edward aangevallen en bleef vechten, terwijl Edward al op de grond lag, dus zijn zij beiden fout geweest. Zij zullen elkaar hun verontschuldigingen aan moeten bieden en dan laten we het hierbij. Maar dit is de laatste keer. De eerstvolgende keer dat er iemand vecht, en dan maakt het me niet uit wie dat is of waarom, gaat hij of zij onmiddellijk het cachot in.'

Even is het stil. Kate denkt na over de straf, probeert voor zichzelf uit te maken of het rechtvaardig is. Zij had liever gezien dat Edward voor de rest van de reis werd opgesloten, maar David heeft wel gelijk. Dan zou Fergus ook gestraft moeten worden. Ze hoopt alleen niet dat Edward dan de scheepsbeschuit van Adelaide afneemt.

'Het tweede wat ik wil zeggen,' gaat David verder. 'Jullie hebben allemaal gemerkt dat het vandaag hard waait, harder dan we tot nu toe hebben gehad. Het stormt nog niet, maar het is wel gevaarlijk op het dek, daarom mogen we niet op het achterdek komen. We moeten vandaag beneden blijven, in ieder geval tot het weer rustiger wordt.'

Kate houdt haar adem in. Nu hier blijven, terwijl ze al zo misselijk is. Ze wil weg, weg uit dit stinkende ruim en de frisse zeelucht inademen, maar dat kan niet.

'David, hoe komen we aan water?' vraagt ze.

David werpt haar een snelle blik toe.

'Dat wilde ik net zeggen, Kate. Laat me eerst uitpraten, dan kan iedereen daarna vragen stellen.'

Kate buigt het hoofd. Ze voelt zich als een klein kind dat door een vader terecht wordt gewezen.

'Ik heb mét de matroos afgesproken dat een paar sterke mannen voor iedereen het water voor vandaag gaan halen. Verder blijft het luik dicht totdat kapitein Jordan zegt dat het weer open mag. Duidelijk?'

Er wordt geknikt.

'Tenslotte,' zegt David. 'Het is vandaag zondag. Is er een priester aan boord?'

Iedereen kijkt om zich heen, maar niemand reageert. Er is geen priester aan boord. Kate beseft meteen dat er niemand is om het heilig oliesel toe te dienen als er iemand sterft. Ze denkt aan al die duizenden, al die landgenoten die van de honger zijn gestorven, zonder heilig oliesel, zonder begrafenis, zonder een graf. Ze herinnert zich hoe ze met Pat en Connor door een dorpje in het westen trok tijdens hun reis nergens heen. Daar ontmoetten ze een vrouw, die hun zonder woorden vroeg te helpen met het begraven van een jongetje. Kate weet niet of het haar zoon was, haar kleinzoon of dat het helemaal geen familie was. Ze was toen zelf te verzwakt om het te vragen, ze bleef maar lopen om niet neer te vallen en te sterven. De vrouw en Connor hebben het dode jongetje, zijn gezichtje bedekt met hongerdons, het huis uitgedragen en hem achter een stapel stenen neergelegd. Het beeld van het dode jongetje, blond net als haar kleine broertje, dat werd toegedekt met wat stro komt voor haar ogen. Stro als lijkwade, geen graf, en wat gestamelde woorden van een half vergeten gebed door onbekende mensen die toevallig voorbij trokken.

'Is er misschien een non, een andere geestelijke?'

Opnieuw wordt er niet geantwoord. Toch zou Kate het fijn vinden als er vandaag een dienst was, al was het maar om de eentonigheid van de lange dagen aan boord te doorbreken. Opeens klinkt er een zachte stem.

'Ik ben geen geestelijke, maar ik zou het fijn vinden als we een soort dienst konden houden. Ik heb een bijbel bij me. Misschien kan ik daar wat uit lezen.'

Verbaasd kijkt Kate naar Adelaide. Ze had verwacht dat Adelaide zich zo onzichtbaar mogelijk zou houden na de vechtpartij van haar broer, maar nu heeft ze alle aandacht op zich gevestigd.

'Jij bent Engelse,' roept een vrouwenstem. 'Jij gaat vast naar zo'n rare kerk.'

'Wij gingen naar een anglicaanse kerk,' antwoordt Adelaide, 'maar dat maakt toch niet uit? Het is dezelfde God.'

Iemand snuift luid.

'Luister niet naar haar. Zij wil ons bekeren, onze ziel laten branden in de hel.'

Kate zet een stap naar voren.

'*Ráiméis*,' zegt ze. 'Onzin. Adelaide praat toch niet over bekeren. Ze wil een stukje uit de bijbel voorlezen. Ik zou het fijn vinden. We zitten hier midden op de oceaan in een harde wind, overgeleverd aan God. Ik heb vanmorgen gebeden of God ons wil sparen en ik denk dat ik niet de enige ben. Misschien helpt het als we met elkaar bidden, zingen en daarna wat uit de bijbel lezen. Ik wil wel een verhaal vertellen, een verhaal dat ik van mijn moeder heb geleerd.'

Kate kijkt naar de gezichten. Sommigen knikken instemmend, anderen wenden hun hoofd af. Connor geeft Fergus een klein duwtje en gebaart met zijn hoofd in de richting van Kate. Fergus, met het bloed nog op zijn kiel, knikt naar Connor en stapt naar voren.

'Dat lijkt me een heel goed idee,' zegt hij. 'Adelaide leest een stuk voor, jij vertelt een verhaal en we zingen met zijn allen.'

Kate glimlacht. Fijn dat juist Fergus het zegt. Iedereen heeft Fergus en Edward zien vechten en de meesten weten dat Edward en Adelaide broer en zus zijn.

David knikt.

'Goed, ik ga nu met een paar mannen water halen. Daarna zullen we allemaal wat eten en dan hebben we hier onze eigen kerkdienst.'

David wijst een aantal mannen aan die water moeten gaan halen. Adelaide loopt naar Kate toe.

'Bedankt,' zegt ze zacht. 'Ik ben blij dat je me hielp. Ik vond het zo eng om hardop wat te zeggen, maar ik dacht dat ik, nu Edward zich weer vreselijk heeft misdragen, moest laten zien dat ik...'

Ze maakt haar zin niet af.

'Je snapt me toch, Kate?'

Kate knikt.

'Laten we het niet hebben over vanmorgen. Wat ga jij lezen? Ik wil graag het verhaal van Ruth vertellen. Ik ehm...'

Nu stokt Kate. Zij kan lezen en schrijven en daar is ze heel trots op. Ze was een van de weinigen in het dorp, die dat kon. Maar ze leest niet zo goed dat ze een heel bijbelverhaal kan voorlezen. De bijbel die ze van lady Evelyn heeft gekregen is in het Engels en ze wil het verhaal graag in het Iers vertellen, zoals haar moeder dat deed bij het turfvuur. Bovendien is ze bang dat haar reisgenoten zullen denken dat ze met de Engelsen heult als ze in het Engels leest. Ze zijn toch al argwanend tegenover haar, Pat en Connor, daarom moet ze duidelijk blijven maken dat ze Iers is. Adelaide zal niet kunnen begrijpen dat Kate het moeilijk vindt om voor te lezen. Adelaide heeft op school gezeten en lezen is voor haar net zo vanzelfsprekend als praten, maar Kate vindt het nog steeds moeilijk. En de letters in de bijbel zijn klein, de woorden moeilijk.

'Ik vertel straks het verhaal van Ruth.'

'Ruth?' vraagt Adelaide, terwijl ze haar recht aan kijkt. Kate beantwoordt haar blik.

'Ja, Ruth, dat vind ik een heel mooi verhaal.'

Adelaide glimlacht.

'Dan lees ik het verhaal van de Barmhartige Samaritaan.'

Kate strekt haar hand uit en Adelaide pakt hem. Ze voelt zich opeens verbonden met Adelaide. Hoe meer ze Adelaide leert kennen, hoe kleiner de verschillen worden. Adelaide is niet meer dat dikke, blonde meisje in haar fluwelen jurken met de zilveren sierspelden in haar haar. Ze is net als zij. Een meisje van zestien op een schip, op weg naar een land dat ze niet kent, naar een leven vol onzekerheden, maar erop vertrouwend dat God met haar mee gaat.

'Kate?'

Adelaides stem is opeens ernstig.

'Vanmorgen, wat Edward heeft gedaan, dat kon natuurlijk niet. Maar de straf die David hem gaf, dat op laten ruimen, was heel vernederend. Edward heeft nog nooit iets opgeruimd. Wij hadden daar altijd dienstbodes voor.'

Kate haalt haar schouders op.

'Hij had het wel verdiend.'

Adelaide kijkt haar niet aan als ze zegt: 'Dat begrijp ik, maar Edward niet. Hij zal jou en Fergus er de schuld van geven en jullie nog meer haten. Blijf alsjeblieft bij hem uit de buurt. En zeg dat ook tegen Fergus.'

Adelaide grijpt haar beide handen en kijkt haar ernstig aan.

Kate buigt het hoofd.

'Ik zal voorzichtig zijn,' zegt ze.

8

Het luik gaat krakend open en de lange, magere matroos, die gisteren kwam zeggen dat ze niet naar buiten mochten, daalt de trap af.

'Even allemaal luisteren!' roept hij.

Kate zit op de rand van haar kooi en ze draait haar hoofd naar hem toe, maar zij is een van de weinigen. De meesten lijken zijn stem niet gehoord te hebben. David loopt naar de matroos toe en vraagt hem wat. Dan schalt David: 'Even de aandacht graag!'

Zijn stem galmt als een misthoorn door het ruim en Kate kan zich voorstellen hoe hij als visser op de voorplecht van zijn bootje stond en schreeuwde naar andere vissers op het water. Het wordt stil in het benedenruim.

'Ik heb goed nieuws,' roept David. 'De wind is gaan liggen, dus we mogen naar buiten. Over een uur wordt het water en de voorraad scheepsbeschuit voor deze week uitgedeeld. Zorg dat jullie allemaal op tijd aan dek zijn, maar wees wel voorzichtig.'

Kate kijkt David verbaasd aan. Het schip rolt nog steeds zo heen en weer dat ze zich niet voor kan stellen dat de wind is gaan liggen. Toch grist ze snel haar omslagdoek van een haak aan de kooi, trekt haar schoenen aan en klimt de trap op. Zodra ze buiten is, ademt ze flink in. Ze doet haar ogen dicht en zuigt de frisse zeelucht diep in haar longen. Na twee nachten en een dag opgesloten in het benedenruim is het heerlijk om de schone, zoute lucht in te ademen. Met haar hand op de reling loopt ze naar het achterdek. Ze is nu nog de enige die buiten is, maar dat zal niet lang meer duren. Het is nog erg vroeg. Het water en de lucht lijken zwart, maar daartussen, als om hemel en water te scheiden, rijst de zon als een roodgouden bal. Kate hoort voetstappen en ze draait zich om. Fergus komt haar glimlachend tegemoet. Kate strekt haar armen naar hem uit. Fergus drukt haar dicht tegen zich aan. Ze ligt nu al een week iedere nacht in Fergus' armen, maar deze omhelzing voelt anders. Ze is zich nu meer bewust van zijn warme, sterke lichaam. Fergus kust haar zacht op haar lippen.

'Mijn lieve Kate,' fluistert hij. 'Hier staan we dan, samen op weg naar Amerika. Ik heb daar niet eens om durven bidden.'

Kate legt haar hoofd op zijn schouder en houdt Fergus stevig vast. Warm, vertrouwd, alsof ze niet maanden en maanden gescheiden zijn geweest.

'Wat is de ochtend mooi,' zegt Fergus schor.

Hij doet een stapje achteruit en kijkt haar aan. Zijn ogen glijden over haar gezicht, haar haren, ogen zo vol liefde dat zijn blik een streling lijkt.

'Je haar is precies de kleur van de opkomende zon.'

Fergus trekt haar weer tegen zich aan.

'Konden we maar echt samen zijn,' zegt hij in haar oor.

Kate voelt hoe er een blos over haar wangen trekt. Ze herinnert zich dat ze iets meer dan een week geleden Fergus en Michael terugvond op een heuvel bij Westport. Nadat Fergus verteld had wat hij de afgelopen maanden had meegemaakt, was Michael in slaap gevallen. Daarna waren Connor en Pat naar de haven gegaan om passagebiljetten voor Amerika te halen. Kate was alleen met Fergus en de slapende Michael geweest. Ze waren zacht weggeslopen en hadden zich achter een grote braamstruik verscholen. De struik deed haar denken aan wat ze tegen Michael had gezegd toen moeder in verwachting was van de arme Séan. 'Eerst komen de bramen, dan de baby.' Het was anders gegaan. De baby was geboren en ook weer begraven voor de braamstruiken vrucht droegen. Maar zij leefde nog en Fergus ook. Achter de braamstruik had Kate zich langzaam uitgekleed. Daarna waren Fergus en zij in het gras gaan liggen en één geworden. Man en vrouw, samengekomen na een maandenlange scheiding. Als ze haar ogen dicht doet, kan ze Fergus' naakte lichaam weer tegen het hare voelen. Maar hier aan boord, in de kooi die ze deelt met haar broertjes kan ze niet echt met Fergus samen zijn. Ze kijkt naar hem op en glimlacht.

'Jij bent mijn vrouw,' zegt Fergus zacht. 'God leidde mij terug naar jou om met jou samen te leven, als man en vrouw. In Zijn oneindige goedheid heeft Hij ons...'

Fergus maakt zijn zin niet af, maar draait zijn hoofd naar het luik. Een grote groep mannen en vrouwen uit het benedenruim komt de trap op en loopt het dek op. Al die bleke, verzwakte mensen ademen de frisse lucht in. Kate laat Fergus los en houdt zich met beide handen vast aan de reling. Connor komt naar haar toelopen en ze glimlacht.

'Ik ben blij dat de wind is gaan liggen.'

Connor draait zijn hoofd en kijkt naar de zeilen. Ze hangen slap aan de mast. Hij schudt zijn hoofd.

'Nee, Kate,' zegt hij zacht. 'We hebben wind nodig, anders zijn we te lang onderweg, dan raken de voorraden op. Straks wordt de scheepsbeschuit uitgedeeld. Laten we daar heel zuinig mee zijn. Voor nu hebben we nog genoeg eten van lady Evelyn, maar de tocht zal lang gaan duren.'

Kate bijt op haar lip. Connor praat zo ernstig. Ze neemt zich voor om de komende weken zo veel mogelijk beschuit te sparen. De harde, smakeloze deegkoeken kunnen maanden goed blijven en het eten dat lady Evelyn mee heeft gegeven moet wel binnen een paar weken op. Opeens maakt het schip een harde klap en Kate klemt zich steviger aan de reling vast. Een oude man valt. Wrijvend over zijn knie komt hij overeind.

'Ik snap er niets van,' zegt Kate. 'Er is helemaal geen wind, maar de golven blijven hoog. Zo was het een paar dagen geleden toch niet?'

Kate is nu al zo aan het geschommel en gestamp van het schip gewend, dat ze het moeilijk vindt om te bedenken of ze een paar dagen geleden minder heen en weer rolden.

'Je hebt gelijk,' zegt David, die naast haar opduikt. 'De oceaan moet nog tot rust komen na de harde wind van gisteren. Hij heeft daar altijd een dag en een nacht voor nodig. Blijf vandaag maar zo veel mogelijk op het achterdek. Beneden is het nu vreselijk. De zee gaat nog tekeer alsof het stormt, maar er staat bijna geen wind, waardoor we niet vooruit komen. Zelfs ervaren vissers en matrozen kunnen daar zeeziek van worden.'

Kate knikt. Ze heeft helemaal geen zin om weer naar beneden te gaan en in het donkere ruim te zitten. De zon komt op en het lijkt een mooie dag te worden. Ze neemt zich voor om zo veel mogelijk buiten te blijven tot de luiken voor de nacht worden gesloten.

Een uur later staat ze samen met Michael in de rij voor de scheepsbeschuit. Michaels handje kruipt in de hare en ze glimlacht. Michael wil haar voortdurend vasthouden, alsof hij bang is dat ze weer verdwijnt als hij haar loslaat, dat ze weg zal zweven als een *banshee*. Michael staat heel rustig, maar Kate vindt het ongemakkelijk om in de rij te staan voor eten. Ze kijkt naar de gezichten om zich heen, maar die staan berustend. Sommigen praten zelfs vrolijk bij het vooruitzicht weer eten voor een week te krijgen. Opnieuw beseft Kate dat zij anders is geworden dan haar landgenoten doordat ze een half jaar als dienstmeisje van lady Evelyn heeft gewerkt en door haar is verwend met warmte, veiligheid en voedsel. Ook Adelaide staat in de rij, een beetje apart van de anderen, alsof niemand naast haar wil staan. Ze staart naar haar voeten op het dek. Kate slaat haar arm om Michael heen, blij dat zij niet alleen staat. Iets verderop zitten Fergus en Connor. Pat zit nog beneden om hun spullen te bewaken. Connor zal hem straks aflossen.

'Kate,' zegt Michael zacht. 'Ik vind het zo fijn dat je mij gevonden hebt.'

Kate glimlacht.

'Ik ook, *Michael bheag*, ik ook.'

Terwijl ze het zegt, krijgt ze een vreemd gevoel. Ja, ze is weer samen met Michael, maar hij is zo veranderd in het jaar dat ze hem niet heeft gezien. Zijn hoge, heldere stemmetje is nog hetzelfde, maar ze hoort hem veel minder. Ze herinnert zich

Michael als een vrolijk, altijd pratend, spelend jongetje, maar nu is hij veel te ernstig en te stil voor zijn zes jaar. Hij slaapt veel, lange nachten en iedere dag ook een paar uur. Michael heeft nu een week goed gegeten, maar hij blijft zo mager dat ze zijn ribbetjes kan tellen en zijn ellebogen en knieën zijn scherp en puntig. Ze hoopt dat haar kleine broertje sterk genoeg is voor de overtocht naar Amerika, helemaal als dat langer dan een maand gaat duren, zoals Connor heeft voorspeld. Er staan nog zeven mensen voor Kate in de rij voor de scheepsbeschuit. Dan is Adelaide aan de beurt. De matroos Sam Jones pakt een zak met scheepsbeschuit en geeft die aan haar. Hij legt zijn hand even op haar schouder en zegt iets tegen Adelaide. Kate kan hem niet verstaan, maar ze ziet hoe Adelaide knikt en glimlacht. De matroos geeft Adelaide een klein knipoogje voor ze met de zak met scheepsbeschuit wegloopt in de richting van het luik.

Kate zit naast Fergus op het achterdek met haar rug tegen de reling. De zon staat nu net boven het water en trekt een geeloranje horizontale streep tussen het donkere water en de blauwe lucht. Mensen lopen heen en weer met water en scheepsbeschuit. Ook Adelaide komt langs op weg naar de rij voor het water, de rij waar Michael en Connor nu in staan. Adelaides mond vertrekt een klein beetje als ze langs Kate komt, nog geen glimlach, maar Fergus negeert ze. Kate kijkt hoe Adelaide met gebogen hoofd aansluit in de rij voor het water. Dan draait ze zich om naar Fergus en vraagt: 'Ga je het me nu vertellen?'
Fergus kijkt haar niet aan.
'Wat bedoel je, Kate?'
Kate zucht.
'Dat weet je, Fergus. Ik wil weten wat er gebeurd is in de tijd dat ik je niet heb gezien.'
Fergus haalt zijn schouders op.
'Dat heb ik je al verteld.'
Kate schudt het hoofd. Fergus heeft haar verteld dat hij na de rellen in Galway die stad uit was gevlucht omdat hij gezocht

werd. Hij was op weg gegaan naar het armenhuis in Tuam, maar had gehoord van de vreselijke omstandigheden in de armenhuizen. Veel te weinig eten, gezonde, zieke, stervende mensen lagen door elkaar, maar mannen en vrouwen werden gescheiden. Ieren stierven er massaal door het uitbreken van besmettelijke ziekten. Ze kregen wel een laatste oliesel, maar geen fatsoenlijke begrafenis. Er waren speciale doodskisten met een open onderkant, zodat ze keer op keer gebruikt konden worden. In sommige armenhuizen werden de doden gewoon met tientallen in een grote kuil gestort en werd de kuil dichtgegooid met aarde. Daarom had Fergus besloten Michael uit het armenhuis te halen. In het armenhuis van Tuam bleek dat Molly Clarke, die ook uit *Ghealcnoc* kwam, zich ontfermd had over Michael. Daarom had Fergus niet alleen Michael, maar ook Molly en haar vier kinderen meegenomen uit het armenhuis. Ze hadden maandenlang in een grot geleefd en waren daarna naar Westport gegaan, waar Connor hen had gevonden. Maar Kate weet niet waarom Edward blijft herhalen dat Fergus een moordenaar is. Kate haalt diep adem.

'Je hebt me niet alles verteld, Fergus.'

'Nee, natuurlijk niet. Tien maanden kun je niet in een paar woorden vertellen.'

Kate legt haar hand op Fergus' arm. Ze wil echt weten wat er gebeurd is. Hoe kan ze met hem trouwen als hij misschien een moordenaar is?

'Kijk me aan, Fergus,' zegt ze ernstig. 'En vertel me waarom Edward jou zo haat. Heb jij zijn ouders vermoord?'

Fergus geeft geen antwoord. Hij staart voor zich uit en zucht diep.

'Kate, denk jij dat ik iemand kan vermoorden?'

Kate durft Fergus niet aan te kijken. Deze vraag spookt al een week door haar hoofd. Is Fergus in staat om iemand te vermoorden? Hij heeft vaak gezegd dat de enige goede Engelsman een dode Engelsman is, maar tussen het zeggen en daadwerkelijk iemand vermoorden, staat God met Zijn vijfde gebod; Gij zult niet doden. En niet alleen God, ook de wetten, de angst voor straf en het eigen geweten. Kate kan geen antwoord geven op de vraag van Fergus. Iedere avond als ze wegkruipt in zijn armen, is er een stemmetje in haar hoofd dat zegt dat ze misschien met een moordenaar gaat trouwen, een stemmetje dat alleen zal zwijgen als zij de waarheid kent.

'Zeg me wat er gebeurd is, Fergus, alsjeblieft.'

Fergus slaakt een diepe zucht.

'Goed, Kate. Ik zal je alles vertellen.'

Fergus staart met een glazige blik in zijn ogen naar de rij mensen die voor hem staat, maar hij lijkt hen niet echt te zien. Met zachte stem en zonder haar aan te kijken begint hij te vertellen.

'Ik heb Michael uit het armenhuis gehaald, samen met Molly Clarke, haar zoon Morgan en nog drie van haar kinderen. Al haar andere kinderen waren gestorven. Molly wilde heel graag terug naar *Ghealcnoc*. Ze hoopte dat Blake daar nog zou zijn, in zijn *scailpeen*. Je kunt je Blake natuurlijk nog wel herinneren?'

Het is niet echt een vraag. Toch knikt Kate. Blake Clarke is niet iemand die je snel vergeet. Blake Clarke is de sterkste man die Kate ooit ontmoet heeft. Groot, breed, krachtig, met knalrood haar en ervan overtuigd dat de Engelsen met geweld bestreden moeten worden. Hij deed alles wat de *bailiff* verbood: hij viste in het meer van de landheer, had illegale aardappelgrondjes, stookte *poitín* en stroopte konijnen. Maar op kerstavond 1845 zette de *bailiff* Blake Clarke, zijn vrouw Molly en hun acht kinderen, van wie de jongste pas een paar maanden was, uit hun huis. Blake bracht zijn vrouw en kinderen naar het armenhuis, maar kwam zelf terug en woonde in een *scailpeen* hoog op de heuvel, waar Kate ook woonde. Hij zei dat hij de Ierse Zaak beter kon dienen als hij vrije lucht in kon ademen, dan wanneer hij in een stinkend armenhuis zat. Fergus pakt haar hand en zegt zacht: 'Ja, Blake Clarke. Ik zal hem nooit vergeten. Ierland zal hem nooit vergeten.'

Met een ruk draait ze haar hoofd naar hem toe.

'Is hij dood?'

Fergus knikt langzaam, zijn ogen vochtig.

'Ik heb hem zien sterven.'

Zijn stem klinkt schor.

'Laat me vertellen.'

Kate weet dat hij haar nu alles zal zeggen, ook dingen die ze misschien niet wil horen. Ze legt haar hand op zijn arm. Fergus kucht.

'Vanuit het armenhuis liepen we terug naar Cong. Michael was erg zwak, maar hij klaagde niet. Hij liep letterlijk tot hij niet meer kon en dan droeg ik hem verder. We waren vlakbij *Ghealcnoc*, maar durfden daar niet met zijn allen naartoe te gaan. Daarom zochten we een grot een paar heuvels verder en op een nacht liep ik in mijn eentje naar *Ghealcnoc*. Ik wilde naar mijn moeder, mijn zus Bridget, de kleine Murtagh en mijn grootmoeder Biddy. Ik wilde zelfs weten hoe het met mijn vader was. Ik had hem gezegd dat hij dood was voor mij, omdat hij Blake had verraden bij de *bailiff*, maar toch hoopte ik dat hij me binnen zou laten. Kun je dat begrijpen, Kate?'

'Ja,' zegt ze eenvoudig.

Thomas, de vader van Fergus, heeft dingen gedaan die moeilijk te vergeven zijn. Hij heeft zijn dorpsgenoten verraden bij de *bailiff* in ruil voor een paar zakken meel, maar hij deed het voor zijn gezin, omdat hij niet wilde dat ze zouden verhongeren. Kate heeft zelf gemerkt hoe de strakke leefregels van de tien geboden, opschuiven als de honger voortdurend je metgezel is. Ze weet welke beslissingen je kunt nemen als je je dierbaren ziet verhongeren. Thomas was geen slechte man, maar hij dacht anders dan Fergus. Kate denkt aan haar eigen vader. Hij heeft moeder geslagen en hen in de steek gelaten. Ze ziet nog zijn bleke gezicht voor zich, zijn bloeddoorlopen ogen toen hij zei: 'Morgen vertrek ik.' Maar als vader niet gedronken had, was hij vrolijk. Hij zong en kreeg moeder, die vaak ernstig was, altijd aan het lachen. Net als Thomas is vader geen slechte man. Ze vraagt zich af waar hij nu is. Of hij, zoals Alice zei, inderdaad naar Amerika is gegaan om daar een eigen boerderij te beginnen. Kate draait zich om naar Fergus die zijn ogen strak op de dekplanken gericht houdt. Opeens kijkt hij haar aan.

'Hij was mijn vader, Kate,' zegt hij zacht. 'En zijn bloed stroomt door mijn aderen. Ik wilde hem zeggen dat ik het niet met hem eens was, dat ik vond dat hij Ierland had verraden, maar dat hij niet langer dood was voor mij en dat hij altijd mijn vader zou blijven.'

Fergus sluit zijn ogen.

'Ik heb de kans nooit gehad.'

Er valt een stilte. Kate pakt zijn hand en geeft hem een zacht kneepje. Fergus haalt luidruchtig zijn neus op en vertelt verder: 'Toen ik in *Ghealcnoc* aan kwam, liep ik de heuvel op over het zandpad waar ik duizenden keren had gelopen en ik dacht steeds aan het gezicht van mijn moeder. Hoe blij ze zou zijn dat ik weer thuis was, ook al was het maar voor even. Maar ik ben niet thuisgekomen. Het huis was platgebrand en er was niemand meer.'

Kate knikt. Ze heeft Eileen, de moeder van Fergus, ontmoet vlak voordat Kate Ierland verliet en ze wist dat Eileen en haar zoontje Murtagh waren uitgezet omdat ze de pacht niet meer konden betalen.

'Daarom liep ik door, hoog de heuvel op en ik vond de *scailpeen* van Blake. Blake was er nog wel en hij was zo blij me te zien. Ik vertelde hem dat Molly en vier kinderen op een paar mijl afstand een *scailpeen* hadden en hij is nog dezelfde avond met me meegekomen. Het was heel mooi om Molly en Blake weer samen te zien, hoewel het ook moeilijk was toen Molly vertelde dat er vier kinderen waren gestorven. Zo'n grote, sterke man te zien huilen is afschuwelijk.'

Fergus zwijgt en trekt met zijn wijsvinger strepen over het houten dek. Kate wacht maar Fergus zegt niets meer. Kate kijkt naar de mensen die heen en weer lopen op het dek. Witte gezichten, maar overal de opluchting dat ze niet meer opgesloten zitten. Kate is ook blij dat ze buiten is. Toch voelt ze zich nog opgesloten, gevangen in de vraag of haar geliefde een moordenaar is. Uiteindelijk kucht ze. 'Heb je, heb je Edward en Adelaide toen ook ontmoet?'

Fergus draait zich naar haar toe.

'Kate, blijf je van mij houden, als je alles weet?'

Fergus stelt weer een vraag die zij zichzelf al zo vaak heeft gesteld in de stilte van haar kooi, terwijl om haar heen gesteun en gezucht klonk. Gefluister van mensen die ook niet konden slapen. Kun je houden van een moordenaar? Is een man die een andere man vermoordt in wezen een slecht mens, of wordt hij door omstandigheden gedwongen en verandert een mens niet wezenlijk? Ze heeft zelf gemerkt hoe haar eigen grenzen vervaagden. Ze deed alles om maar even niet dat schrijnende gevoel in haar maag te voelen. Ze heeft gebedeld, ze heeft gelogen, gestolen, gekregen haverkoeken snel zelf opgegeten voordat haar broers het zagen, maar moord. Een medemens, iemand die God geschapen heeft naar zijn evenbeeld, doden? Dat heeft ze nooit gedaan.

'Ik weet het niet, Fergus, vertel het me maar gewoon.'

'Dat is een eerlijk antwoord.'

Fergus hervat zijn verhaal: 'Een tijdje woonden we met zijn allen in de *scailpeen*, op die andere heuvel. Michael en ik, Molly en Blake, Morgan en de drie kleintjes. Blake, Morgan en ik stalen en stroopten om in leven te blijven en we gingen regelmatig naar bijeenkomsten in Cong. Je weet wel wat ik bedoel.'

Kate knikt. Fergus ging daar vaker heen en ook haar broertje Connor is een paar keer mee geweest. Het zijn geheime bijeenkomsten van Ierse mannen, vaak uitgezette pachters, die niet langer willen luisteren naar de vredespraatjes van Daniel O'Connell, de bevrijder die vreedzaam opkomt voor de rechten van de Ieren. Deze mannen willen dat de Engelsen met geweld uit Ierland worden verdreven en vallen landheren, rentmeesters en *bailiffs* aan. Fergus slikt. Kate ziet zijn adamsappel op en neer gaan.

'Op een dag kwam Blake met het idee om de voorraadschuren van de *bailiff* te plunderen. Je weet zelf hoeveel eten hij daar heeft, terwijl zijn pachters verhongeren.'

Opnieuw knikt Kate. Ze herinnert zich nog dat Fergus en

Connor dat eerder hebben geprobeerd. Ze was er toen zelf bij, maar ze werden betrapt door de *bailiff*. Harrison heeft hen destijds niet laten arresteren, als ze beloofden onmiddellijk te vertrekken uit het dorp en nooit meer terug te komen.

'Blake wilde dit keer een grote groep mensen en veel meer geweld gebruiken. Ik heb geaarzeld.'

Fergus pakt haar stevig bij haar bovenarmen beet. Zijn duimen dringen in haar vlees.

'Echt waar, Kate, je moet me geloven. Ik wilde het eerst niet. Natuurlijk wilde ik wel die voorraden stelen, maar ik wilde het stiekem doen, met een paar mannen en gehuld in stilte en duisternis, zoals we dat meestal deden. Niet met een menigte en veel geweld, maar toen dacht ik aan wat de *bailiff* mijn vader en moeder had aangedaan.'

'Wat heeft hij met je ouders gedaan?'

Kate heeft alleen maar gehoord dat Fergus' vader en zijn grootmoeder waren overleden, dat zijn zus was getrouwd en dat zijn moeder en kleine broertje Murtagh waren uitgezet.

'Niets,' schreeuwt Fergus opeens heftig, terwijl hij haar loslaat en zijn armen spreidt.

Verschillende vrouwen draaien hun hoofd naar Fergus.

'Niets,' herhaalt hij zachter. 'Hij deed juist helemaal niets. Maandenlang, misschien zelfs jarenlang heeft mijn vader zichzelf en zijn volk verloochend door alles over onze dorpsgenoten aan de *bailiff* te verraden, maar toen mijn vader hem nodig had, liet Harrison hem barsten.'

'Hoe bedoel je?'

Fergus wrijft even over zijn ogen.

'Blake heeft me dit verteld toen ik terug kwam, meteen die eerste avond. Mijn vader en mijn grootmoeder werden ziek. Ze hoestten en hadden hoge koorts. Vader en moeder hadden geen geld voor een dokter en Alice Crotty, die *cailleach* met haar kruidendrankjes, was ook uitgezet, dus ging mijn moeder naar Harrison om hem te smeken om goede medicijnen en versterkend voedsel.'

Fergus' kaak trekt strak.

'Harrison stuurde haar weg. Hij zei dat hij niet aan liefdadigheid deed en dat ze zelf maar voor haar geld moest werken. Hij kon er niet aan beginnen om zijn pachters medicijnen en voedsel te geven. Mijn moeder had maar moeten zorgen dat ik niet weg was gelopen, dan had ik kunnen werken voor ons gezin.'

Kate draait zich met een ruk om.

'Dat is gemeen!' roept ze uit. 'Harrison heeft jou zelf uitgezet, omdat je bij ons was gaan wonen.'

'Sst,' zegt Fergus, met een lichte hoofdknik naar de mensen op het dek. 'Dit gaat niemand wat aan. Mijn moeder besteedde haar allerlaatste geld aan medicijnen, maar het hielp niet. Vader en grootmoeder stierven kort na elkaar aan de koorts. Moeder verkocht de meubels om doodskisten te kunnen kopen. Vader en grootmoeder werden begraven op het kerkhof in het dorp. Bridget was ondertussen een man uit Headford tegengekomen en verliefd geworden. Mijn moeder vond het goed dat ze met hem trouwde en bij hem ging wonen. Hij had een kleine winkel in ijzerwaren en woonde achter de winkel. Bridget kon bij hem komen werken. Het was een mond minder om te voeden. Moeder verkocht alles wat er nog was, de *slanes*, de borden, de kookpot, kruiken en kroezen om Bridget een trouwjurk te geven.'

Fergus zwijgt. Kate kijkt stil voor zich uit. Eileen, knappe, slimme Eileen. De enige vrouw in het dorp die kon lezen en schrijven, die vloeiend Engels sprak, moest alles wat ze bezat verkopen om haar man en schoonmoeder waardig te begraven en haar dochter te laten trouwen. Kate probeert zich voor te stellen hoe het geweest moet zijn in de kleine *bothán* van de Mullans, zonder meubels en serviesgoed en zelfs zonder *slanes* om het land te bewerken.

Zacht vervolgt Fergus: 'Vlak na de bruiloft moest de pacht worden betaald, maar mijn moeder had natuurlijk niets meer en Harrison wilde haar geen uitstel geven. Toen is onze *bothán* in brand gestoken en mijn moeder is vertrokken met Murtagh.'

Kate knikt.

'Het zal nu goed gaan met haar. Je weet dat we haar tegen zijn gekomen toen we op weg waren naar Westport. Je moeder en Murtagh werken nu voor lady Evelyn. Ze zullen daar een goed leven hebben en je kunt haar schrijven als we in Amerika zijn.'

Fergus kucht.

'Dat wist ik toen niet. Ik dacht dat Murtagh en zij ook dood waren, dat de *bailiff* er voor had gezorgd dat mijn hele familie, behalve Bridget, dood was. En dat dat mijn schuld was, omdat ik niet meer bij mijn vader wilde wonen.'

Kate schudt fel haar hoofd.

'Dat is niet waar!'

Fergus staart even voor zich uit.

'Maar als ik bij mijn vader was gebleven dan zou Harrison mij niet hebben uitgezet, dan had ik misschien mijn vader en mijn grootmoeder kunnen redden.'

Hij zucht.

'Ik weet het niet, Kate. Ik dacht dat het mijn schuld was, maar zeker ook die van de *bailiff*. Dus toen Blake voorstelde om met geweld de voorraadschuren te plunderen heb ik meegedaan.'

Kate kijkt op als er een schaduw over haar heen valt. Pat staat voor haar.

'Michael wilde slapen,' zegt hij. 'En Connor blijft bij hem.'

Hij kijkt aarzelend van haar naar Fergus en zegt dan met een scheve grijns: 'Ik geloof dat ik de twee geliefden stoor in een persoonlijk gesprek. Zijn jullie de bruiloft aan het voorbereiden? Ga je in het rood of in het groen trouwen, Kate? Ik zou rood nemen, want met groen zullen de elfen...'

'Pat,' onderbreekt Kate hem. 'Kun je, wil je...'

Ze maakt haar zin niet af, maar Pat lijkt het te begrijpen. Hij heft zijn beide handen op.

'Zeg maar niets, ik weet het wanneer ik niet gewenst ben. Ik zoek wel iemand die mijn vrolijke gezelschap wel kan waarderen.'

Hij knipoogt en loopt weg. Kate kijkt hem na als hij met onvaste benen over het rollende dek loopt. Tot haar verbazing gaat hij recht op Adelaide af en vraagt iets aan haar. Adelaide kijkt wat aarzelend op, glimlacht dan en gebaart naast zich. Pat laat zich naast haar tegen de reling zakken en draait zich naar Adelaide toe. Fergus let niet op Pat, hij staart naar de houten

dekplanken.

'We waren met een grote groep, mannen uit *Ghealcnoc*, uit dorpen in de buurt, *spailpíns* overal vandaan. We waren bewapend met messen, *slanes*, spades, stenen. Arthur, de grote leider, was er ook bij. Hij had zelfs een pistool, net als Blake. Molly en Morgan gingen ook mee. We bonden een touw aan het hek en trokken met zijn allen net zo hard tot het neerging. Toen renden we naar de voorraadschuren en grepen zakken tegelijk. Zakken vol met meel, appels, graan. Maar opeens kwam de *bailiff*. Hij schreeuwde dat we op moesten houden en dat hij de soldaten zou laten halen, maar Blake riep dat het lang genoeg had geduurd en spoorde iedereen aan om te nemen waar hij recht op had. De *bailiff* schoot, gericht.'

Er loopt een traan over Fergus' wang.

'Hij schoot, Kate. Hij schoot hem dood waar ik bij stond. Blake, die mij geholpen had, die me bij hem in de *scailpeen* liet wonen toen ik geen huis meer had. Blake lag opeens bloedend voor mijn voeten. Ik kon niet meer nadenken. Ik rende op de *bailiff* af, zwaaiend met mijn *slane*. Ik heb hem geslagen, zo hard als ik kon.'

Het lijkt of het schip stilligt, alsof de mensen niet meer bewegen, de wereld bevriest.

'Je hebt hem doodgeslagen?'

Kate hoort haar eigen stem nauwelijks. Fergus slikt.

'Ik heb hem zijn wapen uit zijn hand geslagen. Hij lag op de grond, zodat hij zich niet meer kon verweren, die grote man, hulpeloos als een kind. En toen kwam het schot.'

Er zit een brok in Kates keel, waardoor ademen moeilijk gaat. Praten is bijna onmogelijk, maar ze moet het weten. Ze slikt moeizaam.

'Heb jij ... geschoten?'

Fergus legt zijn beide handen op haar schouders.

'Ik zweer je, Kate, met God als mijn getuige. Ik heb hem niet neergeschoten. Maar als ik dat pistool niet uit zijn hand had geslagen, dan had hij nu nog geleefd.'

Kate aarzelt. Ze wil hem geloven. Ze wil niets liever dan voelen dat hij de waarheid spreekt. Het kan waar zijn wat hij zegt, maar het kan ook een leugen zijn. Fergus kan driftig worden als iemand van wie hij houdt wordt vernederd. Ze weet niet wat hij zal doen als iemand voor zijn ogen wordt vermoord. Ze durft niet eens te zeggen wat zij zelf zou doen. Ze haalt diep adem.

'Als jij niet geschoten hebt, Fergus, wie dan wel?'

Fergus kijkt voor zich uit, zijn ogen afwezig, alsof hij weer in de tuin van de witgekalkte boerderij van de *bailiff* staat. Dan zegt hij zacht: 'Molly.'

9

Kate legt het dunne touwtje dat ze van Sam Jones heeft gekregen op de houten tafel en vormt daarvan een vierkant met een driehoek erboven.

'Een huis,' roept Michael. 'Het is ons huis, hè, Kate? Ons huis op de heuvel.'

'Goed geraden. Knap, hoor.'

Kate kijkt naar Michaels trotse gezichtje en glimlacht. Soms, als ze een spelletje doen, ziet ze weer het jongetje dat ze kende, het broertje dat hij was voordat de aardappeloogst mislukte. Michael pakt het touwtje en frommelt het in elkaar.

'Nu hebben we geen huis meer, hè?'

Kate bijt op haar lip. Michael was pas vijf toen hun *bothán* kapot werd geslagen en in brand gestoken, maar hij weet het zich blijkbaar nog te herinneren.

'In Amerika krijgen we een nieuw huis. Vader is daar al. Misschien heeft hij een huis voor ons allemaal. Groter dan we hadden, met een mooi stuk grond en daar gaan we op werken.'

Kate hoort het zichzelf zeggen. Het klinkt zo vanzelfsprekend. Vader heeft een boerderij in Amerika en daar kunnen we allemaal wonen en werken, maar ze weet dat het niet zo eenvoudig is. Het is niet eens zeker dat vader echt in Amerika is. En als hij er wel is, weet ze niet hoe ze hem moet vinden in dat immense land. En misschien wil vader wel helemaal niet gevonden worden of heeft hij geen eigen boerderij. Kate schudt haar hoofd. Daar moet ze nu allemaal nog niet aan denken. Eerst moet ze zorgen veilig Amerika te bereiken.

Michael pakt het touwtje en legt het neer op de tafel.

'Een hart!' roept Kate.

Michael lacht en pakt haar hand.

'Omdat ik je zo lief vind, Kate.'

Ze slaat haar beide armen om hem heen en drukt hem dicht tegen zich aan, zodat hij de tranen niet ziet die in haar ogen branden.

Opeens klinkt er geschreeuw en gevloek. Over Michaels schouder heen tuurt ze naar de plaats waar het vandaan komt, ergens diep in het ruim. Maar het is te donker, ze kan niets zien. Gegil van een vrouw, nog meer gevloek, gejuich, aanmoedigende kreten. David rent naar de achterkant van het ruim. Hij lijkt geen moeite te hebben met het lopen over het rollende benedendek.

'Daar wordt gevochten, hè, Kate?'

Even wil ze ontkennen, maar dan bedenkt ze dat Michael in het armenhuis waarschijnlijk zo veel vechtpartijen heeft meegemaakt, dat ze hem niet voor hoeft te liegen om hem te beschermen. Ze haalt haar schouders op.

'Misschien wel.'

Snel legt ze het touwtje weer op tafel.

'Een schip!' roept Michael. 'Alleen heeft dit maar één mast en dat van ons heeft er drie.'

Michaels aandacht is gelukkig afgeleid van de vechtpartij en Kate legt het ene figuurtje na het andere. Ze is de matroos dankbaar dat hij haar het stukje touw heeft gegeven. Michael kan er uren mee spelen.

David komt terug en duwt twee mannen voor zich uit de steile trap op. De ene, een lange zwartharige man houdt zijn hoofd gebogen, terwijl het bloed uit zijn neus stroomt. De andere, veel kleinere man heeft zijn beide handen tegen zijn wang geduwd. David opent het luik en hij verdwijnt met de mannen. Niet veel later komt hij alleen terug en gaat tegenover Kate aan tafel zitten. Connor, Pat en Fergus gaan ook zitten. Kate vormt snel een konijntje van het touw, maar Michael heeft er geen interesse in.

'Hebben ze nu straf?' vraagt hij.

David vertrekt zijn mond.

'Ze kunnen even afkoelen, ontnuchteren.'

Er verschijnt een diepe rimpel boven zijn wenkbrauwen.

'Waren ze dronken?' vraagt Kate. 'Alle sterke drank moest toch worden ingeleverd?'

Terwijl ze het zegt, denkt ze aan het mes dat ze dag en nacht bij zich draagt, dat heeft ze ook niet afgegeven. Toch verbaast het haar. Ze zijn nu bijna twee weken aan boord en de meeste Ieren kunnen een voorraad drank niet zo lang bewaren. Connor kijkt haar aan.

'Voor geld is alles te koop, Kate. Ook hier aan boord.'

Hij trekt het touwtje naar zich toe en vormt een soort 'h'.

'Dat is een stoel,' juicht Michael. 'Een echte stoel, zoals we in onze *bothán* hadden.'

Kate glimlacht, terwijl ze zich afvraagt wanneer ze weer op een echte stoel zal zitten. Zwijgend kijkt ze toe hoe Michael en Connor samen spelen. Connor vormt snel achter elkaar verschillende afbeeldingen, zo kunstig dat ze bijna niet kan geloven dat hij het van een simpel touwtje maakt en Michael klapt in zijn handen als hij het goed raadt. Pat en Fergus juichen met hem mee. Onder tafel vouwt Kate haar handen en prevelt voor zich uit: 'Dank U, God, dat ik hier met al mijn broers mag zijn. Laat ons allemaal levend Amerika bereiken. Amen.'

Ze voelt hoe Fergus onder tafel zijn hand op de hare legt en haar een zacht kneepje geeft.

'En dank U voor Fergus,' zegt ze er in gedachten achteraan.

*

Maandag 17 mei 1847

Kate ligt in bed en staart voor zich uit. Ze vraagt zich af waarom ze wakker is geworden. Het lijkt haar nog erg vroeg. Ze schuift iets dichter tegen Fergus aan en legt haar hoofd op zijn borst. Ze hoort zijn regelmatige ademhaling, het sterke kloppen van zijn hart. Fergus, haar Fergus. Hij heeft de *bailiff* niet vermoord. Ze weet zeker dat hij de waarheid sprak vorige week, toen hij vertelde over de aanval op de *bailiff*. Als hij Harrison had doodgeschoten en daarover zou hebben gelogen, had hij gezegd dat iemand anders de *bailiff* had neergeschoten, iemand die zij niet kende. Niet Molly, de vrouw van Blake Clarke. Molly, die Fergus verborg en verzorgde toen hij gewond was en werd gezocht. Molly heeft de *bailiff* vermoord, omdat hij haar man had doodgeschoten. Toch gelooft Kate dat Fergus zou hebben geschoten als hij op dat moment een pistool in zijn hand had gehad. Maar misschien had zij dat ook gedaan. Als zij moest toekijken hoe iemand Michael zou vermoorden, had ze hetzelfde kunnen doen. Over de vrouw van de *bailiff*, Victoria, was Fergus niet heel duidelijk geweest. Hij had alleen gezegd dat hij haar had gevonden, languit liggend voor het nog brandende haardvuur. Fergus had verteld dat hij even naar haar had gekeken en toen een geluid had gehoord. Hij dacht dat er iemand had bewogen in de kamer, maar hij wist niet zeker of dat echt zo was of dat het alleen zijn verbeelding was. Fergus zei dat de vrouw van de *bailiff* al dood was toen hij haar zag. Hij dacht dat ze zichzelf had neergeschoten, omdat er een pistool naast haar hand lag dat niemand van de Jonge Ieren bezat. Maar Kate weet niet of hij de waarheid heeft gesproken over de moeder van Adelaide. Met haar vinger strijkt Kate over Fergus' voorhoofd en over zijn wenkbrauw. Ze volgt de lijn van het litteken over zijn wang, glad tussen de harde stoppels van zijn baard. Ze buigt zich voorover en drukt een kus op zijn lippen. Fergus glimlacht in zijn slaap, ze voelt zijn lippen vertrekken onder de hare, maar hij wordt niet wakker. Ze legt haar hoofd weer op zijn borst en luistert. Het kloppen van zijn hart vermengt zich met de geluiden van de nacht: gehoest, gekreun, gezucht, gesnurk. Het lijkt of er meer gekreund wordt. Adelaide heeft verteld dat er achterin het ruim, waar Edward en zij slapen, een paar mensen met koorts zijn. Ze deelt het bed met een vrouw die de hele nacht zo ligt te rillen dat Adelaide er zelf niet van kan slapen. De bel van de wacht klinkt, het teken dat het luik open mag. Kate rekt zich uit en schuift naar het einde van de kooi. Op de tast zoekt ze haar schoenen en haar omslagdoek. Snel klautert ze de steile trap op en opent het luik. Ze is de eerste die buiten is en de morgen lijkt van haar. Ze schuifelt naar de reling, nog steeds niet gewend aan het bonkende dek onder haar voeten. Ze legt haar handen op de reling en kijkt uit over het water. Grijze wolken jagen door de lucht, verbergen de zon, die op zou moeten komen. Het water is indigoblauw. Ze schrikt op van voetstappen en draait zich om.

'Kate O'Doherty. Durf jij hier wel alleen te staan?'

Edward Harrison komt naar haar toelopen.

'Weken heb ik hierop gewacht. Ik heb je in de gaten gehouden. Ik wist dat ik je ooit alleen zou treffen.'

Kate slikt en brengt haar hand onder haar rok, waar ze de dolk heeft verstopt. Ze weet niet wat Edward wil, hoe hij wraak wil nemen op wat zij hem aangedaan zou hebben, maar ze zal zich verdedigen. Als het moet, met het wapen.

'Wat doe je daar, met je hand onder je rok? Wil je dat ik dat bij je doe?'

Edward doet een stap dichterbij en gebaart naar haar rok. Kate klemt haar vingers om het handvat van de dolk.

'Weet je het nog, Kate,' vraagt Edward, terwijl hij met zijn tong langs zijn lippen glijdt. 'Bij ons in de keuken. Hoe lekker je dat vond...'

Kate knijpt nu zo hard in het handvat dat haar hand er pijn van doet. Ze weet precies wat Edward bedoelt, hoe hij haar vernederde toen zij vorig jaar samen met Connor de pacht kwam betalen. Edward zei dat hij haar fouilleerde om te kijken of ze niet meer geld had dan het ene pond dat ze kwam betalen, maar hij legde zijn handen op haar borsten, onder hoongelach van de rentmeester. Kate wordt nog misselijk als ze aan dat moment denkt. Opnieuw doet Edward een stap dichterbij. Ze voelt de harde reling in haar rug. Haar ogen schieten naar het luik, dat Edward achter zich heeft dichtgedaan.

'God, laat er iemand komen!' bidt ze in gedachten, maar het luik blijft dicht. Edward staat nu een meter voor haar. Terwijl hij haar recht aankijkt, strekt hij zijn handen naar haar uit, de vingers gespreid ter hoogte van haar borsten.

'Hoe ga je je schuld inlossen, Kate O'Doherty? Hoe ga jij vergoeden wat je mij hebt aangedaan?'

Wild schudt ze haar hoofd.

'Ik heb jou niets aangedaan.'

Edward spuugt voor haar voeten.

'Je vriend heeft mijn vader en mijn moeder doodgeschoten. Ik heb het voor mijn ogen zien gebeuren.'

Het beeld dat Fergus schetste van de dode vrouw van de *bailiff*, liggend voor het brandende haardvuur met bloed op haar gezicht en haar japon, flitst door Kates hoofd.

'Daar zul jij voor boeten, Kate. Daar ga je nu voor boeten. Ik heb weken op dit moment gewacht.'

Hij zet nog een stap dichterbij, zijn gezicht verwrongen van haat. Kate trekt de dolk onder haar rok vandaan en houdt hem voor zich. Haar ademhaling versnelt en haar hart bonkt pijnlijk.

'Kom niet dichterbij, Edward.'

Praten gaat moeilijk, haar keel lijkt dichtgeknepen. Edwards ogen schieten van haar gezicht naar de dolk. Dan haalt hij uit, probeert haar pols met het wapen te grijpen. Snel doet ze een stap opzij en steekt. Ze voelt weerstand, een zachte tegendruk als de dolk Edwards arm raakt. Hij schreeuwt. Bloed kleurt zijn vaal geworden jas rood. Haar hand trilt als ze naar het rode lemmet kijkt. Edward brult en schopt naar haar pols. Door de harde trap schiet de dolk uit haar handen. Ze duikt naar het dek, haar arm naar het wapen gestrekt. Ook Edward klauwt naar de dolk. Ze grijpt mis. Het schip golft en ze valt op haar zij. Edward springt bovenop haar, zijn knieën aan weerszijden van haar lichaam. Ze tast naast zich. De dolk! Die kan niet ver weg zijn. Ze ziet zijn handen komen, de vingers uitgestrekt als klauwen, haat, die zijn ogen laat schitteren. De vingers om haar keel, smal, mager, maar krachtig. Ze pakt zijn handen beet. Weg met die vingers. Lucht. Ze moet lucht! Maar Edward knijpt.

'Nee, nee!'

Ze slaat haar nagels in Edwards handen, maar hij lijkt het niet te voelen. Hij drukt en drukt. Zijn duimen duwen op haar luchtpijp. Ze hijgt, gorgelt. Zilveren stippen dwarrelen voor haar ogen, als sterren aan een wolkeloze avondhemel. De hemel boven haar heuvel, de sterren weerspiegeld in het meertje met de meidoorn aan de oever, haar plaats, haar thuis. Moeders stem: 'Kate, *stóirín*, kom naar huis.'

De sterren doven uit en de hemel wordt zwart.

*

Klanken trillen, vormen een woord, een naam. Haar naam.

'Kate, oh, Kate, lieveling, *ghaoil!*'

Een andere stem.

'Open je ogen, Kate. Kom terug!'

Ze wil haar ogen open doen, maar het lukt niet. Haar wimpers lijken vastgeplakt op haar wangen. Ze probeert te antwoorden, te zeggen dat ze hen hoort, maar haar tong is verlamd, ligt stom in haar mond. En haar keel doet pijn, zo'n pijn. Een druppel valt op haar gezicht, nat, koud.

'Haal adem, Kate.'

Ze herkent de stem; het is Connor.

'Je bent niet dood. Kom op, Kate.'

Nog meer druppels, een smekende stem.

'Alsjeblieft Kate, *stóir*, laat me niet alleen.'

Dat is Fergus. Ze wil hem zo graag geruststellen, maar het lukt niet. Haar geest hoort hen, maar haar lichaam weigert. Ze voelt hoe iemand haar hand pakt. Knijpen kan ze wel. Ze beweegt haar vingers en hoort Connor roepen.

'*Moladh le Dia!* God zij dank! Ze leeft! Ze knijpt in mijn hand, Fergus.'

Fergus en Connor zijn bij haar, begrijpt Kate, maar waar is Edward? Waar zijn zijn wurgende vingers? Ze probeert diep adem te halen, maar de lucht schuurt door haar borst. Ze kucht, rochelt. Dan lukt het haar om de ogen open te doen. Het eerste wat ze ziet zijn twee bezorgde gezichten die over haar heen zijn gebogen, daarachter de grijze regenlucht. Ze opent haar mond, wil wat zeggen, maar ze kan alleen naar adem happen.

'Rustig ademen, Kate, het komt goed. Inademen, uitademen, doe met mij mee.'

Ze concentreert zich op Connor, het dalen en rijzen van zijn smalle borstkas. Ze probeert hem te volgen, maar dat lukt niet. Ze hapt naar lucht. Het lijkt uren te duren, haar borst samengeknepen, haar keel droog alsof ze dagen niet gedronken heeft. Eindelijk voelt ze hoe ze mee kan in Connors ritme. Meteen daarna richt ze zich op en kijkt om zich heen.

'Waar is hij? Waar is Edward?'

Connor schudt zijn hoofd.

'Niet aan denken, let op jezelf. Jij hoeft alleen maar te ademen, al het andere doet er niet toe. Edward is niet belangrijk.'

'Maar hij wilde mij...'

Haar stem is vervormd, schor als van een oude vrouw.

Connor legt zijn hand tegen haar wang.

'Later, Kate, later.'

'Nee, nee, nu! Edward. Waar is hij?'

Connor legt nu ook zijn andere hand tegen haar wang. Haar gezicht is gevangen in de kom van zijn handen. Hij kijkt haar recht aan.

'Het is beter dat je het niet weet, Kate!'

Ze knikt, sluit haar ogen. Iets in de ogen van Connor heeft haar gerustgesteld. Connor en Fergus zijn bij haar, ze zullen haar beschermen. Edward zal haar niets doen, niet nu. Edward is inderdaad niet belangrijk. Eerst moet de pijn weg. Stil blijft ze zitten, in de regen, die steeds harder op haar neerdaalt. Na een tijdje vraagt Fergus: 'Kun je lopen?'

Ze knikt. Fergus en Connor helpen haar overeind. Als ze staat, begint het hele dek te golven. De houten planken lijken onafhankelijk van elkaar te bewegen, omhoog, omlaag, omhoog, omlaag. Snel sluit ze haar ogen. Als ze ze weer opent gaat het beter. Ze houdt haar ogen naar beneden gericht, op de planken die donkerder worden door de regen. Dan ziet ze het. Een grote roestkleurige bloedvlek. De regen veegt de vlek uit, laat het waterig wordende bloed wegsijpelen in de kieren tussen de planken. Snel kijkt ze naar Connor en Fergus, maar door de bruuske beweging gaat alles weer golven. De wolken worden dik en dun, dik en dun. Ze kan het niet zeggen, niet vragen. Maar ze weet het zeker. Die donkerrode bloedvlek is te groot, veel te groot voor de wond die zij Edward heeft toegebracht. Connor pakt haar arm.

'We helpen je naar beneden. Het is gevaarlijk op het dek in die regen. Wij houden je vast. Kom!'

De trap lijkt steiler dan anders. Het is vreemd om in het ruim af te dalen en te zien hoe de meesten nog liggen te slapen. Op hun rug, op hun zij of op hun buik, alsof er niets gebeurd is, of zij niet bijna is vermoord. Ook Michael en Pat slapen nog, Michael met zijn duimpje in zijn mond en de dikke deken tegen zich aangedrukt, alsof hij daaruit troost kan putten.

Een uur later zit Kate in droge kleren op de houten bank. Ze sopt de scheepsbeschuit in het water en eet met kleine hapjes. De harde koek doet pijn aan haar keel en smaakt vies, maar ze eet. Ze moet eten om aan te sterken, om het leven, dat Edward uit haar wilde knijpen, terug te krijgen. Het luik gaat open en Sam Jones roept vanaf de trap: 'Even luisteren allemaal!'

Het verbaast Kate dat het zo snel stil wordt, dat honderden Ieren meteen luisteren naar die lange, blonde man.

'Het regent,' schalt Sam. 'Het regent heel hard, dus het dek is spiegelglad. Voorlopig mag er niemand naar boven, ook niet om gebruik te maken van de latrines. Gebruik de emmers die jullie hebben gekregen.'

Hij zwijgt even. Kate verwacht protesten, maar niemand reageert. In de twee weken dat ze nu aan boord zijn, hebben de mensen zich leren schikken in hun lot. Of hebben ze dat al veel langer gedaan? Doen ze dat al twee jaar, sinds de aardappeloogst voor de eerste keer mislukte? Of misschien al eeuwenlang, sinds

Oliver Cromwell met geweld de Ieren tot onderdrukking dwong? Zit het in de aard van de Ieren om zich te schikken in hun lot, om ieder ongemak, iedere tegenslag, iedere ramp te zien als Gods wil, als *cinniúint*? Ze schudt zacht haar hoofd. Zo is het niet, zo kan het niet zijn. Zij is Iers, haar broers en Fergus ook, maar zij weigeren de *Sasanach* te geloven. De Engelsen zeggen dat de mislukte aardappeloogst door God gegeven is om de Ieren te straffen voor hun luiheid, hun oppervlakkigheid en hun dronkenschap. Zo kan het niet zijn, zo is God niet. God houdt van mensen en Hij zal niet een heel volk zo willen straffen. Sam Jones praat verder: 'Het ziet er naar uit dat de regenbui niet heel lang gaat duren. Misschien kunnen jullie eind van de ochtend weer naar buiten. Ik zal het laten weten zodra het kan.'

Sam draait zich om en loopt de trap weer op. Kate kijkt hem na. Als hij het luik gesloten heeft, staat ze op van de bank en wankelt naar haar kooi. Later zal ze vertellen wat er is gebeurd, dan zal ze vragen naar die grote bloedvlek, nu wil ze eerst liggen. Ze kruipt in de kooi naast Michael, die nog steeds slaapt. Michael krult zich tegen haar aan, opgerold als een klein balletje. Ze tuit haar lippen om hem een kus op zijn voorhoofd te geven, maar trekt zich terug als ze een scherpe, snijdende pijn in haar keel voelt. Zacht streelt ze hem over zijn voorhoofd.

'Slaap maar fijn, *stóirín*, dan gaat de reis het snelste.'

Ze sluit haar ogen, maar onmiddellijk ziet ze Edward voor zich, zijn klauwende handen, zijn vertrokken gezicht, zo vol haat dat het bijna niet menselijk meer was. Met haar ogen open blijft ze naast Michael liggen.

De heldere, ijle klanken van een tinnen fluit klinken door het ruim. Kate glimlacht als ze het herkent. Het is de fluit van Pat, die hij met kerstmis van lady Evelyn heeft gekregen. Het was lady Evelyn opgevallen dat Pat altijd liep te fluiten en te zingen, daarom had ze hem de fluit cadeau gegeven. Sindsdien speelde hij daarop op de avonden dat zij samen met hem en Connor op de vliering van de stal zat. Hij floot de liederen die hij van moeder had geleerd, liederen waarbij de schoonheid van Ierland en de liefde werden bezongen. Connor en zij zongen mee, net als vroeger, toen moeder nog leefde. Toen zaten ze met zijn allen rond het vuur in hun *bothán*, roken de scherpe geur van turf en luisterden naar vader die op zijn viool speelde. Hij had de viool onder zijn kin geklemd en streelde het instrument bij een liefdeslied. Bij opzwepende *jigs* en *reels* ranselde hij de viool met de strijkstok. Nu speelt Pat in dit klamme, stinkende ruim. Prachtige muziek. Ze herkent de melodie. Het is het lied dat ze zongen toen ze vertrokken uit Westport, toen ze Ierland zagen verdwijnen. Fergus herkent het ook, want al snel galmt zijn mooie tenor door het donkere ruim.

Ik wandel door de heuvels
langs heldere meertjes, over groene velden
door het land van mijn voorvaders
de zangers, de koningen, de sterke helden

Ik rust uit in 't zachte gras,
geborgen, door groene klaver omgeven
genietend sluit ik mijn ogen
en droom van het vrije, het Ierse leven

Als ik mijn ogen open
zie ik grote rozen, donker en bloedrood
ze willen de klaver verstikken
hun dreigende doornen steken hen dood

Klaver wordt het licht ontnomen
hun rest het donker, in barre streken
stengels buigen dieper dan diep
maar Ierse klaver zal nooit breken
Nee, Ierse klaver zal nooit breken

Hier en daar wordt meegezongen en als Pat het voor de tweede keer fluit vult een koor van hoopvolle stemmen de benauwde ruimte. Kate opent haar mond, maar al na twee woorden stopt ze. Haar keel schuurt en er komt niet meer dan een schor gemompel uit haar mond. Michael is wakker geworden. Hij zingt mee, zijn hoge stemmetje klinkt boven de anderen uit. Kate zwijgt en ze luistert met tranen in haar ogen naar haar zingende landgenoten. Mensen die bijna niets meer hebben, van wie alles is afgenomen, hun werk, hun huis, hun familie en hun land, maar die vol vertrouwen vast blijven houden aan wie ze zijn. Die hun liederen en verhalen niet zullen vergeten, maar die blijven zingen tot de dood hun stemmen verstomt.

10

90 | Vanuit haar ooghoek ziet Kate hoe Adelaide komt aanlopen. Snel draait ze zich om naar Michael, pakt zijn handjes en deint met hem mee op de klanken van de fluit. Ze weet niet wat Adelaide aan deze kant van het ruim komt doen, want ze kan nu niet naar boven, maar Kate wil het ook niet weten.

'Kate?'

Ze hoort de hoge stem wel, maar blijft naar Michael kijken, die nog steeds meezingt met de fluit van Pat.

'Kate, alsjeblieft?'

Er wordt een hand op haar schouder gelegd. Met tegenzin draait Kate zich om. Adelaide staat vlakbij haar, haar gezicht nog bleker dan anders.

'Heb jij Edward gezien?'

Kate zou willen schreeuwen dat Adelaides ellendige broer heeft geprobeerd haar te vermoorden, dat ze hem nooit meer wil zien en tegelijkertijd voelt ze medelijden met Adelaide die met een angstig gezicht voor haar staat. Toch wil ze gewoon niet met haar praten.

'Ik heb hem de hele morgen nog niet gezien en we mogen niet naar het dek. Ik ben al drie keer het ruim rondgelopen, maar ik zie hem nergens. Hij moet toch ergens zijn?'

Kate blijft zwijgen. Opeens wordt het stil in het ruim. Vaag dringt het tot haar door dat Pat is opgehouden met fluit spelen. Hij komt naar Adelaide en haar toe. Connor en Fergus komen vlak achter hem aan.

'Wat is er?' vraagt Pat aan Kate.

Kate gebaart naar Adelaide en zegt met een schorre stem: 'Adelaide kan haar broer niet vinden.'

Pat glimlacht naar Adelaide.

'Maak je geen zorgen, hij is vast even naar boven gegaan. Misschien was hij al op het dek voor de matroos kwam en wil hij gewoon niet in dit stinkende ruim zitten.'

Adelaide schudt haar hoofd.

'Sam zei dat het regende. Hij zal toch niet in de regen op het dek blijven.'

Het valt Kate op dat ze zijn voornaam noemt, maar de anderen lijken het niet te merken.

'Ja, dat zegt die matroos, maar we weten het niet,' antwoordt Pat. 'Ik ben nog niet boven geweest vanmorgen, misschien regent het helemaal niet en willen ze ons gewoon beneden houden. Dan zit Edward misschien lekker op het dek in de zon.'

Hij knipoogt naar Adelaide, die zwakjes glimlacht.

'Of hij is naar de passagiershutten gegaan. Hij voelt zich daar immers veel meer thuis dan bij ons,' zegt een vrouwenstem bits. 'Nou, ik hoop dat hij daar de rest van de reis blijft. Ik hoef dat arrogante, Engelse hoofd nooit meer te zien.'

Alice, de vrouw van David, zit op de rand van haar kooi. Ze kijkt triomfantelijk naar Adelaide. Adelaide slikt en schudt haar hoofd.

'Dat kan niet. De kapitein zou hem meteen wegsturen. Wij horen daar niet.'

'Hier horen jullie ook niet,' zegt Alice meteen. 'Engelsen horen in Engeland, zoals boeren op hun land en een visser op het water. Jij hebt hier niets te zoeken.'

Adelaides ogen worden vochtig. Pat legt even een hand op haar arm, een kort, vriendelijk gebaar. Plotseling barst Adelaide in snikken uit. Kate klemt haar handen in elkaar en draait Adelaide haar rug toe. Ze wil Adelaides tranen niet zien.

'Stil maar, Adelaide, niet huilen,' hoort ze.

Als ze opkijkt, ziet ze hoe Pat zijn arm om Adelaide heeft geslagen en hoe Adelaide hartverscheurend huilt met haar hoofd op Pats schouder. Fergus trekt afkeurend zijn neus op, maar Connor staat er rustig bij en lijkt helemaal niet geschokt te zijn dat zijn broer een Engelse omhelst. Pat let alleen maar op Adelaide. Hij streelt haar lichtblonde haren en mompelt geruststellend in haar oor, Ierse woordjes.

'Wij horen nergens bij,' snikt Adelaide. 'De Ieren vinden ons Engels, denken dat we arrogant zijn en willen niets met ons te maken hebben.'

Ze draait zich met rode ogen om naar Kate.

'Als we in *Ghealcnoc* kwamen zag ik jou steeds met een vriendin lachen, giechelen en kletsen. Ik dacht altijd dat jullie mij uitlachten, omdat jullie elkaar hadden en ik maar alleen was.'

Kate kijkt weg. Ze herinnert zich dat ze samen met haar vriendin Bridget giechelde toen ze Adelaide in een roze jurk in de kerk zag. Bridget had haar een biggetje genoemd. Adelaide gaat verder.

'Jullie waren samen en ik had niemand, helemaal geen vriendinnen. Ik mocht niet met de pachters omgaan maar de Engelsen wilden niet met mij omgaan. Ze vonden mij maar een Ierse boer.'

Kate vergeet dat ze niets tegen Adelaide wilde zeggen.

'Maar jij bent toch Engels?'

'*Ráiméis*,' zegt Adelaide fel. 'Hoor je dat ik Iers kan spreken, net als jullie? Ik ben geboren in Ierland, mijn vader ook en zelfs zijn grootouders. Ik ben nog nooit in Engeland geweest! Mijn vaders voorouders waren Engels, daarom is mijn grootvader gevraagd om *bailiff* te worden, daarom gaan we naar een anglicaanse kerk, maar als wij in Engeland zouden komen, zouden ze ons niet eens verstaan omdat we zo'n sterk Iers accent hebben.'

Adelaide is opgehouden met huilen. Ze lijkt te boos voor tranen. Kate denkt na. Haar is altijd verteld dat de *bailiff* en zijn familie Engels waren, omdat hun voorouders Engels waren en Edward zei dat zelf ook steeds. In de witgekalkte, grote boerderij van de Harrisons mocht ook absoluut geen Iers worden gesproken, de bedienden waren verplicht Engels te spreken anders werden ze ontslagen, maar nu zegt Adelaide dat zij zichzelf niet als Engels ziet. Ze zegt zelfs dat ze jaloers was op haar, Kate, omdat Kate een vriendin had.

'Maar,' begint ze aarzelend. 'Jij mocht toch naar school? Jij woonde in een groot huis, jij kende geen kou, geen honger.'

Adelaide schudt haar hoofd.

'Nee, kou en honger kende ik niet, toen niet. Vroeger kende ik alleen de kou van de eenzaamheid. Maar nu, nu ken ik honger en kou en ben ik nog steeds eenzaam. De enige die ik heb is Edward. Heb jij hem echt niet gezien?'

Kate schudt haar hoofd. Ze kan Adelaide de waarheid niet vertellen.

'Wij hebben jouw broer niet gezien en we hoeven hem ook nooit meer te zien,' roept Alice. 'Ik hoop dat hij in de regen naar het dek is gegaan, dat hij uitgegleden is en overboord is geslagen. Dan kan hij mijn dochter ook niet meer lastig vallen. Wat een zegen zou dat zijn!'

Het beeld van Edward die zijn voet op de rug van Nora zette en haar wilde dwingen om haar braaksel op te vegen met haar enige jurk komt voor Kates ogen.

'Ga terug naar je eigen kooi en laat ons met rust,' zegt Alice.

Adelaide schudt haar hoofd. De tranen stromen weer over haar wangen, maar ze maakt geen geluid.

Pat trekt Adelaide opnieuw tegen zich aan. Fergus snuift verachtelijk, maar Kate is blij dat Pat vriendelijk is tegen Adelaide. Zijzelf kan dat niet opbrengen. Maar Pat was er vanmorgen niet bij op het dek. Hij weet niet wat Edward heeft gedaan.

'Ik wil niet naar mijn eigen kooi,' fluistert Adelaide. 'Dat durf ik niet. Niet zonder Edward.'

Pat gebaart naar de rand van de kooi.

'Ga daar maar even zitten,' zegt hij vriendelijk. 'En vertel eens waarom je niet naar je eigen kooi durft.'

'Pat!' roept Fergus.

Zijn ogen fonkelen en zijn kaak staat strak. Hij balt zijn vuisten. Kate kijkt naar hem. Ze snapt zijn woede. Zij voelt precies hetzelfde. Laat Adelaide teruggaan naar haar eigen kooi!

Adelaide gaat voorzichtig op de rand van de kooi zitten. Kate schuift op, ver bij haar vandaan. Ze wil niet naast haar zitten. Dat kan ze echt niet. Niet nu.

Adelaide zucht.

'Dank je,' zegt ze zacht. 'Heel aardig van je, Pat.'

'Pat is mijn broer,' zegt Michael opeens. 'Hij is al achttien. Jij hebt toch ook een broer?'

Adelaide knikt.

'Ja,' zegt Michael. 'Ik heb hem wel eens gezien. Ik vind jouw broer stom. Mijn broer is veel leuker. Vind jij Pat ook leuk?'

Adelaide wordt vuurrood en Kate glimlacht. Ze herkent opeens de Michael die hij vroeger was, de vrolijke, onbevangen kleuter die haar achterna liep als ze aan het werk was in hun *bothán*.

'Jouw broer is aardig,' antwoordt Adelaide, terwijl ze zich naar Michael draait.

'Ja,' zegt Michael. 'Pat is veel liever dan jouw broer. Jouw broer doet altijd gemeen. Waar is hij eigenlijk?'

Adelaide zucht.

'Dat weet ik niet. Ik ben heel bang dat hem iets is overkomen. Edward...'

Ze stokt even.

'Hij... ehm, nou ja. Hij is niet echt aardig geweest hier aan boord en ik ben bang dat iemand hem iets aan heeft gedaan. Misschien is hij wel neergeslagen, ligt hij gewond op het dek. En ik kan niets doen. Ik kan hem niet gaan zoeken. We mogen het dek niet op.'

Adelaide begint opnieuw te huilen. Kate denkt aan de grote bloedvlek op het dek, de veel te grote bloedvlek. Fergus en Connor zeiden dat ze zich geen zorgen moest maken om Edward, dat ze zich op zichzelf moest concentreren. Ze kijkt peinzend naar Connor, zoekt naar een teken van schuld op zijn gezicht, maar ze vindt het niet. Connors gezicht staat ondoorgrondelijk. Langzaam draait ze zich naar Fergus. Hij heeft zijn gezicht afgewend. Snel kijkt ze weer naar Connor. Die schudt rustig het hoofd. Ze voelt hoe haar hart sneller gaat slaan. Waarom schudt Connor zijn hoofd? Wat wil hij daarmee zeggen? Bedoelt hij dat hij Edward niets heeft aangedaan? Hij niet, maar wie dan wel? Fergus houdt zich nog steeds afzijdig. Kates maag krimpt samen. Ze denkt aan zijn woorden, aan wat hij vertelde over de avond dat Blake Clarke werd neergeschoten. Hij vertelde dat hij de *bailiff* had aangevallen toen hij Blake Clarke voor zijn voeten zag vallen. Blake, die hem had geholpen. Blake, die hij bewonderde. Wat zou Fergus doen als hij had gezien dat Edward haar probeerde te vermoorden? Heeft hij het gezien? Kate schudt haar hoofd. Al die vragen. Ze wil er niet aan denken, kan er niet aan denken. Omdat er maar één antwoord is. Het antwoord dat ze niet wil. De stem van Adelaide doorbreekt haar malende gedachten.

'Ik kan hem niet gaan zoeken maar zonder hem durf ik niet de hele morgen in mijn eigen kooi te zitten. Het is daar vreselijk. Ze haten me! Ze haten me allemaal!'

Pat schudt zijn hoofd.

'Het zal wel meevallen,' zegt hij sussend.

Met een felle ruk tilt Adelaide haar hoofd op.

'Nee, het valt niet mee! Jij weet niet hoe het daar is. Het is donker in onze kooi, veel donkerder dan hier en het stinkt er ontzettend. Edward en ik delen de onderste kooi met een gezin uit *county* Sligro. Het zijn een vader, een moeder, een meisje van een jaar of dertien dat Sally heet en drie jongere broertjes. Ze weigeren tegen mij te praten. Het is heel krap met zijn achten in de kooi en die moeder en twee broertjes liggen de hele tijd te hoesten. En ze hebben ook koorts. Het is verschrikkelijk, echt verschrikkelijk. En als ik daar de hele dag moet zitten, moet luisteren naar het gehijg en gehoest, terwijl er niemand tegen me praat...'

Adelaide maakt haar zin niet af.

'Kan ik, mag ik niet hier bij jullie blijven, alsjeblieft?'

Kate klemt haar handen in elkaar. Wat vreselijk om Adelaide weer zo te horen smeken. Met haar verstand weet Kate dat

Adelaide nu een gelijke van haar is, dat ze het lot delen. Ze zijn even oud en allebei op weg naar een nieuw leven in Amerika. Maar toch heeft Kate nog steeds het beeld van Adelaide voor zich, zoals ze haar vroeger in *Ghealcnoc* zag: een dikke, blonde jonge vrouw in een fluwelen jurk of zittend op een hoog paard. Het past niet dat zij smeekt. Ze kan zich goed voorstellen dat Adelaide niet terug wil naar haar stinkende kooi met de hoestende moeder en zoontjes, maar zij wil haar hier ook niet hebben. De stilte duurt lang en Kate ziet hoe Adelaides mond vertrekt. Haar lip trilt, maar ze probeert niet te huilen. Plotseling gaat het luik open en Sam Jones komt de trap af.

'Allemaal luisteren!' buldert hij. 'Het regent niet meer. Jullie kunnen naar het dek.'

Adelaide springt onmiddellijk overeind.

'Ik ga Edward zoeken!' roept ze en ze loopt naar de trap.

Kate draait zich om naar Fergus, maar Fergus kijkt haar niet aan.

11

Kate trekt de dikke deken over haar hoofd, maar ze kan de geluiden niet buitensluiten. Iedere nacht wordt het onrustiger, wordt er harder gezucht, gesteund en gehoest. Ze zijn nu drie weken onderweg en er zijn steeds meer zieken. Veel mensen hebben koorts en klagen over hoofdpijn. Kate heeft geen hoofdpijn, maar ze is moe, zo moe. Toch kan ze niet slapen. Het is al een week geleden dat Edward probeerde haar te vermoorden, maar ze ziet nog steeds zijn gezicht voor zich. Ze kan het beeld van zijn klauwende handen niet kwijtraken. Edward is niet meer teruggekomen. Adelaide heeft de eerste dag de hele tijd gezocht. Ze is zelfs naar de hutten van de eersteklas passagiers gegaan en ze heeft David om hulp gevraagd, maar Edward was nergens te vinden. In het schemerdonker kijkt ze naar het gezicht van Fergus. Sinds de dag dat Edward haar aanviel en verdween gedraagt Fergus zich vreemd. Hij is vaak afwezig en soms is het alsof hij haar niet aan durft te kijken. Kate zucht. Ze zou Fergus eerlijk willen vragen of hij Edward vermoord heeft. Ze zou het begrijpen, ze zou het echt kunnen begrijpen. Toch durft ze het niet te vragen, ze is te bang voor het antwoord. Ze zucht opnieuw. Opeens hoort ze een onderdrukte kreet, een geluid dat anders is dan de normale nachtelijke geluiden. Snel gaat ze overeind zitten. Daar klinkt het opnieuw. Een uitroep en heftig snikken. Ze schuift naar het einde van haar kooi en tast naar haar schoenen. Ze is zo blij dat ze schoenen heeft gekregen van lady Evelyn. De meeste van haar reisgenoten hebben dat niet. Zij moeten op blote voeten over de vieze planken van het benedendek lopen. Kate trekt de schoenen aan en loopt aarzelend over de wiebelende planken naar achteren. Achterin het ruim is het nog donkerder dan bij hen en opnieuw is Kate er dankbaar voor dat zij de kooi bij de trap hebben gekregen. Schuifelend loopt ze langs de slapende en snurkende mensen. Hoe verder ze het ruim inkomt, hoe zuurder de lucht wordt, hoe indringender de stank van op elkaar gepakte mensen. Ze heeft haar oren wijd open. Het snikken wordt luider. Dan staat ze voor een kooi. Een vrouw met donkerrood haar zit rechtop en houdt een magere jongen in haar armen. Het hoofd van de jongen hangt slap naar beneden, als een geknakte bloem. In het vale licht ziet Kate grote vlekken in zijn nek. De vrouw kijkt op als Kate voor haar staat.

'Hij ademt niet meer!'

Haar stem is niet meer dan een fluistering. Kate slikt. Het is alsof ze haar eigen moeder ziet. De wanhoop op het gezicht van deze onbekende vrouw is dezelfde als die van haar moeder. Kate ziet haar nog voor zich. Moeders hand die Séans donkere haartjes bleef strelen, terwijl hij niet meer ademde. Haar broertje Séan was pas een paar uur oud toen hij stierf, maar deze jongen ziet eruit alsof hij tien is. Kate kijkt om zich heen. Er moeten meer mensen wakker zijn, maar niemand zegt iets. Ze buigt zich naar de vrouw, maar durft haar niet aan te raken. Ze wil niet ook ziek worden!

'Hoe heet hij?' fluistert ze.

De vrouw kust de gesloten ogen van de jongen.

'Denis,' antwoordt de vrouw. 'Hij is elf.'

Opeens schreeuwt ze: 'Elf! Elf! We zouden naar Amerika gaan. We zouden daar land krijgen, een boerderij beginnen. En kijk nu eens.'

Ze begint weer onbeheerst te snikken. Voorzichtig kijkt Kate naar de man die naast haar ligt. Hij steunt en kreunt maar lijkt niet te beseffen dat zijn zoon is overleden. Naast de man slaapt een meisje van een jaar of zeven. Haar ademhaling gaat oppervlakkig.

'Ze zijn allemaal ziek, allemaal! Straks ben ik in Amerika, zonder man, zonder kinderen. Een week geleden werd Denis ziek. Hij kreeg koorts en hoofdpijn, klaagde over zere benen en hield zijn ogen de hele dag dicht, omdat zelfs dit weinige licht hem pijn deed.'

Het lijkt de vrouw rustiger te maken om te praten, dus geeft Kate geen antwoord. Ze knikt alleen.

'Eergisteren veranderde er iets. Denis was verward en zei steeds vreemdere dingen. Soms was hij urenlang bewusteloos. Ik waak al twee nachten bij hem, met mijn hand op zijn borst. En net stopte zijn hart. Het klopt niet meer. Hij is dood, dood!'

Kate weet niets te zeggen. Ze zijn drie weken onderweg, maar er is nog niemand gestorven. Ze vraagt zich af hoe Denis begraven moet worden. Er is geen priester aan boord, er is zelfs geen dominee. En natuurlijk is hier geen kerkhof. Misschien wordt Denis wel in het vrachtruim gelegd, zodat hij in Amerika begraven kan worden. De vrouw vertelt verder: 'Een paar dagen geleden kregen mijn man en dochter ook koorts, hoge koorts. Straks verlies ik hen ook nog en wat moet ik dan? Wat moet ik dan?'

Kate strekt haar hand uit, wil hem op de schouder van de vrouw leggen, maar ze trekt haar hand terug. Ze moet deze vrouw niet aanraken. Toch wil ze haar troosten. Aarzelend staat ze daar, terwijl de vrouw met gebogen hoofd zacht snikt. Het hoofd van de magere jongen gaat bij iedere snik op een neer, alsof hij nog leeft. Kate wendt haar hoofd af.

'Laten we bidden,' zegt ze zacht. 'God zal u troosten en kracht geven.'

Met een ruk heft de vrouw haar hoofd op.

'Denk je dat echt? Denk je dat Hij ons zal horen? Hier, weggestopt in een smerig ruim? God heeft ons verlaten!'

Kate schudt haar hoofd.

'Nee! God gaat met ons mee, naar Amerika. God is overal, zelfs hier in dit stinkende ruim.'

De vrouw kijkt om zich heen, alsof ze verwacht dat er plotseling een engel voor haar zal staan. Ze buigt het hoofd weer.

'Goed,' zegt ze zacht. 'We bidden voor Denis, voor zijn zielenheil.'

Kate knielt op de planken van het ruim. Het hout voelt vies en plakkerig. Ze vouwt haar handen en denkt even na. Dan bidt ze zacht:

Vader in de hemel
Hier, in dit ruim, komen wij tot U
In ons brandt een woordeloos vuur
Het is vuur van gemis
Van worsteling en verlangen
Het is eeuwig, heilig vuur
Dat nooit meer zal doven
Het is Uw vuur
Laat Denis thuiskomen in Uw licht
Amen

Ze opent haar ogen. De vrouw kijkt haar aan.

'Dank je,' zegt ze zacht.

Kate knikt. Opeens hoort Kate voetstappen. Stevige, regelmatige passen, schoenen die op de houten planken tikken. Dan staat er iemand naast haar en ze hoort een harde mannenstem met een Amerikaans accent.

'Wie ben jij? Wat doe je hier op de grond?'

Snel komt Kate overeind. De man staat tussen haar en de lamp die boven de lange tafel hangt. Daardoor kan ze hem niet zien. Ze ziet alleen de omtrek van een grote man.

'Kate?' zegt de man verbaasd. 'Ben jij dat Kate O'Doherty uit *Ghealcnoc?*'

Kate ademt opgelucht uit. Ze heeft de stem van Sam Jones herkend. Even vraagt ze zich af wat hij midden in de nacht in het ruim komt doen. Twee weken geleden had ze hem ook al eens 's nachts benedendeks gezien en nu is hij er weer. Vreemd. Toch blijft ze er niet lang bij stil staan. Hij is er nu en dat is goed. Hij kan hen helpen. Hij zal weten wat er gedaan moet worden. Er zullen beslist eerder mensen aan boord zijn gestorven. Zacht zegt ze: 'Ik hoorde huilen, daarom ben ik hierheen gegaan. De zoon van deze...'

Kate hapert en bedenkt dat ze de naam van de vrouw niet eens weet. Toch gaat ze verder: 'De zoon van deze vrouw is net over-leden.'

De matroos deinst naar achteren.

'Is het scheepskoorts?' vraagt hij.

Zijn stem klinkt hoger dan normaal.

'*An droch-thinneas*,' antwoordt de vrouw.

Kate gaat snel staan. *An droch-thinneas*, de slechte ziekte. De matroos kreunt.

'Dat hebben we eerder meegemaakt op een schip.'

Hij knikt met zijn hoofd in de richting van Denis die in de armen van zijn moeder hangt. 'Wikkel hem in een laken en leg hem op de grond voor de kooi. Ga jezelf daarna goed wassen. Ik zal onmiddellijk de kapitein waarschuwen. Scheepskoorts. Dat wordt een ramp!'

12

102 | Met haar gezicht half afgewend gluurt Kate naar de moeder van Denis die door het ruim naar de steile trap strompelt. Haar man wankelt naast haar, zwaar leunend op haar arm. Hij kan bijna niet op zijn benen staan en lijkt niet te beseffen wat er gebeurt. Kate wil opspringen en haar helpen maar de angst voor de slechte ziekte houdt haar tegen. Ze heeft over *an droch-thinneas* horen praten. Ze weet dat het vreselijk besmettelijk is en dat er hele dorpen zijn bezweken aan die ziekte. Vlak voor haar voeten struikelt Denis' moeder. Haar man valt bovenop haar. Hij kan niet meer overeind komen. Kate gaat staan, maar Connors stem houdt haar tegen.

'Niet doen, Kate!'

Ze laat zich weer op haar kooi vallen. David springt van zijn kooi af naar beneden. Hij landt vlak naast de ouders van Denis. Hij werpt een vernietigende blik op Connor en helpt Denis' vader overeind. De man hangt tegen hem aan, maar blijft met een lege blik voor zich uit kijken. Kate voelt hoe haar wangen gaan branden. David helpt mensen die dat nodig hebben, terwijl zij en haar broers hun hoofd wegdraaien. Ze denkt aan het verhaal dat Adelaide een paar weken geleden op zondag voorlas. De gelijkenis van de barmhartige Samaritaan. Kate staart naar haar handen. Zij is niets beter dan de priester en de leviet uit dat verhaal. Ze laat een man die hulp nodig heeft gewoon voor haar voeten op de planken liggen. David ondersteunt de man en helpt hem de trap op, terwijl de moeder van Denis teruggaat om haar dochtertje te halen.

Langzaam staat Kate op van de kooi. Ze durft de zieke familie niet aan te raken, maar ze wil wel bij de begrafenis van Denis zijn. Met trage bewegingen klimt ze de trap op. Zodra ze met haar hoofd boven het luik komt ademt ze diep de frisse lucht in. De hemel is grijs, grauw met jagende wolken en er staat een harde wind. Een wind die dwars door haar kleren heen waait. Ze slaat haar wollen omslagdoek dicht om zich heen en opnieuw is ze lady Evelyn dankbaar voor de warme kleren die ze heeft gekregen. Ze rilt terwijl ze naar Fergus die aan de reling staat toeloopt. Het is echt koud. Toch zijn er veel mensen op het dek, Ieren die Denis de laatste eer willen bewijzen, hoewel velen hem waarschijnlijk niet eens gekend hebben. Iedereen beseft hoe verschrikkelijk het is om te moeten sterven in het niemandsland op zee, zonder priester om gebeden te zeggen en zonder de zalving met olie. Tegelijkertijd weet Kate dat hij een van de velen is. Ontelbare landgenoten zijn gestorven zonder priester, zonder begrafenis. Ze zijn gewoon gaan liggen aan de kant van de weg of in vervallen hutjes, uitgeput en uitgemergeld tot het leven langzaam uitdoofde. Denis krijgt in ieder geval nog een begrafenis, ook al is het niet op een kerkhof. Kapitein Andrew Jordan staat rechtop aan de reling. Naast hem staan vier matrozen. Kate herkent Sam Jones en de lange, magere man die een paar weken geleden kwam zeggen dat het te hard waaide om bovendeks te komen. De twee kleinere, donkere matrozen heeft ze wel eens gezien, maar ze zijn nooit in het benedenruim geweest. De kapitein kucht.

'Goedemorgen,' zegt hij. 'Welkom allen bij deze sombere gelegenheid, waarbij we afscheid moeten nemen van Denis, de zoon van Thaddeus en Rebecca Farrell, oudere broer van Eliza uit Ballinsloe, *county* Sligo. Denis Farrell is elf jaar geworden.'

De kapitein pauzeert even en er wordt zacht gemompeld. Toch ziet Kate vooral berusting op de gezichten van de mensen om haar heen. Het lijkt of iedereen al gewend is aan de dood van een kind. Ook haar kleine broertje Michael staat rustig naast haar. Hij heeft haar hand vast en kijkt met een ernstig gezicht naar de in zeildoek gerolde bundel op het dek. Michael heeft in het armenhuis in Tuam zoveel doden gezien dat hij niet meer kan huilen om een onbekende elfjarige jongen. Fergus heeft zijn arm om Kate heen. Ze is blij met zijn warmte en troost. Rebecca Farrell staat met een bleek gezicht naast de kapitein. Haar man hangt tegen haar aan, maar hij lijkt te ziek om te beseffen dat hij op het punt staat zijn zoon een zeemansgraf te geven. Het zusje Eliza wordt ondersteund door David Murphy. Kate bewondert hem om zijn betrokkenheid. De kapitein heeft een goede keuze gemaakt toen hij David Murphy tot hun leider aanstelde. Wat opzij van de groep staat Adelaide. Haar gezicht staat strak en ze heeft haar lippen op elkaar geklemd. Pat schuifelt in haar richting, maar ze draait zich om en loopt een paar stappen bij hem vandaan. Bijna onhoorbaar schuift Pat weer terug naar Connor. De kapitein slaat een in leer gebonden bijbel open.

'Ik zal een stuk uit de bijbel lezen, uit het evangelie naar Mattheüs.'

Niemand zegt iets, maar Rebecca Farrell haalt een crucifix uit haar schort en klemt het kleine kruisbeeldje tegen haar borst. Ze houdt haar hoofd gebogen, haar handen gevouwen om de crucifix, terwijl de kapitein met plechtige stem voorleest hoe Jezus over het water liep. Als de kapitein de bijbel dichtslaat begint het te regenen, alsof de dreigende wolken uit eerbied voor Denis Farrell gewacht hebben. Grote ronde druppels vallen op de gebogen hoofden, vermengen zich met de tranen die over de wangen van Rebecca Farrell stromen. Toch maakt ze geen geluid. Haar man hangt apathisch tegen haar aan en Eliza wordt nog steeds ondersteund door David. Het lijkt of Rebecca de enige is die echt rouwt om Denis, alsof haar man en dochter te ziek zijn voor verdriet.

De kapitein schraapt zijn keel en zegt: 'Bid dan nu met elkaar om genade en vergeving en dat Denis veilig in de hemel mag komen.'

Kate laat zich op haar knieën vallen en buigt het hoofd. Fergus knielt naast haar en pakt haar handen. Samen bidden ze voor het zielenheil van Denis Farrell uit Ballinsloe, *county* Sligo. Overal om haar heen klinkt het zachte geruststellende gemompel van gebed. En Kate voelt de aanwezigheid van God, Zijn troost op het schip midden op de oceaan. God is bij haar. Hij gaat met haar mee naar Amerika.

'Amen,' zegt de kapitein luid.

Iedereen staat op, maar Thaddeus en Eliza Farrell blijven geknield liggen. Rebecca hurkt naast haar dochter, slaat een arm om haar heen en probeert haar overeind te krijgen. David helpt haar. Daarna draait David zich om naar Thaddeus en ondersteunt hem, zodat hij kan staan als het lichaam van zijn zoon aan het water wordt toevertrouwd.

'Slapen in een hemelbed, in Gods armen,' zegt Thaddeus met zwakke stem.

'Je zoon zal slapen in Zijn armen,' antwoord David Murphy ernstig.

'Slapen in een hemelbed, ik zal slapen in een hemelbed,' herhaalt Thaddeus.

Er trekt een rilling door Kate heen, een angst dat Thaddeus hier voor haar ogen zal sterven op de begrafenis van zijn zoon. Snel draait ze zich om naar Connor. Connor schudt zacht het hoofd.

'Denis Farrell uit Ballinsloe, *county* Sligo, elf jaar,' zegt de kapitein luid.

De vier matrozen bukken zich en tillen de in zeildoek gewikkelde bundel van het scheepsdek. Traag lopen ze de paar meter met het lichaam van Denis naar de reling. Zo langzaam mogelijk laten ze het lichaam in de zee zakken. De plons klinkt luid, luider dan verwacht van zo'n smal lichaam. Kate kreunt, haar ogen gericht op de vuilwitte doek die langzaam naar de bodem zinkt. Rebecca Farrell schreeuwt: 'Mijn kind, mijn kind!'

Ze laat zich op haar knieën vallen en klemt de crucifix tegen zich aan.

'Mijn kind, mijn kind, mijn kind.'

De regen valt nu in stromen uit de leigrijze hemel en gutst neer op Kate, doorweekt haar dikke omslagdoek en haar jurk. De stof plakt tegen haar lichaam. Ze draait zich om en wil naar het luik lopen.

'Wacht!'

De stem van de kapitein houdt haar tegen. Met grote passen loopt hij naar het luik en gaat er voor staan.

'Allemaal luisteren!'

Onmiddellijk wordt het stil. Alle gezichten draaien naar de kapitein. Alleen Rebecca Farrell blijft op haar knieën zitten. Ze wiegt haar bovenlichaam heen en weer. David Murphy loopt naar haar toe en legt zijn hand op haar schouder. Ze kijkt op, verward, verschrikt, alsof haar geest nog bij Denis is en ze door de aanraking terug naar het schip wordt gedwongen.

'De kapitein heeft een mededeling,' zegt David Murphy.

Rebecca Farrell staat op. De kapitein schraapt zijn keel.

'We hebben net Denis Farrell uit Ballinsloe moeten begraven. Denis is gestorven aan vlektyfus. Ik geloof dat jullie het *fiabhras dubh* of *an droch-thinneas* noemen.'

Het valt Kate op dat niemand lacht om de poging van de kapitein om Iers te spreken. Ze begrijpt dat hij het doet omdat hij zeker wil weten dat iedereen snapt waaraan Denis is gestorven.

'We hebben eerder een uitbraak van tyfus aan boord gehad en we weten hoe we moeten handelen. Vlektyfus is besmettelijk, heel besmettelijk. Alle zieken moeten het benedendek verlaten en in het vrachtruim gaan liggen. Het beddenstro moet overboord worden gegooid en het hele ruim moet worden schoongeboend met zeewater en zand. Wie is er allemaal ziek?'

Niemand geeft antwoord. Toch weet Kate dat een groot deel van de benedenpassagiers ziek is. Koorts, dysenterie, hoesten. Ook Michael is ziek, hij slaapt veel te veel en hij voelt warm aan, maar dat zegt ze niet tegen de kapitein. Ze moet er niet aan denken dat haar kleine broertje naar het vrachtruim wordt gebracht en daar moet liggen met onbekende zieken en creperenden. Daar zal hij zeker vlektyfus krijgen en sterven. Sterven zonder de familie die hij net heeft teruggevonden.

'Mijn man en mijn dochter zijn ziek,' fluistert Rebecca Farrell.

'Ze hebben vlekken op hun huid. En ik heb ook koorts, maar geen vlekken.'

De kapitein knikt.

'Goed, jij kunt straks met je familie naar het vrachtruim gaan. Wie nog meer?'

Het blijft lang stil. De regen geselt de magere mensen die kleu- mend op het achterdek staan. Kate rilt. De wind is echt guur en ze is nat tot op haar huid. Langzaam stapt een oude man naar voren. Hij heeft een lange geelgrijze baard en zijn gezicht is grauw.

'Ik ben ook ziek,' zegt hij schor. 'Ik lag in de kooi boven Denis. Ik zal naar het vrachtruim gaan.'

De kapitein knikt. Kate verwacht dat er nu meer zieken zich zullen melden, maar het blijft stil. De kapitein fronst zijn zware wenkbrauwen.

'Er is geen arts aan boord. Is er misschien een non of verpleegster?'

Er stapt een oudere vrouw met een donkerblauwe omslagdoek naar voren. Strengen nat, grijs haar komen onder haar doek vandaan. Ze heeft rimpels bij haar ogen, maar haar wangen zijn glad. Het is de vrouw die op de eerste dag aan boord vroeg waar de latrines waren.

'Mijn naam is Maggie Nelligan uit Letterkenny in *county* Donegal. Ik ben *gaelacha*.'

De kapitein knikt alsof hij weet dat een *gaelacha* een soort verpleegster is.

'Loop langs alle mensen en zeg me wie er ziek is.'

De *gaelacha* kijkt ernstig naar de kapitein. Haar hoofd rechtop en haar schouders naar achteren, zoals moeder ook wel eens kon staan. Moeder kon met haar houding meer zeggen dan met duizend woorden.

'Ik ben geen dokter,' zegt Maggie Nelligan rustig. 'Maar ik kan wel kijken of ik vlekken zie.'

'Goed,' antwoordt de kapitein.

Hij draait zich om naar David Murphy.

'Zorg dat het beneden goed wordt schoongemaakt en breng de zieken naar het vrachtruim.'

De kapitein loopt met grote, zekere passen over de spiegelgladde planken naar het voordek. De twee kleine, donkere matrozen volgen hem. Sam Jones en de andere lange matroos blijven op het achterdek.

'Ik heb twaalf sterke mannen en vrouwen nodig voor het schoonmaken van het ruim,' zegt David. 'Iemand moet water uit zee takelen en er moeten emmers worden doorgegeven. Beneden moeten we de planken boenen en schuren met zand. En ik heb nog een man nodig die de zieken naar het vrachtruim brengt. Dat zal ik zelf ook doen. Steek je hand op als je kunt helpen.'

Aarzelend gaan een paar handen de lucht in.

'Ik wil emmers sjouwen,' zegt een grote man met een zware stem. 'En ook boenen als dat moet. Maar ik ga niet met de zieken naar het vrachtruim. Ik ben hier met mijn vrouw en zes kinderen. Ik kan niet riskeren dat zij zonder vader in *de nieuwe wereld* aankomen.'

Om hem heen wordt instemmend gemompeld. De man zegt precies wat iedereen voelt. Fergus zet een stap naar voren. Connor pakt zijn arm en trekt hem terug.

'Niet doen!'

Fergus trekt zijn arm los en zegt: 'Ik help je wel met de zieken, David.'

Connor wendt zijn gezicht af en pakt Kates hand. Hij knijpt er zacht in. Fergus kijkt David recht aan. David knijpt even zijn ogen samen en knikt. Hij heeft een vreemde uitdrukking op zijn gezicht. Kate ziet dat er een spiertje trilt in Fergus' kaak. Er lijkt iets te gebeuren tussen de twee mannen, alsof hun ogen een gesprek voeren dat onverstaanbaar is voor de anderen.

'Bedankt.'

Davids stem klinkt schor. Onmiddellijk melden zich mannen en vrouwen die beneden willen schrobben. Sam Jones komt naar voren.

'Laat de verpleegster degenen die gaan schoonmaken eerst controleren. Dan kunnen jullie achteraan beginnen met boenen. Zodra er een deel schoon is, kan iedereen die gecontroleerd is naar beneden. Het wordt gevaarlijk op het dek door de regen.'

Maggie Nelligan zet een kleine groep op een rij tegen de reling aan. Ze loopt naar de eerste toe. Het is de grote man met de zware stem die zei dat hij met zijn vrouw en zes kinderen *de nieuwe wereld* wilde halen. Ze gaat recht voor hem staan en kijkt hem in de ogen. Dan pakt ze zijn pols en laat haar vingers over de binnenkant glijden. Ze vraagt hem zijn tong uit te steken en bekijkt die met een gefronst voorhoofd. Tenslotte stroopt ze de mouwen van zijn jas op en tuurt naar zijn huid.

'Geen vlekken.'

De man krijgt een emmer in zijn hand geduwd door matroos Sam Jones en hij loopt naar de andere kant van het dek om water te halen. De *gaelacha* onderwerpt de volgende man aan een onderzoek. Kate kijkt naar de mensen die een lange rij hebben gevormd langs de reling tussen het luik en de achtersteven. Ze wil er niet tussen gaan staan met Michael. Ze is bang dat de *gaelacha* zal voelen dat Michael koortsig is. Dan zal ze hem naar het vrachtruim sturen en dat wil Kate niet. Michael heeft wel koorts, maar hij klaagt niet over pijn in zijn benen en hij heeft ook geen zere rug. Hij heeft ook nergens vlekken. Kate gelooft niet dat hij *an droch-thinneas* heeft. Nu ze Michael weer teruggevonden heeft, wil ze hem bij zich houden. Ze pakt zijn handje stevig vast en knijpt erin. Hij zegt zacht: 'Fergus is heel sterk, hè, Kate.'

Michael wijst naar Fergus die Thaddeus het dek afhelpt naar het vrachtruim. Thaddeus is te verzwakt om zelf te lopen en Fergus sleept hem met zich mee. De arm van Thaddeus om zijn nek. Voor hem loopt David Murphy met Eliza in zijn armen. Als laatste komt Rebecca. Ze houdt haar hoofd gebogen, haar schouders hangen naar beneden. Kate kent Rebecca Farrell nauwelijks, ze heeft haar alleen in haar wanhoop ontmoet. Maar een paar weken geleden moet zij aan boord van de 'Mary Elisabeth' zijn gestapt, met haar rode passagebiljet in haar hand en haar hart vol hoop, haar hoofd gevuld met toekomstplannen. En nu heeft ze moeten toezien hoe haar zoon, gewikkeld in een zeildoek, van de reling afgleed. Ze zal haar man en dochter ook kwijt raken.

'Arme vrouw,' zegt Kate voor zich uit.

Adelaide staat opeens naast haar.

'Ja,' zegt ze zacht. 'Het is verschrikkelijk als je je kind op deze manier moet begraven. Maar hij heeft in ieder geval een begrafenis gehad. Hij wel!'

Adelaides gezicht staat strak. Kate slikt. Ja, voor Denis Farrell is een liturgie gelezen, zijn er gebeden opgezegd. Voor Edward is er niets gebeurd. Hij is gewoon verdwenen, weg. Waarschijnlijk verdronken, maar zelfs dat is niet zeker. Pat legt zijn hand op Adelaides schouder. Adelaide legt haar hand op zijn hand en glimlacht wat beverig. Connor loopt bij Adelaide en Pat vandaan. Hij gaat in de rij bij de reling staan. Even aarzelt Kate. Dan voegt ze zich met Michael bij de wachtenden. Ze vouwt haar handen om Michaels kleine handje heen en bidt zacht: 'Goede Vader, laat die *gaelacha* Michael niet naar het vrachtruim sturen. Laat hem bij ons blijven, laat ons allemaal levend *de nieuwe wereld* bereiken.'

Ze denkt aan de doodzieke Thaddeus, met zijn verzwakte, besmettelijke lijf dicht tegen het sterke lichaam van Fergus aanhangend.

'Oh, God, God, behoed ons voor dit kwaad.'

Michaels beweegt zijn vingers.

'Mogen we straks weer naar onze kooi?' vraagt hij.

Kate buigt zich voorover en kust zijn wang.

'Ik hoop het, *stóirín*, ik hoop het met heel mijn hart.'

13

Kate daalt de trap af. Michael komt langzaam achter haar aan. Zodra ze in het ruim is, laat ze zich op haar kooi vallen. Vermoeid, verkleumd en doorweekt. Michael gaat naast haar zitten. Ze pakt zijn hand en glimlacht. Even blijft ze zo zitten, zich erg bewust van zijn kleine lijfje vlak naast haar, van het wonder dat ze nog steeds samen zijn. De *gaelacha* zag geen vlekken in de hals van Michael, dus mocht Kate met hem doorlopen. Kate buigt zich voorover en kust Michael op zijn voorhoofd. Dan draait ze zich om en schuift naar het voeteneinde. Ze trekt een warme doek tevoorschijn en begint Michaels haren droog te wrijven. Ze stroopt zijn natte kleren af, droogt hem af en wikkelt hem in een warme omslagdoek, alsof hij nog een klein kind is.

'Probeer maar wat te slapen,' zegt ze.

Michael kruipt onder de dikke deken en niet veel later is hij diep in slaap. Connor komt naar haar toelopen.

'De *gaelacha* heeft bij nog vier mensen vlekken ontdekt. Zij moeten in het vrachtruim slapen en David en Fergus zullen hun beddenstro overboord gooien.'

Kate schudt haar hoofd.

'Waarom doet hij dat toch, Connor? Waarom niet iemand die toch al ziek is?'

Connor geeft geen antwoord.

'Fergus en David zijn heel sterk,' zegt ze zacht. 'Zij zullen niet ziek worden.'

Connor blijft zwijgen.

'Toch, Connor?' dringt ze aan.

Connor zucht heel diep.

'Bid voor hen, Kate, bid voor ons allemaal. Meer kunnen we niet doen.'

Pat komt het ruim in en werpt een snelle blik op Kate en de slapende Michael. Dan loopt hij door naar achteren. Verbaasd fronst Kate haar wenkbrauwen. Wat heeft Pat daar te zoeken? Drie weken deelt ze nu een kooi met haar broers en Fergus, maar ze voelt zich ver van hen verwijderd. Tussen Michael en haar ligt een jaar waarin hij is gegroeid en waarin hij meer heeft meegemaakt dan hij ooit kan vertellen. En Fergus. Ze heeft hem tien lange maanden niet gezien. Een tijd waarin hij alles deed om te overleven en te vechten voor de Ierse Zaak. Hij heeft, met Blake en zijn groep, de *bailiff* aangevallen en hij heeft gezegd dat hij Harrison had kunnen doden als hij een pistool had gehad. Zijn haat en zijn woede waren groot genoeg. Nu is Edward, de zoon van de gehate *bailiff* verdwenen, waarschijnlijk ook dood. En Fergus wil niet praten over de ochtend dat Edward haar probeerde te vermoorden. Kate voelt de afstand tussen hem en haar, vooral als ze dichtbij hem is. Iedere avond als ze in zijn armen ligt, zijn lichamelijke nabijheid voelt, beseft ze dat ze zo ver van hem verwijderd is, dat ze niet weet wat hij denkt en voelt. Hij heeft geheimen voor haar. Hij verbergt iets dat ze misschien niet wil weten. Daarom dringt ze niet aan met haar vragen. Fergus was er toen Edward haar probeerde te vermoorden. Edward is verdwenen en Fergus is er nog, zijn lichaam is er nog. En zijn liefde voor haar. Maar Kate voelt hoe haar liefde voor Fergus afkalft, vertroebeld wordt door haar angst, vragen en twijfels. En Connor. Ze heeft nooit geweten wat Connor dacht, dat is niet veranderd, maar hij is stiller sinds ze aan boord zijn. Zelfs Pat is anders. Ze hoort zijn grapjes en zijn gezang steeds minder. Alsof de benauwde lucht van het benedendek de levensadem van haar en haar broers beperkt. Ze zucht. Misschien nog maar een week of twee, dan zijn ze in *de nieuwe wereld*. Daar begint hun nieuwe leven, daar kunnen ze in vrijheid ademen. Daar kan ze haar longen vullen met het leven van hoop. Pat komt met grote stappen teruglopen vanuit het achterste deel van het ruim.

'Heb je Adelaide gezien?' roept hij al voor hij bij de kooi is.

Kate schudt het hoofd. Ze heeft Adelaide voor het laatst gezien toen ze boven op het dek stonden.

'Ik hoop dat ze in het vrachtruim ligt,' klinkt de scherpe stem van Alice vanuit de bovenste kooi. 'Dat ze daar crepeert.'

Kate geeft niet meteen antwoord. Ze herinnert zich dat Adelaide vertelde dat de vrouw met wie ze de kooi deelt, kreunde en kermde van de koorts. Het is heel goed mogelijk dat zij Adelaide besmet heeft, hoewel Adelaide geen zieke indruk maakt. Verdrietig, eenzaam en verzwakt, maar niet ziek. | 113

'Of misschien is ze door de regen overboord gegleden, haar broer achterna. Dat zijn ziel moge branden in de hel!'

'Moeder!' roept Nora geschokt uit.

'Wat nou, moeder,' bitst Alice. 'Ben je vergeten hoe hij je vernederd heeft, hoe hij zijn voet in je nek zette en je in je eigen braaksel duwde? Weet je niet meer wat die *Sasanach* mijn zus en haar familie hebben aangedaan? Weet je dat niet meer, weet je dat niet meer?'

De stem van Alice wordt steeds scheller en hoger. Het verbaast Kate. Ze herinnert zich hoe Alice haar man waarschuwde toen Nora hem vertelde wat Edward had gedaan, maar Alice lijkt nu dezelfde woede te voelen die Kate toen in de ogen van David zag. Nora kucht.

'Dat was Adelaide niet, moeder,' zegt ze zacht. 'Dat was Edward. En Adelaide kan helemaal niets doen aan wat er met tante Maria is gebeurd. Dat is de schuld van de *bailiff* in Crafton.'

'Alle *bailiffs* zijn hetzelfde. Dat ze branden in de hel, dat ze branden in de hel. Al die *Sasanach*!'

Kate draait zich naar Pat. Zijn gezicht is bleek en zijn ogen staan bezorgd. Kate gaat staan. Ze voelt zich opeens opgesloten in het ruim, met de hoge, snerpende stem van Alice in haar oren. Maar ze kan niet weg. Vanwege de regen mag ze niet aan dek komen, maar ze wil het gekreun, het gehijg, het gehoest en vooral het hysterische gekrijs boven haar hoofd niet meer horen. Kate duwt haar handen tegen haar oren, probeert alle klanken buiten te sluiten. Het geluid omhult haar, steeds dichter en dichter, wringt zich om haar lichaam en om haar nek, zoals Edwards handen een week eerder. Haar hart klopt luider en luider, het doet pijn tegen haar borstkas. Ze wil naar dek, ze moet naar dek. Schreeuwen, krijsen tegen de zee, tegen de lucht, tegen God. God! Maar het kan niet, het kan niet. De geluiden duwen van buiten tegen haar, de pijn en het verdriet dringen van binnen. Ze stikt in de geluiden en de angst. Gehijg, gehoest, gekreun, een gezicht vol haat, klauwende vingers, 'het is beter dat je het niet weet, Kate', vragen, twijfels, een lichaam in een zeildoek, 'mijn kind, mijn kind', 'het is beter dat je het niet weet, Kate,' een blik, vervuild beddenstro, een besmet lichaam tegen Fergus aan, 'het is beter dat je het niet weet, Kate, niet weet, Kate, Kate.'

'Kate!'

Connor staat naast haar.

'Bid, Kate. Hij zal je lucht geven.'

Kate laat zich op haar knieën vallen en vouwt haar handen, maar de woorden blijven uit, de zinnen komen niet.

'God,' hijgt ze. 'Lucht, lucht, geef me lucht.'

Ze buigt voorover, haar neus bijna tegen de houten planken van het ruim. De pijn krampt in haar borst en Alice krijst, krijst. Connor gaat achter haar zitten en schuift zijn armen onder haar oksels. Langzaam dwingt hij haar bovenlichaam omhoog.

'We gaan ademen, Kate.'

Connors stem is heel rustig.

'Samen ademen, in en uit.'

Connor ademt langzaam en luid in.

Ademen, lucht, vrijheid, *de nieuwe wereld*, nog maar een week, misschien twee. Kate volgt Connors ademhaling, net als een week geleden toen ze op het dek lag. Toen ze haar ogen opendeed en nog in deze wereld was, niet aan de overkant. Denis wel, een snelle reis naar de overkant. Jezus liep over het water. Hij riep Petrus: 'Kom.' Maar Petrus' geloof was niet groot genoeg, zijn vertrouwen in Hem te klein. Naar de overkant, naar Jezus, naar God, naar *de nieuwe wereld*.

'Uitademen. Let op mij, Kate, alleen op mij.'

Connors rustige stem vlakbij haar oren, het gekrijs van Alice vervaagt. Alleen Connors stem, luisteren naar wat hij zegt, zijn ritme volgen. Langzaam ademen, langzaam. De band die haar borst omklemt, wordt losser, biedt ruimte aan lucht. Connor ademt en Kate doet mee. Ademen, ademen. Eindelijk zucht ze diep. Ze draait zich om en legt haar hoofd op Connors schouder. Tranen springen in haar ogen en ze is moe. Zo moe.

'Ik ga even liggen,' fluistert ze schor.

Connor buigt zich naar haar toe en kust haar zacht op haar voorhoofd.

*

'Adelaide!'

Kate wordt wakker van de uitroep van Pat. Ze geeuwt en gaat overeind zitten. Adelaide komt de trap af. Ze heeft vreemde blosjes op haar wangen en draagt een kruik in haar hand. Pat loopt snel naar haar toe en legt een hand op haar schouder.

'Waar was je?'

Adelaide haalt wat ongemakkelijk haar schouders op. Dan steekt ze de kruik naar voren.

'Zijn David Murphy en Fergus al terug?'

'Wat moet jij van mijn man,' snerpt Alice vanaf de bovenste kooi. 'Hij wil niets met jou te maken hebben. Wij moeten niets hebben van Engelsen. *Gabh suas ort fein*, rot op!'

'Houd je stil, Alice!' schreeuwt Pat.

Hij slaat zijn arm om Adelaide heen en duwt haar zachtjes in de richting van de lange houten tafel. Adelaide laat zich meevoeren. Kate stapt uit de kooi en strijkt haar jurk glad. Ze is nog moe, maar ze wil niet de hele tijd in bed liggen. Misschien is het weer droog en kan ze naar buiten. De trap kraakt en Fergus komt langzaam naar beneden klimmen. Zijn kleren zijn doorweekt en het water druipt uit zijn haar. Achter hem komt David. Hij is net zo nat als Fergus. Fergus rilt terwijl hij naar Kate toeloopt.

Hij strekt zijn handen naar haar uit. Kate deinst achteruit. Ze wil het niet, maar het gaat vanzelf. Hij mag haar niet aanraken. Met die handen heeft hij de zieke Thaddeus ondersteund, het vervuilde beddenstro gedragen. Hij draagt misschien de ziekte in zich, die vreselijke *fiabhras dubh*. Ze kan niet begrijpen waarom hij David helpt. Ze snapt ook niet waarom David de zieke mensen niet zelf de opdracht heeft gegeven hun beddenstro op te ruimen. Maar David en Fergus werken alsof ze onaantastbaar zijn. Onaantastbaar of onverschillig, alsof ze geen angst kennen te sterven, geen angst om te verliezen wat ze hebben. Als Fergus sterft aan die vreselijke ziekte zal hij haar weer kwijtraken, nadat ze elkaar net teruggevonden hebben. Toch lijkt hem dat niet te kunnen schelen. Ze zucht. Begreep ze maar meer van hem. Ze draait zich om naar Connor, op zoek naar geruststelling, naar een glimlach, een hoofdknik, maar zijn gezicht staat bedroefd. Hij heeft zijn ogen afgewend. Fergus doet nog een stap naar haar toe.

'Wacht!'

Adelaide komt snel op Fergus en David af. Ze steekt de kruik vooruit.

'Wacht!' roept ze nog een keer.

Op een meter afstand van Fergus en David blijft ze staan, de kruik als een geschenk aanbiedend. David trekt verbaasd zijn wenkbrauwen op.

'Wat is dat?'

'Ze wil je vergiftigen!' roept Alice. 'Maar dat hoeft niet. Je hebt jezelf al vergiftigd door te sjouwen met die zieken. Je zult dood gaan, David! Dood!'

Alice begint hysterisch te huilen. Adelaide zet een klein stapje in de richting van Fergus.

'Dit is azijn,' zegt ze. 'Jullie moeten je uitkleden en jezelf goed wassen met azijn. Daarna kun je je kleren ermee uitspoelen. Misschien helpt dat.'

De hand waarmee Adelaide de kruik vasthoudt beeft. Fergus kijkt vragend naar David, maar David schudt zijn hoofd.

'Als we sterven is het Gods wil.'

Connor komt naar voren, zijn bleke gezicht staat ernstig.

'Nee, je kunt je niet achter God verschuilen. Het was jullie eigen keuze om deze mensen te helpen, een keuze die ik kan begrijpen.'

Fergus en David buigen allebei het hoofd. Kate fronst. Het lijkt of de twee mannen meer horen dan Connor zegt. Opeens voelt ze zich buitengesloten, een gevoel dat ze al eerder heeft gehad bij Fergus en Connor, alsof zij een andere taal spreken. Het omgekeerde van het Pinksterfeest. Ze denkt aan het bijbelverhaal dat moeder ieder jaar met Pinksteren vertelde, over de mensen die de discipelen allemaal in hun eigen taal hoorden spreken. Maar tussen Fergus, Connor en David gebeurt het omgekeerde. Ze spreken Iers, ze kan ieder woord van hen verstaan, maar ze heeft geen idee wat ze nu zeggen. Adelaide staat wat verloren met de kruik naast de drie mannen. Connor knikt naar Adelaide.

'Ik zou de azijn maar aannemen,' zegt hij. 'Misschien heeft God de azijn wel op jullie pad gebracht omdat Hij niet wil dat jullie sterven.'

Hij werpt een snelle blik op Adelaide en klemt dan zijn lippen op elkaar, een verachtelijke trek op zijn gezicht.

'Neem het aan!' zegt hij tussen opeengeklemde kaken.

Connor lijkt plotseling erg boos, maar het is Kate niet duidelijk tot wie zijn woede zich richt. Langzaam knikt David.

'Goed,' zegt hij. 'Ik zal me wassen met azijn.'

Fergus haalt zijn schouders op.

'Dan doe ik dat ook.'

Adelaide overhandigt de kruik aan David en het valt Kate op dat ze er goed op let dat haar handen die van hem niet raken.

'Hoe kom je eigenlijk aan die azijn?' vraagt Pat. 'En waar was je al die tijd?'

Er trekt een vuurrode blos over Adelaides bleke wangen.

'Ik heb het van die matroos, Sam Jones, gekregen,' zegt ze zacht. 'Maar ik moest wachten. Hij moest eerst de kapitein helpen en toen de azijn uit zijn foksel halen. Hij, ehm...'

Adelaide stokt.

'Hij heeft eerder tyfus meegemaakt en hij heeft gehoord dat er een schip was waarop meer dan honderd passagiers overleden en zelfs een paar bemanningsleden. Daarom heeft hij azijn meegenomen. Om zichzelf en het schip te beschermen.'

Connor legt zijn hand op Adelaides arm en zegt zacht: 'Bedankt, Adelaide. Je hebt veel voor ons over.'

Alice snuift luid.

'Nou, nou, een kruikje azijn. Oh, oh, wat moet de Engelse daar uitbundig voor bedankt worden. Ik had ook best een kruikje azijn willen gaan halen bij die matroos. Zo bijzonder is dat niet. Maar nee, de Engelse heeft iets voor ons Ieren gedaan. Misschien moeten we haar op onze blote knieën danken.'

'Houd je mond,' snauwt Connor.

Hij draait zich op zijn hielen om en klimt de trap op. Hij gaat het luik door, hoewel het verboden is om in de regen op het dek te zitten. Verbaasd kijkt Kate hem na. Zo kent ze Connor niet.

14

Kate doopt de scheepsbeschuit in haar kroes met water en neemt een hap. Met trage bewegingen kauwt ze op de harde koek. Michael zit naast haar en knabbelt kleine hapjes van zijn beschuit af. Hij eet weinig. Iedere dag onderwerpt Kate haar kleine broertje aan een nauwkeurig onderzoek, maar de gevreesde vlekken komen niet, niet bij hem. Haar ogen dwalen langs de lange tafels in het midden van het ruim, recht onder de zwaaiende lampen. Er zitten veel minder mensen op de houten banken dan in het begin van hun reis. Veel mensen zijn te verzwakt om uit hun kooi te komen en sinds de dood van Denis Farrell, nu een week geleden, zijn er nog vijf mensen gestorven. De vader en het zusje van Denis stierven vlak na elkaar. Zij kregen tegelijk een zeemansgraf. Het meisje werd in de armen van haar vader gelegd en zo werden ze in het zeildoek gerold. Twee dagen later werden drie anderen overboord gelaten, twee oudere mensen en een jonge vrouw. De kapitein las steeds een liturgie en er werd gebeden voor de doden. De *gaelacha* inspecteert om de dag alle benedendekspassagiers en heeft nog acht mensen naar het vrachtruim gestuurd. Kate kende ze geen van allen. Ze vraagt zich af hoeveel er nog zullen volgen, naar het vrachtruim, het voorportaal van de dood, en dan, gewikkeld in zeildoek, in de zee. De matroos Sam Jones heeft aan Adelaide verteld dat hij van een schip had gehoord waar meer dan honderd Ieren stierven tijdens de reis. Waarom hij dat wel aan Adelaide heeft verteld en niet aan haar, weet Kate niet. Misschien denkt de matroos dat het voor Adelaide minder erg is omdat het niet haar volk is dat crepeert, weggestopt als vee in een donker ruim. Maar Adelaide is nu een van hen. Haar

Engelse voorouders zullen haar niet beschermen tegen *an droch-thinneas*. Even komt de gedachte aan Adelaide gewikkeld in een zeildoek in Kates hoofd. Zou de kapitein alle overledenen dezelfde eer bewijzen of zou Adelaide een andere begrafenis krijgen? En hoelang zal de kapitein de liturgie blijven lezen? Doet hij dat ook als er straks misschien nog tien, nog twintig, nog honderd Ieren sterven? Als zij sterft of Michael, die mager is en koortsig? Of als Fergus en David sterven of de *gaelacha*? Ze helpen de zieken alsof ze een bijzondere bescherming van God hebben. Kate denkt aan Rebecca Farrell. Zij ligt nog altijd in het vrachtruim, maar ze leeft. Als enige van haar familie. Hoe moet het zijn om als enige *de nieuwe wereld* te bereiken, ziek en verzwakt, zonder man en kinderen? Kan Rebecca de kracht opbrengen om te blijven ademen, om te vechten tegen de ziekte die haar hele gezin heeft uitgemoord? Kate zou met haar willen praten, maar ze mag niet naar het vrachtruim. Dat zou ze ook niet durven en ze weet niet wat ze tegen Rebecca zou moeten zeggen. Toch bidt ze dagelijks voor Rebecca, hoewel ze niet weet of ze moet bidden voor het behoud van haar leven of voor een genadige dood. Het beeld van Rebecca met Denis in haar armen, de gelijkenis tussen haar en haar eigen moeder toen moeder de dode Séan wiegde, staat op haar netvlies.

Plotseling helt het schip naar stuurboord. Kates kroes schuift over tafel en klettert op de houten planken. Ze bukt zich om hem op te rapen, maar het schip kantelt terug en ze verliest haar evenwicht. Ze valt van de bank en landt met haar schouder op de grond. Snel gaat ze op haar knieën zitten en kijkt om zich heen. Ze is niet de enige die is gevallen. Er liggen meer mensen op de grond. Na vier weken op zee zijn ze gewend aan het gestamp en geschommel van het schip, maar deze bewegingen zijn heftiger. Kate strekt haar hand uit naar de bank en trekt zich op tot ze staat. Het schip schudt en ze gaat vlug weer aan de tafel zitten. Connor geeft haar de scheepsbeschuit aan die is weg geschoven.

'Heb je pijn?' vraagt Pat.

Ze schudt haar hoofd. Haar schouder voelt een beetje gebutst aan, maar is niet heel pijnlijk.

'Het gaat flink te keer,' zegt David, die naast hen aan tafel zijn scheepsbeschuit eet. 'En het zal nog erger worden.'

Kate geeft geen antwoord. Ze is vandaag lang aan dek geweest, ondanks de kou en de harde wind. Maar beneden in het ruim voelde ze haar maag door het gestommel van het schip. Na de eerste week aan boord heeft ze daar geen last meer van gehad, maar vandaag heeft ze een zeurderig, weeïg gevoel in haar maag, dat bij iedere golf erger wordt.

'Ik zag het vanmorgen al aan de lucht,' gaat David verder. 'We krijgen storm, een flinke storm.'

Hij wendt zijn hoofd af. Kate vouwt haar handen en prevelt: 'Moge God ons en de 'Mary Elisabeth' genadig zijn.'

Alice moet haar gehoord hebben, want ze snuift verachtelijk.

'God is ons niet genadig,' zegt ze scherp. 'Dat is hij al jaren niet. God is op de hand van de Engelsen. Hij haat ons volk. Eerst liet hij onze boeren creperen. Mijn eigen zuster...'

'Stil!' zegt David luid.

Connor legt een kort moment zijn hand op de arm van Alice.

'Houd vertrouwen, Alice,' zegt hij. 'God is rechtvaardig. Hij is niet op de hand van de Engelsen of de Ieren. God is van ons allemaal, voor ons allemaal. Hij...'

Alice trekt haar arm weg en schudt fel haar hoofd.

'Als Hij rechtvaardig is, waarom stuurt Hij ons dan de ene ramp na de andere? Eerst treft hij ons land en liet hij ons dorp overspoelen met *spailpíns* en andere zwervers. En nu wij ons...'

Alice stokt even en haalt diep adem. Het klinkt als een snik. Toch staat haar gezicht niet verdrietig, eerder verbeten.

'Nu wij ons ehm... *cinniúint*, ons noodlot, trachten te ontvluchten jaagt hij ons na met de slechte ziekte en een storm. Waarom zou een God die van ons volk houdt dat doen?'

Alice heeft haar handen in haar zij gezet, haar ogen schitteren en er liggen vreemde blosjes op haar wangen. Fergus en David wisselen een snelle blik. Kate ziet het en fronst. Alice wilde iets anders zeggen dan *cinniúint*. Ze herinnert zich het verhaal van David over haar vader in Claddagh en het gevoel dat hij niet openhartig was. Ze houdt haar hoofd schuin en kijkt David aan. Hij zegt zacht: 'Misschien juist omdat Hij een rechtvaardige God is, Alice.'

Connor schudt zijn hoofd. Hij opent zijn mond, maar voor hij iets kan zeggen maakt het schip weer een enorme klap. Kate klemt zich met een hand aan de ruwhouten tafelrand vast, met de andere grijpt ze Michael. Michael is zo mager, hij weegt zo weinig. Hij zal door het ruim geslingerd worden door het rollen en schudden van het schip. Het luik wordt geopend en Sam Jones komt de steile trap afgeklommen. Hij draait zich om zodat hij met zijn gezicht naar de passagiers gekeerd staat.

'Aandacht graag!' brult hij met luide stem. 'Jullie zullen gemerkt hebben dat het stormt en het ziet er naar uit dat het nog veel erger gaat worden. Daarom gelden er de volgende regels: Niemand mag meer aan dek tot er een teken gegeven wordt, tenzij er een noodgeval is. Het overlijden van een passagier is geen noodgeval.'

Kate heft met een ruk haar hoofd op. Het overlijden van een passagier is geen noodgeval! Alsof zij geen mensen zijn, alsof zij minder zijn dan vee, dan honden. Iedere dood is een noodgeval, zeker een menselijke dood. Kate dacht dat in Amerika iedereen gelijk was, maar dat geldt duidelijk niet aan boord.

Ze kijkt Sam Jones strak aan en ziet hoe hij op zijn lip bijt, alsof hij beseft hoe zijn woorden over moeten komen.

'Brand en een groot gat in de scheepswand zijn wel noodgevallen. Dat zijn de enige redenen waarom het luik geopend mag worden. Jullie mogen onder geen enkele andere voorwaarde aan dek komen, want dat is echt te gevaarlijk. Dan brengen jullie niet alleen jezelf, maar ook de bemanning en het hele schip in gevaar.'

Hij ademt diep in.

'Het tweede: jullie moeten allemaal in je kooi gaan liggen en daar blijven tot iemand van de bemanning zegt dat het veilig is om op te staan. Als de storm nog erger wordt, dan is liggen het enige wat kan. Als iemand door het ruim loopt, kan hij vallen en zijn been breken. Ga dus allemaal naar je kooi en blijf daar.'

Sam Jones draait zich om en klimt de trap weer op. Even is het stil in het benedenruim, dan klinkt er geroezemoes van stemmen. Boven alles uit snerpt de scherpe stem van Alice: 'God wil ons straffen. Hij heeft zich tegen ons gekeerd!'

'Houd je mond!' zegt Connor hard.

Kate trekt haar wenkbrauwen samen. Dit is de tweede keer dat Connor Alice afsnauwt. Zo is Connor normaal niet. Connor is Connor, rustig, verstandig, beheerst en meer wetend en voelend dan zij kan en wil begrijpen. David gaat staan.

'Mensen, jullie hebben de matroos gehoord. Allemaal zo snel mogelijk naar je kooi en blijf daar liggen.'

Kate staat op. Het schip stampt onder haar voeten en ze moet zich met twee handen aan de tafel vasthouden om niet te vallen. Het is maar een paar meter naar haar kooi, maar ze weet niet hoe ze daar moet komen, samen met Michael. Voorzichtig laat ze één hand los en pakt daarmee Michael vast. Het schip helt naar bakboord en de rand van de tafel dringt in haar rug. Het schip kantelt terug.

'Nu!' roept Kate.

Ze wil de paar passen naar haar kooi zetten, maar het schip lijkt haar op te tillen. Ze klemt Michaels hand stevig vast. Een paar seconden zweeft ze boven de planken van het benedendek. Dan landt ze vlak voor haar kooi en stoot haar scheenbeen aan de harde houten rand. Ze schreeuwt van pijn en valt op het stro, Michael nog steeds vasthoudend. Snel draait ze zich om en kijkt hoe de andere passagiers in hun kooi proberen te komen. Overal klinken kreten van angst en pijn als mensen tegen de tafel of de kooien aangesmeten worden, maar na een paar minuten liggen alle passagiers in hun kooi.

'Wat moeten we nu doen, Kate,' vraagt Michael zacht.

Kate denkt even na. Ze moet proberen om Michael af te leiden van de storm. Niet alleen om Michael gerust te stellen, maar ook om haar eigen opstandige maag tot rust te brengen.

'Ik zal een verhaal vertellen,' zegt ze.

'Ja,' gilt Alice vanaf de bovenkooi.

Kate heeft geen idee hoe het haar gelukt is daarin te klimmen.

'Vertel hem het verhaal van Jona. Jona, die niet naar God luisterde. Je weet wat God toen deed als straf. Hij liet het stormen, vreselijk stormen. En dat doet God weer. Oh, oh, wat een rechtvaardige God!'

Kate voelt hoe Fergus die naast haar ligt verstrakt. Even legt ze haar hand tegen zijn wang. Ze wil hem troosten, maar ze begrijpt zijn verdriet niet goed genoeg om hem gerust te stellen. Opnieuw is het Connor die met strenge stem zegt: 'Houd op, Alice! Kate, wil je ons een verhaal van moeder vertellen?'

Michael legt zijn hoofdje op Kates borst. Ze slaat haar arm om hem heen en trekt haar kleine broertje dicht tegen zich aan. Met haar wijsvinger strijkt ze over zijn verhitte voorhoofd. Ze tuit haar lippen en geeft hem een kus.

'Ik zal je het verhaal van de kinderen van koning Lir vertellen,' zegt ze zacht.

Even sluit ze haar ogen. Ze denkt aan moeder. Op donkere avonden, als het buiten regende en stormde kropen ze met zijn allen rond het turfvuur in hun kleine *bothán*. Moeder boog zich dan voorover en begon met zachte stem te vertellen, vaak over de kinderen van koning Lir, maar ook over Paddy O'Kelly en de kwezel, over Munachar en Manachar, over het visioen van MacConglinney, de koning en de Gruagach en nog veel meer. Tientallen verhalen kende moeder. Verhalen die zij van haar moeder had gehoord en moeders moeder weer van haar moeder. Als moeder uitverteld was, pakte vader zijn viool en speelde daarop; zachte, trillende klanken na een droevig verhaal, opzwepende *jigs* na een spannend en vrolijk verhaal over een sterke held. Als vader op zijn viool speelde kon ze niets anders doen dan ademloos naar hem luisteren. Vader liet de viool zuiverder klinken dan het gezang van de elfen en soms liepen de tranen Kate over de wangen. Ook nu voelt ze haar tranen prikken. Vader is in *de nieuwe wereld*. En als God hen bij wil staan en de storm wil verdrijven varen zij ook naar *de nieuwe wereld*.

'God, God, laat ons vader vinden,' prevelt ze voor zich uit.

Michael nestelt zich dichter tegen haar aan.

'Vertel nou.'

Kate schraapt haar keel. Ze ziet het gezicht van haar moeder, het donkerrode haar, de groene ogen en de zachte, liefdevolle glimlach op haar lippen. Opeens vervagen moeders trekken voor haar ogen, maar haar haren en ogen blijven onveranderd. Kate probeert het beeld van moeder weer scherp te stellen, de vorm van haar gezicht, de kleine sproetjes op haar neus, maar in plaats van moeders gezicht ziet ze de trekken van Rebecca Farrell. Ze schudt haar hoofd om Rebecca Farrell van haar netvlies te laten verdwijnen. Ze wil moeders beeld zien, moeders stem in gedachten horen terwijl ze het verhaal vertelt van de kinderen van koning Lir. Moeder begon altijd hetzelfde. Kate kan het woordelijk navertellen. Ze haalt diep adem en begint: 'Lang, lang geleden woonde er in ons mooie Ierland, het land van de koning en elfen, maar ook het land van kwade krachten en magie een koning die Lir heette. Hij was getrouwd met een lieve vrouw en had vier prachtige kinderen. Helaas stierf de vrouw van koning Lir.'

Kate staart even voor zich uit. Zij zijn nu ook nog met zijn vieren: Pat, Connor, Michael en zij. Net als de kinderen van koning Lir. En zij hebben ook geen moeder meer. In het verhaal dat moeder vertelde trouwde koning Lir opnieuw met een vrouw, Aoife. Maar deze vrouw was jaloers op de liefde die de koning voor zijn prachtige kinderen voelde en daarom veranderde Aoife de kinderen in zwanen. Kate zucht. Het is ruim anderhalf jaar geleden dat zij haar vader heeft gezien. Hij kan ook opnieuw getrouwd zijn, daar in die onbekende *nieuwe wereld*. Misschien is zijn nieuwe vrouw wel net als Aoife en wil ze niet dat zij en haar broers weer bij vader komen wonen. Kate schrikt op van Connors stem.

'Wil je liever een ander verhaal vertellen, Kate?'

Zijn groengele ogen kijken haar begripvol aan. Ze knikt opgelucht.

'Ik zal het verhaal van de witte forel vertellen,' zegt ze.

'Ja,' roept Michael. 'De witte forel zwom vlak bij ons huis, hè, Kate?'

Kate woelt Michael door zijn blonde haartjes. Ze opent haar mond om antwoord te geven, maar op dat moment maakt het schip een harde klap en een golf van misselijkheid stuwt omhoog. Kate sluit snel haar mond, de smaak van half verteerd scheepsbeschuit in haar mond. Ze slikt. Niet aan de storm denken, niet aan het rollen van het schip, het beukende, woeste water aan de andere kant van de dunne, houten planken. Ze haalt diep adem en probeert de gal te bedwingen die omhoog blijft komen.

'Luister,' zegt ze, vastbesloten zich alleen op haar verhaal te concentreren. 'Ik zal jullie vertellen over de witte forel. Lang, lang geleden woonde er in ons mooie Ierland een beeldschone jonkvrouw. Haar hart was zuiver en vol van liefde voor een koningszoon met wie zij zou gaan trouwen. Maar deze koningszoon, God hebbe zijn nobele ziel, werd plotseling wreed en laf vermoord en in het diepe, blauwe meer vlakbij Cong gegooid. De schone jonkvrouw ging naar de oever van het meer waarin haar geliefde was verdwenen en huilde. Haar tranen deden het meer overstromen.'

Kate zwijgt even. In gedachten ziet ze de schone jonkvrouw in haar witte gewaad aan de oever van het meer zitten. Ze bekijkt zichzelf in de weerspiegeling van het heldere water, zoals Kate zelf ooit keek naar haar eigen spiegelbeeld in het meertje met de meidoorn aan de oever, haar plekje in *Ghealcnoc*, vlakbij de plaats waar de jonkvrouw treurde. Kate herinnert zich nog hoe ze daar zat, biddend om een zusje en dromend over een beter leven voor zichzelf dan het leven dat haar moeder leidde. Haar gebeden zijn niet verhoord en haar dromen niet uitgekomen. Ze kreeg geen zusje, zelfs geen broertje, want dat nam God van haar af en haar leven is niet mooier dan dat van haar moeder. Moeder had een dak boven haar hoofd en woonde in het dorp waar iedereen haar kende. Kate heeft geen huis en ze is op weg naar een groot, onbekend land. Michael strijkt over haar arm.

'Vertel verder, Kate. Hoe ging het met de verdrietige jonkvrouw?'

Kate kucht.

'De mensen uit Cong hadden de jonkvrouw de hele dag aan de oever zien zitten, in de morgen toen de zon op kwam, midden op de dag toen de zon haar gouden haren liet branden als een vuur en 's nachts toen de maan gele banen over het meer trok.'

Kate laat haar stem wat dalen en zegt: 'De volgende morgen was de jonkvrouw verdwenen. Ze zat niet aan de oever en was ook niet teruggegaan naar het paleis. Hoe men ook zocht, ze was nergens te vinden. De mensen dachten dat ze door elfen was meegenomen.'

Plotseling maakt het schip een slag, harder dan alle voorgaande. Het helt sterk over naar stuurboord en blijft zo schuin liggen dat Kate zich schrap moet zetten in de kooi om niet tegen de scheepswand te worden gesmakt. Er wordt gegild in het benedenruim. Dan klinkt er een afschuwelijk gekraak, zo luid dat het loeien van de wind wordt overstemd. Op het bovendek brullen mannen en het geschreeuw vermengt zich met de kreten van de vrouwen in het ruim. Het schip klapt terug naar bakboord. Het kraken is gestopt, maar de mannen op het dek blijven naar elkaar roepen. Michael duwt zijn handen tegen zijn oren.

'Vaarwel, Amerika,' zegt Connor zacht.

Kate heft gealarmeerd haar hoofd op, zichzelf afvragend of ze het goed verstaan heeft.

'Vergaan we?' vraagt ze met hoge stem.

Ze weet dat er een schip met wel driehonderd Ieren aan boord is vergaan. Het schip was op weg naar New York met driehonderd landgenoten opgesloten in een ruim. Ze konden nergens heen toen het schip langzaam vol water liep en naar de bodem van de oceaan zonk. Kate springt op en moet zich aan de kooi vastgrijpen om niet te vallen. De misselijkheid beneemt haar bijna de adem.

'Ga liggen, Kate!' roept David vanaf de bovenkooi.

Hij ziet wit en zijn ogen staan bezorgd, maar zijn stem is krachtig.

'Terug je kooi in!'

Kate draait zich wild om naar Connor. De angst voor een ruim vol water knijpt haar keel dicht, maar Connor wijst naar de kooi.

'Luister naar David, Kate. Ga liggen en vertel verder van de jonkvrouw.'

Hij buigt zich iets naar haar toe en zegt met zachtere stem: 'Je maakt Michael overstuur. We zullen niet vergaan.'

Aarzelend blijft Kate even staan. Ze dacht dat ze Connor 'Vaarwel, Amerika' hoorde zeggen, maar ze is er niet meer zeker van. Het gekraak dat ze net hoorde klinkt ook niet meer, zelfs de schreeuwende mannen lijken stil. Alleen de wind loeit en loeit, om haar heen en in haar hoofd. Voorzichtig laat ze zich weer in haar kooi zakken en gaat liggen. Michael nestelt zich onmiddellijk tegen haar aan, opgekruld als een jong poesje.

'Is het verhaal nu afgelopen? De man ging dood en de jonkvrouw was verdrietig en toen werd ze meegenomen door elfen. Waarom heet het verhaal dan de witte forel? Ik dacht dat mama altijd vertelde over gebakken forellen.'

Een gevoel van dankbaarheid doorstroomt Kate als ze naar Michael kijkt. Hij kan zich moeder nog herinneren, hoe ze hem vertelde over de witte forel. Kate glimlacht.

'Nee, het verhaal is niet uit. De jonkvrouw werd niet meer gezien, maar in het meer waaraan de jonkvrouw had gezeten zwom een witte forel, een bijzonder schepsel. Een witte forel, zoiets had niemand nog gezien. Maar de witte forel zwom in het meer, dag na dag, lente na lente. Zelfs de oudste man van het dorp zei dat zij er al zwom toen hij nog een kleine jongen was.'

'Was die oude man nog ouder dan de grootmoeder van Fergus?' vraagt Michael.

Fergus komt overeind, leunt half over Kate heen en strijkt Michael over zijn haar. Maar hij geeft geen antwoord en streelt wat afwezig over de krullen van Michael. Zijn hoofd is vlakbij dat van Kate. Ze kijkt hem onderzoekend aan. Ze zou zo graag willen vragen wat hij nu denkt, of hij in gedachten bij zijn oude grootmoeder Biddy is. Grootmoeder Biddy, die gelijk met haar zoon was gestorven en nu rust in haar graf in *Ghealcnoc*, het dorp waar ze ook geboren was. Maar ze durft niet meer te vragen wat Fergus denkt, wat er in hem omgaat. Ze schudt even haar hoofd en concentreert zich weer op het verhaal. Met lage stem zegt ze: 'Op een dag kwam er een heidense soldaat naar Cong. Hij hoorde het verhaal van de witte forel en lachte de dorpsbewoners uit omdat ze vol eerbied over het bijzondere dier spraken. Hij brak een tak van een boom en maakte daar een hengel van. Daarmee ving hij de arme witte forel.'

Michael trekt aan haar hand.

'Echt waar?' vraagt hij. 'At hij haar op?'

'Luister maar,' zegt Kate. 'De soldaat zette een pan op het vuur en daar gooide hij de witte forel in. Het arme visje krijste en gilde als een mens, maar de soldaat lachte erom. Toen hij dacht dat de ene kant gaar was, draaide hij het visje om, maar ze was nog even blank als voor dat hij haar op het vuur zette. Er was geen enkel bruin vlekje op haar te bekennen. Hij had moeten weten dat dat een teken van God was, maar hij was een heel slechte man, die luisterde naar God noch gebod. En hij bakte ook de andere kant.'

'Was hij Engels?' onderbreekt Michael haar. 'Was hij een Engelse soldaat?'

Opeens voelt Kate ogen op zich gericht en ze draait zich om.

Ze ziet nog net hoe Pat wegkijkt, maar ze weet wat hij dacht. Daarom zegt ze rustig: 'Nee, hij was gewoon een slecht mens. Hij nam de pan van het vuur, hoewel de forel nog lelieblank was en legde haar op zijn bord. Hij pakte zijn vlijmscherpe mes en zette dat in de forel. Opeens klonk er een ijselijke kreet, hoger en zuiverder dan de doodszang van een *banshee*. De forel sprong zo van zijn bord voor zijn voeten en daar veranderde de forel in de jonkvrouw, het mooiste schepsel dat de soldaat ooit gezien had. Ze droeg een schitterende witte jurk, die vonken leek te geven in het licht van het vuur waarop de soldaat haar had willen bakken. Op haar blanke arm zat een diepe snee waar het bloed uitstroomde.'

Kate stokt. Het beeld van Edward met zijn bloedende arm komt haar voor ogen. Ze slikt en vertelt snel verder: 'De jonkvrouw zei: 'Waarom heb je mij gestoord bij mijn zoektocht naar mijn beminde koningszoon? Breng mij terug naar de rivier zodat ik mijn geliefde kan zoeken. Ik hoor in de rivier bij mijn man.'

Daarop veranderde de jonkvrouw weer in de witte forel en de soldaat bracht haar zo snel als hij kon naar de rivier. Hij rende en rende met in zijn hand een bord met daarop de witte forel. Alle dorpsbewoners die hem zagen, lachten hem uit. Toen de soldaat de witte forel in het water gooide, werd het water zo rood als het bloed dat uit haar arm had gestroomd, tot de golven de vlek wegspoelden. De witte forel zwom weg en de soldaat keek haar na. Toen zag hij twee witte forellen wegzwemmen.'

'Was dat de koningszoon?' vraagt Michael.

Kate spreidt haar vingers.

'Dat weet niemand, *Michael bheag*. Dat weet niemand. Maar wat iedereen wel weet is dat de soldaat sindsdien een goed mens was geworden. Hij ging naar de kerk, hij biechtte en vastte. En hij at nooit meer vis.'

Even is het stil. Een stilte waarin het schip steeds wordt opgetild en neergesmeten. Het lijkt of het schip niet meer vooruit komt, maar alleen nog maar op en neer gaat, als de schouders van een snikkende moeder.

15

Moeder zit op de essenhouten stoel naast het turfvuur. De wind
giert om hun kleine *bothán*, dringt door de kieren van de deur-
delen en het kleine raampje. Loeiend, met gierende uithalen als
een weeklagende vrouw die haar eerstgeborene heeft moeten begraven. Maar in de *bothán* is het warm. Kate zit vlak naast moeder met Mary en Séan op schoot, haar armen om de beide kinderen heen. Ze weet dat ze dood zijn, haar lieve zusje en haar
kleine broertje, maar ze zitten dicht tegen haar aan en ze moet
ze vasthouden, omklemmen met haar levende aanwezigheid om
ze zo te behoeden voor de witgekalkte kistjes in de koude aarde.
Bij het turfvuur is het warm, de warmte van het leven en de liefde. Vader speelt op zijn viool, zachte, hemelse klanken. Moeder
vertelt over de witte forel. Haar lippen bewegen, open en dicht,
zoals het mondje van Séan in zijn doodsstrijd. De lippen gaan
sneller, steeds sneller. 'Mijn kind, mijn kind!' De stem van
Rebecca Farrell dwars door moeders verhaal heen. Kate draait en
draait, onrustig in haar strobed. Fergus slaat zijn arm om haar
heen. Daar is moeders gezicht weer, haar mooie stem: 'De forel
veranderde voor zijn ogen in de prachtige jonkvrouw. Op haar
blanke arm zat een diepe snee waar het bloed uitstroomde.' Mary
en Séan verdwijnen, lossen op in het niets. De *bothán* is weg en
de warmte ook. Het is koud. Kate rilt. Ze staat op het dek tegenover Edward, zijn ogen samengeknepen, haat sproeiend. Ze haalt
uit met het mes, steekt zo diep als ze kan. Ze voelt de weerstand
van Edwards zachte vlees waar het mes zich in boort, een diepe
snee op zijn bovenarm, net als bij de jonkvrouw. Twee mannen,
bekend maar onherkenbaar dragen een lichaam. Het is in zeildoek gewikkeld en glijdt langzaam van de reling af, oneindig
lang zweeft het lichaam tussen het schip en het water. 'Mijn kind,
mijn kind'. Rebecca Farrell stikt bijna in haar verdriet. Dan de

plons. Luid, onomkeerbaar. De snee in zijn arm kleurt het water bloedrood, een ontzettend gekraak en schreeuwende mannen, een snerpende vrouwenstem er bovenuit: 'Dat ze branden in de hel, dat ze branden in de hel. Al die *Sasanach*!'

Kate gaat overeind zitten en klemt haar handen tegen haar borst. Haar hart bonst luid en haar ademhaling gaat gejaagd. Ze kijkt om zich heen. Ze zit in de kooi en naast haar slapen haar broers en Fergus. Ze heeft alles gedroomd. Moeder, Séan, Mary en de twee mannen die het lichaam droegen. Ze haalt diep adem en gaat weer liggen. Het schip bonkt nog steeds, maar het lijkt of het geen snelheid meer heeft, alleen maar op en neer gaat. De wind giert door de masten en de tuigage. Zelfs in het benedenruim hoort ze het geklapper van zeilen. Ze gaat op haar zij liggen, haar rug tegen Fergus aan.

'Kate, *stóir*,' mompelt hij.

'Ben je wakker?' fluistert Kate.

'Half'.

Zijn hand glijdt zacht over haar heup. Ze voelt zijn ademhaling in haar nek. Hij is zo dichtbij.

'Ik verlang naar je, mijn lieve Kate,' fluistert Fergus in haar oor. 'Iedere nacht als ik je warme lichaam tegen mij aan voel, denk ik aan de heuvel in Westport. Aan hoe mooi en naakt je daar voor me stond.'

Kate knikt. Ze denkt ook dagelijks aan de enige keer dat ze echt samen konden zijn.

'Het was zo bijzonder.'

Fergus streelt zacht over haar heup. Langzaam gaat zijn hand omhoog. Ze voelt zijn warme hand door de dunne stof van haar onderhemd heen. Zijn vingertoppen strelen zacht de zijkant van haar borst. Zijn adem versnelt. Hij hijgt vlakbij haar oor als zijn hand zich om haar borst sluit. Ze kreunt zacht. Het is heerlijk om Fergus' hand op haar te voelen, zijn warmte zo dichtbij.

'Je werd echt mijn vrouw, daar in Westport,' zegt Fergus schor. 'Trouw met me, Kate! Zodra we in Amerika zijn.'

Trouwen met Fergus in Amerika, samen een nieuw leven beginnen. Ze ziet de bruiloft voor zich. Zijzelf in een prachtige rode jurk aan de arm van vader. Hij staat hen misschien op te wachten als ze in Amerika aankomen. Ze schudt haar hoofd. Dat kan niet. Er is niemand die weet dat zij gevlucht zijn naar *de nieuwe wereld*. Ze weet niet of ze vader ooit weer zal vinden, daar in dat grote land. Ze heeft zelfs geen idee waar ze moet beginnen met zoeken. David zei dat vader naar New York is gegaan, maar dat hoeft niet waar te zijn. En zij zijn op weg naar Boston, 250 mijl bij New York vandaan. Boston is een stad en als ze de verhalen mag geloven, een heel grote stad. Groter dan Tuam en Galway, zelfs groter dan Dublin, hoewel Kate nooit in Dublin is geweest en ze zich daar ook niet echt een voorstelling van kan maken. In een stad zal alles heel anders zijn dan in *Ghealcnoc*, maar Kate wil alles doen om zo snel mogelijk te wennen aan het leven in *de nieuwe wereld*. Ze is jong, ze spreekt Engels en ze kan hard werken. Doordat ze een half jaar bij lady Evelyn gediend heeft, kan ze waarschijnlijk sneller werk vinden dan meisjes die nooit hun dorp uit zijn gekomen. Opeens valt het haar op dat Fergus zwijgt. Zijn hand beweegt niet meer, ligt met gespreide vingers stil op haar borst. Fergus wacht op haar antwoord. Een antwoord dat ze hem niet kan geven. Steeds weer hoort ze Connor zeggen: 'Het is beter dat je dat niet weet, Kate.'

Ze haalt diep adem.

'Fergus, wat is er gebeurd toen Edward mij probeerde te vermoorden?'

Ze voelt hoe Fergus naast haar verstrakt. Hij trekt zijn hand terug. Kate rilt. Ondanks de dikke deken heeft ze het koud zonder Fergus' warmte. Fergus is stil, te stil. Dan zegt hij: 'Vergeet wat ik je gevraagd heb, Kate. Vergeet het. En denk ook niet meer aan Edward. Het is beter dat je het niet weet.'

Weer die woorden, woorden die ze is gaan haten. Fergus draait zich van haar af. Kate staart met wijd open ogen in het donker. Ze wrijft met haar handen over haar armen, maar ze wordt niet warm. Zuchtend slaat ze haar armen om haar broertje Michael heen en drukt zijn kleine lijfje tegen zich aan.

'Ik vind je lief, Kate,' mompelt Michael.

De tranen springen in haar ogen. Michaels liefde is eerlijk en zonder geheimen. Ze legt haar kin op het kleine hoofdje van Michael en sluit haar ogen.

Kate wordt wakker van het luide gekraak van het luik. Ze komt half overeind. Een vlaag van misselijkheid spoelt over haar heen als een golf op het strand. Met haar beide handen voor haar mond geklemd laat ze zich weer vallen. Stil blijft ze liggen. Ze hoort harde zolen op de traptreden. Dan hoort ze Sam Jones indringend fluisteren: 'David, David.'

Uit de kooi boven haar komt gestommel. Het hout kraakt. David buigt zich uit de kooi.

'Wat is er, Jones, volgens mij is het nog heel vroeg.'

Hoewel Kate haar ogen dicht heeft, voelt ze dat Sam Jones haar opneemt en ze houdt zich slapend.

'Ik moet met je praten, David. Er is een ramp gebeurd, maar niemand van de benedendekspassagiers mag dat weten.'

'Vertel.'

David klinkt meteen klaar wakker. Kate blijft stil liggen luisteren. Ze duwt haar handen tegen haar buik. Het schip wordt alle kanten op geslingerd en het lijkt of haar maag mee slingert. De weeïge misselijkheid leidt haar af van het gesprek dat ze probeert af te luisteren. Ze concentreert zich op het gefluister vlak boven haar kooi. Sam Jones is aan het woord, maar ze kan hem niet verstaan. Plotseling roept David: 'Gebroken!?'

'Sst,' sist Sam Jones scherp.

Kate houdt haar adem in. Ze heeft David duidelijk 'gebroken' horen zeggen, maar ze weet niet wat er is gebroken en hoe erg dat is. In ieder geval zo erg dat niemand het mag weten. Sam Jones gaat fluisterend verder. Toch kan Kate hem nu verstaan.

'Kleed je aan, David,' zegt hij. 'En kom aan dek, dan kun je het met eigen ogen zien. Je bent visser, je zult het begrijpen. Boven

praten we verder. Ik zie je over een paar minuten op het achterdek. Zorg dat niemand je weg ziet gaan en sluit het luik weer.
Er mag echt geen mens aan dek komen. Dan zou de paniek niet
te overzien zijn.'

*

Woensdag 2 juni 1847

'Kate, wanneer mogen we weer naar buiten?'
Michael kijkt haar vragend aan. Hij ziet bleek, nog bleker dan
een paar dagen geleden. De twee dagen die ze nu opgesloten zitten in het ruim hebben het laatste restje kleur van zijn gezicht
gevaagd.
'Als we weer naar buiten mogen zal David het wel vertellen,
stóirín.'
Het is niet echt een antwoord waar Michael wat aan heeft,
maar het is het enige wat ze nu kan zeggen. Ze begrijpt zichzelf
niet, snapt niet waarom ze zo volgzaam doet wat David zegt,
waarom ze niet protesteert. Maar ze heeft er de kracht niet voor
en ze weet ook dat het geen zin heeft. David is zo duidelijk geweest. Er mag absoluut niemand naar het dek. Alleen hijzelf en
Fergus gaan een keer per dag om alle emmers van het benedendek te legen. Fergus is stil geworden. Hij praat bijna niet meer
met haar sinds ze gevraagd heeft wat er gebeurde toen Edward
haar probeerde te doden. Zelfs 's avonds in hun kooi, draait hij
zijn rug naar haar toe en valt in slaap, zonder haar een kus te geven of haar te strelen. Ze heeft hem twee dagen geleden met
Connor horen fluisteren. Connor leek ergens boos om te zijn,
maar ze kon niet verstaan wat hij zei. Ze zag alleen hoe Fergus
koppig zijn hoofd schudde en wegliep.
'Waarom mogen we niet naar boven?' vraagt Michael opnieuw. 'Het stormt toch allang niet meer?'
'Ik weet het ook niet, Michael, echt niet.'
Ze draait zich om. Ze wil weglopen van de vragende, verdrie-

tige blik in Michaels ogen, maar ze kan nergens heen. Het luik is dicht en ze wil niet verder het donkere ruim in lopen. Ze kan alleen naar de lange, houten tafel lopen, maar ook daar zitten mensen. Mensen met hun stinkende, magere lijven, hun gepraat, gekreun, gesteun, gehoest. Het onophoudelijke geluid dat ze maken vermengt zich met het zachte loeien van de wind dat doordringt in het ruim.

'Ik wil naar huis.'

Kate heeft het bijna hardop gezegd. Ze wil weg van dit schip, naar de vrijheid van de groene heuvel, naar haar meertje met de meidoorn aan de oever. Daar wil ze de zuivere Ierse lucht inademen, rennen over de heuvels, springen over de losliggende stenen en de heerlijke zoete geur van kamperfoelie ruiken. Het is begin juni. Ze weet dat de kamperfoeliestruik vlakbij hun *bothán* nu bloeit, dat de ranken zich als roomwitte slingers door de heggen vlechten, hun geur verspreidend als juichend begin van warmere dagen. Kate schudt haar hoofd. Daar moet ze nu niet aan denken. Ze moet zich richten op het nieuwe leven in Amerika. Maar het lijkt of Fergus' zwijgzaamheid en de stank van wanhopige, opeengepakte mensen iedere vlam van hoop op een mooi, nieuw leven heeft uitgedoofd. Ze kijkt half over haar schouder en ziet dat Fergus naar haar kijkt, met een frons boven zijn ogen. Als hij haar ziet kijken, wendt hij zijn hoofd af. Kate werpt haar hoofd in haar nek en haalt diep adem. Ze zal naar Fergus toe gaan. Ze zal hem alles vragen. Waarom ze niet naar het dek mogen en ook wat er gebeurd is met Edward. De onzekerheid knaagt als een valse rat aan haar. Met een paar passen loopt ze naar Fergus toe. Ze strekt haar hand uit, maar trekt hem op het laatste moment terug. Ze durft hem niet meer aan te raken, te liefkozen. Ze weet niet eens of ze dat nog wil. Niet als er zo'n afstand tussen hen is.

'Fergus?'

Hij draait zich onwillig om. Kate slikt. Fergus' gezicht staat strak, zijn kaken zijn opeengeklemd. Ze zoekt op het gezicht dat ze zo goed kent naar iets vertrouwds. Voor haar staat de man met wie ze samen is geweest, de man van wie ze hield, van wie ze misschien nog steeds houdt, maar hij lijkt een vreemde.

'Alsjeblieft, Fergus.'

Ze wil niet smeken, maar het gaat vanzelf.

'Vertel me wat er aan de hand is. Waarom mogen we niet naar boven? Wat is er gebeurd en waarom varen we zo langzaam?'

Het is moeilijk te voelen in het donkere benedenruim, maar Kate heeft het idee dat ze de laatste dagen nauwelijks vooruit gaan, dat ze alleen op en neer deinen, stuurloos, doelloos als een kwal op de stroming.

Fergus schudt zijn hoofd.

'Ik heb David beloofd dat ik niets zou vertellen.'

Kate aarzelt en zet een stap naar voren. Ze legt haar hand op zijn arm. Fergus kijkt naar haar hand en beschaamd trekt ze hem terug.

'Je kunt het tegen mij zeggen. Ik ben toch je vrouw?'

Fergus knippert even met zijn ogen. Een vlaag van verdriet en pijn trekt over zijn gezicht.

'Dat dacht ik ook, Kate. Ik geloofde dat jij mijn vrouw was, dat jij mij vertrouwde en dat er een toekomst voor ons samen was. Nu weet ik het niet meer.'

Kate voelt de tranen opkomen, maar ze wil ze niet aan Fergus laten zien. Ze draait zich van hem weg en kijkt snel om zich heen. Er is geen plek waar ze nu heen kan gaan. Ze ziet Connors onderzoekende blik, maar ook hem wil ze niet zien. Ze loopt naar haar kooi en trekt de deken over haar hoofd.

*

Michael kruipt bij haar in bed. Ze slaat haar arm om hem heen en geeft hem een kus op zijn haren. Ze voelen vettig en vies en ze stinken. Toch laat ze haar hand op zijn warme hoofdje liggen. Michael valt al snel in slaap, zijn handjes om zijn buik geklemd. De lamp boven de tafel verspreidt een baan gelig licht, valt precies over Michaels gezicht. Voorzichtig schuift ze zijn nacht-

hemd iets opzij en bekijkt zijn hals. Er zijn nog steeds geen vlekken te zien. Ze glimlacht. Michael is slap, koortsig en klaagt over
buikpijn, maar hij heeft niets gezegd over zere benen of pijn in
zijn hoofd. Wel heeft hij vandaag erg vaak de stinkende emmer
moeten gebruiken. Ze buigt zich voorover en kust hem op zijn

bleke wangen. De kooi kraakt en Fergus schuift naast haar. Ze
hoort hoe hij gaat liggen en haar zijn rug toedraait. Stil blijft ze
liggen luisteren. Het lijkt of hij niet in slaap valt. Ze rolt zich op
haar andere zij. In het vage schijnsel van de lamp ziet ze zijn ge-
kromde rug, zijn donkere krullen tot in zijn nek. Ze haalt diep
adem en probeert haar angst voor *an droch-thinneas*, de slechte
ziekte, te overwinnen. Zacht legt ze haar hand op zijn schouder.
    'Fergus?'
    'Ja.'
    Hij draait zich niet om. Kate aarzelt. Ze weet eigenlijk niet wat
ze tegen hem wil zeggen. Ze wil alleen de afstand niet voelen.
Voorzichtig laat ze haar hand over zijn arm glijden tot aan zijn
elleboog en langzaam terug naar boven. Fergus reageert niet.
Stijf blijft hij op zijn zij liggen, maar hij duwt haar hand niet
weg. Kate aait de donkere krullen in zijn nek.
    'Ik wil bij jou horen, Fergus.'
    Ze weet zelf niet precies wat ze bedoelt. Toch vliegen de woor-
den uit haar mond. Fergus pakt haar hand en drukt er een kus
op. Kate glimlacht. Het is voor het eerst in dagen dat hij haar
weer aanraakt.
    'Ik wil bij jou horen, Fergus,' herhaalt ze. 'Ik wil jouw vrouw
zijn, maar ik...'
    Het is makkelijker om in het donker tegen zijn rug te praten,
maar toch weet ze niet goed hoe ze het hem duidelijk moet maken. Ze wil gewoon verliefd zijn. Ze verlangt terug naar de zekerheid die ze voelde toen ze hem weer zag in Westport. Maar
de verdwijning van Edward staat tussen haar en haar gevoel voor
Fergus in.
    'Ik wil niet dat je geheimen voor me hebt. Je kunt me toch zeg-
gen wat er gebeurd is?'

Ze balt haar vuisten, hoopt met heel haar hart dat Fergus eindelijk, eindelijk zal spreken. Als hij Edward heeft vermoord dan wil ze dat liever weten. Alles is beter dan deze onzekerheid, het gevoel buitengesloten te worden. Fergus zucht.

'Ik heb David beloofd dat ik niets zou zeggen. Geloof me, Kate, het is beter dat je het niet weet.'

Weer die gehate zin! Fergus denkt dat zij wil weten waarom ze niet buiten mogen komen. Natuurlijk wil ze dat ook weten, maar dat is zo onbelangrijk naast die ene, veel grotere vraag. Kate veegt snel over haar ogen. Het heeft geen zin om met Fergus te praten. Nu draait zij zich van hem weg. Even later hoort ze aan zijn regelmatige ademhaling dat hij in slaap is.

16

140 | Kate gooit zich op haar andere zij en zucht diep. Ze kan echt niet slapen. De scheepsbeschuit die ze heeft gegeten komt omhoog. Ze slikt om de droge smaak weg te krijgen. De zee is rustiger, maar haar misselijkheid is niet weg. Die zal ook niet weggaan als ze geen frisse lucht inademt. Voorzichtig schuift ze naar de rand van haar kooi en gaat zitten. Ze hoort de bekende geluiden van de nacht. David in de kooi boven haar snurkt luid, Michael ligt in zijn slaap te duimen en maakt smakgeluidjes alsof hij nog een kleine baby is in plaats van een jongen van zes. Fergus' ademhaling gaat regelmatig. Het lijkt of iedereen in haar kooi en die erboven diep in slaap is. Zonder geluid te maken staat ze op. De misselijkheid slaat over haar heen en ze buigt zich voorover, over de stinkende emmer. Ze braakt de scheepsbeschuit en het water uit. Met haar hand veegt ze over haar gezicht. Tranen en snot trekken strepen over haar wangen en kin. Langzaam sluipt ze naar de steile trap. Ze heeft haar schoenen niet aangedaan en maakt geen geluid. Als ze bovenaan de trap gekomen is, duwt ze het luik open. Het kraakt even. Doodstil blijft ze staan luisteren, maar niemand reageert op het geluid. Snel glipt ze erdoorheen en sluit het weer achter zich. Ze staat op het achterdek. Er is geen matroos te zien. Ze ademt een paar keer diep in met gesloten ogen. Die heerlijke frisse zeelucht dringt in haar neusgaten, verdrijft de geur van ziekte, verrotting en ongewassen lijven. Even blijft ze staan, genietend van het feit dat ze adem kan halen in de vrije lucht. Zo zou ze altijd willen blijven staan. Haar ogen gesloten, de deining van de zee onder haar voeten en die heerlijke, zuivere zeelucht. Toch opent ze na een tijdje haar ogen en loopt een klein stukje naar voren. Opeens ziet ze in het gangboord een lang stuk hout liggen, rond en breed. Het ligt over een groot deel van het dek. Ze beseft meteen wat het is. Een mast! Stil loopt ze verder naar voren tot ze bij het touw komt dat hun dek afschermt van het middendek. Op dat middendek mag alleen de bemanning komen en vooraan, helemaal afgezonderd, zitten de acht eersteklaspassagiers. Kate heeft hen nog nooit gezien. Ze duikt onder het touw door en loopt een paar passen door het gangboord. Nu kan ze het zien. De voorste mast is afgebroken. Dat zal het gekraak zijn geweest dat ze heeft gehoord. Het grootzeil van de achterste mast en het bovenste zeil van de middelste mast zijn gehesen, maar het schip vaart niet. Het ligt tegen de wind in gedraaid en de zeilen klapperen. Nadenkend pulkt Kate aan haar lip. Ze begrijpt dat ze met maar twee masten minder snel kunnen varen, maar ze snapt niet waarom ze helemaal stilliggen, waarom niet alle zeilen zijn gehesen. Peinzend staart ze naar de klapperende zeilen. Dan ziet ze een matroos aankomen. Hij loopt in de richting van het achterdek. Snel draait ze zich om, rent naar het luik, opent het en daalt de trap af. De stank slaat als een vuistslag in haar gezicht. Haar maag komt onmiddellijk in opstand en ze klemt haar hand voor haar mond. Toch loopt ze door en kruipt in haar kooi. Als ze ligt, ademt ze uit. Niemand heeft gemerkt dat ze is weggeweest.

Het luik gaat krakend open. Ze hoort harde klakkende zolen op de steile trap. Door haar oogharen heen gluurt ze naar de man die binnenkomt. Ze herkent Sam Jones en kruipt iets dieper weg onder de deken. Hij loopt haar met doelbewuste stappen voorbij. Stil blijft ze liggen. Dan hoort ze geschuifel, gekraak van de houten plank waar ze op ligt. Ze schuift iets onder de deken vandaan en ziet hoe Connor opstaat van hun kooi. Op blote voeten loopt hij weg, dieper het ruim in. Kate komt overeind en sluipt geruisloos achter Connor aan. De koude, houten vloer voelt plakkerig. Plotseling stapt ze op iets en glijdt weg. Ze verliest haar evenwicht en kan zich nog net vastgrijpen aan de houten rand van een kooi. De stank van menselijke uitwerpselen wordt indringender. Verwoed veegt ze met haar blote voet over de planken, terwijl ze kokhalst. Als haar voet wat schoner is, loopt ze snel door. De stank wordt nog erger. Ze knijpt met haar duim en wijsvinger haar neus dicht. Haar hand heeft ze voor haar mond en ze haalt zo oppervlakkig mogelijk adem. Haar maag, haar hele wezen protesteert tegen de stank, smeekt haar om terug te keren, maar ze zet door en volgt de sluipende gestalte van Connor. De matroos ziet ze niet. Opeens is Connor verdwenen. Om zich heen turend blijft ze staan. Een paar seconden, een minuut. Het ruim is gevuld met vertrouwde geluiden, gekreun, gehoest, gerochel, maar ze hoort geen voetstappen. Voorzichtig loopt ze verder, op haar blote tenen sluipend over de plakkerige planken. Plotseling voelt ze een hand op haar arm. Ze slaakt een onderdrukte kreet en kijkt snel opzij. In het schemerduister ziet ze Connors ernstige gezicht.

'Stil. Hij mag niet zien dat we hem volgen. Houd hem goed in de gaten, Kate. Ik ga David en Fergus halen. Zorg dat hij je niet ziet, blijf op de achtergrond, maar grijp in als het echt uit de hand loopt.'

Voordat ze heeft kunnen vragen wat Connor bedoelt, heeft hij zich omgedraaid en rent hij bij haar vandaan. Even staat ze stil. Dan gaat ze dieper het ruim in, waar ze Sam Jones vermoedt. Al snel ziet ze hem weer. Hij blijft staan bij het bed van Adelaide. Kate drukt zich plat tegen een houten paal van een kooi vlakbij. Het is donker waar ze staat, maar als Sam zich inspant zou hij haar wel kunnen zien. Haar hart bonkt tegen haar ribben en haar maag steekt, maar ze blijft staan zodat ze Sam Jones kan zien.

De matroos staat voor de kooi van Adelaide. Kate kan hem horen fluisteren: 'Adelaide, Adelaide, wakker worden.'

Adelaide gaat rechtop zitten op de rand van de kooi. Ze zegt iets tegen Sam Jones, maar Kate kan haar niet verstaan. Geruisloos schuifelt Kate nog iets dichterbij. Op een paar meter afstand van de kooi van Adelaide hurkt ze neer. Haar hoofd is ter hoogte van dat van een slapende vrouw.

'Ik heb de pillen,' zegt de matroos. 'Als je deze slikt, zul je niet ziek worden en geen koorts krijgen. Dan haal je levend *de nieuwe wereld*.'

Adelaide strekt haar hand uit naar een glazen flesje met witte pillen. Ze lichten op in het schemerduister. Sam Jones trekt zijn hand terug en houdt de pillen achter zijn rug.

'Ik kan ze je natuurlijk niet zomaar geven, Adelaide, dat zou niet eerlijk zijn. Dan willen alle anderen ook en ik kan niet iedereen redden. Dat begrijp je.'

Adelaide knikt en ook Kate knikt mee, hoewel niemand dat kan zien. Het gaat vanzelf. Ze begrijpt dat Sam Jones pillen voor Adelaide heeft gehaald. Ze weet niet hoe hij daaraan gekomen is, midden op zee, maar hij heeft ze. Medicijnen die beschermen tegen *an droch-thinneas*, de slechte ziekte. De matroos had gezegd dat hij al eerder vlektyfus had meegemaakt aan boord, daarom heeft hij misschien medicijnen meegenomen voor zichzelf en geeft hij nu een deel aan Adelaide.

'Je zult ze moeten kopen, Adelaide.'

Kate ziet Adelaide knikken.

'Ik heb juwelen,' fluistert ze. 'Edward wist dat niet, maar ik heb wat mee kunnen nemen toen we moesten vluchten. Die wilde ik bewaren voor in *de nieuwe wereld*.'

Haar gezicht vertrekt, een vage grimas in het schemerduister.

'Maar zonder die pillen haal ik *de nieuwe wereld* waarschijnlijk niet. Om mij heen is iedereen ziek en iedere nacht komen er meer zieken bij. Zeker nu we niet naar buiten kunnen.'

Sam Jones schudt zijn hoofd.

'Dat moet je niet doen, Adelaide. Je hebt die juwelen nodig en hier aan boord kan ik er toch niets mee kopen. Je kunt me ook op een andere manier betalen, dat weet je.'

Het lijkt stiller te worden in het benedenruim, alsof iedereen op dat moment stopt met kreunen, hoesten en snurken. Kate kijkt en wacht. Langzaam knikt Adelaide. Sam Jones laat zich naast haar zakken. De houten kooi kraakt als de grote matroos erop gaat zitten. Hij slaat zijn arm om Adelaide heen. Adelaide draait haar gezicht naar hem toe. Sam Jones' grote hand streelt over Adelaides lange blonde haren. Dan buigt hij zich voorover en kust haar op haar mond. Kate bijt op haar lip. Adelaide zoent met Sam Jones en Kate begrijpt dat ze dat doet om de pillen te krijgen. Moet ze nu iets doen? Is dit wat Connor bedoelde met zijn waarschuwing dat ze in moest grijpen als het echt uit de hand liep? Ze luistert ingespannen of ze rennende voetstappen hoort, Connor die terugkomt met David en Fergus. Maar behalve de bekende nachtelijke geluiden hoort ze niets. Sam Jones heeft zijn hand op Adelaides borst gelegd. Kate ziet hoe Adelaide hem van zich afduwt. Ze houdt haar hand uitgestrekt.

'Mag ik de pillen nu?'

De matroos gaat staan. Hij tornt uit boven Adelaide, die nog op de rand van de kooi zit. Snel komt Adelaide ook overeind. Kate kan het zich voorstellen. Het is verschrikkelijk om op te moeten kijken naar iemand die voor je staat. Sam Jones lacht, maar het klinkt niet prettig. Verbaasd vraagt Kate zich af wat er met hem is gebeurd. Hij leek altijd zo vriendelijk en behulpzaam. Heel anders dan de man die nu voor Adelaide staat.

'Mijn beste Adelaide,' zegt hij spottend. 'We praten hier niet over een flesje azijn dat ik makkelijk uit de kombuis kan halen. Het gaat hier om pillen die ik uit de kapiteinshut heb moeten stelen. Ik loop dus heel veel risico, alleen maar omdat ik wil dat jij levend Amerika haalt, Adelaide. En dat doe ik omdat ik je een heel bijzondere vrouw vind. Jij hoort hier niet tussen dat Ierse gespuis. Dat had ik meteen al gezien. Jij bent anders, van een hogere stand.'

Kate fronst haar wenkbrauwen. Zo heeft ze Sam Jones nog nooit over Ieren horen praten. Hij zei tegen haar juist dat in Amerika iedereen gelijk was. De lange matroos geeft Adelaide een duw, zodat ze weer op de kooi komt te zitten.

'Daar moet voldoende voor betaald worden, mooie Adelaide.'

Hij begint zijn broek los te knopen. Kate kijkt naar het gezicht van Adelaide, probeert haar uitdrukking te zien, maar het is te donker. Langzaam laat de matroos zijn broek zakken. Zijn kruis is ter hoogte van Adelaides hoofd. Kate ziet hoe Adelaide wild haar hoofd schudt.

'Nee, nee,' kreunt ze. 'Dat wil ik niet. Dan hoef ik de pillen niet.'

Sam Jones klauwt met zijn grote hand in Adelaides haar.

'Je moet, Adelaide!' zegt hij grimmig. 'Ik heb een risico voor je genomen. Je kunt nu niet terugkrabbelen!'

Met een felle beweging duwt hij Adelaides gezicht tegen zijn kruis.

'Nee!'

Kate rent de paar meter naar de matroos en Adelaide toe.

'Laat haar met rust!'

Even deinst Sam Jones achteruit, maar als hij haar ziet, glimlacht hij.

'Kijk, kijk, daar hebben we Kate O'Doherty uit *Ghealcnoc*, maar nu zonder je man. Wat is er, Kate, wil jij ook de pillen? Dat lijkt me een goed idee. Je ziet hoe je me kunt betalen. Een blonde Engelse en een rode Ierse. Dat is de droom van iedere man!'

Hij draait zich naar haar toe en lacht. Een alcoholwalm komt uit zijn mond en stuwt de gal in Kates maag omhoog. Ze slaat een hand voor haar mond, maar ze dwingt zichzelf naar het gezicht van de matroos te kijken. Ze wil niet kijken naar zijn naaktheid, zijn opwinding. Opeens klinken er rennende voetstappen. Dan gebeurt er van alles tegelijk. David en Fergus duiken op Sam Jones af. In een snelle beweging heeft David de arm van de matroos op diens rug gedraaid. Het flesje met pillen rolt op de grond. Fergus en David houden de matroos stevig vast. Hij is zo verrast dat hij zich niet eens verzet. Connor sjort de broek van Sam omhoog en ze lopen weg, Sam Jones als een trofee tussen hen in. Kate kijkt hen na als ze naar de voorkant van het ruim lopen. Dan laat ze zich naast Adelaide op de kooi vallen. Adelaide verbergt haar gezicht achter haar handen en huilt. Even aarzelt Kate, maar dan slaat ze een arm om de schokkende schouders.

'Hij leek zo aardig,' snikt Adelaide. 'Zo aardig. Hij gaf me soms wat te eten en ik kreeg iedere week een flesje azijn om mijn kleren en mezelf te wassen, zodat ik niet ziek zou worden. Hij wilde me alleen af en toe kussen omdat hij zo veel van me hield. Dat zei hij.'

Adelaide haalt luidruchtig haar neus op.

'Hij zei dat hij zou zorgen dat ik een thuis zou krijgen in Amerika, dat hij een baantje voor me kon regelen. Hij kende een vrouw bij wie ik zou kunnen werken. Ik zou een eigen kamer krijgen, drie keer per dag een maaltijd en mijn leven zou goed zijn.'

Ze draait zich om naar Kate en pakt met haar beide handen Kates bovenarmen beet.

'Met zo'n mooie toekomst voor ogen, is het toch niet erg dat ik me af en toe liet kussen door hem? Ik deed gewoon steeds mijn ogen dicht en dacht aan jouw broer.'

Kate geeft geen antwoord. Ze herinnert zich opeens dat Connor Adelaide uitbundig bedankte voor het flesje azijn dat ze aan Fergus en David had gegeven nadat de mannen de zieken naar het vrachtruim hadden gebracht. Nu beseft ze wat Adelaide moest doen om aan dat flesje azijn te komen. Adelaide kucht.

'Maar dit, wat Sam vannacht wilde doen...'

Ze stokt en Kate voelt haar rillen. Opeens ziet ze uit haar ooghoek iets bewegen. Iemand sluipt naar het flesje met pillen dat nog altijd op de houten planken ligt. Het rolt heen en weer bij iedere golf. Onmiddellijk springt Kate overeind en grist het flesje van de grond, net voor een vrouw met donker haar het op wil rapen.

'Geef het aan mij,' krijst de vrouw. 'Laat die Engelse *slore* toch creperen!'

Er wordt instemmend gemompeld. Kate houdt het flesje beschermend achter haar rug en kijkt om zich heen. Veel mensen zijn wakker. Een groot deel van hen moet gezien hebben wat de matroos deed, maar niemand greep in. Er komt een lange man op haar aflopen. Kate klemt haar vingers om het kostbare flesje achter haar rug. De man gaat vlak voor haar staan en zegt zo luid dat iedereen het kan horen: 'Je had niet in moeten grijpen. Dan voelt die *Sasanach* ook eens hoe het is om vernederd te worden! Dat zal haar goed doen. Ze verdient niet beter! Vieze *Sasanach!*'

Er wordt gelachen en Adelaide wendt haar gezicht af. De vrouw die de kooi met Adelaide deelt, gaat rechtop zitten.

'Die matroos kwam hier wel vaker,' zegt ze luid. 'En hij be-loofde haar een mooie toekomst. Ja, in een hoerenkast. En daar hoort ze ook! Zich laten kussen in ruil voor wat azijn. God ver-hoede dat een Ierse ooit zo diep zal zinken.'

'Ja,' valt een scherpe vrouwenstem in. 'Weg met die vieze *slore!*'

Kate kijkt naar Adelaide, die haar gezicht weer achter haar handen verbergt. Arme Adelaide. Ze deelt de kooi en het ruim met allemaal mensen die haar haten, alleen omdat ze Engels is.

'Kom,' zegt Kate.

Ze strekt haar hand uit.

'Even wachten.'

Adelaide draait zich om en kruipt op haar knieën naar het voe-teneinde van de kooi. Ze pakt een bundel en komt terug. Op haar beurt steekt ze haar hand uit naar Kate. Kate trekt haar overeind.

'Hoofd rechtop,' fluistert Kate.

Met Adelaide aan haar hand loopt ze weg uit het donkerste deel van het ruim. Met haar schouders naar achteren en haar neus in de lucht. Ze wil niet laten merken dat ze geschrokken is van de bitterheid en de haat van haar landgenoten. Ze klemt het kostbare flesje met de pillen stevig in haar hand. Als het nodig is, zal ze erom vechten. Maar niemand raakt haar aan of pro-beert het flesje af te pakken, maar ze hoort nog lang in haar oren: 'Weg met die vieze, Engelse *slore!*'

*

Kate gaat op de rand van haar kooi zitten en trekt Adelaide naast zich. Alleen Michael ligt nog te slapen en de kooi lijkt groot en leeg. Kate fronst. Ze begrijpt niet waar Pat is en waarom hij

Michael alleen heeft gelaten. Ze weet dat hij niet naar boven kan zijn, want er mag nog steeds niemand naar buiten. Toch is hij nergens te vinden. Ze zucht. Ze heeft Adelaide meegenomen naar de voorkant van het ruim, naar hun slaapplaats vlak onder de trap, maar ze weet niet hoe haar broers en Fergus daarop zullen reageren. Adelaide zit zwijgend naast haar. Ze opent haar mond en sluit hem weer, zonder dat ze iets gezegd heeft. Kate staart naar haar blote voeten en wiegt haar bovenlichaam op de cadans van de golven. Eindelijk gaat het luik open en ze ziet David naar beneden komen. Achter hem komen Fergus, Connor en ook Pat. David kijkt haar en Adelaide aan en zegt dan: 'Kom aan tafel zitten.'

Kate staat op. Als David iets zegt, dan gehoorzaamt ze. Dat gaat vanzelf. Ook Adelaide volgt haar, het bundeltje onder haar arm geklemd. Als ze allemaal zitten, zegt David: 'Ik heb de matroos naar de kapitein gebracht. Hij heeft schuld bekend. Hij vertelde dat hij handelt in opdracht van een groot hoerenhuis in Boston. Hij levert meisjes op bestelling, al vier overtochten.'

Kate voelt hoe haar maag samenkrimpt. Wat klinkt dat afschuwelijk. Meisjes, jonge vrouwen, die aan boord zijn gegaan met de hoop op een nieuwe toekomst, worden besteld alsof ze niet meer zijn dan handelswaar. David vervolgt: 'Hij moest voor deze overtocht vijf meisjes leveren, twee blonde, twee donkerharige en een roodharige en allemaal tussen de dertien en de zeventien jaar. Hij zei dat hij vooral zocht naar meisjes die hier zonder man of familie waren.'

Kate balt haar handen tot vuisten. Ze herinnert zich haarscherp hoe Sam Jones haar regelmatig vriendelijk benaderde, hoe hij geïnteresseerde vragen stelde en haar het gevoel gaf belangrijk te zijn. Het is haar heel duidelijk hoe hij met zijn charme meisjes afhankelijk van hem maakte. Hij zal alle jonge vrouwen dezelfde mooie verhalen hebben verteld: een verwarmde kamer, drie maaltijden per dag en een baantje. Voor meisjes die hier zonder familie zijn moet dat als het paradijs klinken. Het lijkt of ze zijn stem hoort: 'Jammer dat je hier met je man bent, Kate O'Doherty uit *Ghealcnoc*.' Als ze hier niet samen met Fergus was geweest, zou zij misschien hetzelfde mee hebben moeten maken als Adelaide. Onder de lange, houten tafel pakt ze de hand van Fergus die naast haar zit. Hij kijkt verrast op bij deze aanraking. Ze knijpt zacht in zijn hand en streelt met haar duim over zijn knokkels. God zij gedankt dat ze Fergus terugvond en dat ze samen met hem aan boord is gegaan. Hoewel, Kate is met al haar broers aan boord en Adelaide had alleen Edward en die is nu verdwenen. Dat moet Sam Jones wel heel goed uit zijn gekomen. Ze gaat rechtop zitten. Een gedachte schiet door haar hoofd, helder als een bliksemflits. Misschien heeft Sam wel de hand gehad in de verdwijning van Edward. Hij is matroos, hij kan dag en nacht over het dek lopen. Hij had haar en Edward kunnen zien op die vroege morgen. Hij had haar kunnen redden, een heldendaad, en tegelijkertijd zou hij dan geen last meer hebben van Edward voor zijn plannen met Adelaide. En dat zou ook verklaren waarom de kapitein verder niets met de verdwijning doet, waarom hij geen onderzoek instelt. Adelaide is naar de hutten van de eersteklas-passagiers gegaan en David zou de verdwijning van Edward met de kapitein overleggen, maar de kapitein heeft er niets aan gedaan. Maar als het zo is gegaan, waarom zegt Fergus dat dan niet gewoon? Ze wil er rustig over nadenken, maar nu niet. Nu wil ze het verhaal van David volgen.

'De matroos was duidelijk dronken, daarom vertelde hij alles. Hij is voor de rest van de reis opgesloten in het cachot en zal als we in ehm...'

David stokt en kijkt naar een punt op het houten tafelblad. Connor neemt het verhaal over.

'Sam Jones zal worden uitgeleverd als we land hebben bereikt.'

Connors stem klinkt rustig en David knikt opgelucht. Kate houdt haar hoofd schuin en kijkt van Connor naar David. Ze heeft het gevoel dat Connor een probleem voor David heeft opgelost, maar ze begrijpt niet precies hoe dat is gegaan. Ze voelt dat Fergus haar hand iets steviger vasthoudt en ze ziet dat zijn kaken strak staan.

'Laten we nu weer gaan slapen,' zegt David.

Adelaide schudt wild haar hoofd.

'Nee,' roept ze. 'Ik wil niet terug. Ik blijf wel de hele nacht hier aan tafel zitten.'

Connor staat op en legt zijn hand op haar schouder.

'Jij slaapt natuurlijk gewoon bij ons in de kooi,' zegt hij zacht. 'Naast Pat is nog wel plaats.'

Kate ligt stil in de kooi. Ze houdt Fergus' hand weer vast, maar ze hebben geen woord gesproken. Het is wat krapper in de kooi nu Adelaide er ook ligt, maar er is genoeg ruimte voor hen alle zes. Dat had de kapitein ook gezegd. Zes mensen per kooi, kinderen tellen half. Kate weet dat er gezinnen zijn met acht kinderen, die met zijn tienen in een kooi slapen. Ze hoort Adelaide zacht fluisteren en af en toe snikt ze onderdrukt. Dan komt Pats stem, laag en geruststellend. Na een tijdje hoort ze hen niet meer. Ze draait zich langzaam om en kijkt over Michael en Connor heen naar Pat en Adelaide. Adelaide ligt dicht tegen Pat aan, zijn armen om haar heen en Pat kust haar gezicht. Kate wrijft over haar voorhoofd. Natuurlijk weet ze dat Adelaide niet uit vrije wil met Sam Jones zoende, maar het is toch vreemd dat ze haar een uur geleden met een andere man zag. Opeens ziet ze dat Connor ernstig naar haar kijkt en ze voelt dat haar wangen gaan branden. Connor zal wel weten wat zij denkt, zoals gewoonlijk, en eigenlijk schaamt ze zich voor haar eigen gedachten. Connor buigt over Michael heen, zodat zijn mond vlakbij haar oor is.

'Je moet het begrijpen, Kate,' zegt hij rustig. 'Onze Pat houdt van Adelaide. Adelaide voelt zich bezoedeld door Sam Jones, maar de liefde van Pat zal haar balsemen.'

De zinnen die Connor uitspreekt passen niet bij een jongen van veertien en Kate weet dat het de oude ziel in Connor is die spreekt. De ziel die altijd in hem is, maar die zich vooral 's nachts laat horen. Connor, haar bijzondere broertje, dat dingen weet en voorvoelt die hij niet kan weten. De afgelopen weken heeft ze daar minder van gemerkt, maar vannacht is het weer erg duidelijk. Hij wist dat hij vanavond Sam Jones moest volgen. De andere avonden heeft hij dat niet gedaan. Opeens fluistert Fergus: 'Zal Adelaide Pat nu niet besmetten? Moeder zei dat wie samen ligt met een hoer één wordt met haar lichaam. Dat had ze in de bijbel gelezen.'

Fergus stem klinkt schor.

'Adelaide is geen hoer.'

Kate wil nog een heleboel zeggen, maar ze weet niet goed wat. Ze probeert zich het bijbelverhaal dat Eileen voorlas voor de geest te halen, maar ze weet het niet precies meer. Ze sluit haar ogen en denkt aan Fergus' moeder Eileen, aan de geheime Engelse lessen die zij gaf. Kate is haar erg dankbaar geweest voor de Engelse lessen. Daardoor kon ze voor de vrouw van de landheer werken en het zal, als ze straks in *de nieuwe wereld* zijn, ook goed van pas komen. Als ze tenminste in *de nieuwe wereld* aankomen. Ze weet bijna zeker dat ze al een paar dagen stil liggen en ze heeft met eigen ogen de gebroken mast gezien.

'Fergus,' zegt Connor met zachte stem. 'Onze God is een goede Vader. Je mag tot Hem bidden en Hij zal je vergeving schenken.'

Fluisterend voegt Connor eraan toe: 'Bid Fergus en stop met boetedoen, voor het te laat is.'

Fergus zegt niets. Kate legt haar hand tegen zijn wang en ze voelt zijn tranen. Connor heeft hem antwoord gegeven op een vraag die hij niet stelde. Zacht buigt ze zich voorover en kust de tranen weg. Het lijkt opeens makkelijker om hem aan te raken, alsof er geen onbeantwoorde vragen meer tussen hen staan. Pat en Adelaide kunnen samenkomen terwijl er tussen hen zoveel verschillen zijn, dan moeten Fergus en zij dat ook kunnen. Zacht kust ze zijn lippen.

'Kate,' zegt Fergus schor. 'Mijn Kate. Laten we samen bidden.'

Kate knikt, maar Connor zegt: 'Nee, we zullen met zijn allen bidden.'

Kate gaat op haar knieën zitten, vlak naast de slapende Michael. Fergus knielt naast haar en Connor aan de andere kant van Michael. Ook Pat en Adelaide knielen op de kooi. Kate pakt Michaels kleine handjes en vouwt haar handen eromheen. Ze voelt Fergus handen op de hare en ziet hoe de anderen ook hun handen vouwen.

'Het onze vader,' zegt Fergus.

Kate schraapt haar keel. Zacht begint ze te bidden, de stemmen van haar broers en Fergus als een echo in haar oor:

'Onze Vader Die in de Hemel zijt,
Uw Naam worde geheiligd,
Uw Rijk kome,
Uw wil geschiede op aarde zoals in de Hemel.
Geef ons heden ons dagelijks brood,
en vergeef ons onze schuld.'

Ze voelt hoe Fergus in haar hand knijpt, maar ze bidt verder:

'Zoals ook wij aan anderen hun schuld vergeven
en leid ons niet in bekoring,
maar verlos ons van het kwade.
Want van U is het Koninkrijk,
en de kracht,
en de heerlijkheid
in eeuwigheid.
Amen.'

17

Kate legt haar beide handen tegen haar buik. Ze heeft een leeg gevoel in haar maag. Er is gisteren minder water uitgedeeld dan de weken ervoor. David zegt dat ook het scheepsbeschuit gerantsoeneerd zal worden en daarom heeft ze niet zo veel gegeten. David heeft niet uitgelegd waarom er minder uitgedeeld zal worden, maar dat hoeft ook niet. Kate heeft met eigen ogen de gebroken mast gezien en ze heeft al een paar dagen het idee dat ze stilliggen. In dit tempo zullen ze Amerika niet snel bereiken, misschien wel nooit. De etenszakken die ze van lady Evelyn heeft meegekregen zijn nog steeds niet leeg, maar Kate is er zuinig mee. Toch is ze niet meer gewend om honger te hebben, want ze wordt misselijk van dat weeïge gevoel in haar maag.

'Goedemorgen,' zegt een stem.

Kate kijkt op en ziet de *gaelacha*, de verpleegster, staan.

'Ik kom jullie weer onderzoeken. Ga maar op de rand van de kooi zitten, ook de mensen uit de bovenkooi.'

Kate fronst haar wenkbrauwen. De vrouw is eergisteren niet geweest, waarschijnlijk omdat er nu toch niemand naar boven mag. Maar vandaag is ze er weer. Misschien betekent dat dat het beter gaat, dat ze straks eindelijk dit stinkruim uit mogen. Of zou het alleen gelden voor de zieken? David, Alice, hun dochter Nora en de zoontjes Martin en John klimmen naar beneden. Alice werpt een blik op Adelaide, trekt haar neus op en gaat aan de andere kant van de kooi zitten, zo ver mogelijk bij Adelaide vandaan. De *gaelacha* begint haar onderzoek bij Pat. Ze voelt aan zijn pols, aan zijn voorhoofd en kijkt tenslotte in zijn nek. Dan knikt ze en pakt de pols van Adelaide. Ze lijkt niet verbaasd te zijn dat Adelaide nu bij hen in de kooi slaapt. Ook dat onderzoek duurt maar kort. Connor is aan de beurt. Al snel knikt ze. Ze doet een stap opzij tot ze recht voor Michael staat. Ze kijkt nadenkend als ze zijn pols pakt en zijn voorhoofd voelt. Ze kijkt niet alleen in zijn nek en naar zijn tong, maar trekt ook zijn kiel omhoog en voelt aan zijn buik. Michael kreunt en kijkt angstig opzij. Kate grijpt zijn hand en geeft hem een kneepje. Ze wil hem niet laten merken hoe bang ze is dat de verpleegster hem zal afzonderen. Eindelijk is de *gaelacha* klaar met haar onderzoek. Ze knikt niet, maar gaat zwijgend verder met het voelen aan de polsen van Kate, Fergus en de familie Murphy. Tenslotte kucht ze.

'Ik heb bij niemand vlekken gezien,' begint ze.

Kate ademt opgelucht uit. Zij had zelf ook nog niets gezien, maar de *gaelacha* was zo lang bezig met Michael en Fergus dat ze zich zorgen begon te maken.

'Wel zie ik bij vier mensen aanwijzingen dat ze ziek zijn en misschien ernstig ziek gaan worden.'

De vrouw wijst naar David, Alice, Michael en Fergus. Even is het stil. Kate klemt haar kaken op elkaar. Michael en Fergus. Oh, God, God, laat het niet waar zijn! Laat hen niet die vreselijke *droch-thinneas*, die slechte ziekte krijgen. Dat de vrouw Michael aanwijst, verbaast haar niet, maar Fergus. Ze heeft niets aan hem gemerkt, alleen dat hij een paar dagen wat vreemd deed, maar ze dacht dat dat kwam omdat hij een geheim bij zich droeg, een geheim dat tussen hen in staat. Voor ze iets kan zeggen, gaat de *gaelacha* verder. Ze wijst Alice aan.

'Zij lijkt er het ergste aan toe te zijn. Het zou kunnen dat er binnenkort vlekken gaan ontstaan.'

'Nee!' Alice schudt wild haar hoofd. 'Nee, nee, nee. Ik ben niet ziek! Ik wil niet ziek worden en David ook niet. Dat mag gewoon niet.'

Ze springt overeind, loopt de paar passen naar het begin van de kooi waar Adelaide zit en stort zich bovenop haar. Adelaide valt achterover en Alice knalt op haar buik. Ze beukt Adelaide met twee vuisten in het gezicht. Adelaide gilt en beschermt haar hoofd met haar handen.

'Jouw schuld!' krijst Alice uitzinnig. 'Jouw schuld, vieze Engelse *slore*! Jij hebt ons allemaal ziek gemaakt. *Slore, slore, slore!*'

Pat trekt Alice van Adelaide af. Alice gilt en schopt. In een paar stappen is David bij haar en hij grijpt haar stevig vast.

'Kalm,' zegt hij streng.

Maar ze blijft krijsen, een schel, doordringend gegil, hoog en hysterisch. David slaat zijn hand voor haar mond, maar laat haar met een schreeuw weer los. Helderrode druppeltjes bloed sijpelen van de muis van zijn hand. Hij haalt uit en slaat zijn vrouw met vlakke hand tegen haar wang. Even blijft ze verbaasd staan, dan laat ze zich in zijn armen vallen en begint zacht te huilen, intens verdrietig als een klein kind. Kate kijkt naar Adelaide die een bloedneus heeft. Pat neemt haar in zijn armen en mompelt troostende woordjes. Opeens valt Kates blik op Nora. Het meisje heeft de armen om de schouders van haar broertjes geslagen. Haar gezicht is lijkwit, haar ogen groot van schrik. Kate zet een stap naar haar toe.

'Als mijn ouders sterven, moet ik voor mijn broertjes zorgen,' fluistert Nora.

Kate schudt haar hoofd.

'Daar moet je niet aan denken en ik vind jouw vader helemaal niet ziek lijken.'

'Hij wil niet ziek zijn,' antwoordt Nora. 'Hij kan niet ziek zijn. Hij is de leider hier op het benedendek. Maar soms hoor ik hem 's nachts kreunen van de pijn in zijn hoofd en benen.'

Kate knijpt haar ogen tot spleetjes. Ze heeft Fergus ook wat meer horen kreunen, maar ook Fergus ziet er niet ziek uit.

De *gaelacha* kucht.

'We mogen nog niet naar boven, dus de zieken kunnen niet naar het vrachtruim. Dieper in het ruim, is een kooi ingericht voor de zieken.'

Kate schudt haar hoofd. Ze klemt Michaels hand stevig vast.

Ze laat Michael niet naar die ziekenkooi gaan. Hij blijft gewoon bij hen. En Fergus ook.

'Jullie zijn nog niet zo ziek dat jullie daarheen moeten, maar overmorgen kom ik terug en als ik dan vlekken zie, gaan jullie wel daarheen. Voorlopig is het verstandig om van kooi te wisselen. De zieken kunnen boven slapen en de gezonden beneden.'

De *gaelacha* knikt tot afscheid en loopt naar de volgende kooi. Kate blijft verslagen achter.

'Waarom heb je niets gezegd, Fergus?'

Fergus haalt zijn schouders op.

'Als David en ik ziek worden is dat de wil van God.'

Het valt haar op dat hij Michael en Alice niet noemt. Connor zet een stap naar voren en schudt zijn hoofd.

'*Ráiméis*, onzin,' zegt hij scherp. 'Het was jullie eigen keus om de zieken te gaan helpen, terwijl jullie wisten dat je dan zelf ook ziek zou kunnen worden. Eigen keuzes kun je niet Gods wil noemen.'

Fergus draait zich om naar Connor en zegt zacht: 'Juist van jou had ik verwacht dat jij het zou begrijpen.'

Het klinkt verdrietig. Connor kijkt Fergus aan, zijn geelgroene ogen staan zacht.

'Ik begrijp het ook, Fergus. Ik snap David en jou heel goed, maar ik ben het niet met je eens.'

Kate kijkt van de een naar de ander. Connor en Fergus waren degenen die erbij waren toen zij weer bij bewustzijn kwam nadat Edward had geprobeerd haar te vermoorden. Connor moet weten wat er toen is gebeurd, maar hij zal het nooit zeggen. Toch voelt ze dat ze er nu samen over praten. Langzaam loopt ze naar hen toe. Ze wil duidelijkheid vragen. Fergus is ziek, hij heeft *an droch-thinneas*, en hij zal het misschien niet overleven. Ze moet weten wat er gebeurd is, voordat hij sterft. Ze opent haar mond, maar de woorden willen niet komen.

Opeens hoort ze hard geklop, een geluid dat ze de hele reis nog niet gehoord heeft. Ze blijft midden op de planken staan en kijkt om zich heen. Er wordt tegen de romp van het schip gehamerd. Luid, doordringend, alsof iemand van buiten naar binnen wil komen. Dieper uit het ruim klinken verschrikte uitroepen, gillende vrouwen. Een mannenstem schreeuwt: 'Het schip zinkt! We moeten hieruit!'

Mensen lopen naar voren, eerst een paar, maar dan steeds meer.

'Ga voor de trap staan!' roept David.

Kate gehoorzaamt onmiddellijk. Ook Fergus en Connor lopen snel naar de trap. Pat staat op van zijn kooi en voegt zich bij het groepje. Als Adelaide ook overeind komt, heft Connor zijn hand op.

'Jij niet, Adelaide!'

Kate fronst. Connor sluit Adelaide bewust buiten. Dat had ze nooit van hem verwacht. Er dringen steeds meer mensen naar voren, totdat zich een grote groep voor de trap verzameld heeft. Ze schreeuwen en een paar vrouwen huilen.

'We vergaan, we moeten eruit!'

Alice, nog steeds in de bovenkooi, begint hysterisch te krijsen.

'Dood in de boot, dood in de boot, dood in de boot, dood in de boot.'

De roepende menigte overstemt het gehamer. Kate balt haar handen tot vuisten en probeert haar snelle ademhaling onder controle te krijgen. Ze begrijpt dat zij het voorbeeld moet geven, net als David. Dat zij moeten zorgen dat de mensen niet naar buiten gaan, maar het liefste zou ze zelf ook het ruim uitrennen. Ze vertrouwt dat vreemde gebonk en geklop niet. En ze wil niet sterven hier aan boord, stikkend in het zoute zeewater dat ieder moment het ruim kan binnenstromen. Ze draait zich om, maar Connor pakt haar onmiddellijk vast.

'Het schip zinkt niet, Kate.'

Hij kijkt haar doordringend aan. Kate klemt haar handen tegen haar borst. Ze wil Connor graag geloven, maar dat gebonk, dat rare geluid, dat hoort niet. Er moet iets mis zijn. David buldert: 'Stilte!'

Maar de mensen luisteren niet, ze dringen steeds verder naar voren. Fergus en David duwen hen terug. Kate ziet het gebeuren. Het lijkt of al die mensen, die een maand naar David hebben geluisterd en hem steeds gehoorzaamd hebben, hem nu niet meer horen, of de angst voor een verdrinkingsdood in een stinkend ruim alle oren heeft verstopt. David ziet bleek en er parelt zweet op zijn voorhoofd. De *gaelacha* zei dat hij ziek was en zijn dochter Nora vertelde dat ze hem 's nachts hoorde kreunen. Kate had niets gemerkt van ziekte of zwakte bij David, maar nu ze naar zijn witte gezicht kijkt en naar de mensen die hem niet meer gehoorzamen, weet ze dat de *gaelacha* gelijk heeft. David is ziek, ook al zag ze dat niet. En dan zal de *gaelacha* het ook van Fergus goed gezien hebben. David en Fergus hebben allebei *an droch-thinneas*. Omdat David zo nodig moest laten zien dat hij een goed leider is en Fergus hem wilde volgen. Er klinkt een geluid zo hoog dat het al het andere overstemt. Kate blijft stil staan. Die ijselijk, hoge toon klinkt angstaanjagend boven alles uit. Even wordt het stiller. Dan wordt de toon herhaald, maar meteen daarna klinken er een paar andere tonen. Het wordt rustiger, terwijl de hoge klanken door het ruim zweven, helder, zuiver, betoverend. Kate draait zich om en ze ziet dat Connor op de fluit van Pat speelt. Hij staat op de onderste tree van de trap met zijn benen wijd en hij speelt met gesloten ogen, opgaand in de melodie, alsof hij op een *céilí* staat en niet op een hobbelend, stampend schip waar vreemd geklop klinkt. Als de klanken wegsterven zegt Connor met een duidelijke stem: 'Landgenoten, het zal niet lang meer duren, dan kunt u deze muziek weer vaker horen. Dan zijn we aan land en kunt u naar een pub gaan, waar meer Ieren komen, vrienden die ons voor zijn gegaan en al een bestaan hebben opgebouwd. Maar eerst moet het schip gerepareerd worden. U hebt gehamer gehoord, misschien gezaag. U zult gemerkt hebben dat het schip een paar dagen heeft stilgelegen en dat we niet verder konden. Maar nu zal het veranderen. Het schip wordt gemaakt en dan kunnen we weer varen. Het duurt niet lang meer voor we land zien.'

Als Connor is uitgesproken blijft het even stil. Kate houdt haar adem in. Ze weet dat als één man of vrouw nu weer gaat schreeuwen, de rest van de groep mee zal gaan. In die stilte neemt Pat zijn fluit van Connor over en begint te spelen. Kate herkent het wijsje. Vader speelde het vaak op zijn viool en moeder zong dan altijd mee.

Ik zag een jong meisje
zo mooi als maar kon
haar ogen als de zee zo blauw
haar haar goud als de zon

Fergus schraapt zijn keel en begint mee te zingen. Zijn mooie, zuivere tenor schalt door het stinkende ruim. Hij pakt Kates hand. Ze knikt en zingt mee. Ook Connor en David zingen. Aarzelend volgen er meer.

Haar lach schitterde als
druppels van de ochtenddauw
op het groene heuvelgras
in 't land waar ik van hou

Snel kijkt Kate naar de groep voor haar. Ze dringen niet meer naar voren, hun paniek lijkt te zijn verdreven door de zuivere klanken van het Ierse lied en steeds meer mensen zingen mee met het lied van hun land. Adelaide zit op de rand van de kooi. Kate voelt een vlaag van medelijden. Ze begrijpt nu waarom Connor niet wilde dat ze op de trap stond. Een Engelse die wanhopige Ieren probeerde tegen te houden, zou alleen maar meer paniek veroorzaken, maar ze moet zich nu toch heel buitengesloten voelen. Een grote groep zingende mensen en zij kan niet meedoen, zij kent het lied niet. Maar ze heeft een zachte glimlach om haar lippen. Pat kijkt haar recht aan terwijl hij op zijn fluit speelt.

Ik zag een jong meisje
zo mooi als maar kon
haar ogen als de zee zo blauw
haar haar goud als de zon

Haar lach schitterde als
druppels van de ochtenddauw
op het groene heuvelgras
in 't land waar ik van hou

*

De trapt kraakt, een welkom geluid. De klank van verlossing, van vrijheid. Kate klimt naar boven, hoger en hoger. Dan is ze bij het luik dat net door een matroos is geopend. Ze steekt haar hoofd naar buiten en ademt heel diep in. Even sluit ze haar ogen en voelt hoe de frisse zeelucht haar longen vult, de stank van verrotting, die daar al dagen huist, verdrijft. Ze zou zo willen blijven staan, alleen maar ademend, maar achter haar komt een grote groep. Allemaal willen ze naar buiten na vijf dagen opgesloten te zijn geweest in het ruim. Dus klimt ze verder en loopt het achterdek op. Ze gaat aan de reling staan en keert haar gezicht naar de hemel. Die prachtige strakblauwe lucht te mogen zien, de nabijheid van God te mogen ervaren. Opnieuw sluit ze haar ogen. Ze kijkt op als ze een hand op haar schouder voelt. Connor staat naast haar. Hij glimlacht. Ook Fergus komt bij haar staan. Hij pakt haar hand. Zijn vingers klemmen om de hare. Ze geeft een kneepje in zijn klamme hand.

'Hé,' hoort ze opeens een mannenstem roepen. 'Kijk daar, een schip!'

Kate draait zich om en tuurt in de richting die de man aanwijst. In de verte ziet ze een schip. Haar hart begint sneller te slaan. Een schip. De afgelopen weken heeft ze helemaal geen andere schepen gezien. Misschien betekent dat dat ze nu eindelijk in de buurt van *de nieuwe wereld* zijn, dat hun einddoel in zicht is.

'Goedemorgen,' klinkt het.

Kate herkent de stem van kapitein Jordan. Het wordt meteen stil. Het hele achterdek staat vol mensen, alsof alle benedendekpassagiers tegelijk naar buiten zijn gekomen om te voelen dat ze nog leven. Alleen Alice bleef in haar kooi liggen. Ze voelde zich te moe om de trap op te klimmen.

'Goedemorgen,' herhaalt de kapitein. 'Ik wil een mededeling doen. U zult gemerkt hebben dat we wat tegenslag hebben gehad. Tijdens een storm is onze voorste mast gebroken. Daarna is het roerblad afgebroken en wij hadden geen materiaal aan boord om het te repareren. Inmiddels is het opgelost.'

Kate knikt. Ze begrijpt nu dat haar gevoel klopte, dat ze niet vooruit gingen, maar alleen maar op en neer. Dat kwam omdat het schip stuurloos was, maar ze begrijpt niet hoe het kan dat ze dan nu wel varen. Ze haalt haar schouders op. Het doet er ook niet toe. Ze varen weer. Connor stoot haar zacht aan en zegt: 'Het is niet toevallig dat we net dat andere schip zagen.'

Nadenkend kijkt ze hem aan, maar hij legt niets uit. De kapitein gaat verder: 'Het roerblad is weer gemaakt, dus we kunnen varen. Het zal alleen minder snel gaan, omdat we nog maar twee masten hebben. Toch is het einde van de reis in zicht.'

Het einde van de reis. Het einde van de hel, van de stank, van het gestamp en gebonk, van het geluid van gierende wind door de tuigen, van de misselijkheid. In *de nieuwe wereld* wacht een ander leven, lucht, vrijheid. En Fergus zal met haar willen trouwen, als hij daar dan niet te ziek voor is. Als hij maar niet zo ziek is dat hij sterft, vlak voordat ze hun toekomst bereiken. Ze schudt snel haar hoofd. Nee, *ráiméis*, onzin! Zo ziek is Fergus helemaal niet. Hij is jong en sterk, zelfs als hij de slechte ziekte heeft zal hij dat overleven. Hij zal aansterken nu hij weer frisse lucht kan inademen. En dan zullen ze trouwen. Misschien vinden ze vader. Om haar heen wordt gefluisterd, zelfs gehuild. Een vrouw valt op haar knieën en bidt. De kapitein schraapt zijn keel.

'Ik verwacht dat u over een dag of drie land zult zien, maar dat...'

De kapitein kan zijn zin niet afmaken. Er gaat een gejuich op uit honderden kelen. Uitgemergelde armen worden uitgestrekt naar de hemel. Land, ze zullen land zien. Een nieuw leven krijgen.

'Stilte!' roept de kapitein. 'Ik was nog niet uitgesproken.'

Onmiddellijk wordt het stil. Ook Kate houdt haar mond, maar ze klemt de warme hand van Fergus stevig vast. Nog maar drie dagen, dan zien ze land. Land!

'Ik had gezegd dat we averij hebben gehad en daardoor stuurloos werden. We zijn zo uit koers geraakt dat we niet naar Amerika kunnen. Dat halen we niet meer met onze voorraden en met de staat waarin de 'Mary Elisabeth' nu verkeert. We zijn naar het noorden afgedreven en zullen nu koers zetten naar de provincie Canada.'

Even is het stil. Ze gaan niet naar Boston, ze gaan naar de provincie Canada. Kate weet niet wat ze daarvan moet denken. Ze weet niet waar de provincie Canada ligt en wat het uitmaakt dat ze daarheen gaan en niet naar *de nieuwe wereld*. Of zou de provincie Canada ook bij *de nieuwe wereld* horen? Maar het ligt in ieder geval verder bij New York vandaan, nog verder dan Boston. Verder bij vader vandaan. Als ze niet had gehoord dat vader in New York woonde, had het haar niet uitgemaakt waar ze heen gingen, maar nu. Ze denkt aan haar droombeeld van zichzelf in een donkerrode trouwjurk, aan de arm van haar vader, terwijl Fergus haar staat op te wachten in een prachtig schapenwollen pak. Ze kijkt opzij naar Fergus. Zijn gezicht is grauw. In het heldere daglicht ziet ze wat ze in het schemerduister van het ruim niet heeft gezien. Fergus is bleek, ziekelijk bleek. Alsof hij voelt dat ze naar hem kijkt, draait hij zijn hoofd en glimlacht naar haar, lacht zijn zieke gezicht vrolijk.

'*De nieuwe wereld* of de provincie Canada, het maakt niet uit, Kate. We zijn samen en zullen gaan waar God ons leidt.'

Kate buigt haar hoofd. Ze zijn nog wel samen, maar niet meer één in lichaam en geest. Tussen hun geesten staat Edward met zijn wurgende handen en tussen hun lichamen heeft zich *an droch-thinneas* genesteld.

DEEL II

JUNI 1847

18

'Land!'

Een kleine blonde vrouw staat met schitterende ogen halverwege de trap.

'Land!' schreeuwt ze. 'Ik heb land gezien.'

Kate gaat onmiddellijk overeind zitten. Het is voor haar gevoel nog erg vroeg, maar door het geopende luik stroomt helder daglicht het ruim binnen. Ze springt van haar kooi en stormt de trap op. Ze kan het bijna niet geloven. Na meer dan een maand op zee, zou er land in zicht zijn. Dat wil ze met eigen ogen zien. De blonde vrouw blijft schreeuwen: 'Land, land!'

Kate wurmt zich langs haar heen naar boven. Achter zich hoort ze voetstappen, opgewonden kreten. Iedereen die niet te ziek is, wil het wonder van het land met eigen ogen aanschouwen. Kate rent het dek op en kijkt om zich heen. Ze ziet nog niets. Vlug loopt ze naar de reling. Ze legt haar handen op de scepter en tuurt in de verte. Blauwgrijs water, golvend en deinend, maar steeds vlakker wordend tot de rechte streep van de horizon. Nergens is iets wat op land lijkt. De vrouw moet het verkeerd hebben gezien. De teleurstelling grijpt Kate bij de keel en ze legt haar handen tegen haar hals. Ze rilt. Ze is zo naar boven gerend en staat nu zonder omslagdoek in de gierende wind. Ze zucht diep. Ze zal weer terug moeten naar het ruim. Maar dan hoort ze gejuich uit tientallen kelen tegelijk, een concert van verrukking. Snel draait ze zich om. Aan de andere kant van het achterdek staat een groep mensen uit het benedenruim. Ze lachen en juichen. Zo vlug als ze kan loopt Kate over het hobbelende dek naar de andere kant van het schip. Ze dringt naar voren, duwt twee mannen opzij en dan ziet ze het. In de verte is land, een lange kuststrook. Ze klemt haar handen om de reling. Land, het is echt land! Een vrouw laat zich op haar knieën vallen.

'*Moladh le Dia*, God zij geloofd!'

Kate ontdekt dat Pat en Adelaide een paar meter bij haar vandaan staan, tussen de mensen. Ze hebben de armen om elkaar heen geslagen en kijken naar het land, hun nieuwe land, dat ze samen zullen gaan ontdekken. Kate bijt op haar lip. Het gemis snijdt als een mes door haar hart. Zij staat hier alleen, zonder Fergus. Zij had deze eerste aanblik van land zo graag met hem willen delen. Ze knippert tegen de tranen die in haar ogen komen, maar ze gaan niet weg. Een klein handje pakt de hare. Michael staat naast haar.

'Kate, til je me op? Ik wil het land zien.'

Kate veegt met haar hand over haar ogen en tilt haar kleine broertje op.

'Daar!' wijst ze.

Michael begint te zwaaien alsof het onbekende land een oude vriend van hem is. Ook Connor duikt naast haar op.

'We hebben het gehaald, Kate,' zegt hij zacht.

Kate kijkt hem aan en slikt.

'Wij wel,' zegt ze zacht. 'Wij wel!'

Ze herinnert zich dat Connor dat zei toen ze net aan boord stapten. Zij zouden het redden. Zij wel.

*

Grote, blauwgroene golven rollen met donderend geraas tegen de enorme rotsen die uit de zee oprijzen. Ze beuken met geweld tegen de stenen, alsof ze het land willen dwingen deel te worden van de zee. Kate kan haar ogen er niet van afhouden. Ze staat al de hele dag aan dek, maar ze moet blijven kijken. De meeste mensen zijn al lang weer naar beneden, naar hun ruim. Maar Kate kijkt en kijkt tot de hemel donker kleurt en ze de kapotslaande golven niet meer kan zien. Toch blijft ze staan, luisterend naar het gedonder van de branding, haar voortdurende strijd tegen de rotsen. Een grote wolk schuift weg en een helderwitte maan komt tevoorschijn. Ze laat de schuimkoppen van de golven oplichten. Kate drinkt het land in, de gedachte aan het land. Ze schrikt op als ze een stem hoort.

'Kate?'

Adelaide komt naar haar toelopen. Kate fronst haar wenkbrauwen. Het luik is al dicht en ze had niet verwacht dat er nog iemand naar boven zou komen. De regels zijn duidelijk: als het luik gesloten is, mag er niemand het dek op. Zijzelf mag hier ook niet zijn, maar nu David niet langer de leider is, gehoorzaamt ze de regels niet meer. Hugh Gorman, de man met het donkere haar en de grote handen, die nu de orde moet bewaren op het benedendek, let helemaal niet op en ze weet zeker dat hij niet gemerkt heeft dat ze al de hele dag boven is. Ze wil gewoon niet beneden in haar kooi zijn, waar ze de lege plek van Fergus voortdurend ziet. Maar ook hierboven voelt ze het gemis. Ze draait zich om naar Adelaide.

'Ik dacht dat iedereen al sliep.'

Adelaide knikt.

'Bijna iedereen slaapt ook. Wij zijn de enigen hier op het dek.'

Snel kijkt Kate om zich heen. Er is inderdaad niemand meer op het achterdek. Edward zei ook zoiets op de ochtend dat hij haar probeerde te vermoorden, de dag dat hij verdween. En het accent van Adelaide is hetzelfde als dat van haar broer. Kate deinst achteruit tot ze de reling in haar rug voelt. Haar ademhaling gaat sneller en haar hart bonst tegen haar ribben. Adelaide is de zus van Edward, Adelaide is de zus van Edward. De gedachte haakt zich vast in haar hoofd. Ze probeert zichzelf te kalmeren, te vertellen dat ze niets van Adelaide te vrezen heeft. De laatste weken aan boord is Adelaide bijna een vriendin geweest, de geliefde van haar broer. Niet langer de Engelse, de zus van Edward. Nu lijkt het opeens anders. Adelaides bleke gezicht en lichtblonde haren worden spookachtig verlicht door de maan. De vriendin is verdwenen en de dreigende herinnering aan Edward komt op haar af. Zijn geest lijkt toe te kijken,

Adelaide aan te sporen om wraak te nemen op wat hem is aangedaan. Adelaide strekt haar hand uit en grijpt Kates schouder vast. De klauwende hand van Edward, de smalle bleke vingers om haar nek. Handen die toeknijpen. Een wolk schuift voor de maan, verduistert de helft ervan totdat de ronde volle maan gehalveerd is. Kate knippert met haar ogen, ze zoekt het gezicht van Adelaide in de verschijning voor haar.

'Kate, *cailín*, vriendin, wat is er? Voel je je niet goed? Oh, jij gaat toch ook niet ziek worden? Dat mag niet, dat kan niet. Niet nu we er bijna zijn.'

De woorden verbreken de betovering. Het Ierse woord dat Adelaide gebruikt verdrijft de wraakzuchtige geest van Edward. Op het dek staat Adelaide, het meisje dat ze kent en heeft leren vertrouwen. Ze haalt heel diep adem.

'Ik voel me goed,' zegt ze met schorre stem. 'Ik had een nare herinnering.'

Ze wil niet zeggen dat ze aan Edward dacht. Adelaide schudt haar hoofd.

'Niet doen, Kate, we moeten het verleden laten rusten, ons niet kwellen met slechte herinneringen. Laten we kijken naar wat voor ons ligt. Het beloofde land.'

Kate geeft niet meteen antwoord. Het beloofde land noemt Adelaide het. Voor Adelaide wel. Zij zal hier aan land gaan, samen met Pat, met een man die van haar houdt, terwijl Kate... Ze wil niet verder denken.

'Wat doe je zo laat nog buiten, Adelaide?' vraagt Kate.

Adelaides ogen glijden over het dek.

'Ik wil je iets laten zien,' fluistert ze. 'Kom mee.'

Ze pakt Kates hand en trekt haar verder het achterdek op, uit de buurt van het luik. Adelaide loopt tot voorbij de latrines. Daar knielt ze op de houten planken en gebaart Kate hetzelfde te doen. Kate gehoorzaamt. Ze weet niet waarom ze zich mee laat slepen door Adelaide, helemaal naar de andere kant van het achterdek, maar ze gehoorzaamt vanzelfsprekend, gedreven door nieuwsgierigheid en nog iets anders, een gevoel van verbondenheid.

Adelaide knoopt de jas van haar versleten rijkostuum los en pakt een doosje dat ze onder haar jas had verborgen. Zwijgend zet ze het op het dek neer, terwijl ze het met één hand vast blijft houden. In het heldere maanlicht ziet Kate een prachtig mahoniehouten kistje staan. Het heeft ingewikkeld bewerkte zilveren scharnieren. Zonder iets te zeggen buigt Adelaide zich voorover en knipt het kistje open. Op een zacht bed van roodfluwelen bekleding liggen sieraden: zilveren sierspelden, gouden hoedenpinnen, kettingen, armbanden, broches en ringen. Een fijne gouden ring met een steentje in de vorm van een roos lijkt omhelsd te worden door een parelsnoer. Kates mond valt open. Hier liggen meer juwelen dan ze ooit heeft gezien.

'Hoe, wat, waarom?' stamelt ze.

De gedachten buitelen door haar hoofd. Deze sieraden zijn heel veel geld waard, maar hoe komt Adelaide eraan? De Harrisons waren rijk. Ze woonden in een prachtige, witgekalkte boerderij van twee verdiepingen en ze hadden een voorraadschuur vol eten, maar deze sieraden behoren niet toe aan de vrouw van een *bailiff*, eerder aan de vrouw van een landheer. Lady Evelyn had ook zulke prachtige sieraden, maar ze droeg ze niet vaak. En ze had er minder dan hier in het kistje liggen. Kate knippert nog eens met haar ogen en zegt dan zacht: 'Hoe kom je hier aan, Adelaide? Ik dacht dat je net zo arm was als wij.'

Kate hoort zelf het zachte verwijt in haar stem. Adelaide buigt haar hoofd, alsof zij ook de plotselinge ongelijkheid voelt.

'Dit doosje was van mijn moeder. Toen onze boerderij werd aangevallen zijn Edward en ik door de achterdeur gevlucht. We zijn allebei op een paard gesprongen en weggereden. De paarden waren niet eens gezadeld, daar hadden we natuurlijk geen tijd voor. We hadden ook geen tijd om kleding mee te nemen, maar ik wist waar mijn moeder haar juwelenkistje had verborgen en dat heb ik wel mee gegrist, samen met een bijbel.'

Adelaide staart even voor zich uit, lijkt in gedachten weer op de witgekalkte boerderij. Haar onderlip trilt.

'Mijn moeder zou het toch nooit meer kunnen dragen.'

Een traan glijdt over haar wang.

'Waarom niet?' vraagt Kate, hoewel ze het antwoord vermoedt.

Adelaide buigt haar hoofd en duwt haar vingertoppen tegen haar ogen.

'Moeder was dood,' zegt ze half fluisterend. 'Ik zag haar daar liggen. Ze had een prachtige japon aan en ze had haar lievelingsketting om.'

Adelaide kijkt Kate recht aan.

'Mijn moeder hield erg veel van sieraden.'

Er ligt een vreemde klank in haar stem, verdriet vermengd met een emotie die Kate niet begrijpt. Adelaide vertelt verder: 'Ze lag er zo vreemd bij, haar haren waren opgestoken met gouden sierspelden, maar ze waren rood van het bloed. Naast haar rechterhand lag een klein pistool. Ik keek naar haar, naar haar lieve gezicht, nu zo doods, zo leeg, alsof het mijn moeder niet meer was die daar lag, en ik wist dat het goed was dat ik de sieraden meenam. Ik kon ze niet in handen laten vallen van die plunderaars.'

Kate bijt op haar lip. De plunderaars, waar Adelaide vol walging over spreekt, waren Fergus en zijn vrienden. Adelaide vervolgt haar verhaal: 'Ik hoopte dat Edward en ik later weer terug zouden kunnen keren naar de boerderij. Dan zouden vader, Edward en ik moeder kunnen begraven.'

Kate geeft geen antwoord. Ze durft niet te zeggen dat ze weet dat de *bailiff* toen ook al dood was. Adelaides handen strelen het mahoniehouten doosje.

'We vluchtten de heuvels in,' vertelt Adelaide. 'Daarvandaan konden we onze boerderij zien liggen. We hoorden geschreeuw en vlak daarna zagen we hoe de hemel werd verlicht door hoog oplaaiende vlammen, die uit het dak van onze boerderij sloegen. Die... die... pachters hadden ons huis en de schuren geplunderd en het daarna in brand gestoken. Toen zijn we weer op onze paarden gesprongen. Eerst reden we naar Cong en daar hebben we overnacht, gewoon in een greppel. De volgende dag hoorden we een oude vrouw vertellen dat mijn vader was neergeschoten door een pachtersvrouw.'

Een pachtersvrouw, denkt Kate. Dat moet Molly geweest zijn. Ondanks Adelaides verdriet vlamt er een lichte vreugde in Kates hart. De *bailiff* werd doodgeschoten door een pachtersvrouw. Fergus sprak de waarheid! En ook over de vrouw van de *bailiff* was hij eerlijk. Zijn omschrijving was bijna dezelfde als die van Adelaide. Kate verdringt het gevoel van opluchting en richt zich weer tot de jonge vrouw met het mahoniehouten kistje.

Tranen druppen uit Adelaides ogen. Ze vallen op de planken voor haar.

'Ik wilde terug om mijn vader en moeder te begraven, maar de oude vrouw vertelde dat de soldaten van de landheer waren gekomen en de lichamen hadden meegenomen. Ik weet niet eens waar ze nu begraven zijn.'

Kate zwijgt. Ze kan zich bijna niet voorstellen dat Fergus en zijn vrienden het huis hebben geplunderd en daarna in brand hebben gestoken. Toch weet ze dat Adelaide de waarheid spreekt. Het is een afschuwelijk idee dat er bij de groep die de *bailiff* aanviel jongens en mannen waren uit haar dorp, uit *Ghealcnoc*. Jongens die ze misschien haar hele leven heeft gekend. Ze kan nog enigszins begrijpen dat de mannen begonnen te plunderen bij het zien van al dat eten, de gevulde voorraadschuren en de overvloed, terwijl zijzelf rotte aardappels, waterige soep en bloemhoofdjes aten, maar het was niet nodig geweest het huis in brand te steken. Adelaide vertelt verder: 'Edward had wat geld meegenomen toen we vluchtten. Dat hebben we gebruikt om mee naar Westport te komen en om plaatsbewijzen voor dit schip te kopen, zodat we in *de nieuwe wereld* opnieuw konden beginnen. Zonder ouders, maar in ieder geval met elkaar. En nu zit ik hier, zonder Edward.'

Adelaides schouders schokken. Aarzelend legt Kate een hand op haar schouder. Ze wil Adelaide troosten, maar de afstand die tussen hen verdwenen was, lijkt te zijn teruggekeerd door het besef dat Adelaide alles heeft verloren door Kates landgenoten.

Alle ellende die Adelaide heeft meegemaakt, het verlies van haar ouders, van Edward, de honger, de vernedering door Sam Jones. Alles komt door Kates volk. Toch begrijpt Kate iets niet.

'Adelaide, als je die juwelen van je moeder had, waarom heb je die dan niet gebruikt voor een beter plaatsbewijs of anders om eten te kopen en azijn?'

Zelfs in het maanlicht ziet Kate de blos die opeens over Adelaides bleke wangen trekt. Opnieuw bekruipt haar het gevoel dat het niet klopt, dat deze juwelen niet van Adelaides moeder zijn geweest. Adelaide buigt het hoofd.

'Ik was bang,' zegt ze schor. 'Ik heb vreselijke verhalen gehoord voor we aan boord gingen van de 'Mary Elisabeth'. Ik hoorde een man vertellen dat Ieren helemaal niet welkom zijn in *de nieuwe wereld*, dat ze met tientallen in kleine kamertjes werden gepropt en dat jonge vrouwen, zoals jij en ik, werden gebruikt voor...'

Adelaide maakt haar zin niet af, maar Kate weet wat ze bedoelt.

'Maar waarom ben je dan naar *de nieuwe wereld* gegaan als je zulke slechte verhalen hoorde? Je kon toch ook naar Engeland? Ik heb van een aantal mensen gehoord dat ze naar Dublin gingen en daarvandaan naar Liverpool voeren.'

Adelaide wordt nog roder. Er verschijnen felle kleine blosjes op haar bleke gezicht.

'We wilden niet naar Engeland. We dachten dat we in Amerika meer kans zouden hebben, hoewel ik dus ook had gehoord dat ze daar niet op arme Ieren zitten te wachten.'

'Maar jij bent toch niet arm en Iers?'

Adelaide glimlacht vermoeid.

'Dat heb ik je al eerder verteld, Kate. In jouw ogen en in dat van jouw volk ben ik Engels, maar in de ogen van de rest van de wereld ben ik gewoon een arme, Ierse vrouw. En daarom heb ik de juwelen bewaard.'

Kate schudt haar hoofd. Ze begrijpt het nog steeds niet. Zelfs als Adelaide al die juwelen zou dragen, dan zou het nog niet uitmaken, omdat haar kleding zo vuil en kapot is. Mensen zullen zeggen dat ze ze gestolen heeft.

'Ik snap het niet,' zegt ze.

Adelaide draait haar hoofd om en kijkt haar recht aan.

'Ik wil de juwelen bewaren voor in *de nieuwe wereld*. Daar verkoop ik ze en met dat geld kan ik me fatsoenlijk kleden, een huis huren voor mij en Pat en een baan zoeken. Alleen zo heb ik een eerlijke kans.'

Kate kijkt voor zich uit. Het klinkt logisch wat Adelaide zegt, maar het is zo anders dan alles waar Kate op had gehoopt. Zij had gehoord dat er voor hardwerkende Ieren altijd een kans was. Dat zij een boerderij kregen met eigen grond, waar ze zelf hun graan konden verbouwen en een paar koeien konden houden. Het is heel anders dan wat Adelaide nu vertelt over betonnen krotten vol creperende Ieren, ziek en gezond door elkaar. Toch lijkt het Kate geloofwaardiger dan het toekomstbeeld dat haar was voorgehouden. Gelukkig betrekt Adelaide Pat in haar plannen. In ieder geval lijkt Kates broer, door zijn liefde over volk en rijkdom heen, een eerlijke kans te krijgen. Pat wel. Hij heeft straks geld en een geliefde. Kates tranen komen omhoog, maar ze probeert ze terug te dringen. Ze staat op en loopt naar de reling, weg van Adelaide en haar juwelenkistje. Stil staart ze uit over het diepzwarte water. Een snik welt op uit haar keel. Haar droom, samen met Fergus een boerderij beginnen in *de nieuwe wereld*, lijkt opeens zo kinderlijk en dwaas. En zij heeft geen geld en juwelen, geen kans op een baan en liefde in dat grote, onbekende land.

19

Donderdag 10 juni 1847

Kate ligt met haar handen op haar buik te luisteren naar het slaan van de golven tegen de wand van het schip. Het klinkt anders dan de afgelopen weken, alsof de golven elkaar sneller opvolgen. Ze tast naast zich, maar voelt de koude, lege plek waar Fergus zou moeten liggen. Snel draait ze zich op haar zij naar Michael toe. Haar kleine broertje ligt te slapen, opgerold als een klein balletje met zijn duimpje in zijn mond. Hij ligt niet zo dicht tegen haar aan als anders. Dat hoeft ook niet. Nu ze maar met zijn vieren in de benedenkooi slapen is er ruimte genoeg. Sinds Alice en David er niet meer zijn, slaapt Connor in de bovenkooi bij Nora en haar twee broertjes. In het schimmige licht van de lamp kijkt Kate naar haar broer Pat. Adelaide ligt dicht tegen hem aan, haar hoofd op zijn borst. De lange, blonde haren vallen over Pats arm. Pat en Adelaide zullen samen aan land gaan in *de nieuwe wereld*, met liefde en juwelen, terwijl Kate niets heeft, alleen de zorg voor een klein, verzwakt broertje. Toch kan ze zich niet voorstellen dat Pat haar zal vergeten, dat zijn liefde voor Adelaide in de plaats is gekomen van de familieband. Ze zucht. Zou Pat weten van de juwelen van Adelaide? Kate wrijft over haar buik. Haar maag heeft moeite met de nieuwe golfslag en bij iedere schommeling van het schip komt er een wee gevoel in haar omhoog. Ze probeert aan iets anders te denken dan aan haar opstandige maag. Dat verhaal van Adelaide. Sinds Adelaide het heeft verteld zit Kate met een gevoel dat het niet klopt, dat er iets in het verhaal is waarvan ze had willen roepen: 'Maar dat kan toch niet?' Ze heeft het niet gedaan toen Adelaide het vertelde, bang dat een onderbreking Adelaide zwijgzaam zou maken, maar toch was er iets. Kate sluit haar ogen en denkt terug

aan wat Adelaide vertelde. Adelaide had het kistje bewaard zodat ze een eerlijke kans zou hebben in *de nieuwe wereld*, een kans
voor haar en haar broer, zodat ze anders zouden zijn dan de duizenden arme Ieren die het land overspoelen. Opeens gaat Kate
rechtop zitten. De misselijkheid golft omhoog en ze laat zich
vlug weer terugvallen. Ze weet wat er niet klopt. Edward! Kate
heeft Edward een beetje leren kennen en hij zou nooit toestaan
dat Adelaide een plaatsbewijs voor het benedendek kocht, terwijl er geld was voor een beter plaatsbewijs. Ze herinnert zich
hoe Edward helemaal in het begin van de reis het ruim werd bin-
nengebracht. Hij bleef schreeuwen dat hij niet tussen de Ieren
hoorde en dat hij een betere plaats verdiende. Hij heeft geen
woord gezegd over juwelen om een plaatsbewijs te kopen en
Adelaide zei ook niets. Dat zijn twee dingen in het verhaal van
Adelaide die niet goed zijn. De juwelen zijn te chique, te verfijnd
voor een vrouw van de *bailiff*. Doordat Kate een half jaar voor de
vrouw van de landheer heeft gewerkt en af en toe zilver moest
poetsen, weet ze iets van juwelen. En de sieraden in het prachtige mahoniehouten kistje kunnen niet van de moeder van
Adelaide zijn. Maar hoe komt Adelaide er dan aan? Kate fronst
haar wenkbrauwen, terwijl ze naar Adelaide kijkt, die rustig ligt
te slapen. Opeens komt er een nieuwe golf misselijkheid over
haar heen en ze grijpt met haar beide handen naar haar maag.
Kate komt overeind, laat zich uit de kooi glijden en knielt bij de
stinkende emmer. Michael heeft nog steeds last van buikloop en
gebruikt de emmer een paar keer per nacht. De stank vlak onder haar neus overstijgt de zurige geur van opgesloten mensen.
Ze braakt in de emmer. Trillend laat ze zich op haar knieën op
de houten planken zakken. Zweet parelt op haar voorhoofd en
de tranen lopen uit haar ogen. Met een bevende hand veegt ze
ze weg. Even kijkt ze om zich heen. Voor zover ze kan zien, ligt
iedereen nog in zijn kooi, maar door de kieren van het luik komt
al daglicht naar binnen. Met wankele knieën gaat Kate staan,
pakt de emmer en begint de trap op te klimmen. Hugh Gorman,
de nieuwe leider, zal het toch niet merken.

Even later staat Kate met de schoongespoelde emmer aan dek. De zon komt langzaam op en lijkt de hemel in brand te steken, helderrood en geel wisselen elkaar af. Boven het donkere water zweeft witgrijze ochtendmist, kabbelend, als de golfjes op een meer. De zon schijnt op scherpe rotspunten, die als kerktorens oprijzen uit de zee. Stil blijft Kate staan kijken naar de schoonheid van Gods schepping, met haar hand tegen haar buik gedrukt. Ze herinnert zich het verhaal van Noach en de ark. Moeder vertelde het vaak omdat Michael het zo mooi vond. Plotseling voelt Kate zich verbonden met Noach. Noach was langer dan een jaar omgeven door alleen water, zij meer dan een maand. Maar ze ervaart dezelfde dankbaarheid die Noach moet hebben gevoeld toen de duif terugkwam met een jong olijfblad in haar snavel. Ze laat zich op haar knieën op het dek vallen en dankt God dat hij hen naar dit land heeft gebracht. Ze weet niet wat haar toekomst zal worden, hoe ze zal worden ontvangen als ze straks daadwerkelijk aankomt in *de nieuwe wereld*, maar hier, alleen op het stille dek, in de vroege ochtend met haar ogen op de prachtige rotsformaties en het gekrijs van allerlei verschillende vogels in haar oren, voelt ze Gods aanwezigheid. Hij zal haar leiden en haar leven in Zijn hand houden.

Ze schrikt op als er achter haar gekucht wordt. In een tel staat ze rechtop en draait zich om. Een lange, magere matroos die ze al eerder heeft gezien staat midden op het dek.

'Jij bent een passagier van het benedendek.'

Het is geen vraag, het is een vaststelling. Kate knikt aarzelend. Ze weet niet wat ze van deze matroos moet denken en wat hij op het achterdek komt doen, maar de herinnering aan Sam Jones die zijn broek naar beneden sjorde en Adelaide tegen zijn kruis aanduwde dringt zich aan haar op. Beschermend slaat ze haar armen om zichzelf heen.

'Je mag nog niet op het dek komen. De bel van de eerste wacht heeft nog niet geluid en ik heb het luik niet opengezet.'

Ondanks zijn woorden klinkt de man niet streng. Zijn magere gezicht staat zelfs vriendelijk. Hij is een stuk ouder dan Sam Jones. Ze schat hem de leeftijd van haar vader.

'Ik was misselijk,' zegt ze zacht.

De matroos doet een stap naar haar toe en onmiddellijk deinst ze achteruit. De matroos heft zijn hand op.

'Rustig, meisje,' zegt hij.

Hij heeft een lage stem met een mooie, donkere klank die niet goed past bij zijn magere gestalte.

'Ik snap dat je misselijk werd. De golfslag is hier voor Newfoundland veel korter dan midden op de oceaan. Daar moet je maag weer aan wennen.'

Kate knikt. Ze had zelf ook gemerkt dat de golven hier anders waren, maar ze had dat nog niet in verband gebracht met haar toenemende misselijkheid. Ze fronst. Deze matroos praat over Newfoundland, maar ze dacht dat ze naar de provincie Canada zouden gaan. Niet dat het veel uitmaakt. *De nieuwe wereld is de nieuwe wereld.* Alle gebieden, alle namen zijn haar even vreemd. En het is allemaal ver weg van New York, de plaats waar haar vader misschien woont. Toch herhaalt ze vragend: 'Newfoundland? Ik dacht dat we naar Canada zouden gaan.'

De lange matroos doet voorzichtig een stap dichterbij, zodat hij naast haar aan de reling komt te staan en wijst naar de golven met hun schuimende koppen die tegen de puntige rotsen slaan. De 'Mary Elisabeth' is nu zo dichtbij dat Kate zelfs vogels op de rotsen kan zien. Er zijn stormvogels en meeuwen, maar een ander soort meeuwen dan die ze uit Ierland kent. Op sommige rotsen zitten er tientallen. De matroos naast haar wijst.

'Dit is Newfoundland. Dat ligt voor de kust van Canada en het zit er...'

Het gekrijs van een langs scherende meeuw overstemt de woorden van de matroos.

'Ik verstond u niet, wat zei u?'

Hij glimlacht.

'Ik wilde net zeggen dat ik nergens zoveel vogels heb gezien als hier in Canada. En ik heb in twintig jaar heel wat zeeën bevaren.'

Hij strekt een magere vinger uit.

'Kijk, daar zit een hele kolonie papegaaiduikers. Ik word altijd vrolijk als ik hun eigenwijze snavels zie.'

Kate ziet tientallen zwart-witte vogels. Het wit van hun befje licht op in de opkomende zon, maar hun snavels kan ze niet zien. Wel ziet ze grote bruine vogels, die met gespreide vleugels boven de onstuimige branding zeilen. Ze zucht diep. De aanblik van haar nieuwe land is prachtig, alsof God haar wil troosten met schoonheid. Kon ze dit maar delen met Fergus in plaats van met een onbekende matroos.

'Gaan we hier aan land?' vraagt Kate.

De matroos kijkt van haar weg. Hij lijkt verlegen met haar vraag. Kate rilt. Of het door de plotselinge afstand in de blik van de matroos is of door de koude ochtendlucht weet ze niet, maar ze voelt zich alleen en klein.

'Nee,' zegt de matroos zacht.

'Waar gaan we dan heen?'

De magere man zucht diep.

'Meisje, er liggen negen mensen in het vrachtruim, te ziek om op te staan en onderweg hebben we veertien mensen moeten begraven.'

Ze fronst. Ze weet als geen ander dat er veertien mensen een zeemansgraf hebben gekregen, gewikkeld in zeildoek. Ze is bij alle begrafenissen geweest. Van de eerste, waarbij Denis Farrell, de elfjarige zoon van Rebecca, overboord werd gegooid tot aan de laatste, een magere oude man, James Brennan uit Dunfanaghy, county Donegal. En iedere keer las de kapitein met een ernstig gezicht de liturgie, hoewel er bij de laatste begrafenis maar vijftien mensen waren. Kate drukt haar handen tegen haar onderbuik. De misselijkheid is nog steeds niet weg. De matroos houdt zijn hoofd wat schuin. Zijn mondhoeken wijzen naar beneden.

'We kunnen niet meteen naar Quebec, onze eindbestemming. We zullen eerst naar Grosse Île moeten.'

De woorden 'Grosse Île' fluistert hij, alsof het verboden woorden zijn. Kate haalt haar schouders op. Het maakt haar niet uit of ze naar Newfoundland, Quebec of Grosse Île gaan. Het zegt haar niets. Het zijn onbekende klanken, plaatsen die ze niet kent, maar de lange matroos lijkt bang te zijn om de plaats 'Grosse Île' uit te spreken, alsof hij daarmee het hele schip vervloekt.

'Wat is 'Grosse Île?' vraagt Kate.

De matroos buigt zich naar haar toe en fluistert: 'De hel op aarde. Zorg maar dat je daar nooit terechtkomt.'

*

'Allemaal luisteren!' schreeuwt Hugh Gorman.

Zijn stem schalt door het ruim. Toch reageert er niemand op hem. Hugh Gorman haalt diep adem en brult: 'Ik zei: allemaal luisteren! Hebben jullie geen oren?'

Hij vloekt. Kate kijkt even naar hem en schudt haar hoofd. Deze grote, forse man is geen leider. Als David er nog was, zou iedereen meteen zijn opgehouden met wat hij deed om te horen wat hij te zeggen had. Maggie Nelligan, de *gaelacha*, loopt een paar treden de trap op en heft haar hand. Langzaam wordt het stil in het benedenruim.

'Ik geloof dat Hugh iets wil zeggen,' zegt ze rustig, maar duidelijk. 'Laten we allemaal even naar hem luisteren.'

Hugh werpt haar een vernietigende blik toe, maar maakt wel gebruik van de stilte die op haar woorden volgt. Hij kucht.

'Ik heb een opdracht van de kapitein. Een bevel van kapitein Jordan zelf.'

Hij trekt zijn schouders naar achteren en steekt zijn kin in de lucht. Kate blaast, alsof zijn woorden lastige vliegen zijn, die ze zo kan verjagen. Ze heeft gezien dat hij praatte met de lange, magere matroos, niet met de kapitein.

'We moeten het ruim schoonmaken. Alles moet eruit. De emmers moeten worden omgespoeld, de planken moeten geschuurd met zand en de dekens uitgespoeld in zeewater. Het beddenstro moet overboord gegooid worden. Begin meteen, allemaal!'

Hij knikt voldaan en kijkt om zich heen alsof hij applaus verwacht. Kate fronst, terwijl ze zijn woorden overdenkt. Het beddenstro moet overboord gegooid worden. Maar waar moeten ze dan op slapen? Niemand in het benedenruim verroert zich. De *gaelacha* loopt weer een paar treden de trap op. Met rustige stem begint ze bevelen uit te delen. De mensen die te zwak zijn, moeten naar het achterdek. Daar kunnen ze bij elkaar gaan zitten. Iedereen die sterk genoeg is, helpt mee. Als zij de taken heeft verdeeld, komen de mensen in beweging. Kate gaat met Michael naar het dek en spoelt de dikke deken die ze van lady Evelyn heeft gekregen, uit met zeewater. Daarna spreidt ze de deken uit op de houten planken van het dek. De zon zal de deken moeten drogen. Opeens hoort ze een luide kreet: 'Oh mijn God, daar is de duivel. God, sta ons bij, sta ons bij!'

Een kleine vrouw met klittend bruin haar staat handenwringend bij de reling. Het beddenstro dat ze overboord had moeten gooien ligt verspreid over het dek. Ze laat zich op haar knieën vallen en herhaalt: 'Sta ons bij. Oh, God.'

Kate rent naar de wanhopige vrouw toe en laat zich naast haar vallen.

'Wat is er?'

De vrouw kijkt haar aan met een verwilderde blik in haar ogen. Met trillende hand wijst ze naar het kielzog van het schip.

'Ik zag de duivel,' kreunt ze. 'Dit hele eind gekomen, alles overleefd en dan, met de kust in zicht, in handen vallen van de duivel.'

Ze buigt zich weer voorover en bidt vurig. Kate staat op en tuurt in het kielzog. Eerst ziet ze niets, maar dan komt het water in beweging, alsof de zeebodem tot leven wordt gewekt. Uit het water komt een vreselijk monster naar boven. Het is groot en zwart en zijn staart doet het water kolken. Het monster slaat voor de tweede keer met zijn staart en de 'Mary Elisabeth' schommelt hevig heen en weer. Michael staat met open mond naast haar te kijken. Meer mensen komen naar de reling toe. De meesten werpen een korte blik op het monster dat achter de boot aan blijft zwemmen en laten zich dan op hun knieën vallen, net als de kleine vrouw, die het gedrocht als eerste had gezien. Kate bidt niet. Ze blijft staan waar ze staat, haar ogen gericht op het zwarte gevaarte achter het schip. Er klinken luide voetstappen. Laarzen die op het achterdek stampen. Een kleine, gedrongen matroos in een te grote broek stapt naar de reling toe en bast: 'Doorgaan met jullie werk. Als we bij Grosse Île zijn moet het schip schoon en fris zijn, alsof er geen ziekte aan boord is geweest.'

Kate draait zich om naar de kleine matroos.

'Maar dat monster dan?'

De matroos haalt zijn schouders op.

'Hier komen wel meer walvissen voor. De inwoners van Newfoundland leven zelfs voor een deel van de walvisvangst. Het valt alleen te hopen dat hij niet tegen ons schip aanbotst, want dan kunnen we zinken. En nu aan het werk!'

De matroos loopt met grote stappen terug naar het voordek. De geknielde Ieren staan langzaam op en gaan verder met hun klus. Adelaide is een stuk verderop bezig. Ze wast ook een deken uit. Haar handen wringen de deken uit voor ze die op het dek te drogen legt. Adelaide, die twee maanden geleden zelfs nooit zelf haar bed op had hoeven maken, die sliep in een hemelbed met satijnen lakens, staat nu op het achterdek van een driemaster met nog maar twee masten een deken uit te wassen in het zeewater, terwijl ze een fortuin aan juwelen bij zich draagt.

20

184 | *Zaterdag 12 juni 1847*

Met volle zeilen op de twee overgebleven masten vaart de 'Mary Elisabeth' de Saint Lawrencerivier op. Kates mond valt open bij het zien van zo'n overweldigende rivier. De monding van de rivier is breder dan het meer op de heuvel, het meertje met de meidoorn aan de oever. Met haar ogen gericht op de kust blijft ze staan kijken, urenlang, terwijl Michael naast haar op het dek zit, mager en bleek, maar levend. Kate legt een hand op haar buik. Het gemis van Fergus geeft een wee gevoel in haar maag. Hij had hier moeten zijn, samen met haar aan de reling moeten staan, kijkend naar de schoonheid van hun nieuwe land. Ze varen vlak langs hoge heuvels. Er vliegen duizenden vogels, nog meer dan op Newfoundland. De kust ziet wit van de sneeuwganzen. Als het schip er vlak langs vaart vliegen ze allemaal tegelijk op, een witte wolk van vleugels die opstijgt naar de hemel. Het schip vaart verder en verder. Kate ziet steeds meer schepen, zeilschepen, twee- en driemasters zoals dat van hen, maar ook stoomschepen die zwarte rook uitbraken. Ze komen langs kleine groene eilandjes die in het blauwe water liggen. Opeens is er bedrijvigheid aan het voordek. Matrozen lopen af en aan en er wordt een blauwe vlag gehesen. Kate ziet de lange, magere matroos staan op de rand van het voordek en ze loopt zijn kant op.

'Wat gebeurt er?' roept ze.

De matroos kijkt even om zich heen en komt dan naar haar toe lopen.

'We zijn bijna bij Grosse Île,' zegt hij. 'En omdat we een besmet schip hebben, moet de vlag in de fokkenmast gehesen worden.'

Hij trekt zijn gezicht in een scheve grimas.

'Als je tenminste nog een fokkenmast hebt en die niet als een twijgje doormidden is gebroken in de storm. Daarom hebben we de vlag maar in de grote mast gehangen.'

De matroos wijst.

'Dat daar is Grosse Île. Gelukkig zul jij daar niet terechtkomen.'

De matroos wacht haar antwoord niet af, maar loopt met grote passen terug naar het voordek. Kate fronst. Ze herinnert zich haarscherp wat de matroos eerder heeft gezegd. 'Grosse Île is de hel op aarde.' Maar deze matroos heeft niet in het hongerende Ierland gewoond. Hij heeft haar leven niet geleefd. Hij heeft niet toe hoeven kijken hoe zijn kleine broertje stierf en hoe zijn moeder kwijnend in bed lag tot de genadige dood haar kwam halen. Hij heeft niet gezien hoe zijn huis door soldaten met koevoeten werd ontdaan van alle waardigheid tot er niets meer van overbleef dan zwartgeblakerde stenen. Hij had niet voortgestrompeld op kapot gelopen voeten, zoekend naar iets om het onverzadigbare hongermonster tevreden te stellen, ook al was het maar voor een kort moment. Kate heeft de hel op aarde al gezien. Ze draait haar gezicht naar het kleine eilandje dat de matroos had aangewezen. Het is bedekt met gras en bomen, net zo groen als haar Ierland. Aan de rand van de rivier groeien de struiken, hun laaghangende takken tot vlak boven het water. Bij iedere golf lijkt de rivier de takken te kussen. Vlak voor haar springt een witte dolfijn omhoog. Ze hoort de meeuwen krijsen, hetzelfde zeelied als ze thuis zingen. Iets hoger op het eiland staan lange rijen bomen, hun schaduw troostend als de arm van een vader. Een witte kerk met spitse toren priemt in de lucht. Een lieflijk eilandje, eerder een paradijs dan de hel op aarde, maar hoog op het eiland staan dreigende kanonnen. Hoe dichter de 'Mary Elisabeth' het eiland nadert hoe voller en viezer het water wordt. Strobedden, planken, een halve kooi, een matras en vervuilde dekens drijven voorbij.

'Kijk eens,' wijst Michael die is opgestaan en ook in het water tuurt.

Een dode bruine rat glijdt op zijn rug voorbij, de pootjes geklauwd in de lucht. Kate slaat haar arm om Michael heen en leidt hem weg van de reling. Ze begrijpt dat andere schepen ook schoon hebben gemaakt en alles overboord hebben gegooid. De rivier maakt een bocht en Kate slaat een hand voor haar mond.

Voor haar liggen tientallen schepen, de meeste net zo gehavend als de 'Mary Elisabeth'. En allemaal hebben ze een blauwe vlag in de fokkenmast gehesen.

*

Maandag 14 juni 1847

De bel luidt indringend. Het geklingel vult Kates hoofd. Kreunend draait ze zich op haar zij, wat dichter tegen Michael aan. Ze is nog lang niet uitgeslapen. Omdat de stromatras overboord is gegooid, moest ze op de harde houten planken van de kooi slapen. Ze heeft zichzelf en Michael in de dikke deken van lady Evelyn gerold, maar die was nog klam en vochtig van het zeewater waar ze hem in had gewassen. Ze had de bel voor de laatste wacht horen luiden en was toen eindelijk in slaap gevallen. Nu is het al ochtend. De deken voelt hard en stijf en de bel luidt maar door, veel te lang. Moeizaam opent Kate haar ogen. Door het luik schijnt zonlicht naar binnen. Het moet al laat in de ochtend zijn. De bel blijft galmen. Kate wrijft in haar ogen en kijkt naar het slapende gezicht van haar broertje. Hij is zo gewend aan alle herrie aan boord van het schip dat hij niet wordt gewekt door het geklingel. Ze buigt zich voorover en kust een voor een zijn magere vingertjes. Michael heeft het gehaald! Hij is in *de nieuwe wereld*. Zachtjes schuift ze naar het voeteneinde van de kooi en pakt haar kleren. Zittend op de kooi kleedt ze zich aan, pakt haar omslagdoek en klimt de trap op naar het dek. Ze ziet een groep mensen helemaal voor op het achterdek staan, vlakbij het luik naar het vrachtruim. Pat, Adelaide, Connor en Nora zijn er ook. Langzaam loopt ze naar hen toe, terwijl het geklingel voortduurt. Zwijgend gaat ze naast Connor staan en kijkt uit over het water. Het is druk op de Saint Lawrencerivier. Kleine roeibootjes en pramen varen heen en weer tussen het eiland en de verschillende boten met de blauwe vlag in de fokkenmast. Een klein houten bootje met twee roeiers koerst naar de 'Mary Elisabeth'. Het bellen houdt op. Opeens lijkt het onnatuurlijk stil, niemand spreekt, alleen het water klotst zacht en monotoon tegen de wand van het schip. De kapitein komt met grote passen aanlopen, achter hem komt stuurman Jackson. De stuurman klopt drie keer hard op het luik van het vrachtruim. Het luik wordt geopend. Pat slaat zijn arm om Adelaide heen, Connor pakt de hand van Nora en Kate staat alleen, alleen. Zelfs Michael is nu niet bij haar. Ze klemt haar handen samen. Maggie Nelligan, de *gaelacha* komt naar buiten. Ze knielt bij het luik. Niet veel later tilt ze samen met Rebecca Farrell een lichaam het ruim uit. Kate houdt haar adem in. Daar staat Rebecca Farrell. Ze heeft Rebecca niet meer gezien sinds ze ziek is geworden en Kate had verwacht dat zij ook zou sterven, net zoals haar man en kinderen. Ze was zo ziek en Kate had gedacht dat ze de wil niet zou hebben om *an droch-thinneas* te overwinnen. Maar Rebecca staat rechtop. Haar rode haren zijn dof geworden, ze is mager en vuil, maar ze leeft. Kates hart gaat sneller slaan. Het is alsof Rebecca Farrell het bewijs is dat Ieren kunnen overleven, tegen alle verwachtingen in. Kate volgt de twee vrouwen terwijl ze de dode, die in een stuk vuil zeildoek is gewikkeld, naar de reling dragen. Even fronst Kate. Hier, in deze drukte, kunnen ze het lichaam toch niet overboord gooien? Ze denkt aan alles wat ze voorbij heeft zien drijven: stro, matrassen, kleding, zelfs de planken van een halve kooi, het kadaver van een kip waar de maden uitkropen, maar geen lijken. Godzijdank geen gestorven mensen. Maggie en Rebecca leggen het lichaam vlak naast de reling neer. Het zeildoek schuift wat naar beneden en Kate ziet zwarte krullen. Ze gilt, een schreeuw die zo diep uit haar binnenste komt dat het lijkt of ze niet zelf krijst. Onmiddellijk staat Connor naast haar. Hij slaat zijn beide armen om haar heen en mompelt in haar oor: 'Hij is het niet, Kate. Hij is het niet.'

De tranen staan in Kates ogen en haar handen trillen. De misselijkheid steekt onmiddellijk de kop weer op. Ze haast zich naar de reling en braakt in het vervuilde water. Ze staat nu vlak naast het lichaam en ziet dat de zwarte krullen zijn doorregen met grijze plukken. Opgelucht ademt ze uit. Hij is het niet! Het houten bootje is nu bijna bij de 'Mary Elisabeth'. Er zitten twee mannen in. Een van de mannen heeft een zwart gezicht en zwarte handen. Kate probeert niet te staren naar de man met het vreemde uiterlijk. Het bootje meert af aan het schip. De zwarte man gaat staan en geeft een grote, bruine zak aan de kapitein. De kapitein legt de zak op het dek. Dan knikt hij naar Maggie en Rebecca. De *gaelacha* en Rebecca tillen het lichaam weer op en laten het voorzichtig over de reling zakken. De twee mannen in het bootje pakken het aan en leggen het neer op de bodem van de boot.

De kapitein schraapt zijn keel: 'We nemen afscheid van Jeremiah Doyle, oud 42 jaar uit Gort, *county* Galway. Hij is hier zonder familie of vrienden. Moge zijn ziel rusten in Gods vrede.'

De kapitein neemt zijn pet af als het bootje wegvaart. Kate buigt haar hoofd en bidt voor de onbekende Jeremiah Doyle. Hij heeft geen ceremonie gekregen. Er is geen liturgie voor hem gelezen en zijn lichaam is niet toevertrouwd aan de oceaan. Hij is weggevaren in een bootje met twee onbekende mannen, van wie er een pikzwart is. Kate vraagt zich af of de kapitein geen liturgie heeft gelezen omdat hij al de vijftiende is die is overleden tijdens deze reis of omdat er geen familie is die hem zal missen. Jeremiah is gestorven in een vrachtruim op een boot, omgeven door andere zieken, onbekenden. En hij krijgt ook geen zeemansgraf. De kapitein draait zich om naar de menigte op het achterdek.

'Jeremiah Doyle wordt nu naar de begraafplaats van Grosse Île gebracht. Daar is een katholieke priester en een doodbidder.'

Kate denkt aan de woorden van de kleine matroos. Grosse Île

is de hel op aarde. Ze slikt. Ze durft de kapitein eigenlijk niet zo aan te spreken, maar ze wil het weten. Ze haalt diep adem.

'Wat is Grosse Île, kapitein? Waarom liggen we hier? En waarom wordt Jeremiah daar begraven?'

De kapitein antwoordt niet meteen. Hij laat zijn ogen over de groep op het achterdek gaan. Kate vraagt zich af wat hij ziet. Haveloze, vermagerde mensen, maar allemaal toch met een gloed van hoop in hun ogen, nu ze levend *de nieuwe wereld* hebben bereikt, hun droom hebben waargemaakt. Kate weet dat de meesten, net zoals zij, niet hebben nagedacht over een leven in *de nieuwe wereld*. Weg uit Ierland, weg van de honger, de armoede, de uitzettingen, de ziekte. En Kate vluchtte ook weg voor lord Lawrence, zijn grijpgrage handen, zijn alcoholadem en zijn kriebelende snor. Soms, als ze alleen in de kooi ligt, ziet ze hem voor zich zoals hij daar op de grond in de mooie keuken lag, nadat Connor hem had neergeslagen met de pan. De grote vuilrode bloedvlek op de plavuizen, zijn bleke gezicht met de gesloten ogen, zijn dikke buik die als een berg oprees van de keukenvloer. Lord Lawrence, de hoofdreden waarom ze Ierland verliet. En nu is ze, ruim 2700 mijl verder, op de Saint Lawrencerivier. Saint Lawrence. Aan de lord Lawrence die zij heeft leren kennen was niets heiligs. Kate schudt haar hoofd. Ze wil niet denken aan die man. Ze is nu hier, in de provincie Canada. Ze wil haar hart openstellen voor een nieuw leven in een onbekend land, maar hoe dat leven eruit zal gaan zien, weet ze niet. Dat zal niemand aan boord weten, op de paar gelukkigen na die familie in *de nieuwe wereld* hebben. En Adelaide heeft er over nagedacht. Zij heeft juwelen, een startkapitaal, om niet als berooide Ier aan land te stappen, hoewel Kate nog steeds vindt dat Adelaide geen Ier is en ze ook niet begrijpt hoe Adelaide aan de juwelen komt. Het verhaal dat ze vertelde over haar vlucht toen hun huis werd aangevallen, gelooft ze niet. Een *bailiff* is rijk, maar niet zo rijk dat hij zijn vrouw zulke juwelen kan geven. En ze begrijpt ook nog steeds niet waarom ze zich heeft laten gebruiken door Sam Jones, als ze ook geld had om de azijn te kopen. De kapitein kijkt haar peinzend aan. Net als ze denkt dat hij haar vragen zal negeren, zet hij een paar stappen naar haar toe en kucht.

'Grosse Île is een quarantaine-eiland,' antwoordt hij. 'De autoriteiten hebben ons verplicht om het te melden als er op een schip tyfus is uitgebroken. Overmorgen zal dokter Douglas of dokter Jacques aan boord komen. Hij zal de ergste gevallen van tyfus meenemen en verplegen op het eiland.'

'Of laten sterven,' vult Hugh Gorman aan.

De kapitein negeert de man.

'De tyfuslijders moeten van boord worden gehaald en dan moet het schip hier nog zes dagen blijven liggen. Als er geen nieuwe gevallen van tyfus bijkomen, mogen we doorvaren. Vier mijl hiervandaan zullen alle passagiers overstappen op een stoomschip naar Quebec.'

Een stoomschip. Kate gaat wat meer rechtop staan. Ze weet wat een stoomschip is, ze heeft er een paar zien varen, maar ze is er natuurlijk nog nooit op één geweest. Wat bijzonder om met een stoomschip *de nieuwe wereld* binnen te varen! In Westport heeft Kate gehoord dat in Amerika alles kon, dat Ieren een eerlijke kans kregen en net zoveel kans hadden om rijk te worden als alle anderen, maar door Adelaides woorden was ze daaraan gaan twijfelen. Maar nu zegt de kapitein dat ze op een echt stoomschip naar Quebec zullen gaan. De kapitein buigt zich voorover en opent de zak, die hij van de zwarte man heeft gekregen. Hij kijkt rond en zijn ogen blijven even rusten op Hugh Gorman. Dan draait hij hem demonstratief de rug toe en overhandigt de zak aan Jackson, de stuurman, en zegt: 'Hier zitten meloenen in. Zorg dat het eerlijk verdeeld wordt en geeft er ook tien aan de mensen in het vrachtruim.'

Kate kijkt nieuwsgierig naar de bruine zak. Ze heeft geen idee wat meloenen zijn. De stuurman knikt en geeft aanwijzingen. Een paar minuten later heeft iedereen een rond geelgroen ding in zijn hand. De kleur doet Kate denken aan Connors ogen. Ze gluurt om zich heen, maar niemand lijkt te weten wat ze met het ding moeten doen. Voorzichtig buigt ze zich voorover en ruikt eraan. Er komt een zoetige geur vanaf.

'Het is een meloen,' zegt Jackson.

Kate haalt haar schouders op. Dat zei de kapitein ook al, maar nu weet ze nog niet wat het is. Misschien iets Amerikaans, een soort welkomstritueel in *de nieuwe wereld*.

'Het is fruit.'

Aarzelend brengt ze het geelgroene ding naar haar mond en zet haar tanden erin. Het is hard en smakeloos. De stuurman lacht. Hij loopt naar haar toe en neemt de meloen van haar over. Met zijn mes snijdt hij er een part uit en geeft dat aan Kate.

'Nu kun je eten.'

Kate neemt een hap. Een zachte, zoetige smaak vult haar mond.

'Heerlijk!' roept ze, terwijl het sap over haar kin druipt.

Jackson snijdt de meloenen en haar landgenoten volgen haar voorbeeld. Ze eten de meloen helemaal op. Kate geniet van het zachte voedsel in haar mond, zo anders dan het harde scheepsbeschuit dat ze weken heeft gegeten. Ze likt de schil helemaal uit. Daarna gooit ze hem overboord. De stuurman pakt tien meloenen, stopt ze in een kleinere zak en geeft die aan Rebecca Farrell. Ze buigt even haar hoofd en loopt dan samen met de *gaelacha* naar het vrachtruim. Kate kijkt hen na. Ze zou zo graag met hen mee gaan, een kort ogenblik maar. Alleen even kijken, maar de regels zijn duidelijk. Niemand mag het vrachtruim in. Jackson loopt naar Kate toe, overhandigt haar de zak en zegt: 'Zorg dat het beneden wordt uitgedeeld.'

Hugh Gorman komt naar voren.

'Ik ben de leider van het benedendek,' zegt hij terwijl hij zijn borst vooruit duwt.

Hij lijkt nog groter dan anders.

'Ik heb het aan haar gevraagd,' zegt de stuurman koud. 'Het is dat jullie over een week al van boord gaan, anders had de kapitein een andere leider aangewezen.'

Hij wacht het antwoord van Hugh niet af, maar loopt terug

naar het voordek. Hugh wordt rood tot in zijn brede nek en vloekt. Op het moment dat de doodzieke David de trap op werd gedragen naar het vrachtruim, had Hugh Gorman gezegd dat hij voortaan de leider zou zijn, maar niemand luistert naar hem, ondanks zijn imposante uiterlijk en zijn harde stem. De honger en de ontbering hebben zijn schouders niet versmald en zijn rug niet gebogen, maar wel zijn geest aangetast. Kate neemt de zak mee de trap af. Ze zal zorgen dat iedereen evenveel krijgt. Michael zal genieten van de lekkernij. Ze weet zeker dat hij nog nooit zoiets heerlijks heeft geproefd. Nu begrijpt ze ook waarom al die bootjes heen en weer varen. Ze brengen proviand en ze halen de doden op. De week dat ze hier nog moeten liggen, zal niet zo slecht zijn als de afgelopen tijd op zee. En daarna zal ze op een stoomschip stappen en naar Quebec varen. Daar zal haar nieuwe leven beginnen, zonder Fergus, maar met haar kleine broertje. Ze zal een baan vinden. Ze spreekt Engels en ze kan hard werken. Het zal haar lukken om een mooi leven op te bouwen, voor haar en voor Michael. En ergens in dat onmetelijke land is ook haar vader. Daar woont hij, slaapt hij, eet hij, leeft hij. Met Gods hulp zal ze hem vinden.

21

De grote praam met vijf mensen aan boord koerst op de 'Mary Elisabeth' af. Kate recht haar rug en strijkt haar donkerrode haar glad. Straks is het inspectiemoment waarover de kapitein heeft verteld, dan zullen de zieken van de gezonden gescheiden worden. De zieken gaan naar het eiland dat ze voor de kust ziet liggen, de gezonden blijven zes dagen aan boord en varen dan met een stoomschip naar het vasteland. Zij zal bij de gezonden horen. Zij zal naar het vasteland gaan. Zij wel. Gisteren zijn de ruimen opnieuw geschrobd en nu ze voor anker liggen zijn de patrijspoorten de hele dag open om te zorgen voor frisse lucht in het ruim. Toch heeft de Canadese wind de stank niet kunnen verdrijven. De praam meert af. Een magere man met een grote strohoed op stapt als eerste aan boord en kijkt gehaast om zich heen. De kapitein komt op hem af, maar geeft hem geen hand.

'Welkom op mijn schip, dokter Jacques.'

Dokter Jacques knikt nauwelijks merkbaar. Hij gebaart naar een lange jonge man die als tweede uit de boot klimt.

'Dit is Robert Berger, mijn assistent.'

Hij loopt terug naar de reling en helpt een priester aan boord. De priester, een grijze, kromgebogen man in een groezelig priesterkleed, loopt naar de kapitein toe.

'Mijn naam is eerwaarde Green. Hoeveel zielen heeft u onderweg verloren?'

Het valt Kate op dat deze mensen alle regels van fatsoen overboord gooien en zich onmiddellijk aan hun taak wijden. Ze zien er alle drie moe uit, alsof ze veel te hard gewerkt hebben, zelfs de jonge arts heeft geen sprankeling in zijn blauwe ogen. Ze kijkt uit over het water. Achter haar ligt al weer een aantal nieuw aangekomen schepen vol met creperende emigranten. Op de bark die achter hen ligt hangt de vlag halfstok, een teken dat de kapitein of een hoge officier de reis ook niet heeft overleefd. De kapitein schraapt zijn keel.

'Er zijn veertien mensen onderweg gestorven en de vijftiende is eergisteren per boot naar Grosse Île vervoerd.'

Het valt Kate op dat de kapitein Edward niet meetelt. De jonge arts zegt tegen de kapitein: 'Maar vijftien doden. Heel netjes.'

'Netjes,' stuift Kate op, terwijl ze een paar passen naar voren zet. 'Het waren vijftien mensen met hun eigen leven, hun eigen dromen, die zijn geëindigd in zeildoek op de bodem van de oceaan. Dat is niet netjes. Dat is, dat is...'

Ze kan het woord niet onmiddellijk vinden. Connor pakt haar zacht maar dwingend bij de arm en trekt haar naar achteren. Kates wangen gaan branden. Ze weet dat ze zich in moet houden, dat ze zwijgend in de rij moet staan tot de drie mannen hun verdict hebben uitgesproken, gezond of ziek, *de nieuwe wereld* of de hel op aarde. Tot haar verbazing maakt eerwaarde Green de zin voor haar af.

'Tragisch,' zegt hij. 'Iedere dode is een kind van God, ieder sterfgeval een daad van bruutheid tegen de natuur van het menselijk leven, maar vergeef het dokter Berger. Hij heeft al zo veel moeten zien in zijn jonge leven, dat hij eelt op zijn jeugdige ziel heeft gekregen.'

De jonge arts buigt zijn hoofd. Kate ziet dat zijn blonde haren zo kort zijn geknipt dat de hoofdhuid erdoorheen schemert. Als het langer was, zou hij krullen hebben. Dat zou hem beter staan dan dit korte haar. Het is een stomme gedachte, maar hij schiet door Kates hoofd.

'We komen net van een brik waar negentig mensen zijn gestorven op de reis. Nog eens tientallen zijn doodziek. Een groot deel van hen zal de komende weken ook niet overleven,' zegt dokter Berger zacht. 'Dan valt vijftien doden mee.'

Dokter Jacques kucht en de jonge arts bloost. Eerwaarde Green lijkt zich plotseling wat manieren te herinneren. Hij draait zich om naar de kapitein en vraagt: 'Hoe was de reis?'

De kapitein haalt zijn schouders op.

'We hebben averij gehad, onze fokkenmast en het roerblad zijn gebroken, waardoor we uit koers raakten. We konden contact leggen met de haven van Saint Johns op Newfoundland en zij hebben ons een schip met gereedschap en nieuwe voorraden gestuurd. We hebben zoals gezegd vijftien passagiers verloren, geen bemanningsleden, en we hebben nog acht gevallen van tyfus in het vrachtruim liggen. We hebben ze gescheiden van de gezonde mensen.'

Eerwaarde Green knikt.

'Een wijs besluit, u ingefluisterd door Gods geest. Daarmee hebt u zeker levens gered. De meeste gezagvoerders...'

'Ik wil beginnen,' onderbreekt dokter Jacques hem. 'Nu graag!'

Dokter Jacques duwt de jonge arts een aantekenblok en pen in de hand en blaft: 'Schrijf op: vijftien doden onderweg, acht gevallen van tyfus in het vrachtruim, gescheiden van de anderen.'

Hij kijkt de kapitein aan.

'Nog andere ziektes?'

'Een aantal gevallen van dysenterie en scheurbuik en verder veel zwakte en uitputting door de lange tijd op zee en het eenzijdige eten.'

Dokter Jacques dept zijn voorhoofd met een verfomfaaide zakdoek. Het is drukkend benauwd en het water biedt geen verkoeling.

'Patiënten met dysenterie moeten veel drinken, water vermengd met zout. Voor de patiënten met scheurbuik zal ik zorgen dat er citroenen komen. Zij moeten hier aan boord worden verpleegd. Op het eiland is alleen ruimte voor de ergste gevallen. We hebben een ziekenhuis met honderdvijftig bedden, maar er zijn al meer dan driehonderd zieken binnen. Geen bedden dus voor de nieuwkomers.'

Kate rilt ondanks de brandende zon. Hoewel dokter Jacques met een zwaar accent spreekt kan ze verstaan wat hij zegt. Ze begint te begrijpen waarom de magere matroos met de mooie stem Grosse Île 'de hel op aarde' noemde. Zieken worden blijkbaar gewoon op de grond gelegd of, als ze nog kunnen zitten, op een stoel gezet. De jonge arts vertelde dat er op de brik voor hen negentig mensen gestorven waren tijdens de overtocht en dat er nog tientallen doodziek waren. Zij zullen ook naar het eiland vervoerd moeten worden, samen met de acht zieken uit hun eigen vrachtruim. Dokter Jacques trekt zijn smalle schouders naar achteren en wijst naar de grote groep mensen die staat te wachten op het achterdek.

'Ik ga aan het werk. We hebben nog meer te doen.'

Kate kijkt naar de steeds groeiende rij schepen achter hen. De lange, magere matroos, van wie ze nog steeds de naam niet weet, heeft haar gisteren de verschillende soorten schepen aangewezen: fregatten, brikken, barken, schoeners en kotters. Allemaal volgepakt met haar landgenoten. En veel van die mensen zijn ziek, moeten verpleegd worden op een eiland waar geen bedden meer zijn. Ze zucht. Dit is niet de aankomst in *de nieuwe wereld* waarvoor ze gebeden heeft. Dokter Jacques schuift zijn strohoed wat naar achteren en beent naar het achterste deel van het dek. De jonge Robert Berger volgt hem zwijgend. Dokter Jacques onderzoekt de een na de ander. Kate kan niet precies zien wat hij doet, maar er worden zes mensen uit de rij gehaald en aan de andere kant van het dek gezet, vlakbij het vrachtruim. Geduldig staat ze te wachten tot zij aan de beurt is. Michael heeft haar hand gepakt en houdt hem stevig vast. Ze geeft hem een geruststellend kneepje. Ze wil hem niet laten merken dat ze bang is. Niet voor zichzelf. Ze is moe en misselijk, maar ze weet zeker dat ze niet echt ziek is. Maar Michael lijdt nog steeds aan buikloop en hij is verzwakt. Gelukkig heeft hij geen koorts. Eindelijk is dokter Jacques bij haar. Zijn magere hand pakt haar pols beet, zoekt naar de ader aan de binnenkant en blijft even geconcentreerd staan.

'Tong uit!'

Kate gehoorzaamt. Daarna kijkt de dokter in haar nek, knikt en schuift door naar Michael. Hij pakt de pols van Michael en fronst, terwijl hij de hartslag onderzoekt. Het duurt lang, veel langer dan zijn onderzoek bij haar. Dokter Jacques gromt iets tegen de jonge arts. Robert Berger komt naar voren en pakt Michaels andere pols. Ook hij lijkt geconcentreerd te voelen. De twee artsen overleggen fluisterend met elkaar. Kate bijt op haar lip. Ze wil niet dat haar broertje naar Grosse Île wordt gestuurd. Ze vouwt haar handen en bidt God om genade, om een kans om samen met haar broertje het vasteland van *de nieuwe wereld* te mogen bereiken. Dokter Berger zegt iets wat klinkt als 'shigel- lose'. De oudere dokter bromt instemmend. Na een eeuwigheid knikt hij en stapt opzij. Hij buigt zich over de pols van Pat. Kate slaat haar armen om Michael heen en trekt hem dicht tegen zich aan. Ze streelt zijn blonde haartjes, die aanvoelen als rafelig scheepstouw. Ze mogen samen blijven! Over Pat, Adelaide en Connor maakt ze zich geen zorgen.

Niet veel later zijn alle mensen op het dek onderzocht.

'Het vrachtruim!' gebiedt dokter Jacques.

De kapitein loopt naar het vrachtruim en klopt er drie keer hard op. Het luik wordt geopend door de *gaelacha*.

'Dit is onze verpleegster aan boord,' zegt de kapitein. 'Samen met een vrouw die de ziekte heeft overleefd zorgt ze voor onze patiënten.'

Dokter Jacques draait zich om naar de mensen op het dek.

'Ik wil iedereen van het dek af hebben, behalve de familie van de patiënten en de zes die ik heb aangewezen.'

Kate aarzelt. Zij is niet echt familie van een patiënt. Toch wil ze er niet aan denken om het ruim in te gaan. Koppig blijft ze staan. Ook haar broers, Adelaide, Nora en haar broertjes bewe- gen niet. De anderen schuifelen langzaam in de richting van het luik naar het benedendek, op een tiental mensen na.

'Opschieten,' maant dokter Jacques. 'Er zijn nog meer sche- pen.'

Als iedereen beneden is, knikt dokter Jacques. De *gaelacha* en Rebecca Farrell tillen de eerste slachtoffers uit het ruim. Kate herkent Sally, haar moeder en een van haar jongere broertjes. Ze zijn bleek en hun hals is bedekt met vlekken. Sally beschermt haar ogen tegen het felle zonlicht. Adelaide buigt het hoofd en Kate ziet dat ze haar handen vouwt. Adelaide bidt voor de mensen bij wie ze een paar weken in bed heeft geslapen, ook al haten ze haar omdat ze Engels is. Er wordt een moeder met haar dochtertje naar buiten gedragen. Kate schat het meisje niet ouder dan drie. Ze lijkt niet zo ziek als haar moeder, die meer dood dan levend tussen Maggie en Rebecca in hangt. Het kleine meisje ziet wit en is breekbaar mager, maar ze loopt zelf. Ze houdt een slip van haar moeders rok met haar beide handjes vast. Kate gelooft nooit dat de moeder dit zal overleven. En wie moet er dan voor het meisje zorgen? Vijf zieken zijn er al naar buiten gebracht. Ze liggen op een rij op het dek, vlak naast de reling. Het kleine meisje ligt ook, ze heeft haar hoofdje op haar moeders borst gelegd, maar de moeder lijkt het niet te merken. Er zijn er nog drie in het vrachtruim. Als de twee vrouwen opnieuw de trap afdalen balt Kate haar vuisten. Het duurt lang voor ze weer tevoorschijn komen. Ze dragen Alice, de moeder van Nora naar buiten. Net als de moeder van het kleine meisje lijkt ze dood. Haar gezicht is volkomen kleurloos en ze hangt bewegingsloos tussen de vrouwen in, haar hoofd op haar borst gezakt.

'*Mhamaí!*'

Martin, het broertje van Nora, springt naar voren, maar Nora trekt hem terug.

'Je kunt niet naar moeder,' fluistert ze tegen hem. 'Moeder is zo ziek dat ze je niet zal herkennen. We moeten hier afscheid van haar nemen.'

'Is ze dood?'

De stem van John, Nora's jongste broertje, trilt.

'Nee,' antwoordt Connor. 'Ze leeft nog. Bid voor haar, jongens.'

Na Alice komt David naar buiten. Hij probeert nog zelf te lopen, maar hangt tussen Maggie en Rebecca in en wordt voortgesleept. Kate buigt haar hoofd. Ze wil het niet zien. Ze wil niet weten hoe *an droch-thinneas*, die vreselijke slechte ziekte, de stoere visser heeft gedegradeerd tot een strompelende oude man. Toch moet ze blijven kijken. Eindelijk, als allerlaatste, komt Fergus naar buiten. Hij is er net zo aan toe als David. Bleek, mager en met grote vlekken op zijn hals en zijn armen. Hij wil zelf lopen. Kate ziet de bekende, vastberaden trek op zijn gezicht maar na een paar passen valt hij op het dek. Ze wil naar hem toe rennen, haar armen om hem heenslaan, maar Pat houdt haar tegen, precies zoals Nora net haar broertje tegenhield.

'Je kunt niets doen, Kate,' zegt hij.

Connor heeft zijn hoofd schuin maar zegt niets. Met zijn lichtgroene, bijna gele ogen kijkt hij naar Fergus. De jonge arts loopt naar het groepje familieleden toe.

'Jullie mogen afscheid nemen, maar niet dichterbij komen. We brengen hen naar Grosse Île. Als ze genezen zijn gaan ze met de 'Saint George', de stoomboot die wekelijks op en neer vaart, naar Quebec. Directe familieleden van patiënten kunnen tijdelijk opvang vinden in het Bluestore in Quebec. Daar zullen jullie over een paar weken herenigd worden.'

Kate hoort de man wel praten. Hij heeft een prettige, warme stem, maar zijn woorden dringen niet tot haar door. Ze kijkt naar de schaduw van haar Fergus, bewegingsloos op de houten planken. Zijn bruine ogen schitteren van de koorts, maar hij zoekt haar gezicht. Kate strekt haar handen naar hem uit, alsof er geen vele meters zijn die hen scheiden. Dit is het afscheid, schiet het door haar hoofd, misschien voorgoed. Ze zou willen bidden, God willen smeken haar Fergus niet af te nemen nu ze zo ver gekomen zijn, maar ze weet dat het geen zin heeft. Fergus is te verzwakt, te veel in de greep van *an droch-thinneas* om het nog te kunnen overleven. Ze slaat haar armen om haar buik, alsof ze zichzelf omhelst en knippert met haar ogen om het laatste beeld van Fergus niet te laten vertroebelen door haar tranen. Naast haar huilt Michael, maar ze laat het aan Pat over om hem te troosten. Dit zijn haar laatste seconden met Fergus. Pas als Fergus over de reling is getild en in de praam is gelegd, draait ze zich om naar Michael en klemt hem tegen zich aan. De tranen stromen over haar wangen en vermengen zich met haar zweet, maar ze maakt geen geluid. Opeens hoort ze een kreet.

'Wacht!'

Ze draait zich om en ziet hoe Maggie Nelligan, de *gaelacha*, haar arm opheft.

'Het zijn mijn patiënten. Ik ga mee naar het eiland.'

De twee artsen kijken elkaar even aan. Dokter Jacques knikt.

'Graag, we hebben een ernstig tekort aan verpleegsters. Maar ik wil je wel waarschuwen. De omstandigheden zijn vreselijk. Er is geen aparte ruimte voor het personeel. Je krijgt een afgescheiden hoek in het ziekenhuis of in de kerk. Er is geen privacy, het eten is minimaal en je kunt maar drie shilling per dag verdienen.'

Maggie haalt de schouders op.

'Ik ga mee,' zegt ze alleen maar.

'Ik ook!'

Rebecca Farrell staat naast de *gaelacha*, haar kin in de lucht. De hete zon schijnt op haar donkerrode haar. Hoewel het door de ziekte dof is geworden, licht het weer op door de zonnestralen. Opnieuw valt het Kate op hoeveel deze vrouw op haar moeder lijkt. Haar moeder die ligt begraven op het kerkhof van *Ghealcnoc*, duizenden mijlen hier vandaan. Dokter Jacques knikt.

'Drie shilling per dag.'

Rebecca buigt even het hoofd. Kate bijt op haar lip. Het voelt of Rebecca haar ook in de steek laat. Kate begrijpt haar eigen gevoel niet. Ze kent Rebecca nauwelijks. Ze heeft haar alleen geholpen in de nacht dat haar zoon Denis stierf en snel daarna is Rebecca in het vrachtruim gelegd. En Kate begrijpt dat Rebecca deze keuze maakt. Ze heeft haar man en kinderen verloren, er is niets wat haar bindt aan *de nieuwe wereld* en op Grosse Île kan ze helpen. Doordat ze zelf de ziekte heeft gehad, zal ze er niet meer aan sterven. Zoiets heeft Kate wel eens gehoord.

Opeens doet Connor een stap naar voren.

'Mijn zuster kan ook verplegen.'

Met een ruk draait Kate zich naar hem om, maar Connor kijkt haar niet aan.

'Ze heeft voor onze zieke moeder gezorgd tot moeder stierf en in haar laatste betrekking heeft mijn zus haar mevrouw verpleegd.'

Dokter Jacques knikt kort.

'We hebben grote behoefte aan goede verpleegsters.'

Kate schudt haar hoofd. Warrige gedachten dwarrelen door haar hoofd. Waarom zegt Connor dat? Hij liegt, of dat toch niet echt, maar de waarheid spreekt hij ook niet. Ze heeft inderdaad voor haar moeder gezorgd toen ze kraamvrouwenkoorts had, maar meer dan bij haar zitten, haar slokjes drinken geven en haar bezwete lichaam afsponzen heeft ze niet gedaan. En het heeft moeder niets geholpen. Ze stierf. Toen Kate voor lady Evelyn werkte is die nauwelijks ziek geweest; ze heeft alleen angina gehad. Kate bracht haar kopjes thee met honing. Dus waarom zegt Connor dat? Wil hij dat ze weggaat? Naar het eiland, terwijl ze bijna echt in *de nieuwe wereld* is? Moet ze dan haar broers achterlaten? Maar ze wil niet naar die hel op aarde. Ze laat zich daar ook niet naartoe sturen door haar broertje en ze is geen verpleegster. Dat is een leugen. Snel kijkt ze naar Rebecca Farrell, de vrouw die wel naar het eiland gaat. Maar zij heeft geen familie meer en waarschijnlijk ook geen dromen. En ze zal niet sterven op dat eiland, ze heeft de ziekte al gehad. Rebecca Farrell knikt haar toe, maar Kate draait haar hoofd weg. Het klopt niet. Rebecca Farrell lijkt zo op moeder en moeder zou hebben gezegd dat je geen valse getuigenis mag afleggen tegen je naaste. Dat je Gods tien geboden moet eerbiedigen en niet mag liegen, maar Rebecca zegt dat niet. Ze glimlacht. Kates maag krimpt samen. Haar hoofd zit vol, maar het enige wat ze helder heeft is dat Connor wil dat ze naar het eiland gaat. Ze legt haar hand op zijn arm.

'Waarom?' fluistert ze schor.

Ze wil nog meer zeggen, meer vragen, maar dat lukt niet.

Connor legt zijn beide handen om haar gezicht.

'Voor Fergus,' zegt hij zacht. 'Hij overleeft het niet zonder jou.'

Kate kijkt naar Michael. Hij staat vlak naast haar met een vragende blik in zijn ogen. Ze recht haar rug. Ze wil niet met Fergus mee. Ze doet het gewoon niet. Ze wil bij Michael blijven. Michael, haar kleine broertje, dat ze al tot hier heeft gebracht. Michael, die open en eerlijk is, terwijl Fergus... Ze wil niet verder denken, maar de gebeurtenissen op het dek met Edward zijn nooit uit haar gedachten.

'Hij zal sterven zonder jou, Kate,' zegt Connor indringend. 'En hij heeft ook jouw leven gered.'

Kate buigt het hoofd. Ze weet niet precies wat er gebeurd is en nog steeds wil niemand haar iets vertellen. Haar laatste herinnering aan die vroege morgen zijn Edwards wurgende handen om haar nek, die het leven uit haar knepen. Fergus moet toen iets gedaan hebben om haar te redden. Toch wil ze niet met hem meegaan, ook al vindt Connor dat ze dat verplicht is. Ze hoeft haar leven niet te geven voor een stervende moordenaar. Ze slaat een hand voor haar mond alsof ze zo de gedachte die ze nooit zal uitspreken, maar die zich wel in haar hoofd heeft vastgeklonken, kan terugdringen. Dat is niet de manier waarop ze over Fergus wil denken. Hij is geen moordenaar en hij zal niet sterven. Ze ziet verdriet in Connors lichte ogen, zo dicht bij haar gezicht. De pijn en de ernst raken haar meer dan zijn woorden. Ze haalt diep adem.

'Zal Fergus het overleven als ik meega naar Grosse Île?'

Ze begrijpt zelf niet waarom ze die vraag stelt. Ze wil toch helemaal niet met Fergus mee? Er blinken tranen in Connors geelgroene ogen, een verdriet dat zijn hele gezicht tekent.

'Ik ben God niet,' zegt hij zacht.

Kate staart naar haar voeten. Connor weet zoveel dingen die hij niet kan weten, maar hij is inderdaad God niet. Hij kan niet alles weten en dat kan ze ook niet van hem vragen. Connor buigt zich nog dichter naar haar toe. Zijn mond is vlakbij haar oor.

'Ik weet alleen dat Fergus zeker zal sterven als jij niet meegaat. Als hij alleen naar het eiland gaat, als jij hem in de steek laat, terwijl hij zo diep boete heeft gedaan, zal hij niet meer vechten tegen *an droch-thinneas*, tegen de slechte ziekte.'

Kate schudt het hoofd. Ze begrijpt niet waarom Connor praat over boete doen. Michael drukt zich tegen haar aan. Hij lijkt niet te snappen wat Connor en zij bespreken, maar hij voelt dat het iets ernstigs is.

Dokter Jacques pakt zijn ronde zakhorloge.

'Ik wil graag vertrekken,' zegt hij kort.

Kate pakt Connors hand.

'Michael?' fluistert ze.

Connor gebaart naar Pat die aan de reling staat.

'Wij zorgen voor hem, Kate. Hij is ook ons broertje.'

Kate strijkt met haar rechterhand over haar ogen en legt hem dan op haar buik. Opeens weet ze dat Connor gelijk heeft, dat dit de weg is die God voor haar bepaald heeft. Ze moet met Fergus mee naar het eiland, dat mooie groene eiland dat er zo vriendelijk uitziet, maar waar ze dat vreselijke verhaal over heeft gehoord, het eiland van de dood.

'Ik ga mijn spullen pakken,' zegt ze schor.

Dokter Jacques kijkt opnieuw op zijn horloge.

'Jij hebt vijf minuten. Er wachten meer schepen op ons.'

Kate haast zich de trap af. Adelaide komt achter haar aan, maar Kate let niet op haar. Snel pakt ze de weinige bezittingen die ze wil meenemen naar het eiland en klimt weer naar het dek. Pat loopt naar haar toe en slaat zijn beide armen om haar heen. Hij klemt haar zo stevig vast dat Kate moeite heeft met ademhalen. Toch vraagt ze niet of hij haar los wil laten. Ze wil haar grote broer voelen, misschien is dit de laatste keer dat dat kan. Connor kucht en Pat laat haar los. De tranen stromen over zijn wangen en hij doet geen moeite om dat te verbergen. Ook Connor omhelst haar.

'Je doet het goede, Kate,' fluistert hij.

Michael dringt zich tussen hen in.

'Ga je weg, Kate? Ga je weg?'

Zijn stem is hoog en schril, trilt in de zwetende lucht.

Kate knikt woordeloos. Michael schudt zijn kleine hoofdje heftig heen en weer.

'Nee!'

Hij grijpt haar been met zijn beide armpjes.

'Nee, nee, nee!'

Kate maakt zijn armen los en hurkt bij haar broertje neer.

'Pat en Connor zullen voor je zorgen, *Michael bheag*, lieve kleine Michael. En over een paar weken, als Fergus weer beter is, kom ik naar je toe. Maar Fergus is mijn man, dus ik moet nu bij hem blijven. Dat begrijp je toch?'

Het voelt gemeen om dat aan Michael te vragen. Hoe kan haar kleine broertje iets snappen dat ze zelf niet eens begrijpt? Snel vouwt ze haar handen, sluit haar ogen en smeekt: 'God, maak dat het waar is. Dat ik mijn broers over een paar weken weer terugzie.'

Ze opent haar ogen weer. Een stemmetje diep binnen in haar zegt dat ze niet heeft gebeden voor Fergus. Later, belooft ze zichzelf. Later zal ze op haar knieën vallen en God smeken of hij Fergus wil sparen en of hij de afstand tussen hen wil verkleinen, de ziekte en de vragen wil wegnemen. Langzaam loopt ze naar de reling en daalt de touwladder af.

'Wacht!'

Adelaide staat aan de reling met een zak in haar handen.

'Dit wil ik je nog geven, Kate. Voor op het eiland.'

Ze overhandigt de zak aan Kate. Hij voelt zwaar aan.

'Eet de meloen als je helemaal alleen bent,' fluistert Adelaide. Ze doet een stap naar achteren en even later is ze uit het gezichtsveld verdwenen. Kate klemt de zak onder haar arm en klimt verder naar beneden tot ze bij de praam is. De jonge arts, Robert Berger, pakt haar hand en helpt haar naar een houten zitplaats. Zijn klamme hand geeft haar een kneepje, maar Kate blijft haar hoofd gebogen houden. Op de bodem van de houten sloep liggen de lichamen van de acht mensen die uit het vrachtruim zijn gehaald. De zes die dokter Jacques uit de rij heeft gehaald zijn niet ziek genoeg om mee te gaan naar het eiland, maar zij mogen ook niet bij de andere passagiers blijven. Dokter Jacques heeft bevolen dat het vrachtruim schoongemaakt moet worden en dat de zes daar de rest van de tijd moeten blijven, tot ze genezen zijn of zo ziek dat ze alsnog naar het eiland moeten. De roeiers duwen af en de praam koerst naar het eiland. Kate kijkt naar de 'Mary Elisabeth'.

Haar broers staan aan de reling, Michael in het midden, geflankeerd door Pat en Connor. Ze hebben hun armen om elkaar heengeslagen. Adelaide en Nora staan aan de buitenkant. Martin en John ziet ze niet. Opeens maakt Pat zich los uit de omhelzing. Dan klinken er hoge, zuivere klanken door de broeierige Canadese lucht. Pat speelt op de fluit die hij van lady Evelyn heeft gekregen. Kate herkent de melodie en ze bijt op haar lip om niet te huilen. Connor zingt mee. De andere familieleden van de patiënten vallen bij. Kate hoort Michaels hoge, heldere stemmetje boven de anderen uit.

Vaarwel nu, mijn liefste
oh, schat van mijn hart
Ons bittere scheiden
vervult mij met smart

Ik zal niet vechten
'k aanvaard dit wrede lot
Vaarwel nu, mijn liefste,
Dia dhuit, ga met God

Vaarwel nu, mijn liefste
Dia dhuit, ga met God

Ze houdt de tranen niet meer tegen. Ze vertroebelen haar laatste blikken op haar broers, maar hun muziek begeleidt haar tot op het eiland, de hel op aarde.

22

De riemen van de roeiboot plonzen in het vieze water, blijven | **207**
soms steken op de ronddrijvende rommel. Kate probeert er niet
op te letten. Ze richt haar volle aandacht op het gezang aan
boord van de 'Mary Elisabeth', stemmen die blijven zingen, ook
al vaart de praam steeds verder weg. Bij iedere riemslag wordt
de afstand tussen haar en haar broers groter. Ze zou de roeiers
willen toeroepen dat ze moeten stoppen, dat ze om moeten keren, terug naar het schip, dat ze haar niet van haar familie mogen scheiden, maar ze zwijgt. Als de figuurtjes aan de reling zo
klein worden dat ze ze niet meer kan zien, draait ze haar hoofd
en kijkt naar Fergus die met gesloten ogen op de bodem van de
praam ligt, tussen de andere zieken. Zijn gezicht is bijna geel,
zijn ingevallen wangen schemeren door zijn beginnende baard
heen en zijn haren hangen tot over zijn oogleden, lijken één ge-
heel met de gesloten wimpers. Een levende dode, schiet het door
Kate heen. Ze hoort Connors stem in haar hoofd: 'Hij zal sterven zonder jou, Kate, en hij heeft ook jouw leven gered.' Ze
zucht. Fergus zal sterven zonder haar. Daarom zit ze nu in deze
schommelende praam op weg naar Grosse Île. Ze moet alles
doen wat de artsen op het eiland en God in de hemel van haar
vragen om Fergus in leven te houden, want hij heeft haar leven
gered. Hoewel ze niet weet wat hij precies heeft gedaan. Misschien heeft hij Edward vermoord en zo haar leven gered. En
moet ze hem daarom terugbetalen door mee te gaan naar dit eiland. Maar heeft zij al niet het leven van Fergus gered door hem
te helpen met zijn vlucht uit Ierland? Door zijn passagebiljet te
betalen? Als hij in Ierland was gebleven, zou hij vroeg of laat gevonden worden en opgehangen zijn. Is er een weegschaal waarop daden worden gewogen, heeft God een weegschaal? En zou
Hij nu vinden dat die doorslaat naar de kant van Fergus? Waar-

schijnlijk wel. Blijkbaar ziet Hij het als haar taak om voor Fergus te zorgen op dit onbekende eiland. Ze zucht opnieuw en legt een kort moment haar handen op haar buik. Ze zou willen dat ze begreep wat Hij haar wil zeggen door haar hierheen te laten gaan. Is dit Gods manier om te laten weten dat ze bij Fergus hoort? Dat ze al haar twijfels, vragen en onzekerheden overboord moet zetten en zich moet richten op een leven als Fergus' vrouw? Wil God haar vertellen dat ze niet langer alleen een zuster is van haar broers, maar in de eerste plaats de vrouw van Fergus, of straks misschien zijn weduwe? Ze wrijft met haar beide handen in haar ogen.

'Moe?' vraagt dokter Berger.

Het klinkt vriendelijk en belangstellend, maar Kate haalt haar schouders op. Ze wil niet dat hij praat, niet zolang ze het gezang van de mensen aan boord nog kan horen, maar het wordt steeds moeilijker. Vanaf het eiland klinken hamerslagen, een voortdurend geklop, dat het steeds zachter wordende gezang verdrijft. Maar de heldere fluit blijft ze horen, dwars door het gedreun heen, zuiver en hoog als de merels in het nest vlakbij hun *bothán* in *Ghealcnoc*. Haar dorp, wat is ze daar nu ver vandaan. Haar thuis, haar eigen plekje onder de meidoorn aan de oever van het meertje. Ze kijkt opnieuw naar Fergus. Ze herinnert zich hoe hij haar daar voor het eerst gekust heeft, toen ze in moeders trouwjurk voor hem stond. Zijn lippen op haar voorhoofd, zijn sterke armen om haar heen. Armen die nu krachteloos op de houten planken van de praam liggen. Ze wendt haar hoofd af van zijn bleke, levenloze gestalte en staart naar het eiland dat steeds dichterbij komt. De praam koerst naar een ondiepe baai aan de westkant van het eiland, een inham met een strand, omzoomd door struiken en lage bomen. Vlak daarachter wordt er gebouwd aan eenvoudige, vierkante huizen. Mannen timmeren iets in elkaar dat eruit ziet als een lange rij barakken. Midden over het eiland loopt een grijze, scherpe rotskam, alsof de natuur het eiland in tweeën wil delen, wil scheiden, zoals zij van haar broers is gescheiden. In het zuiden ziet ze een hoge heuvel met daarop een soort houten kruis. Met haar ogen op het kruis gericht, vouwt ze haar handen en bidt alleen maar: 'God, help me hier!'

Rebecca Farrell legt even een hand op haar arm en glimlacht. Kate knikt voorzichtig terug. Wat zal deze vrouw, deze kinderloze moeder, voelen nu ze helemaal alleen dit eiland bereikt? Ze durft het niet te vragen, maar haar handen ontspannen zich door het vriendelijke gebaar van Rebecca. Dokter Berger schraapt zijn keel.

'We zijn er bijna.'

Hij kijkt met een ernstig gezicht naar Kate, Rebecca en Maggie.

'Voor we aan land gaan, zal ik iets over Grosse Île vertellen. Dit eiland, dit quarantaine-station, zal de komende maanden jullie werkplek en thuis worden en het is beter als je van te voren weet wat je kunt verwachten.'

Kate bijt op haar lip. De dokter praat over maanden, terwijl zij hoopte slechts voor een paar weken op het eiland te zijn. Wat moet Michael al die tijd zonder haar? Toch zegt ze niets en ook de twee oudere vrouwen naast haar geven geen antwoord. De dokter gaat verder: 'Grosse Île is tweeëneenhalve kilometer lang en slechts achthonderd meter breed. Het is al een tijd als quarantaine-eiland in gebruik, al vanaf het moment dat de cholera-epidemie de wereld trof.'

Kates moeder heeft over de cholera-epidemie verteld. De epidemie heerste ook in Ierland. Kate was nog een kleine baby toen de ziekte uitbrak. Moeder vertelde haar dat vooral baby's en bejaarden stierven. Het ene moment leken ze nog gezond en was er niets aan de hand. Dan opeens braakten ze en kregen ze zulke vreselijke diarree dat ze binnen een dag hologig werden en vale gezichten kregen, even grijs als het leisteen in de *Boireann*. Moeder had iedere dag op haar knieën op de lemen vloer gelegen en God gesmeekt om haar en haar kleine baby Kate te sparen en de Heer had zich genadig getoond. Misschien is het een teken van God dat ze nu naar een eiland wordt gestuurd dat sinds de ziekte, die Hij haar als baby heeft bespaard, als quaran-

taine-station in gebruik is. Kate keert haar hoofd naar de strakblauwe hemel in de hoop daar antwoorden te vinden. Maar ze
ziet alleen de brandend hete zon die zo scherp is dat ze haar ogen
moet afwenden. Ze kijkt weer naar het water. Door de zachte
rimpelingen schemert de zanderige bodem, bespikkeld met witte schelpen, die schitteren als sterren aan een hemel. Robert Berger vertelt, zijn stem vormt de achtergrond van haar gedachten:
'De Canadese overheden wilden niet dat de dodelijke ziekte het
vasteland zou treffen, daarom is dit eiland ingericht. Het zou
tijdelijk zijn, maar is nu, vijftien jaar later, nog steeds open.
Want na de cholera kwamen de pokken en nu is het weer de tyfus. Wij moeten ervoor zorgen dat de ziekte zich niet verspreidt
naar de steden in Canada.'

Hij legt zijn hand even op Kates schouder en buigt zich naar
haar toe. Zijn jonge gezicht met de donkerblauwe ogen is vlakbij. Er lopen kleine gele streepjes door zijn irissen, als de stralen van de zon.

'Wees voorzichtig,' waarschuwt hij haar. 'De ziekte is heel besmettelijk. Borstel steeds je kleren goed af, was je zo vaak als mogelijk en controleer je haren en je kleren op luizen.'

Heel even legt hij zijn hand op haar donkerrode haar en fluistert: 'Het zou zonde zijn als je je prachtige haar zou moeten af-
knippen, maar als er luizen inzitten, kun je dat beter wel doen.'

Dokter Berger gaat weer rechtop zitten en vervolgt zijn verhaal. Hij vertelt dat er op het eiland tekort is aan alles, aan medicijnen, artsen, verpleegsters, bedienden, wagenmenners, fatsoenlijk eten, ziekenhuisbedden, beddengoed, kleding, en aan
privacy en rust. Het ziekenhuis is overvol. De patiënten liggen
op de bedden, maar ook op de grond. De zieken die nu met de
boten aankomen worden in de kerk gelegd en bedienden en verpleegsters slapen ook in de kerk, in een wat afgeschermde ruimte.'

Hij snuift.

'Dat is het enige waar hier geen gebrek aan is, ziekte, doden
en ellende. Wat een werkplek!'

Dokter Jacques, de lange man met de strohoed, kucht waarschuwend. Er trekt een blos over de wangen van de jonge arts. Hij buigt zich weer voorover naar Kate. Zijn blonde haren raken Kates wang.

'Slapen tussen de zieken is heel, heel zwaar. Je moet dan dag en nacht werken, maar voor jou is er misschien een uitzondering te maken. Ik denk dat ik nog een plaatsje in een kosthuis weet, voor vijf shilling per week.'

Opnieuw zwijgt Kate, haar ogen gericht op een bijna doorzichtige vis die vlak over de zanderige bodem zwemt. Het moet voor Robert Berger overkomen alsof ze niet geïnteresseerd is in zijn verhaal, maar dat is ze wel. Ze probeert alles wat hij gezegd heeft tot zich door te laten dringen, probeert zich een beeld te vormen van haar taken als verpleegster op dit eiland dat is overspoeld met zieken. De kiel van de praam schraapt over de grond. Een van de roeiers springt uit de boot. Onmiddellijk komen er twee mannen naar hem toe, een van hen duwt een kruiwagen en is net zo zwart als de man die Kate eerder heeft gezien. Ze vraagt zich af of dit dezelfde man is. Hij lijkt ouder dan de zwarte man die ze eerder zag.

'Zijn er doden?' vraagt hij.

Dokter Jacques schudt zijn hoofd.

'Alleen zieken.'

Een tweede roeier springt in het ondiepe water en trekt de boot op het strand. Kate komt overeind. Nu ze staat kan ze op het strand kijken en ze slaakt een kreet. Verderop op het strand liggen lichamen keurig op een rij, als boomstammen van een vlot. Dokter Berger volgt haar blik.

'Dat zijn de doden,' zegt hij zacht. 'Ze zullen straks om het eiland worden gevaren. Aan de andere kant is een begraafplaats. Ze krijgen een waardige begrafenis. Er gaat een priester mee en een doodbidder.'

'Wat vreselijk,' zegt Kate zacht.

'Ja, het is verschrikkelijk. We doen hier wat we kunnen. Iedereen werkt meer dan menselijk is: artsen, bedienden, verpleegsters, priesters, dominees, wagenmenners, maar het is niet genoeg. Ook mensen die hier werken worden ziek en sterven en er is bijna geen vervanging te krijgen. Niemand wil hier werken, maar de overheden willen wel dat we zorgen dat de zieken niet naar de steden gaan. We kunnen het gewoon niet bolwerken. De stroom immigranten is te groot. En ik heb gehoord dat ze in het oosten van Amerika de deur dichthouden, dat ze geen Ieren meer in de steden toelaten, omdat daar ook de tyfus is uitgebroken.'

Vader wilde naar New York gaan. Kate heeft begrepen dat New York aan de oostkust van Amerika ligt. Ze vraagt zich af of vader wel aan land mocht of dat hij is teruggestuurd. Zou het kunnen dat hij naar New York voer en toen weer terug moest naar Ierland, omdat hij daar niet welkom was? Net zoals hij niet welkom was in Claddagh, het dorp van David? Een licht medelijden met haar vader welt in haar op. Het moet afschuwelijk zijn om tientallen mijlen te lopen, duizenden mijlen te varen en steeds te ontdekken dat men niet blij is met je komst. Toch is het ook zijn eigen schuld. Als vader niet weg was gegaan, dan zou alles anders zijn gelopen. Dan woonden ze nu misschien nog wel gewoon in *Ghealcnoc*. En het is niet eens zeker dat vader naar New York is gegaan. Alice zei dat vader naar New York wilde, maar ze dacht dat hij een passagebiljet voor een andere stad had. De warme stem van dokter Berger verstoort Kates overpeinzingen.

'Ik weet niet of het waar is, dat de Amerikanen Ierse emigranten terugsturen, maar ik weet wel dat het aantal schepen dat hier in de Quarantaine-pass voor anker ligt iedere dag groeit. Jouw landgenoten hadden beter kunnen blijven waar ze waren.'

Kate schudt haar hoofd. Haar landgenoten hadden geen keus. Deze man, deze dokter zal zich niet voor kunnen stellen hoe het in Ierland was. Hij is naar school geweest, heeft gestudeerd en zal niets begrijpen van het leven van een arme Ierse aardappelboer, van de strijd om iedere dag in ieder geval iets te eten te hebben. Kate bijt op haar lip. Wat heeft Ierland toch gedaan dat God hen zo hard treft? Waarom stelt Hij hen voor de keuze te creperen in hun thuisland of te sterven op een vreemd eiland? Opeens is het alsof ze Connors stem hoort, woorden die hij lang geleden gesproken heeft, op de avond dat vader zei dat hij hen zou verlaten. Vader zei dat de aardappelziekte een straf van God was, omdat hij zijn vrouw had geslagen terwijl ze zijn kind droeg. Daarom strafte God vader door hem eerst zijn kind af te nemen, een paar dagen later zijn vrouw en tenslotte de aardappelziekte te sturen, zoals Hij de Egyptenaren plaag na plaag stuurde omdat ze Mozes en zijn volk niet wilden laten gaan. Connor was het niet met vader eens geweest. Op zijn eigen rustige manier had hij gezegd dat vader laf was door zijn gezin in de steek te laten en dat de aardappelziekte geen straf was van God om hen te treffen. 'Zo is God niet!' Kate hoort Connors woorden in haar hoofd. De aardappelziekte, de tyfus, dat alles is geen straf van God, maar ze weet niet wat het dan wel is. Fergus heeft altijd gezegd dat de Engelsen de aardappelziekte hebben misbruikt voor hun eigen gewin, dat alle ellende de schuld van de Engelsen is, van die *Sasanach*. Maar zo kan het ook niet zijn. Ze zucht. Dit zijn vragen waar zij geen antwoord op heeft. Een groep mannen komt naar de boot, drie blanke mannen, mager en pezig, twee donkere mannen en een kleine man met een gelig gezicht, zwart haar en smalle spleetogen.

| 213

'Opschieten,' maant dokter Jacques hen. 'Leg de zieken op het strand en regel wagenmenners om hen naar het ziekenhuis te brengen. Dokter Berger, wijs de verpleegsters waar ze heen kunnen. Ik moet weer naar een ander schip. Ik ga wel alleen met vader Green, jij bent hier nodig.'

In een paar minuten is de boot ontruimd en zijn dokter Jacques en vader Green op weg naar een ander schip. De zieken liggen op het strand. Kate hurkt neer naast Fergus en pakt zijn hand. Hij opent zijn ogen en glimlacht.

'Ik dank God voor jou,' zegt hij met een schorre stem. 'En ik zal Hem blijven danken tot aan mijn laatste adem.'

Kate buigt zich voorover en drukt een zachte kus op zijn voorhoofd. Fergus sluit zijn ogen weer.

'Kom.'

Dokter Berger strekt met een vanzelfsprekend gebaar zijn hand naar haar uit en zij pakt hem, laat zich van het hete zand trekken.

'Ik wijs je dat kosthuis.'

Opeens staat Rebecca naast Kate. Ze slaat een arm om haar heen.

'Ik hoor bij haar, ik ga mee naar het kosthuis.'

De jonge dokter kijkt peinzend van Kate naar Rebecca. Kate vraagt zich af wat hij ziet. De gelijkenis, dezelfde vorm van het gezicht, dezelfde kleur haar. Misschien denkt hij wel dat Rebecca haar moeder is.

'Natuurlijk,' zegt hij.

De oude *gaelacha* zegt niets, maar gaat zwijgend achter Kate en Rebecca staan. De jonge dokter zucht diep.

'Ik weet niet of mevrouw Tremblay ruimte heeft voor drie.'

Langzaam loopt hij het strand af. Kate, Rebecca en Maggie volgen. Het gehamer wordt luider en luider. Als het zandpad een bocht maakt, ziet Kate een groep mannen die barakken neerzet. Er zijn er pas twee af. Ze loopt door langs een politiebureau waar een grote Britse vlag hangt en ze fronst. Het klopt niet om hier, in het voorportaal van *de nieuwe wereld*, een Engelse vlag te zien. Kate komt langs een paar winkels. Uit een kleine bakkerij komt de geur van gebakken brood naar buiten zweven. Ze blijft stilstaan met haar neus in de lucht, als een dier dat onraad ruikt. Ze ademt diep in. De heerlijke geur vult haar neusgaten. Ze kan de smaak bijna proeven. Brood. Dat heeft ze al weken niet meer gegeten. Lady Evelyn had wat brood meegegeven voor aan boord, maar dat was de eerste dagen al opgegaan. Dokter Berger ziet haar staan. Hij loopt snel de bakkerij binnen en komt even later terug met vier broodjes. Hij geeft hun er ieder een en neemt een grote hap van het zijne. Kate brengt het broodje naar haar neus en ruikt eraan met gesloten ogen. Dan neemt ze een klein hapje en kauwt er langzaam op. Al etend loopt ze verder langs een groot gebouw, waar mensen in en uit rennen. Geschreeuw, gekreun en gehoest.

'Ons ziekenhuis,' zegt de dokter. 'Dat zullen jullie vanzelf wel zien. We gaan nu eerst naar mevrouw Tremblay.'

De weg stijgt een beetje, voert langs hoge bomen en grote huizen. Voor een breed, stenen gebouw met een verdieping en een zolder blijft dokter Berger staan. Hij belt aan.

'Even wachten!'

De vrouwenstem die door de dichte deur klinkt heeft een vreemd accent. Na een tijdje wordt de deur opengetrokken en een grote vrouw met een gebloemd schort voor staat in de deuropening. Haar bruine krullen hangen springerig rond haar brede gezicht. Donkere ogen glijden van dokter Berger naar de drie vrouwen. Kate gaat wat meer rechtop staan.

'Dokter Berger?'

Het accent klinkt in die twee woorden door, maakt van de naam een grote vraag. De dokter bloost, waardoor hij opeens nog jonger lijkt.

'Ehm... dit zijn drie nieuwe verpleegsters. Ik hoop dat er bij u nog ruimte is. Ik dacht, misschien voor één, voor de jongste.'

Hij gebaart naar Kate.

'Maar ze wil samenblijven met haar moeder en haar grootmoeder.'

Kate wisselt een snelle blik met Rebecca en Maggie. Woordeloos aanvaarden ze de nieuwe situatie. Het kan voordelen hebben dat mensen denken dat ze bij elkaar horen. Kate, de moederloze dochter, Rebecca, de dochterloze moeder en Maggie. Kate weet niets van haar. Ze verzorgt de zieken op een rustige, vanzelfsprekende manier maar ze zegt niet veel. En ze heeft nooit gesproken over haar leven in Ierland, of ze getrouwd was en kinderen had, misschien zelfs kleinkinderen.

De vrouw met de gebloemde schort wrijft met een grote rode hand over haar kin.

'Drie, dat is wel veel.'

Ze zucht diep.

'Maar de barakken zijn nog niet klaar en ze moeten toch ergens slapen. God weet dat we verpleegsters net zo hard nodig hebben als priesters, voor al die stumpers.'

Ze knijpt haar ogen samen en monstert Kate en de twee anderen. Dan doet ze afwerend een stap naar achteren, een hand voor zich uitgestrekt.

'Komen ze hier met de 'Saint George'?'

De jonge dokter buigt zijn hoofd, als een klein kind dat een standje krijgt.

'Ehm nee, ze komen van een schip uit Ierland. Ik ehm... ik ben met dokter Jacques mee geweest op zijn controleronde.'

De grote vrouw zet haar handen in haar zij en trekt haar schouders naar achteren.

'U kent de regels van dit huis.'

Ze knalt de deur dicht. Kate blijft verbouwereerd naar de gesloten houten deur kijken. Ze zijn duidelijk niet welkom in dit huis. De vrouw behandelt hen alsof ze huidvraat hebben, zoals de melaatsen in de bijbel. Maar Jezus genas hen, hij sloeg geen deur voor hun neus dicht. Adelaide had gelijk toen ze zei dat Ieren niet welkom waren in *de nieuwe wereld*. Kate rilt ondanks de brandende zon. Het gevoel dat God haar en haar volk in de steek heeft gelaten zet zich opnieuw vast in haar hart, verspreidt de kou en de eenzaamheid van verlies. Connor. Ze moet aan Connor denken, aan zijn nuchtere, rustige vertrouwen in God, in een God die van haar en haar volk houdt, die het goede voor de mens wil, maar ze mist hem zo. En wie weet wanneer ze hem weer zal zien. Connor zal naar Bluestore worden gebracht, maar Kate weet niet eens waar dat is en hoe lang hij daar mag blijven. En dan Michael. Hoe zal het nu met hem verder gaan? Hij heeft het eerder zonder haar gered. Een jaar lang was hij zonder familie in het armenhuis in Tuam en dat heeft hij ook overleefd. En nu zijn Pat en Connor bij hem. Ze schrikt op als dokter Berger zijn hand om haar elleboog legt.

'Kom.'

Met zijn hand nog steeds op haar arm leidt hij haar om het huis heen tot ze bij een stenen achterplaats komen, die omzoomd is met bomen. Tussen twee berken met rechte, witte stammen als pilaren is een waslijn gespannen en daar hangen kleren aan te wapperen. De vrouw met de gebloemde schort sjouwt een grote ketel naar een teil op het achterplaatsje.

'Hier kunnen jullie je wassen, met water en azijn. En ik zal zorgen dat jullie schone kleren krijgen. Toevallig is er gisteren een lading kleding aangekomen, die is ingezameld door de protestantse gemeenschap in Quebec.'

Kate fronst haar wenkbrauwen. Weer die protestanten. Ze herinnert zich hoe ze in de havenstad Galway op een gaarkeuken gestuit was. Daar deelden protestanten soep uit aan de armen. Een vrouw met groene lippen door het eten van gras had Kate gewaarschuwd. Ze zei dat die heidenen haar wilden bekeren. Een hap soep in ruil voor je ziel, maar Kate had de soep toch aangenomen. Ze vertrouwde op Connor die zei dat ze dat rustig kon doen. Dat God zou begrijpen dat ze in leven wilde blijven en dat God altijd met haar was. Ze hoort het hem weer zeggen: 'Onze God is altijd met ons, Kate. Eet de soep.' Ze glimlacht. Lieve Connor. Ook al is hij nu niet bij haar, blijft hij aan boord van de 'Mary Elisabeth', toch voelt ze zijn kracht en zijn troost, alsof hij bij haar is. De herinnering aan zijn woorden, zijn vertrouwen in God komt op het juiste moment in haar hoofd op.

Mevrouw Tremblay gaat verder.

'Ik heb achter nog vijf zakken met kleding staan die moeten worden uitgezocht en uitgedeeld onder de zieken. Daar zal wel iets voor jullie inzitten. De kleren die je nu draagt en die van het schip komen, moet je verbranden.'

Kate kijkt naar de grote vrouw en voelt hoe haar wangen gaan branden. Deze vrouw sluit hen niet buiten, ze helpt hen juist!

'Ga jij maar eerst,' zegt Rebecca, terwijl ze naar de teil wijst.

Kate knikt. Het lijkt haar heerlijk om zich te wassen in water waar de hete damp vanaf slaat. Tegelijkertijd vindt ze het moeilijk om haar eigen kleren te verbranden, alsof ze daarmee haar verleden verbrandt, alles wat haar haar identiteit verleent, haar eigen en Iers maakt. Het voelt alsof ze haar verleden moet verbranden, alsof ze moet breken met wie en wat ze was, net zoals ze heeft moeten breken met haar broers. Klaar voor een nieuw leven als dochter en kleindochter van Rebecca en Maggie, vrouwen die ze nauwelijks kent, maar vooral een nieuw leven als echtgenote van Fergus. Ze haalt diep adem. Fergus. Ze weet niet eens waar hij nu is. Ergens op dit eiland, maar het laatste wat ze van hem zag waren zijn gesloten ogen, zijn zwarte haren op het bleekgouden strand. Toch zal ze hem vinden en voor hem zorgen. Maar eerst gaat ze zich wassen. Na meer dan een maand aan boord is ze eraan gewend dat mensen haar hebben gezien in alle omstandigheden, terwijl ze zich waste, toen ze zich omkleedde, terwijl ze gebruik maakte van de emmer in het ruim. Maar steeds beschut door de halve duisternis benedendeks. Nu, op het achterplaatsje, in de volle zon, aarzelt ze om zich uit te kleden terwijl dokter Berger erbij staat. Toch zal het moeten. Snel kijkt ze zijn kant op. Zijn wangen zijn rood en hij staart haar aan. Ze draait hem haar rug toe en trekt langzaam haar jurk uit.

'Stop!'

Mevrouw Tremblay pakt dokter Berger resoluut bij de arm.

'U hoeft er niet bij te zijn als deze vrouwen zich wassen. Ik zorg dat ze kleren krijgen en dan ziet u hen over een uur in de kerk of het ziekenhuis. Dag, dokter Berger!'

De jonge dokter wordt nog roder dan hij al was. Hij werpt een snelle blik op Kate, draait zich om en loopt de stenen achterplaats af. Als hij weg is, trekt Kate al haar kleren uit en laat zich in het water zakken. De warmte omsluit haar als een deken, verwarmt haar hart en terwijl ze haar ogen sluit weet ze dat God haar niet in de steek heeft gelaten.

23

Het zachte gekreun vult de hele kerk, weerkaatst tegen de grij- | **219**
ze muren. Overal liggen zieken, op de kerkbanken en op de hardstenen grond. Kate zoekt de bleke gezichten af, zo veel mensen,
zo veel patiënten die haar hulp nodig hebben. En ergens tussen
hen ligt Fergus. Ze draait zich om naar Rebecca.

'Waar moeten we beginnen?'

Haar stem is hoger dan normaal en trilt. Rebecca glimlacht
naar haar.

'Bij het begin, Kate. We gaan gewoon de mensen af, rij na rij.
Ik zal de zieken op de banken doen, doe jij de patiënten op de
vloer. Maggie is naar het ziekenhuis om daar te helpen. Geef de
mensen wat ze nodig hebben: een slok water, een koele doek,
een vriendelijk woord. Meer kunnen we niet doen. We zijn geen
artsen. We doen ons werk en vertrouwen op God dat Hij ons de
wijsheid en de naastenliefde geeft om te helpen, naastenliefde
zoals Jezus dat predikte.'

Als Rebecca zo praat lijkt ze nog meer op moeder. Moeder vertelde vaak dat ze haar naaste lief moest hebben, dat het belangrijk was om goed te zijn voor iedereen. Vader was het daar niet
altijd mee eens. Hij vond dat de Engelsen hen slecht behandel-
den, dus dat hij dan ook niet goed voor hen hoefde te zijn. Maar
dat zei hij alleen als hij dronken was. Tijdens de geheime Engelse lessen las Eileen soms voor uit de bijbel. Het gedeelte over
het liefhebben van je naaste heeft ze zo vaak gelezen, dat Kate
het uit haar hoofd kent. Kate haalt diep adem. Ze gaat het doen.
Ze wordt verpleegster en ze zal vertrouwen op God, dat Hij haar
zal helpen. Rebecca glimlacht en loopt bij haar vandaan naar de
zieken die op de banken liggen. Kate omklemt de kom water en
loopt naar achteren. Ze begint bij de achtermuur en zal zo door-
werken naar de deur. Helemaal tegen de muur ligt een man van

een jaar of dertig. Zijn gezicht is bijna doorschijnend en hij heeft zijn ogen gesloten. Kates hart klopt sneller. Deze man lijkt niet meer te leven. Doden moeten worden weggehaald en begraven op de grote begraafplaats, maar ze weet niet hoe ze hen naar buiten moet krijgen. Ze hurkt bij de man en pakt zijn pols. Zijn huid voelt warm aan, maar hij reageert niet op haar aanraking. Tastend glijden haar vingers over de blauwe aders, duidelijk zichtbaar onder de bleke huid, maar ze voelt niets. Ze sluit haar ogen, concentreert zich op de breekbare pols onder haar vingers en dan voelt ze heel zwak, heel oppervlakkig, het zachte kloppen van zijn hart. Ze ademt opgelucht uit. De man leeft nog. Ze legt haar hand op zijn klamme voorhoofd, maar de man blijft roerloos liggen. Snel kijkt ze naar Rebecca. Ze staat voorovergebogen over een klein meisje dat op de achterste kerkbank ligt en bevochtigt het mondje met wat water. Het kleine meisje likt met haar tong de druppels weg. Kate draait zich weer naar de man op de grond, doopt haar vingers in de kom met water en maakt zijn lippen nat, net zoals ze Rebecca heeft zien doen. Dan strijkt ze hem met de natte doek over zijn voorhoofd en fluistert: 'Het komt goed.'

Ze komt overeind. Haar knieën kraken en de grond voelt vreemd aan. Na meer dan een maand op zee is ze er nog niet aan gewend dat de bodem niet beweegt. Ze schuift op naar een kleine vrouw met bruin haar die naast de man ligt. De vrouw komt moeizaam overeind.

'Ik heb dorst,' zegt ze met een gebroken stem.

Kate kijkt snel om zich heen. Ze moet een kroes hebben, maar waar haalt ze die vandaan?

'Even wachten,' antwoordt ze.

Ze loopt naar Rebecca en vraagt om een kroes. Rebecca wijst naar de ingang van de kerk.

'Daar heb ik een grote kast gezien. Probeer die eens.'

Kate loopt langs de mensen op de grond naar de kast. Hij zit op slot en er steekt een grote sleutel in. Aarzelend draait ze de sleutel om. Het voelt alsof ze steelt. Dit is een kast in een kerk.

Ze weet helemaal niet wat erin ligt en of ze hem wel open mag maken. Misschien is het de kast van de priester. De deur kraakt als ze hem opent. Met het gevoel dat God over haar schouder meekijkt, trekt ze de deur helemaal open. Tot haar opluchting ziet ze doeken, kommen, kroezen en beddengoed. Ze pakt een kroes en loopt er mee naar buiten. Naast de kerk heeft ze een regenton gezien en daar schept ze water uit. Met de kroes tot aan de rand gevuld loopt ze terug naar binnen. Opeens ziet ze Fergus liggen. Hij ligt bijna bij de deur naast David en Alice. Eigenlijk moet ze al haar andere patiënten nog doen, voor ze naar hem toe kan. Haar patiënten. Ze is net begonnen als verpleegster op dit eiland en toch voelt het al zo. Maar ze kan niet zomaar langs hem heen lopen. Fergus ligt heel stil, alsof hij slaapt. Ze kijkt even of niemand op haar let. Rebecca is aan de andere kant van de kerk en de arts is halverwege de zijbeuk bezig. Hij staat met zijn rug naar haar toe. Vlug knielt ze bij Fergus en legt haar hand op zijn voorhoofd. Fergus opent zijn ogen. Als hij haar ziet glimlacht hij.

'Kate, ik houd van je.'

Dan sluit hij zijn ogen weer. Kate buigt zich voorover en drukt een kus op zijn voorhoofd. Net als ze overeind wil komen, hoort ze luid gekreun. Alice duwt haar beide handen tegen haar hoofd en steunt vreselijk. Kate balt haar vuisten. Wat moet ze nu doen? Ze kan niet lukraak iedereen gaan helpen die geluid maakt. Als ze dat doet, weet ze niet wie ze wel en niet geholpen heeft. Ze gaat staan en loopt vlug weer naar achteren. Ze zal gewoon gaan werken, van achteren naar voren. Ze heeft pas een paar meter afgelegd, als ze plotseling benauwd gehoest hoort. Een klein jongetje, halverwege het schip van de kerk, draait zich op zijn zij en braakt over de vloer. Kate staat stil. Moet ze nu het braaksel op gaan ruimen, naar de kreunende Alice of terug naar de achterkant van de kerk en haar ronde afmaken zoals ze zich heeft voorgenomen? Ze weet nu al niet meer hoe ze alle mensen moet helpen. En dan is ze nog niet eens in het ziekenhuis geweest. Ze haalt diep adem en probeert te bedenken wat Rebecca of Maggie in haar plaats zouden doen. Over haar schouder kijkt ze naar Rebecca, die de hand van een jongeman in de hare heeft genomen en zacht tegen hem praat. Kate kan haar niet horen. Het gekreun en gehoest overstemt de woorden, maar Kate ziet haar lippen bewegen. Kate voelt een steek door haar hart. Van een afstand lijkt Rebecca nog meer op haar moeder. Moeder, haar lieve, goede moeder, zo vol vertrouwen in God en Zijn sturende hand. Maar haar geloof en vertrouwen hebben haar niet kunnen redden, het heeft haar niet behoed tegen de kraamvrouwenkoorts. Kate probeert zich haar moeders gezicht voor de geest te halen, de groene ogen, de donkerrode haren, de lieve glimlach. Ze sluit haar ogen en ziet moeder voor zich, niet zoals ze was tijdens haar laatste dagen, bleek in het ziekbed, maar zoals ze bij het turfvuur zat en haar verhalen vertelde. Verhalen over Ierland, over ketellappers, reuzen en rondzwevende elfenkinderen. Maar ze vertelde ook bijbelverhalen. Ze kon ze niet voorlezen zoals Eileen. In hun kleine *bothán* hadden ze geen bijbel, vader en moeder konden toch niet lezen, maar moeder kende wel de verhalen. Plotseling is het alsof Kate moeders stem hoort, terwijl ze het verhaal van het zieke dochtertje van Jaïrus vertelt. 'Jezus zat aan het meer met een grote menigte mensen om Hem heen. Er kwam een man naar Hem toe, een van de leiders van de synagoge. Deze man heette Jaïrus en hij had een dochtertje van wie hij veel hield.' Hier hield moeder altijd op en glimlachte even naar haar. 'Maar niet zo veel als ik van jou houd, Kate.' Dan vertelde ze weer verder en ook nu, in deze volle kerk, omgeven door zieken, hoort Kate haar stem in haar hoofd. Het dochtertje van Jaïrus, een meisje van twaalf jaar, was ernstig ziek en Jaïrus smeekte Jezus om haar te redden en te zorgen dat ze in leven bleef. Jezus ging met Jaïrus mee en alle mensen die bij Hem aan het meer hadden gezeten volgden Hem. Onderweg kwamen er steeds meer mensen bij. En allemaal liepen ze achter Jezus aan. Een vrouw die al twaalf jaar last had van bloedvloeiingen zag Jezus en liep naar Hem toe om zijn kleren aan te raken. Meteen nadat ze dat had gedaan, voelde ze dat ze genezen was. Jezus draaide zich naar haar om en lachte naar haar. Ondertussen trok Jaïrus aan zijn arm. Hij wilde niet dat Jezus stil bleef staan om te praten met een onreine vrouw. Jezus moest met hem, de leider van de synagoge, mee. Maar Jezus schudde Jaïrus' hand van zijn arm en liep naar de vrouw toe. Hij zei tegen haar: 'Uw geloof heeft u gered. U bent genezen. Ga nu in vrede.' Moeders | 223 stem in Kates hoofd stopt, de levendige herinnering zakt weg. Toch weet Kate dat het verhaal verder ging, dat de mensen dachten dat het dochtertje van Jaïrus gestorven was, maar dat Jezus haar weer liet opstaan uit de dood. Ze haalt diep adem en recht haar rug. Ze wil niet aan de vrouw met de bloedvloeiingen denken, niet nu haar eigen maandstonde is uitgebleven. Maar ze denkt wel aan Jezus, aan de woorden van haar moeder in haar hoofd, het halve verhaal. Jezus was op weg om de ene zieke te helpen en hielp ondertussen ook de ander. Zo zal zij het ook moeten proberen. Even kijkt ze omhoog, naar het gewelfde dak van Gods huis en ze dankt Hem dat Hij haar dit verhaal in herinnering bracht. Ze weet nu wat ze moet doen. Ze zal Jezus' voorbeeld volgen en de ene zieke helpen, terwijl ze op weg is naar de andere. Ze knielt bij het kleine jongetje. De zure geur van zijn braaksel stuwt de gal in haar eigen maag omhoog. Ze slaat een hand voor haar mond en knijpt tegelijkertijd met duim en wijsvinger haar neus dicht. Zo ademt ze een paar keer diep in en uit door haar mond totdat de misselijkheid wegtrekt. Dan buigt ze zich voorover en veegt met haar doek de mond en het magere wangetje van het jongetje schoon. Daarna boent ze met de doek over de vloer en ruimt zijn rommel op. Het jongetje kijkt haar wazig aan, lijkt haar niet echt te zien. Toch pakt hij haar hand en fluistert vragend: '*mhamaî?*'

*

Kate laat zich uitgeput op haar matras vallen. Haar benen trillen van vermoeidheid en haar hoofd bonkt. De hele dag heeft ze rondgelopen tussen de patiënten. Hier een slokje drinken gegeven, daar een bezweet voorhoofd afgeveegd. Ze heeft geprobeerd om steeds vriendelijk te blijven en te glimlachen als het nog kon, maar de laatste uren leek het of haar benen en armen vol stenen waren gepropt en af en toe zag ze de gezichten van de zieken als wazige vlekken. Ze is blij dat dokter Berger een slaapplaats voor hen heeft kunnen regelen, zodat ze niet in de kerk, vlak naast haar patiënten, hoeft te slapen. Dan zou ze misschien 's nachts ook nog door willen werken, terwijl haar lichaam smeekt om rust. Hier, op de zolderverdieping van het huis van mevrouw Tremblay, lijkt de kerk met zijn zieken en ellendigen ver weg. Hier kan ze tot rust komen, al is het maar een paar uur per nacht en ook al slapen ze met zijn zevenen op één kamer. De zolderkamer waar mevrouw Tremblay hen heen heeft gebracht, werd al door vier andere verpleegsters bewoond. Zij delen de twee stromatrassen in het midden van de zolder, maar mevrouw Tremblay heeft nog twee matrassen onder het schuin aflopende dak gelegd. Maggie Nelligan, de oude *gaelacha*, slaapt aan de ene kant, Kate deelt met Rebecca de matras aan de andere kant. Kate draait zich op haar zij en sluit haar ogen.

*

Donderdag 17 juni 1847

Kate wordt wakker van een zachte hand op haar arm.
'Opstaan, Kate. We moeten eten en weer aan het werk.'
Kate wrijft in haar ogen en geeuwt met haar mond wijd open. Ze heeft heel vast geslapen, maar ze is nog zo moe. En vandaag zal ze weer de hele dag moeten rennen en zorgen. Morgen ook en overmorgen en de dag daarna, net zolang totdat Fergus beter is, of sterft. Ze schudt even haar hoofd. Daar wil ze niet aan denken. Connor zei dat Fergus zou sterven als zij niet meeging en ze is wel meegegaan, dus hij zal het overleven. Dat moet. Rebecca gaat op haar knieën naast haar zitten.

'Mevrouw Tremblay heeft thee voor ons en brood. Echt brood!'

Kate duwt zichzelf omhoog. Onmiddellijk begint haar maag te draaien.

'Kate, gaat het goed met je?'

Rebecca schudt haar voorzichtig heen en weer.

'Je ziet opeens zo wit. Jij gaat toch ook niet ziek worden? Heb je je wel aan de regels van mevrouw Tremblay gehouden?'

Kate knikt. Mevrouw Tremblay is heel streng op wassen. Ze is een grote, vriendelijke vrouw, maar ze heeft wel duidelijke regels. Iedereen die met de zieken in aanraking is geweest moet zich eerst helemaal uitkleden. De kleren moeten worden gewassen in een mengsel van water met azijn en dan worden opgehangen om te drogen. Daarna moeten de verpleegsters zichzelf goed wassen en schoonboenen. Pas als ze helemaal schoon zijn mogen ze een andere jurk aan en in het huis komen. Mevrouw Tremblay ziet het als haar plicht de artsen en verpleegsters te helpen, daarom verhuurt ze de twee kamers op de bovenverdieping aan vier artsen en de zolder aan zeven verpleegsters, maar ze wil wel de ziekte buiten de deur houden. Kate wrijft even over haar voorhoofd en geeuwt opnieuw. De misselijkheid zakt weg. Ze pakt het brood aan van Rebecca en eet met kleine hapjes.

'Ik loop even naar beneden om het eten voor Maggie te halen. Dan hoeft zij met haar oude benen niet al die trappen af.'

Kate glimlacht. Maggie heeft gisteren de hele dag voor alle zieken gezorgd en ze kwam zo laat thuis dat Kate haar niet meer heeft gehoord. Ze lijkt, ondanks haar grijze haren met verdwaalde strengen rood erdoor, helemaal niet zo oud. Toch beseft ze dat Maggie in de vijftig moet zijn. Als Rebecca naar beneden is, draait ze zich met haar rug naar de vier verpleegsters, die in het midden van de zolder slapen. Ze lijken nog in diepe rust. Kate heeft hen nog niet gesproken, ze weet niet eens hoe ze heten, of ze Iers zijn of Amerikaans. Naast haar matras ligt de zak die ze van Adelaide heeft gekregen, ongeopend. Ze heeft hem in een hoek van de zolder gegooid en er eigenlijk niet meer naar gekeken. Nu trekt ze de zak naar zich toe en opent hem. Bovenop ligt een grauwe doek. Kate fronst. Waarom wilde Adelaide dat zij deze vieze doek had? Ze haalt de doek uit de zak, maar hij voelt zwaar aan, alsof er iets in zit. Snel kijkt ze over haar schouder, maar op de stromatrassen is nog geen beweging. Adelaide had gezegd dat ze de meloen pas moest eten als ze alleen was. Maar hier op dit eiland is ze nooit alleen. En er zit meer in de zak dan alleen een meloen. Voorzichtig legt Kate de doek op het bed en rolt hem uit. Ze ziet een fles met een stop erop. Ze trekt de stop eraf en ruikt een zurige lucht. Azijn. Het is azijn. Lieve Adelaide. Ze heeft haar eigen azijn weggegeven zodat Kate zichzelf tegen *an droch-thinneas* kan beschermen. Ze pakt de zak weer en kijkt erin. Door de schuine dakraampjes valt licht naar binnen, zodat ze de meloen kan zien. Hoewel Rebecca voor brood heeft gezorgd, besluit Kate toch meteen wat meloen op te eten. Ze wil er een stuk afsnijden, maar voor ze haar mes heeft kunnen pakken, valt de bovenkant er al af. Kate kijkt er verbaasd naar. Ze weet niet veel van meloenen, maar aan boord zag ze steeds dat mensen de bovenkant van de meloen afsneden, niet dat hij er zomaar afviel. Voorzichtig neemt ze een hap. De meloen is erg zacht en nog zoeter dan ze zich herinnert. Heerlijk! Met haar ogen dicht neemt ze een tweede hap, maar tot haar verbazing voelt ze iets hards in haar mond. Het kraakt tussen haar kiezen, hard als de kiezels waar ze in Ierland op zoog. Dat hielp tegen de honger. Ze opent haar ogen en spuugt de hap meloen uit in haar hand. En daar, tussen de platgekauwde meloen, ligt een schitterende ring. Goud, met een glanzend rood steentje in de vorm van een roos. Het schittert in het zonlicht dat door het dakraampje valt. Het lijkt wel een robijn. Onmiddellijk weet Kate wat het is. Dit is een ring uit het mahoniehouten kistje dat Adelaide heeft laten zien. Voorzichtig vist Kate de ring uit de meloenpulp en likt hem schoon. Ze schuift hem aan haar ringvinger. Hij past precies, alsof hij voor haar gemaakt is. Even kijkt ze naar haar hand met de prachtige ring, dan doet ze hem af en legt hem voor zich op de stromatras. Ze stopt de uitge-kauwde meloen weer in haar mond en slikt hem door. Ze hapt nog een stukje van de meloen af en ziet dat er meer in het zach-te vruchtvlees verstopt zit, een fijn gouden armbandje en nog twee ringen met glinsterende diamanten. Kate vouwt haar han-den om de juwelen heen. Ze weet nog steeds niet hoe Adelaide eraan komt, maar ze weet wel dat zij nu ook een paar sieraden heeft, sieraden die veel geld waard zijn en die haar een kans ge-ven op een menswaardig begin in *de nieuwe wereld.* Als ze daar tenminste ooit komt. Met haar handen om de sieraden blijft ze zitten. Ze weet dat ze ze ergens moet verbergen, maar ze heeft nog geen idee waar. Ze wil ze het liefst bij zich dragen, maar ze moet zich straks helemaal uitkleden en haar werkjurk aandoen, dus ze kan ze niet in haar kleding verstoppen. Ze hoort een trap kraken en moffelt de sieraden snel onder haar matras. Ze zal ze vanavond wel ergens proberen te verstoppen. Nu moet ze eerst aan het werk.

24

Kate gaat op haar knieën naast Fergus zitten. Zijn gezicht is nu bijna net zo grijs als de stenen waarop hij ligt en zijn ogen zijn gesloten. Ze pakt zijn pols, mager en breekbaar als een twijgje. Opeens doemt het beeld van Fergus in Galway voor haar ogen op. Daar zag Fergus hoe karrenvrachten voedsel in schepen werden geladen om Engelse monden te voeden, terwijl hun landgenoten hongerend in greppels en in grotten lagen. Op een morgen had hij een voedselkonvooi tegengehouden. Hij had geschreeuwd dat het graan op de karren niet uitgevoerd mocht worden. Dat het verbouwd was op Ierse grond en bestemd was voor Ierse monden. Hij was op een kar gesprongen en riep: 'Iers graan voor de Ieren, vecht, Ieren, vecht! Sterf als een held, niet als een laffe hond aan de kant van de weg. *Erin Go Bragh, Erin Go Bragh!*' Een krachtige leider, daar bovenop die kar, die hoop gaf aan al die hopelozen. Zo heel anders dan de graatmagere man die hier op de vloer in de kerk ligt. Kate wrijft over de binnenkant van zijn pols en meteen voelt ze zijn hartenklop, zwak, maar regelmatig. Ze glimlacht. Fergus is een schaduw van zichzelf, een vage herinnering aan de man die hij was, maar hij leeft nog. In de zes dagen die ze nu op het eiland is, heeft ze al veel mensen zien sterven. Ook Alice, de vrouw van David, is gisteren gestorven, maar Fergus, haar Fergus, leeft nog. Ze pakt een natte doek en veegt zijn klamme voorhoofd af. Fergus reageert niet op haar zachte aanraking, toch gaat ze verder. Ze blijft veel langer naast hem zitten dan zou moeten. Ze heeft nog meer patiënten, veel meer, maar ze beseft nu al dat hoe hard ze ook werkt, hoeveel slokjes water ze ook geeft, hoeveel gezichten ze dept, ze nooit genoeg kan doen om iedereen te helpen. Daarom blijft ze zitten, met Fergus' hand in de hare. Schuldgevoel kruipt haar keel binnen, het gevoel dat ze haar taak verzaakt, dat ze God teleurstelt. God heeft haar hiernaartoe gestuurd om mensen te helpen. Of heeft Hij haar hierheen laten gaan om bij Fergus te zijn in zijn laatste ogenblikken? Dan zal Hij haar vergeven dat ze nu naast hem zit en niet verder gaat met het verzorgen van al die mensen. Met haar duim streelt ze over Fergus' hand, glijdt zacht over de knokige knokkels, puntig als de rotsen van Newfoundland. Ze is hier nog geen week. Toch lijkt de 'Mary Elisabeth' al ver weg. Het voelt alsof ze hier al maanden is, maanden van zorgen en werken, werken en zorgen. Nauwelijks tijd om te eten, bijna geen rust om te slapen. Maar nu, terwijl ze hier naast Fergus zit, in deze kerk vol gekerm en gekreun, komt er een rust over haar, een gevoel van warmte. Alle andere geluiden verdwijnen naar de achtergrond. Zij zit hier met Fergus, haar geliefde, haar man. Ze doet wat God haar heeft opgedragen.

De deur van de kerk zwaait open en dokter Berger stapt binnen. Kate voelt zich betrapt en komt overeind. Ze schuift door naar de vrouw met het dochtertje dat ook aan boord van de 'Mary Elisabeth' was, Jane Cunningham uit Ballygen in *county* Mayo. Het dochtertje heet Betsy. Kate pakt de pols van de vrouw vast. Hij voelt koud aan. Haastig tast ze aan de binnenkant, op zoek naar het ritme van het leven, maar ze voelt niets. Ze wrijft, drukt en duwt, maar de pols blijft koud en doods. Voorzichtig buigt ze zich voorover, met haar oor vlakbij de mond van de moeder. Geen ademhaling. Ze legt haar hand op het voorhoofd van de vrouw, maar dat voelt ook koud. Heel zacht trekt ze aan een ooglid. Het oogwit is geel verkleurd en het oog staart in het grote niets. Met een teder gebaar drukt Kate het ooglid weer toe en draait zich om naar Betsy. Ze zit naast het lichaam en speelt met de vingers van haar moeder. Ze duwt de wijsvinger en de duim van haar moeder tegen elkaar, open en dicht als een schaar. Het kleine meisje lijkt niet te beseffen dat haar moeder gestorven is. Kate slikt. Ze weet niet hoe ze haar moet vertellen dat haar moeder niet meer leeft en ze heeft ook geen idee waar het meisje nu heen moet. Ze is zeker niet ouder dan drie en heeft iemand nodig die voor haar zorgt. Kate zucht. Misschien moet zij dat arme meisje onder haar hoede nemen, omdat ze van hetzelfde schip komen. Maar hoe kan dat als ze ook voor al deze mensen moet zorgen?

'Dokter Berger?'

De jonge arts komt onmiddellijk naar haar toe en glimlacht.

'Goedemorgen, Kate. Ik had je al gezien toen ik binnenkwam, maar je was zo druk bezig dat ik je niet wilde storen.'

Kate voelt haar wangen kleuren. Ze kent dokter Berger niet goed genoeg om te weten of hij het serieus meent of dat hij haar bespot, misschien zelfs minacht, omdat ze te veel tijd aan Fergus besteedde. Maar dat kan hij bijna niet gezien hebben, want meteen toen hij binnenkwam is ze verder gegaan met haar ronde. Dokter Berger legt zijn hand even op haar schouder.

'Gaat het goed met je? Ik had de afgelopen dagen nog naar je toe willen komen om even met je te praten, om te vragen of je nog iets nodig had en of ik nog iets voor je kon doen, maar je begrijpt...'

Hij maakt zijn zin niet af en gebaart naar al de mensen op de grond.

'En de boten blijven maar komen. Ze zouden de immigratie moeten verbieden! Laat die paupers daar blijven!'

Kate bijt op haar lip. Ze begrijpt de frustratie van deze man. Hij heeft gestudeerd en had misschien gedroomd van een eigen praktijk, waar hij rijke, oude dames van hun kwaaltjes afhielp met dure medicijnen, maar in plaats daarvan loopt hij hier op een eiland waar al zijn medische kennis hem niet kan helpen, waar hij niet kan voorkomen dat de mensen bij honderden, misschien zelfs bij duizenden sterven. Voor het eerst vraagt ze zich af waarom hij eigenlijk naar het eiland is gekomen. Maar ze wil het hem nu niet vragen.

'Ik ben ook zo'n Ierse pauper,' zegt ze zacht.

Er trekt een vuurrode blos over de wangen van Robert Berger.

'Ik... ehm... ik bedoelde jou niet,' stamelt hij. 'Ik bedoel die mensen die zonder schaamte van de boot stappen. Gisteren heb ik een man van een kotter gehaald, die niet eens kleren droeg! Hij had alleen een doek om zijn middel gewikkeld. Alleen een doek!'

Kate houdt haar hoofd schuin.

'En u denkt dat die man dat deed omdat hij geen schaamte kende?'

Dokter Berger haalt zijn schouders op.

'Een beetje beschaving moet hem toch wel bijgebracht zijn en hij...'

Kate springt overeind, zodat ze recht voor hem staat.

'U snapt er niets van,' valt ze hem schreeuwend in de rede.

De woede bruist door haar lichaam, baant zich een weg door haar mond. Ze balt haar handen en knijpt ze zo hard mogelijk dicht. Ze zou hem op zijn geleerde gezicht willen timmeren, maar hij is de dokter, haar meerdere, dus concentreert al haar woede zich in haar samengebalde vuisten.

'Natuurlijk kent die man beschaving en schaamte, maar hij zal geen keus hebben gehad. Zoals wij allemaal geen keus hebben. Denkt u nu echt dat wij op zo'n drijvende doodskist stappen omdat we zo graag ons geliefde Ierland achter ons laten? Het land van onze voorouders, waar wij thuishoren, waar wij één mee zijn? Denkt u dat?'

Dokter Berger schudt zijn hoofd.

'Zo bedoelde ik het niet,' mompelt hij.

'Zo bedoelde u het wel. U hebt gewoon niet nagedacht en ons meteen veroordeeld.'

'Jou niet,' zegt dokter Berger zacht. 'Ik zag meteen dat jij anders was.'

'Nee!' Kate schudt heftig haar hoofd.

'Nee, nee, nee! Ik ben niet anders. Ik ben een van hen, één met mijn volk! Wij komen niet naar dit onbekende leven, dit vreemde land, omdat we zo graag willen, maar omdat we geen keus hebben. Thuis, in Ierland hadden we geen huis, geen eten, geen leven. Het enige wat mijn landgenoten en ik willen is gewoon een fatsoenlijk leven. En zelfs dat is ons niet gegeven. Een groot deel van mijn landgenoten heeft duizenden kilometers gevaren om hier te sterven!'

Ze buigt haar hoofd. Haar hart bonkt zo hard tegen haar ribben dat het pijn doet. Ze probeert rustig in en uit te ademen. Dokter Berger legt een hand op haar schouder.

'Het spijt me,' zegt hij zacht. 'Ik dacht niet na. Ik zag alleen maar al die bootladingen ellende en al het werk dat er uit voortkwam. Ik... ik zag jullie inderdaad niet als mensen, maar alleen als ziektegevallen.'

Hij kijkt haar deemoedig aan. Vreemd dat een arts zo voor haar staat, alsof hij haar om vergeving moet vragen. Plotseling overvalt haar een enorme vermoeidheid en de tranen springen in haar ogen. Dokter Berger zet nog een stap dichterbij. Hij staat nu vlak voor haar. Net zoals Fergus voor haar stond op de heuvel in Westport, toen ze hem eindelijk weer teruggevonden had nadat ze tien maanden niet had geweten of hij nog leefde of gestorven was. De enige keer dat Fergus en zij echt samen waren, dat zij als man en vrouw in het gras achter de struik hadden gelegen. Maar nu ligt Fergus op de grond in de kerk en zij staat hier met een dokter. Dokter Berger slaat zijn armen om haar heen. Kate blijft stilstaan. Een deel van haar zegt dat ze hem weg moet duwen, dat zij Fergus' vrouw is en niet mag toestaan dat een andere man haar omhelst, maar ze verlangt naar warmte en troost, een kort moment van geborgenheid tussen alle uitzichtloosheid en ellende. Ze kijkt naar de kleine sproetjes op zijn neus, dan legt ze haar hoofd op zijn schouder en huilt. Ze huilt om alles wat ze ziet, wat ze voelt en wat ze hoort. Dokter Berger streelt haar zacht over haar rug, met warme, tedere handen. Zijn vingers kruipen omhoog naar haar haren. Snel maakt Kate zich los uit zijn omhelzing en zet een stap naar achteren. Hij mag niet aan haar haren komen. Dat mag niemand! Ongemakkelijk kijkt ze naar de dokter die nu voor haar staat. Haar gevoelens dwarrelen door elkaar, als stofdeeltjes in de zon en ze wil alles tegelijk zeggen, maar ze zwijgt. Uiteindelijk verbreekt dokter Berger de stilte. Schor zegt hij: 'We moeten weer aan het werk, maar misschien kunnen we vanavond samen wandelen.'

Samen wandelen! Het klinkt bespottelijk. Gezellig samen een wandelingetje maken over dit eiland van dood en verderf, alsof er geen duizenden creperen, alsof dit niet misschien de laatste nacht is van Fergus. Ze schudt haar hoofd, alsof ze zo de gedachte weg kan jagen. Zo wil ze niet denken, Fergus overleeft dit. Hij is sterker dan Alice, sterker dan Jane Cunningham. Beschaamd draait Kate zich om naar Jane op de hardstenen vloer van de kerk. Betsy zit nog steeds naast haar moeder. Ze heeft haar vingers door die van de dode vrouw gestrengeld, maar ze kijkt op naar Kate. Kate kucht. Het meisje moet haar ruzie met de dokter gehoord hebben, ze zat er vlak naast en ze zal ook de omhelzing gezien hebben.

'Dokter Berger?'

Het is raar om hem nu met dokter aan te spreken, terwijl ze een minuut geleden nog in zijn armen stond, maar het zou nog vreemder zijn om hem opeens met zijn voornaam aan te spreken. Toch zegt de dokter: 'Noem mij alsjeblieft Robert.'

Ze knikt en zet een stap naar hem toe. Ze is weer net zo dicht bij hem als daarvoor. Zacht fluistert ze in zijn oor dat de moeder is overleden: Jane Cunningham uit Ballygen in *county* Mayo en dat ze een dochtertje nalaat, Betsy van hooguit drie jaar. De dokter knikt.

'Ik zal een drager regelen,' zegt hij. 'Dan kan hij haar naar het strand brengen en daarvandaan zal ze naar de begraafplaats gebracht worden.'

Kate legt haar hand op de arm van Robert. Het voelt heel natuurlijk om dat te doen.

'En Betsy?' Haar stem klinkt smekend. 'Wie moet er voor Betsy zorgen?'

De dokter draait zich om naar het kleine meisje. Ze heeft een hoofd vol rode krulletjes en heldere blauwe ogen.

'Ik zal met de parochie van Quebec overleggen,' zegt Robert. 'Er zijn zeker parochianen die haar willen adopteren.'

De overtuiging waarmee Robert het zegt bezorgt Kate een warm gevoel. Een gezin zal Betsy adopteren. Zij krijgt daadwerkelijk kans op een nieuw leven. Er zijn mensen die weeskinderen willen opvangen, vanuit de goedheid van hun hart. Die haar en haar landgenoten niet als last zien, als ziekteverspreiders en ellendebrengers, maar als mens. Betsy zal een nieuw, goed leven krijgen, maar eerst moet iemand haar vertellen dat haar oude leventje voorbij is, voor het goed en wel begonnen is.

'Praat jij met het meisje,' zegt Robert. 'Ze zal wel alleen Iers spreken. Ik ga een drager regelen.'

Hij buigt zich voorover en geeft haar een kus op haar wang. Het gaat zo snel dat hij zich heeft omgedraaid en al op weg is naar de deur van de kerk, als Kate beseft dat ze hem had moeten stoppen. Hij heeft haar omhelsd, getroost in haar verdriet, maar ze is nog steeds de vrouw van Fergus.

*

De felgele zon schijnt onbarmhartig. Zweet prikt in Kates ogen, terwijl ze met Betsy aan haar hand naar het strand loopt. Voor haar loopt een zwarte man met de kruiwagen waarin Jane Cunningham ligt. Kate kijkt uit over het water naar de vloot schepen die voor anker ligt. Ze vraagt zich af of de 'Mary Elisabeth' er nog bij is. Ze knijpt haar ogen tot spleetjes. Van een afstand lijken al die schepen op elkaar.

'Daar ligt onze boot,' wijst Betsy opeens.

Kate volgt het uitgestrekte vingertje en ziet een groot, houten schip liggen, maar ze begrijpt niet hoe Betsy zo zeker weet dat dat de 'Mary Elisabeth' is. Alsof het kleine meisje haar gedachten kan lezen, zegt ze: 'De mast is kapot.'

Nu ziet Kate inderdaad dat de twee masten van het schip wel erg ver naar achteren staan. Dit moet dus de 'Mary Elisabeth' zijn. Haar broers zijn nog niet naar het vasteland. Verlangend kijkt ze naar de roeibootjes die tussen de schepen heen en weer varen, bootjes gevuld met voedsel en drinkwater dat gekocht wordt door de kapiteins van de schepen en bootjes vol zieken en doden die terugkomen van de schepen. Ze zou zo graag in een van de bootjes stappen en naar haar broers varen, even knuffelen met Michael, lachen met Pat en praten met Connor, hem vragen wat ze moet doen en wat hij denkt van Fergus. Ze probeert te bedenken wat Connor zou zeggen als ze hem zou vertellen dat Fergus met de dag zieker wordt en dat Robert zo'n aardige arts is. Ze haalt zich Connors gezicht voor de geest, zijn lichtoranje, springerige haren en zijn ernstige geelgroene ogen. Ze glimlacht bij het gemak waarmee hij op haar netvlies verschijnt, maar zijn mond blijft gesloten. Hij geeft geen antwoord op haar vragen. Een rukje aan haar hand brengt haar gedachten weer terug op het strand. De drager tilt Jane uit de kruiwagen en legt haar naast de andere doden op het strand, netjes gerangschikte, levenloze lichamen, klaar voor hun laatste reis. Kate kijkt opzij naar het gezichtje van Betsy. Ze haalt diep adem. Dit gesprek heeft ze uitgesteld, steeds wachtend op de juiste woorden, maar die zijn niet gekomen. Toch moet ze het uitleggen aan dit kleine meisje, maar hoe? Hoe? Ze hurkt zodat ze op ooghoogte zit met Betsy. Ze pakt met haar beide handen de bovenarmen van het meisje beet. Betsy houdt haar hoofd schuin.

'Waar gaat *mhamaí* heen?'

Kate slikt.

'Je moeder wordt straks in een bootje geladen en dan varen ze naar de begraafplaats aan de andere kant van het eiland. Daar zal haar laatste rustplaats zijn, dan is ze bij God.'

Kate is boos op zichzelf. Wat ze zegt is veel te moeilijk voor het kleine meisje. Opeens denkt ze aan Séan, haar kleine, kleine broertje. Dat lieve jongetje dat zo naar adem snakte, met heel zijn kleine lijfje vocht om te blijven leven, maar de doodsstrijd verloor. Als hij was blijven leven, zou hij maar een paar maanden jonger zijn dan het kleine meisje naast haar. Wat zou ze gezegd hebben als ze hem had moeten vertellen dat zijn moeder was gestorven? Kate legt allebei haar handen om de wangen van het kleine meisje, als een kom waarin haar gezichtje kan rusten. Ze kijkt haar recht aan.

'Betsy, je moeder is dood.'

Het meisje knikt.

'Ja,' zegt ze. 'Net als *dhaidí*. Hij ging dood. De baas gaf *mhamaí* geld voor de boot. Ik vond de boot niet leuk.'

Opeens roept het meisje: '*Mhamaí*, niet dood zijn!'

Ze begint te huilen, luid en verdrietig. Haar gegier overstemt het gehamer dat nog steeds dagelijks op het eiland klinkt. De eerste lazaretten zijn al klaar en gevuld met de zieken die van de laatste schepen binnenkwamen. Er zijn ook een paar barakken voor verpleegsters en bedienden, maar Kate wil niet weg bij mevrouw Tremblay. In de barakken moet ze haar kamer met zeker negen anderen delen en zijn de regels over het wassen niet zo streng als bij mevrouw Tremblay. Als ze moe en bezweet terugkomt van het werken, vindt ze de regels zwaar en vermoeiend. Dan wil ze alleen maar liggen en slapen, maar ze beseft dat mevrouw Tremblay het doet voor de veiligheid. En ze wil niet ziek worden, ze mag niet ziek worden. Toch is ze er niet gerust op. Ze is vaak zo moe en zo misselijk, dat ze bang is dat ze toch die vreselijke ziekte heeft. Daarom wast ze zich extra goed en smeert zichzelf helemaal in met azijn. Iedere avond en iedere ochtend controleert ze haar haren en kleren op luizen. Rebecca heeft al een paar keer gevraagd of zij haar haren moest controleren, maar dat wil Kate niet. Rebecca is een lieve vrouw en ze zou haar graag willen vertrouwen, maar ze durft het niet, nog niet. Niemand mag aan haar haar komen! Kate neemt het kleine meisje in haar armen en laat haar huilen. Het intense verdriet van het kleine weesmeisje brengt tranen in haar eigen ogen. En ze kan niets anders doen dan haar vasthouden. Even plotseling als het meisje was begonnen met huilen, stopt ze er weer mee.

'Wordt u mijn *mhamaí*?' vraagt ze opeens.

Kate bijt op haar lip. Ze zou het meisje gerust willen stellen, haar willen zeggen dat ze natuurlijk voor haar zal zorgen, maar dat kan niet. Kate heeft haar werk en ze kan het meisje daar niet bij meenemen. Langzaam schudt ze haar hoofd.

'Nee, maar jij krijgt een nieuwe mama en een nieuwe papa.'

Ze hoopt dat het waar is, dat dokter Berger gelijk had toen hij zei dat er genoeg parochianen waren die weeskinderen wilden adopteren. Opeens is er bedrijvigheid op het strand. Een bootje met twee roeiers, een doodbidder en een priester in zijn gewaad, komt aangevaren en meert af bij de rij lichamen op het strand. De roeiers springen aan wal. Een voor een beginnen ze de licha-men in te laden. Met zoveel eerbied als ze op kunnen brengen vleien ze ze op de bodem van het bootje. In een paar minuten zijn alle doden ingeladen. Een roeier stapt in, de andere duwt het bootje van de kant af en zo roeien ze weg. Kate pakt Betsy bij de hand en kijkt het bootje na.

'Hoort u dat?' vraagt Betsy opeens. 'Muziek.'

Kate schudt haar hoofd. Ze hoort het getimmer van de werk-lieden, het plonzen van de riemen in het water, maar geen mu-ziek. Ze sluit haar ogen en concentreert zich. Dan hoort ze het. Heel zacht komt er fluitmuziek over het water zweven.

'Ik ken dit liedje,' roept Betsy blij. '*Mhamaí* zingt het wel eens.'

Ze haalt diep adem en begint te zingen:

Vaarwel nu, mijn liefste
oh, schat van mijn hart

Kate veegt over haar ogen. Het moet Pat zijn die dat lied speelt, juist op dit moment. Of zou hij dat altijd spelen als hij aan dek is, in de hoop dat zij, hier op het eiland, hem hoort? Kate opent haar hart voor de muziek. Hand in hand met Betsy staat ze aan de vloedlijn en zingt, terwijl ze het kleine bootje nakijkt.

Vaarwel nu, mijn liefste
oh, schat van mijn hart
Ons bittere scheiden
vervult mij met smart

Ik zal niet vechten
'k aanvaard dit wrede lot
Vaarwel nu, mijn liefste,
Dia dhuit, ga met God

Vaarwel nu, mijn liefste
Dia dhuit, ga met God

Het bootje vaart om het eiland heen en is niet meer te zien. Toch blijft ze staan met Betsy. De muziek speelt verder en Kate en Betsy blijven zingen, keer op keer.

'Onze boot gaat varen,' zegt Betsy opeens.

Kate tuurt over het water en ze ziet hoe een schip zonder voorste mast zich langzaam losmaakt uit de vloot en de steven stroomopwaarts wendt. De 'Mary Elisabeth' met haar broers aan boord koerst naar het vasteland, naar *de nieuwe wereld*. Straks zal Kate bidden, voor hen, voor Fergus, voor zichzelf. Dat zij niet ook ziek wordt en dat ze haar broers terug zal zien, over een paar weken, als Fergus beter is. Of als hij gestorven is en er niets meer is wat haar hier op dit eiland houdt. Maar nu niet, nu zingt ze, samen met Betsy, eindeloos hetzelfde lied. Betsy's jonge stemmetje is helder. Ze spreekt niet alle woorden goed uit, maar het is duidelijk wat ze zingt. Kate probeert zo hard mogelijk te zingen, hopend dat haar broers daar aan boord van de 'Mary Elisabeth' haar horen. Ze zingt en zingt tot het schip met de gebroken mast niet meer is dan een stipje in de verte en het afscheid van haar broers en haar oude leven onomkeerbaar is. 'Vaarwel nu, mijn liefste.'

Ze pakt Betsy bij haar hand.

'Kom,' zegt ze zacht. 'We moeten terug.'

Het meisje knikt en loopt met haar mee. Kate loopt langzaam. Ze weet dat ze terug moet, dat ze nodig is in de kerk, dat er honderden zieken liggen te wachten op een slokje water, een bemoedigend woord, maar ze weet niet wat ze met dit kleine meisje moet doen. Ze kan haar toch niet in een hoek van de kerk laten wachten tot zij klaar is met haar werk? Het kleine meisje tuurt naar de strakblauwe lucht en vraagt opeens: 'Is *mhamaí* nu bij God?'

'Ja, God heeft haar bij zich genomen.'

Betsy staart even peinzend voor zich uit. Het is duidelijk dat ze ergens over nadenkt.

'Maar...' begint ze.

Ze kan haar zin niet afmaken, want iemand roept: 'Kate, Kate!'

Met lange passen komt Robert Berger over het strand naar hen toe gerend. Vlak voor haar blijft hij staan. Het zweet plakt zijn blonde haren tegen zijn hoofd. Zijn haar is al iets langer dan toen Kate hem een week geleden voor het eerst zag en hij heeft inderdaad krullen, wat ze al dacht. Ze herinnert zich dat ze meteen al tegen hem opstoof, omdat hij zo ongevoelig was om te zeggen dat het netjes was dat er maar vijftien mensen waren gestorven. Maar inmiddels zijn ook Alice en Jane dood en hoe lang Fergus nog blijft leven, weet ze niet.

'Ik heb met dokter Douglas gepraat,' zegt hij, terwijl hij met zijn hoofd naar Betsy knikt. 'Het is geregeld. Zij kan dit weekend met de 'Saint George' mee en daar wordt ze aan de parochie overhandigd.'

'Overhandigd?' vraagt Kate verontwaardigd. 'Het is een kind, geen stuk scheepsbeschuit!'

Dokter Berger buigt zijn hoofd.

'Ehm... ik bedoel natuurlijk dat ze daar verder voor haar zullen zorgen, dat ze op zoek gaan naar een gezin voor haar. En omdat ze zelf ziek is geweest hoeft ze niet eerst zes dagen in quarantaine. Ze kan dit weekend al weg.'

Kate knijpt het kleine meisje in haar hand. Ze is blij dat er een gezin voor haar zal worden gevonden, maar toch doet het pijn, een gevoel van gemis en jaloezie. Betsy krijgt een leven waarin er genoeg te eten is en waarin er voor haar wordt gezorgd. Mensen zullen van haar houden en haar naar school laten gaan. Ze

is nog zo jong. Ze zal haar vader, haar moeder en Ierland vergeten en Canadese worden. Zij krijgt de rust en de liefde waar Kate
zo naar verlangt. Het valt haar op dat Robert aan de andere kant
van Betsy is gaan lopen. Betsy heeft haar hand op een vanzelfsprekende manier in de grote hand van Robert laten glijden. Ze
lijken zo wel een gezinnetje, een blonde man met krullen, een
vrouw met donkerrood haar en een klein meisje met lichte rode krullen. Ze bloost bij de gedachte en duwt hem meteen weer
weg. Robert kijkt opzij en glimlacht.

'Zullen we Betsy wegbrengen en dan gaan wandelen? Ik wil
graag samen met je zijn.'

Hij wordt vuurrood terwijl hij de woorden uitspreekt en
Kate weet wat hij niet zegt. Ze bijt op haar lip. Ze kan het doen,
ze kan met hem meegaan. Hij is een aardige man, soms wat
onnadenkend, maar wel vriendelijk. Een kort moment legt ze
haar hand op haar buik. Als ze nu met hem mee zou gaan, zou
dat een oplossing voor alles kunnen zijn. Zij kan dan hetzelfde krijgen als Betsy, een huis, warmte en iemand die van haar
houdt. Robert heeft gestudeerd. Hij is een Canadese arts en
zal in aanzien staan. Het enige wat ze hoeft te doen is nu met
hem meegaan, dan kan ze haar toekomst veilig stellen. Het is
makkelijk, zo makkelijk. Maar Fergus dan? Haar Fergus, meer
dood dan levend, op de hardstenen vloer in de kerk. Ze kan hem
toch niet zo verraden? Connor was heel duidelijk. Hij heeft
haar leven gered, waarschijnlijk door Edward te vermoorden.
Maar moet zij kiezen voor een stervende moordenaar of voor
een arts, die haar zekerheid kan bieden? Het zou een eenvoudige keuze moeten zijn, maar dat is het niet. Want de liefde die
ze voor Fergus voelt, heeft ze niet voor Robert. Was Fergus
maar dood, schiet het door haar hoofd. Dan wist ik wat ik
moest doen. Ze schrikt van de gedachte. Hoe kan ze haar man
nu dood wensen? Ze laat Betsy's hand los en vouwt haar handen.

'God, vergeef me,' fluistert ze voor zich uit. 'Ik wil dat niet
denken. Ik wil niet dat Fergus doodgaat.'

Ze opent haar ogen weer en pakt Betsy's hand. Even schudt ze haar hoofd. Die gedachte moet weg, weg uit haar hoofd en haar hart, maar hij zit er, vastgehaakt als met weerhaken, en laat zich niet wegsturen. Fergus' dood zou de oplossing zijn van alles.

25

242 | Met open ogen ligt Kate te luisteren naar de roffelende regen op het zolderdak. Een bliksemflits verlicht korte tijd de kamer, werpt een grillig schijnsel op het slapende gezicht van Rebecca naast haar. Kate zou haar graag in vertrouwen willen nemen en om raad vragen. Rebecca is zo vriendelijk, zo moederlijk, en toch vertelt Kate haar niets over haar grote twijfels, over het uitblijven van haar maandstonde, het misselijke, weeïge gevoel in haar maag. En haar onzekerheid over het leven na Grosse Île. Het zou fijn zijn als ze dat met iemand kon delen, maar ze wil niet horen dat ze met Robert Berger mee moet gaan wandelen om haar toekomst veilig te stellen. Ze wil niet tegen Fergus kiezen. Dat kan ze gewoon niet. Ze houdt van hem. Maar is liefde wel zo belangrijk? Is de zekerheid van een goed leven niet veel meer waard? Ze herinnert zich hoe ze als jong meisje droomde van de rijkdom van de *bailiff*. Ze stelde zich voor dat ze met zijn zoon zou trouwen en nooit meer honger zou kennen. Ze zag zichzelf prachtige kleren dragen en wonen in een groot huis met verwarmde kamers. Maar dat was voordat ze Edward echt kende, voordat ze wist dat hij een zelfingenomen, haatdragende en wrede man was. Robert is anders dan Edward. Hij is vriendelijk en menselijk, ook al denkt hij pas na als hij iets gezegd heeft. Met hem zou ze een prettig leven kunnen hebben. Ze zou nooit meer kou en honger hoeven kennen. En ze vindt Robert echt aardig. Ze zucht. Misschien heeft ze niet eens deze keuze, wil Robert gewoon een keer met haar samenzijn en denkt hij helemaal niet aan een toekomst samen. Ze kent de verhalen van dienstmeisjes die door hun meneer werden verleid en die door hem werden weggezonden zodra ze zijn kind verwachtten. Dat was ook gebeurd met Julia, het meisje dat voor haar dienstmeisje was bij lady Evelyn en lord Lawrence. En lord Lawrence had ook geprobeerd om Kate te verleiden. Nee, niet verleiden. Hij probeerde haar met geweld te dwingen en dat zou hem gelukt zijn, als Connor hem niet met een pan op zijn hoofd had geslagen. Dat is de reden dat ze uit Ierland zijn gevlucht. Daarom is ze nu hier. Toch gelooft Kate niet dat Robert zo is als lord Lawrence. Hij zou haar nooit ergens toe dwingen. Ze strengelt haar vingers in elkaar op haar borst en fluistert: 'God, help me toch. Laat me weten wat Uw plan is, waarom ik hier op dit eiland ben. Ben ik hierheen gekomen om Fergus bij te staan of om Robert te ontmoeten? Geeft U mij alstublieft een teken zodat ik weet wat ik moet doen.'

Ze ontvouwt haar handen en laat ze rusten op haar buik, haar vingers gespreid. Was Connor maar hier. Hij zou weten wat ze moest doen. Het lijkt of Connor altijd weet wat God van haar wil, wat het goede is om te doen, ook al gaat het soms tegen de beleefdheid, haar gevoel en zelfs tegen de tien geboden van Mozes in. Nu ze zonder Connor is, probeert ze veel te bidden en ze doet haar best om zich alle bijbelverhalen te herinneren, zoekend naar een antwoord in die eeuwenoude wijsheid. Ze denkt aan het verhaal van Ruth dat ze zelf verteld heeft tijdens de eerste dienst aan boord. Ruth, de Moabitische, sliep met Boaz en zo werd ze stammoeder van Jezus. Is dit het antwoord waarnaar ze zoekt? Moet zij, een Ierse, slapen met Robert, een Canadees? Ze gooit zich op haar zij. Als ze alleen aan zichzelf moest denken, dan wist ze wat haar keuze was.

Plotseling hoort ze het geluid van een slaande deur, harde stemmen boven het gerommel van de donder. Iemand komt de zoldertrap op gerend. Kate gaat rechtop zitten en voelt haar hart bonken. Rebecca, Maggie en de vier andere vrouwen liggen al in bed, dus iemand anders moet naar boven komen. Dat is nog nooit gebeurd. In het licht van de bliksemflitsen ziet ze hoe de deur opengaat en Robert Berger de zolderkamer binnenstapt. Hij loopt recht naar haar matras toe en knielt neer. Zacht legt hij een hand tegen haar wang. Kate slikt. Ze vraagt zich af wat hij komt doen, midden in de nacht. Hij zal toch niet hier met haar willen samenzijn, op de matras die ze met Rebecca deelt? Boaz sliep met Ruth op de dorsvloer. Robert buigt zich naar voren, zijn mond vlakbij haar oor. Hij fluistert: 'Kate, je bent nodig in de kerk.'

'Nu? Het is midden in de nacht!'

Robert legt nu ook zijn andere hand tegen haar wang.

'Ja, er heeft een man naar je gevraagd, iemand die bij jou aan boord zat. Hij gaat sterven, maar hij heeft de priester hier naartoe gestuurd. Vader Green was aan de deur. Hij vraagt of je onmiddellijk komt. De man zal de ochtend niet halen, maar hij wil eerst met jou praten voordat hij het heilig oliesel ontvangt. Hij zegt dat het moet, dat hij niet kan sterven als hij niet met jou gesproken heeft.'

Opnieuw flitst de bliksem en Kate ziet Roberts ernstige gezicht vlakbij. Zijn mond beweegt, maar een oorverdovende donderslag overstemt zijn woorden. Kate heeft nog nooit zo'n heftig onweer gehoord. Het lijkt of God boos is op de hele wereld en op Grosse Île in het bijzonder. Of zou dit het teken zijn waar ze om gebeden heeft? Zou God haar gedachte hebben gelezen, de gedachte die ze niet meende en die ze ongedaan wil maken? Of maakt Hij de keuze voor haar? Zacht duwt ze Robert weg.

'Ik ga me omkleden en dan kom ik naar de kerk.'

Robert knikt.

'Ik loop met je mee.'

Kate geeft geen antwoord. Ze wil niet dat hij meegaat de kerk in. Ze wil alleen afscheid van Fergus nemen, alleen horen wat hij te zeggen heeft. Het zal met Edward te maken hebben, dat weet ze zeker. Hij zal haar nu, in het uur van zijn dood, willen vertellen wat er precies gebeurd is. Wat hij ook gedaan heeft, zij zal het hem vergeven, zodat hij kan sterven in de wetenschap dat ze van hem houdt en dat ze voor altijd zijn vrouw is. Daarna zal ze nadenken over de toekomst met Robert, over een nieuw leven voor haar en het kindje dat ze in zich vermoedt.

In haar nachthemd loopt Kate naar beneden naar de achterplaats. Snel kleedt ze zich om in haar werkjurk. Hij is nog klam
van het uitspoelen en ruikt naar azijn, maar ze zal toch nat worden in de stromende regen. Robert staat voor het huis te wachten. Zonder iets te zeggen pakt hij haar hand. Samen lopen ze
door de stille straten. De regen slaat in Kates gezicht, geselt haar
wangen en voorhoofd. Af en toe flitst de bliksem, onmiddellijk
gevolgd door de donder. De weg naar de kerk lijkt langer dan anders, maar Kate loopt zo hard als ze kan. Ze moet op tijd komen
voor Fergus, dat is ze aan hem verschuldigd. Eindelijk doemt de
kerk op. Ze laat Roberts hand los en sprint de laatste meters. In
de hal blijft ze even uit staan hijgen en ze veegt haar haren, die
als natte plukken voor haar ogen hangen, achter haar oren.
Voorzichtig voelt ze in haar nek, maar haar dikke vlecht zit nog
goed ondanks de regen.

'Ik wacht hier op je,' zegt Robert zacht. 'Ik denk dat je alleen
met hem wilt zijn. De priester zal zo komen.'

Hij buigt zich naar haar toe en kust haar op haar voorhoofd.

Kate loopt het middenschip van de kerk in. In het donker ziet
het er anders uit dan overdag, de geluiden lijken harder. Er
klinkt gekreun en iemand kokhalst. Toch loopt ze daar niet
heen. Ze gaat recht op Fergus af. Hij ligt met gesloten ogen op
de grond. In de kerk brandt alleen een kleine lamp, waardoor ze
hem niet goed kan zien. Zacht streelt ze over zijn voorhoofd.

'Fergus, *stóir*, ik ben bij je.'

Ze hoort David die naast Fergus ligt kreunen. Hij probeert iets
te zeggen, maar Kate luistert niet naar hem. Ze is voor Fergus
gekomen, ze moet met hem praten voor hij sterft. Ze zal hem
zeggen hoeveel ze van hem houdt, dat ze voor altijd zijn vrouw
blijft en dat hij voortleeft in haar.

'Kate,' steunt David.

Kate schudt haar hoofd. David moet zwijgen. Hij mag deze
laatste minuten met Fergus niet van haar afnemen. Fergus blijft
stil liggen. Kates hart begint te bonken. Hij reageert helemaal
niet op haar. Als ze nog maar op tijd is! Vlug pakt ze zijn pols.

Ze sluit haar ogen om zich beter te kunnen concentreren, maar ze voelt niets. Angstig glijden haar vingers over zijn pols, maar ze vindt geen kloppende ader, geen teken van leven. Te laat! Ze is te laat! Haar Fergus is dood. Zij heeft gedacht aan zijn dood en God heeft hem laten sterven. Maar dat moest niet, dat mocht niet. Hij is gestorven zonder dat hij met haar kon praten en zelfs zonder priester. Oh, Fergus, haar arme, lieve Fergus. Ze legt haar hoofd op zijn borst, terwijl de tranen over haar wangen stromen. Heel stil ligt ze op hem en plotseling hoort ze iets. Heel zacht klinkt het kloppen van een hart. Even denkt Kate dat ze het droomt, dat het haar verbeelding is, maar ze hoort het toch echt, zwak, heel zwak. Snel komt ze weer overeind en legt twee vingers in zijn hals. Zo blijft ze zitten. Ja, ze voelt zijn hart kloppen. Hij leeft, Fergus leeft nog! Ze buigt zich voorover en kust zijn gesprongen lippen. De bliksem flitst en in die seconde opent Fergus zijn ogen.

'Kate,' zegt hij zwak.

'Ik ben meteen gekomen,' zegt Kate. 'Ik ben er voor je. Vertel het me maar.'

Fergus schudt zijn hoofd en sluit zijn ogen weer. Kate streelt zijn voorhoofd, zijn krullen. Plotseling hoort ze voetstappen en ze kijkt op. Vader Green staat voor haar.

'Fijn dat je er bent, Kate, maar waarom zit je hier?'

Verbaasd kijkt ze op.

'U had me toch laten halen, omdat hij met me wilde praten.'

Vader Green schudt zijn hoofd.

'Nee,' zegt hij. 'Deze man niet. Het gaat om hem.'

Hij wijst naar David.

'Hij smeekte me om jou te halen. Hij moet je iets vertellen.'

Verward kijkt Kate van Fergus naar David. David heeft haar laten halen, David Murphy, de visser uit Galway. Hij wil met haar praten voor hij sterft. Vragen vechten om voorrang in haar hoofd, maar bovenal is er de opluchting dat het niet Fergus is die vannacht sterft. Ze buigt zich over Fergus heen en kust hem. Dan draait ze zich om naar David. Even haalt ze diep adem. Ze moet haar eigen verwarde gevoelens vergeten en zich richten op David.

'David, ik ben er. Wat wil je me zeggen?'

David kreunt. Hij opent zijn mond, maar een ratelende donderslag neemt zijn eerste woorden mee. Kate pakt zijn klamme hand en knijpt er in.

'Kate,' klinkt het schor. 'Ik was het. Ik heb het gedaan.'

Ze kan zijn hijgende gefluister nauwelijks verstaan. Ze buigt zich voorover met haar oor vlak bij zijn mond.

'Vertel het me maar, David.'

Het lijkt of ze tegen een klein kind praat. In deze broodmagere, lijkbleke man herkent ze niets van de stoere visser die hun leider was aan boord van de 'Mary Elisabeth'.

Davids ademhaling gaat snel en oppervlakkig.

'Ik was het,' herhaalt hij. 'Ik heb het gedaan.'

'Wat heb je gedaan?'

Het moet iets belangrijks zijn, anders zou hij haar niet 's nachts hebben laten halen. Of misschien wil hij niet alleen sterven, omgeven door slapende zieken. Ze probeert zijn gezicht te zien, maar ze ziet in het enkele licht alleen een witte vlek. Tijdens een bliksemflits lichten de zweetdruppels op zijn voorhoofd en bovenlip op. Zijn ogen zijn groot en starend.

'Edward,' fluistert hij. 'Hij, mijn Nora. Zo vernederd. En ik... woede, drift, net als...'

Hij stokt en sluit zijn ogen.

'Ik weet het,' sust ze. 'Ik heb het gezien.'

'Nee, nee,' steunt hij. 'Jij lag op dek. Edward had een mes en Fergus probeerde... Maar Edward... Hij had een mes.'

David heeft het nu over de ochtend op het dek toen Edward haar wilde vermoorden. Ze wist niet dat David daarbij was geweest. Toen zij bijkwam zaten Connor en Fergus naast haar en was Edward verdwenen. David heeft ze die morgen helemaal niet aan dek gezien.

'Nora, Nora... En nu Fergus. En hij had een mes.'

'Fergus?'

'Nee, Edward. Ik werd zo boos. Net als met je vader...'

David snakt naar adem. Zijn ogen worden groot in het lijk-bleke gezicht. Kate denkt dat ze hem verkeerd verstaan heeft, maar ze durft hem niet te vragen het te herhalen. Daar heeft hij de kracht niet meer voor.

'Moet het zeggen, tegen jou.'

Davids stem is niet meer dan een ademtocht.

'Ik heb Edward vermoord. In zee gegooid. Voor Fergus, voor jou, voor Nora.'

Er trilt een lange zucht. Kate weet niets te zeggen. David heeft Edward vermoord. David, niet Fergus. Ze weet nog niet precies wat er gebeurd is die ochtend aan boord, maar ze weet het be-langrijkste. Haar Fergus is geen moordenaar! Maar daar moet ze nu niet aan denken. Nu moet ze zich richten op David, hem bijstaan in zijn laatste momenten.

'Het is goed, David,' fluistert ze. 'Je had geen keus. God zal je begrijpen, Hij zal je vergeven.'

David beweegt nauwelijks merkbaar zijn hoofd. Zijn adem-haling gaat oppervlakkig en hij steunt: 'Mijn ring, voor Nora.'

Kate pakt de magere hand, die al kil aanvoelt. Ze legt twee vin-gers op de ring met het claddaghsymbool, de handen, het hart en de kroon, vriendschap, liefde en trouw.

'Ik zal hem aan je dochter geven,' zegt Kate.

'Ja.'

David sluit zijn ogen.

Vader Green hurkt naast David neer.

'Ik heb het gehoord, David,' zegt hij. 'Ik zal dit als een biecht zien. *Ego te absolvo a peccatis tuis in nomine Patris et Filii et Spiri-tus Sancti. Amen.*'

Opnieuw wordt de kerk verlicht door de bliksem. Davids ge-zicht is veranderd. Het straalt rust en vertrouwen uit, alsof zijn bekentenis en de absolutie die vader Green hem heeft verleend ook zijn lichamelijke pijn heeft weggehaald. De priester pakt een fles olie en begint met een teder gebaar het gezicht van David in te smeren.

'*Per istam sanctam unctionem et suam piissimam misericordiam adiuvet te Dominus gratia Spiritus Sancti, ut a peccatis liberatum te salvet atque propitius allevet,*' mompelt vader Green. Hij herhaalt het als hij Davids handen zalft: '*Per istam sanctam unctionem et suam piissimam misericordiam adiuvet te Dominus gratia Spiritus Sancti, ut a peccatis liberatum te salvet atque propitius allevet.*'

Kate herkent de woorden en ze weet wat ze betekenen. Moge onze Heer Jezus Christus door deze heilige zalving en door Zijn liefdevolle barmhartigheid u bijstaan met de genade van Zijn Heilige Geest. Moge Hij u van zonden bevrijden, u heil brengen en verlichting geven.

David krijgt het laatste oliesel en zal begraven worden. Hij krijgt een waardige begrafenis. Als de priester klaar is, blijft hij naast David zitten. Ook Kate staat niet op. Ze zit en wacht, zwijgend. Dan slaat David zijn ogen op en zegt goed verstaanbaar: 'Alice, mijn vrouw.'

Zijn hoofd valt opzij. Zacht drukt vader Green zijn ogen dicht.

26

250 | *Dinsdag 22 juni 1847*

De regen valt in stromen neer terwijl Kate met een *slane*, een halve aardappelschep, in de aarde van haar heuvel in *Ghealcnoc* schept. Ze steekt de *slane* zo diep mogelijk in de grond en trekt hem er weer uit, voorzichtig, om het grafje van de kleine Séan, zijn laatste rustplaats onder de gele gaspeldoorn, niet te beschadigen. Kate graaft en graaft terwijl haar tranen zich met de regen vermengen. Als het graf diep genoeg is, tilt ze het dode lichaam op en vlijt het in de kuil. De grond sluit zich vanzelf boven het lichaam, alleen het magere gezicht en de zwarte krullen blijven zichtbaar. Kate strijkt met haar hand over zijn wangen en onmiddellijk is ook zijn gezicht bedolven onder de aarde. Langzaam komt ze overeind en zet een houten kruis voor de gaspeldoorn. 'Hier rust mijn geliefde man Fergus Mullan, achttien jaar oud. Hij is geen moordenaar.' Ze kijkt naar de tekst en herhaalt zacht voor zich uit: 'Hij is geen moordenaar.'

'Kom.'

Robert Berger slaat zijn arm om haar heen en leidt haar weg van het graf. Kate legt haar hoofd op zijn schouder. De kleine Betsy huppelt aan Roberts hand. Op het moment dat ze Fergus' graf de rug toe keert, begint de zon te schijnen. Het licht laat de regendruppels op het gras schitteren als de diamanten in het kistje van Adelaide. Kate bukt zich en raapt de diamanten en de ring met de roos op. Ze verzamelt ze voorzichtig in de schort van haar jurk.

'Laat toch liggen, schat,' zegt Robert Berger. 'We hebben geld genoeg.'

Maar Kate gaat door. Ze koestert haar Ierse diamanten.

'Kate, Kate!'

Een stem die ze herkent. Iemand trekt aan haar arm.

'Kom op, Kate, we moeten aan het werk.'

Kate geeuwt en doet moeizaam haar ogen open. Vaag schemert het gezicht van moeder voor haar ogen. Ze draait zich op
haar zij en sluit haar ogen weer. Ze wil niet opstaan en de klus-
jes gaan doen, die ze iedere dag moet doen. Voordat de dag
kan beginnen met een bord aardappels en een kroes karne-
melk, moet ze al zo veel doen: water putten op de heuvel, de
ketel vullen en boven het turfvuur hangen, Michael aankleden
en moeder helpen. Maar ze is nog veel te moe. Ze blijft lekker
liggen.

'Toe nou, Kate, de patiënten hebben ons nodig.'

Patiënten? Kate heeft geen idee waar moeder over praat. Er is
niemand ziek, alleen Fergus is gestorven. Maar hij is geen moordenaar! Hij heeft Edward niet vermoord. Edward, aan boord van
het schip. David heeft het gedaan, niet Fergus. Vaag dringt het
tot Kate door waar ze is. Ze ligt niet thuis op de stromatras in
de achterkamer, Michael slaapt niet naast haar. Ze is op Grosse
Île en moeder is al meer dan twee jaar dood. Maar wie maakt
haar dan wakker? Kate geeuwt met haar mond ver open en opent
opnieuw haar ogen. Nu ziet ze dat Rebecca naast haar geknield
zit. Ze legt een hand op haar haar.

'Wat was jij diep in slaap, Kate. Ik kreeg je bijna niet wakker.
En je haar is helemaal nat. Heb je zo liggen zweten? Jij gaat toch
niet ziek worden?'

Kate rekt zich uit en voelt aan haar haar. Dat is inderdaad nat.
Maar dat is niet van het zweet, dat komt door de regen. Ze is vannacht naar de kerk geweest. David is gestorven en vader Green
heeft hem gezalfd. Of heeft ze dat ook gedroomd? Hoe komt
haar haar dan zo nat? Is het toch zweet? Gaat ze ziek worden en
is ze daarom steeds zo moe? Kate schudt haar hoofd. Zoveel vragen en geen antwoorden. Ze moet eerst goed wakker worden.
Rebecca streelt nog steeds zacht over haar haar. Dat mag niet!
Opeens is Kate helder. Niemand mag aan haar haar komen. Met

een felle beweging duwt ze de hand van Rebecca weg. Ze ziet het verbaasde en gekwetste gezicht van Rebecca, maar ze kan het haar niet uitleggen.

'Het spijt me,' mompelt ze. 'Ik ben nog erg moe en een beetje in de war. Ik droomde over Ierland.'

Rebecca knikt.

'Ik weet hoe dat voelt,' zegt ze zacht. 'In mijn dromen ben ik soms ook in Ierland, dan zie ik de vlakke top van de Benbulben. Het lijkt of hij op me neerkijkt, maar op een troostende manier. Ik voel me in mijn dromen dan zo geborgen, zo vredig. Dicht bij God en het pure van Zijn schepping. Maar dan word ik wakker en weet ik weer waar ik ben. Ik moet de hele dag van patiënt naar patiënt rennen, leed verlichten waar ik kan, terwijl er overal mensen sterven. Gisteren stierf er een oude vrouw, die net van een schip was gehaald. Niemand wist wie ze was en waar ze vandaan kwam, een naamloze dode, zoals er al veel zijn geweest op dit eiland en nog veel zullen komen. Ik hoorde dat er zelfs een begraafplaats was voor mensen zonder naam en gezicht. De aantallen worden bijgehouden, de namen niet.'

Ze buigt haar hoofd.

'Dan kun je nog beter een zeemansgraf krijgen.'

Kate geeft geen antwoord. Rebecca heeft haar hele gezin in de oceaan zien verdwijnen. Eerst Denis, pas elf jaar oud, daarna haar man Thaddeus en ten slotte haar dochtertje Eliza. Nu is ze hier op Grosse Île en werkt ze, troost ze en verzorgt ze alsof ze zelf geen immens verdriet heeft te dragen. Kate pakt haar hand en geeft hem een zacht kneepje. Rebecca glimlacht. Ze buigt zich voorover en kust Kate op haar voorhoofd.

*

Zodra Kate de kerk binnenstapt, vliegen haar ogen over de hardstenen vloer. Ze moet weten of ze gedroomd heeft. Haar werkjurk was nog nat van het uitwassen die nacht, dus ze moet met Robert naar de kerk zijn gegaan. Het kan bijna geen droom zijn geweest. Op de plaats waar David eerst lag, zit nu vader Green. De priester zit met zijn rug naar de deur. Snel loopt Kate naar hem toe. Hij was er vannacht ook bij. Hij zal weten wat er precies gebeurd is, of David inderdaad de moord op Edward heeft bekend. Als ze vlakbij vader Green komt, ziet ze dat hij bezig is met het heilig oliesel.

'Nee!'

Ze schreeuwt door de kerk. Vader Green kijkt even op en schudt dan zacht zijn hoofd. Net als vannacht hoort ze hem mompelen: *'Per istam sanctam unctionem et suam piissimam misericordiam adiuvet te Dominus gratia Spiritus Sancti, ut a peccatis liberatum te salvet atque propitius allevet.'*

Fergus wordt gezalfd. Hij zal sterven. Dat heeft ze gedroomd. Misschien wilde God haar dat in haar droom vertellen. Nu ze weet dat Fergus geen moordenaar is, kan hij rustig sterven en zij moet verder leven met Robert en Betsy.

'Nee!' Ze schreeuwt opnieuw, zo hard dat de muren van de kerk haar kreet weerkaatsen.

'Nee, nee, nee!'

Ze laat zich op haar knieën naast Fergus vallen en pakt zijn hand.

'Niet doodgaan, Fergus. Niet doen. Ik heb je nodig. Verlaat me niet.'

Vader Green schudt zijn hoofd.

'Dat heeft geen zin meer, Kate. Hij hoort je niet. Hij is bewusteloos.'

Kate luistert niet naar de woorden van de priester. Ze buigt zich over Fergus' hand, glad en glibberig van de olie waarmee vader Green hem gezalfd heeft. Een voor een kust ze zijn vingers. Ze gaat rechtop zitten, met Fergus' hand tegen haar mond gedrukt. Haar bovenlichaam wiegt heen en weer. Fluisterend herhaalt ze: 'Verlaat me niet, Fergus.'

Fergus blijft bewegingsloos liggen, zijn zwarte haren vormen een scherp contrast met zijn kleurloze gezicht. Haar vingers glijden over zijn pols, zoekend naar zijn hartslag. Ze sluit haar ogen en concentreert zich. Heel zacht voelt ze zijn hart kloppen, zwak en traag. Hij leeft. Hij is nog niet dood.

'Het zal niet lang meer duren,' zegt vader Green. 'Ik heb dit helaas al honderden keren meegemaakt. Ik ben blij dat dokter Berger me nog op tijd voor het oliesel heeft gehaald. Ik was te laat voor een biecht. Hij was al bewusteloos toen ik hier aankwam.'

Kate geeft geen antwoord, maar achter haar angst om Fergus te verliezen haken zich de woorden van de priester. 'Dokter Berger heeft me gehaald.' Robert heeft dus gezien dat Fergus ging sterven, maar hij heeft de priester gehaald en haar niet. Kate probeert te bedenken of ze Robert heeft verteld dat Fergus haar man is. Ze kan het zich niet herinneren. Even schudt ze haar hoofd. Ze moet nu niet aan Robert denken. Ze moet zich concentreren op Fergus. Ze houdt haar vingers op zijn pols en met haar andere hand streelt ze zijn gezicht. Zijn jukbeenderen schemeren door zijn bijna doorzichtige huid heen, voelen hard aan onder haar vingers.

'Fergus, lieve, lieve Fergus, ik houd van je. Laat me niet alleen, blijf leven alsjeblieft,' fluistert ze.

Maar Fergus blijft roerloos liggen, doods en stil.

'Niet doodgaan, *stóir*, ik heb je nodig. Ons kind heeft je nodig.'

Ze stokt terwijl de tranen over haar wangen stromen. Plotseling hoort ze een lichte zucht. Gealarmeerd kijkt ze op. Ze herkent die laatste zucht.

'Nee!'

Ze grijpt Fergus bij zijn schouders en schudt hem heen en weer.

'Niet doen, niet doen, niet doen!'

Iemand pakt haar beide armen beet en trekt haar naar achteren.

'Laat dat, Kate, laat hem waardig sterven.'

Kate rukt zich los en buigt zich weer voorover. Ze bedekt Fergus met haar bovenlichaam en fluistert in zijn oor: 'Ik draag ons kind, Fergus. Ons kind.'

Opnieuw hoort ze een zucht. Iets krachtiger dan de vorige. Er trekt een rilling door Fergus' lijf en hij opent zijn ogen. Kate houdt haar adem in. Ze heeft vannacht gezien hoe David nog één keer zijn ogen opende, zijn vrouw riep en stierf.

'Ons kind.' Fergus' stem klinkt gebroken, niet helder zoals David bij zijn laatste woorden.

'Ja,' knikt Kate. 'Ons kind.'

Fergus' mond gaat open en dicht. Zweet verschijnt op zijn voorhoofd. Kate ziet zijn gevecht en prevelt: 'God, help hem.'

'Kate,' zegt vader Green tussen opeengeklemde kaken. 'Waarom maak je zijn doodsstrijd zo zwaar? Laat hem in vrede sterven!'

Kate draait haar rug naar de priester. Hij begrijpt er niets van. Fergus levert geen doodsstrijd, hij vecht om te leven, voor haar, voor het kind. Opeens staat Rebecca naast hen. Ze geeft Kate een koele doek. Kate pakt hem aan. Met de vochtige doek bet ze Fergus' voorhoofd. Zijn ogen zijn nog steeds open, maar ze staren in het niets. Kate veegt het zweet weg en praat zacht.

'Weet je het nog, Fergus? De heuvel in Westport waar jij je verborgen had, waar jouw *scailpeen* was, net zo'n heuvel als bij ons thuis. Daar zijn wij samen geweest, daar ben ik jouw vrouw geworden. En God heeft ons toen een kind gegeven. Een kind dat ik nu in me draag. Een kind dat jou nodig heeft.'

Ze blijft in zijn bruine ogen kijken. Langzaam verandert er iets, komt er uitdrukking in. Zijn ogen draaien en hij kijkt haar aan. Hij ziet haar echt! Zijn lippen bewegen, maar er komt geen geluid uit zijn mond. Kate pakt zijn hand. Dan, heel zacht, voelt ze een kneepje en ze weet het. Fergus zal zijn strijd winnen, voor haar, voor het kind. Ze kijkt naar het kruisbeeld boven de deur van de kerk en fluistert: 'Dank U, God.'

27

256 | *Woensdag 30 juni 1847*

Terwijl Kate met een kruik water door de kerk loopt, hoort ze opeens een mannenstem: 'Kate, Kate O'Doherty? Ben jij dat echt of droom ik?'

Ze draait zich om en ziet een man van een jaar of veertig. Hij is mager en bleek en in zijn hals heeft hij grote vlekken. Hij moet dus ook *an droch-thinneas* hebben, zoals bijna al haar patiënten. Toch klinkt zijn stem helder. Hij ligt tussen de mensen die gisteren van een schip zijn gehaald. Kate weet niet waarvandaan. Dagelijks komen er nieuwe schepen uit verschillende plaatsen in Ierland, volgepakt met zieken en stervenden. Kate strijkt nadenkend over haar kin. Ze kent deze man, ze weet zeker dat ze hem eerder heeft gezien, maar waar? De man komt overeind, leunend op een elleboog.

'Je kent me toch nog wel? Ik weet dat ik wat magerder ben dan tijdens de laatste *céilí*, maar ik ben toch echt dezelfde George O'Malley.'

'George!' roept Kate uit. 'Nu zie ik het!'

Kate kan zich George O'Malley wel herinneren. Ze zag hem niet vaak en ze kent hem ook niet heel goed, maar hij woonde bij hen in het dorp. Hij was altijd als eerste aanwezig op *céilí's* en dan speelde hij op zijn *bodhrán*. Ze weet nog dat George op de laatste *céilí* goedkeurend naar Fergus knipoogde toen hij met haar danste. Wat lijkt dat lang geleden! Fergus kan nu niet eens meer lopen.

'Hoe kom je hier terecht, George?' vraagt ze.

George haalt zijn schouders op.

'Zoals wij allemaal, denk ik. Meer dan een jaar geleden moest de pacht betaald worden en ik had niet genoeg. Dat kon ook niet, door de mislukte aardappeloogst, maar daar had Harrison geen boodschap aan. Ik hoorde hoe hij en zijn soldaten te keer waren gegaan bij jullie *bothán* en dat wilde ik mezelf besparen. Ik heb mijn spullen gepakt en ben vertrokken. Mijn vrouw was al gestorven, dus er was niets meer wat me aan *Ghealcnoc* bond.'

Kate knikt. Ze heeft over de begrafenis van Martha O'Malley horen praten. Martha stierf in de winter van 1846 aan een longontsteking, vierendertig jaar oud en eindelijk in verwachting van hun eerste kind.

'Ik liep meteen door naar Galway om daar als sjouwer te gaan werken. Ik had geluk en vond al snel een baantje in de haven.'

'Wanneer was dat precies?'

Kates stem klinkt schor. Vader was ook naar Galway gegaan om als sjouwer in de haven te werken. Alice had verteld dat ze hem daar in juni was tegen gekomen. En George O'Malley was in april uit *Ghealcnoc* vertrokken. Galway is een grote stad, maar als George en vader allebei in de haven werkten, dan zou George vader gezien kunnen hebben. Als het verhaal van Alice tenminste klopt. Kate heeft steeds het gevoel gehad dat David en Alice niet helemaal openhartig over vader waren. David wilde op zijn sterfbed zelfs nog iets over vader zeggen. Kate dacht dat ze hem 'net als met je vader' hoorde zeggen, maar ze weet niet of dat echt zo was, of dat ze zich dat verbeeld had.

'Eind april, begin mei kwam ik er aan en ik ben er zeker een jaar gebleven,' vertelt George. 'Maar steeds meer mannen vertrokken naar *de nieuwe wereld* en ik besloot ook te gaan. Daarom ben ik nu hier, maar dit was niet de aankomst in Canada die ik me had voorgesteld.'

Zijn mond vertrekt in een grimas. Kate pakt zijn pols en voelt zijn hartslag. Zijn hart klopt sterk en regelmatig. Ze glimlacht.

'Je overleeft het wel,' zegt ze. 'Die vlekken zien er ernstig uit, maar je bent lang niet zo ziek als de meesten die hier worden binnen gebracht. Ik denk dat je over een paar dagen al weer weg mag.'

George grijnst.

'Dat hoop ik, want ik vind dit maar een raar ziekenhuis.'

Kate haalt haar schouders op.

'Meer kunnen we er niet van maken. We doen wat we kunnen, maar de schepen blijven maar komen.'

George O'Malley houdt zijn hoofd een beetje schuin.

'Dat begrijp ik wel, Kate. Maar ik wil hier gewoon weg.'

Kate knikt. Ze kan zich voorstellen dat hij niet op de harde kerkgrond wil liggen. Maar ze wil nu niet praten over de kerk en de ziekte. Ze wil meer weten over Galway. Kate kijkt George O'Malley recht in zijn magere gezicht als ze zegt: 'Ik heb gehoord dat mijn vader ook in Galway als sjouwer werkte.'

George gaat opeens helemaal rechtop zitten.

'Ja, dat klopt! Dat was al even geleden. Hij was er de eerste weken ook. Hij zag er niet best uit, maar hij werkte als een paard.'

'Hij zag er niet best uit?' herhaalt Kate.

George schudt zijn hoofd.

'Nee, hij was een paar maanden eerder vreselijk in elkaar geslagen, maar hij kon wel werken. Hij had het nog over jullie. Hij zei dat hij probeerde te sparen, zodat jullie de pacht konden betalen.'

Kate heft met een ruk haar hoofd op. Vader had hen in de steek gelaten en daarna niets meer van zich laten horen, maar blijkbaar dacht hij wel veel aan hen. Hij had Alice over hen verteld, en ook met George had hij over zijn kinderen gesproken. Toch had hij nooit een penny opgestuurd.

'Wij hebben niets meer van hem gehoord, al die maanden dat we nog in *Ghealcnoc* woonden.'

'Tja, de vloek van de drank. Je vader wilde wel sparen voor jullie, en hij werkte ook echt hard. Maar de avonden in Galway waren eenzaam voor een man alleen en hij ging dan vaak naar de pub. Zo bleef er geen geld over voor jullie.'

Kate probeert zich vader in Galway voor te stellen, wonend in een kleine kamer, overdag sjouwend in de haven en 's avonds in de pub met de andere sjouwers. Ze ziet bijna voor zich hoe hij daar geleefd heeft. Toch klopt het verhaal van George O'Malley niet.

'Ik heb iemand gesproken die zei dat mijn vader naar *de nieuwe wereld* ging. Ze vertelde dat hij 15 juni was vertrokken.'

George heft zijn hand op als in een groet.

'Ja, ik heb hem nog uitgezwaaid. Hij voer op een tweemaster, een solide schip. Heel wat beter dan de gammele brik waarop ik overgestoken ben.'

'Hoe kon hij dan een passagebiljet betalen? Als hij al niet eens wat kon sparen.'

George lacht een vreemde scheve lach.

'In de pubs wordt niet alleen gedronken. Je vader hield wel van een spelletje en op een avond speelde hij met een man uit Barna. Die man vergokte zijn passagebiljet. Ik had je vader net een paar dagen daarvoor verteld dat jullie niet meer in *Ghealcnoc* woonden en dat niemand wist of jullie nog wel leefden. Ik denk dat je vader vond dat hij best weg kon uit Ierland. Hij had iemand over New York horen praten en dat leek hem een mooie kans om opnieuw te beginnen. Maar volgens mij had hij geen passagebiljet voor New York. Ik kan me alleen niet meer herinneren waar hij wel heen ging.'

'Niet naar Amerika?'

George spreidt zijn handen.

'Misschien wel, misschien niet. Het kan ook Canada zijn geweest. Ik weet het echt niet. Het is al meer dan een jaar geleden en sindsdien heb ik zoveel landgenoten zien vertrekken. En nu ben ik zelf ook hier. Op een kerkvloer met een lichaam vol vieze vlekken.'

Kate glimlacht. Ze giet wat water uit de kruik op een doek en dept het gezicht van George af.

'Het zal niet lang duren,' voorspelt ze. 'Ik denk dat je hier binnen een week weg bent. Je bent niet half zo ziek als de meeste van mijn patiënten.'

Kate komt overeind. Haar knieën kraken en voelen beurs van het lange zitten op de harde vloer. Ze heeft haar taak verzuimd, maar ze moest naar het verhaal van George luisteren. Vader heeft constant aan hen gedacht. Hij heeft echt geprobeerd om voor hen te sparen en pas toen hij hoorde dat zij niet meer in *Ghealcnoc* woonden, is hij naar *de nieuwe wereld* vertrokken. Hij heeft hen niet voor de tweede keer in de steek gelaten. Ze moet nu voor de zieken zorgen, maar als ze vanavond in haar bed ligt, wil ze nadenken over haar vader. Als hij in *de nieuwe wereld* is, moet er een manier zijn om hem te vinden.

28

Kate omklemt Fergus' hand terwijl hij langzaam de kerk uit schuifelt. Hij zwaait op zijn benen als een dronkeman. Eenmaal buiten knippert hij en hij houdt zijn hand boven zijn ogen om ze te beschermen tegen het felle zonlicht. Kate kijkt opzij naar zijn magere kaak en zijn bleke gezicht. Ze bedenkt dat hij al wekenlang niet buiten is geweest. De laatste week op het schip heeft hij in het vrachtruim gelegen en daarna lag hij meer dan twee weken in het schemerduister van de kerk. Het heldere zonlicht moet hem volledig verblinden. Voorzichtig haalt hij zijn hand weg, maar zijn ogen blijven tot spleetjes geknepen. Zo kijkt hij om zich heen.

'Waar gaan we heen?'

Kate monstert opnieuw zijn breekbare gestalte en zegt: 'Het strand. Dat is niet zo ver lopen.'

Fergus knikt. Hand in hand lopen ze de straat door, de kortste weg naar de kust en het strand. Het gaat langzaam. Fergus is ernstig verzwakt en hij moet steeds stil blijven staan om op adem te komen, maar vastberaden strompelt hij verder. Ook Kate gaat het lopen moeizaam af. Dat verbaast haar. Ze is al weken moe en misselijk, maar dat kan niet anders. Ze is in verwachting en werkt bijna dag en nacht onafgebroken. Het zou vreemd zijn als ze niet moe was, maar haar benen doen ook pijn, een zeurderig gevoel bij iedere stap, alsof haar benen te zwaar zijn voor haar lichaam. En dat past niet bij het dragen van een kind, dat kent ze niet van haar moeder. Ze heeft het niemand verteld, maar soms is ze bang dat ze ook *an droch-thinneas* heeft. In de nacht dat ze bij David was geroepen is ze minder voorzichtig geweest dan anders. En de volgende ochtend heeft ze

Fergus gekust, terwijl hij doodziek was. Het zou kunnen dat zij nu ook de ziekte heeft, maar daar wil ze niet aan denken. Ze heeft waarschijnlijk gewoon te hard gewerkt. Ze probeert haar vermoeide benen te negeren en loopt verder. Bijna bij het strand staat een rij houten gebouwtjes. Fergus wijst ernaar en vraagt:

262 | 'Wat is dit?'

Het wordt Kate scherp duidelijk hoeveel hij gemist heeft. Het leven heeft voor hem een paar weken stilgestaan, het lijkt of hij herboren moet worden, herboren in een omgeving die hij niet kent, waarvan hij een tijdlang alleen decorstuk is geweest, een penseelstreek op de achtergrond.

'Dat zijn de noodgebouwen: barakken en lazaretten. De stroom van patiënten is zo enorm dat het niet meer was op te vangen. Daarom zijn er barakken voor het personeel en lazaretten voor de patiënten neergezet. Sommige zijn hier gebouwd, andere zijn in Quebec gemaakt en hier in delen aangeleverd. Dit zijn pas de eerste. Volgens dokter Berger komen er nog veel meer.'

Het valt haar zelf op dat ze dokter Berger zegt tegen Fergus, terwijl ze hem eigenlijk al heel lang Robert noemt. Ze heeft hem verteld van Fergus, van haar keuze, en zelfs dat ze zijn kind draagt. Robert had even zijn schouders opgehaald. Hij leek wat teleurgesteld, maar niet echt verdrietig en hij was meteen verder gegaan met zijn werkzaamheden. Hij is nog even vriendelijk als altijd, maar hij heeft haar niet meer gevraagd om met hem te gaan wandelen. Kate vraagt zich af of ze zich zo vergiste, of de keuze voor een leven met Robert alleen in haar hoofd bestond. Op het strand gaat ze aan de vloedlijn zitten. Fergus laat zich hijgend naast haar zakken. De korte wandeling heeft veel van zijn krachten geëist en hij ziet nog bleker dan in de kerk, maar hij glimlacht.

'Heerlijk om de wind te voelen, de meeuwen te horen krijsen. In de kerk hoorde ik alleen gekerm.'

Kate knikt. Ze schuift wat dichter tegen hem aan en legt haar hoofd op zijn schouder. Fergus slaat zijn arm om haar heen. Zo zitten ze bij elkaar. Kate kijkt naar de golven die zachtjes over het zand spoelen en zich weer terugtrekken, naar de rij schepen die nog in de quarantaine-pass ligt. Er lijkt geen einde te komen aan de toestroom van Ieren op wrakke schepen, maar volgens Robert zal het aantal steeds verder afnemen. In de herfst- en wintermaanden wagen zich veel minder schepen op zee.

'Ik ben zo blij dat ik hier met jou zit,' mompelt Fergus in haar oor.

Heel zacht legt hij zijn magere hand op haar buik die nog vlak is, maar toch leven herbergt.

'Met jou en ons kind.'

Kate glimlacht. Ze voelt hetzelfde. Toch zit ze nog met vragen. Ze weet nu dat David Edward heeft vermoord, maar ze begrijpt niet wat er precies gebeurd is en waarom Fergus boete wilde doen. Even kijkt ze opzij, naar de zweetdruppels op Fergus' hoofd, het grauwe waas dat over zijn wangen ligt. Dit is niet het juiste moment om daarover te beginnen. Ze trekt een brief uit haar schort.

'De 'Saint George' heeft gisteren post meegebracht,' zegt ze.

De stoomboot vertrekt altijd op vrijdag naar Quebec om de gezond verklaarden naar hun nieuwe leven te brengen en komt op zaterdag weer terug met voorraden en post. Vorige week was Robert een dag naar Quebec gegaan. Hij had gepraat met Canadese notabelen, hen gesmeekt om meer hulp voor de patiënten op Grosse Île, om hen in ieder geval beddengoed en kleren te geven. En medicijnen, goed voedsel, alles waar een tekort aan was. Hij vertelde dat hij deur in, deur uit was gegaan, het ene huis nog mooier dan het andere. Die dikke mannen, omgeven door rijkdom, hadden minzaam geknikt en sommigen hadden hem echte hulp toegezegd, maar enkelen hadden hem met een handbeweging naar buiten gestuurd, alsof ze niet eens wilden praten met iemand die van het eiland kwam. De angst voor besmetting was door heel Quebec voelbaar. De parochies en kerken waren wel behulpzaam geweest en Robert was met zakken vol kleding, beddengoed en meel teruggekomen. Uit de kleding had hij een heldergroene jurk gezocht en die aan Kate gegeven, iets groter dan de jurk die ze normaal draagt. Ze had eerst geweigerd, maar Robert had haar erop gewezen dat ze snel niet meer in haar eigen kleren zou passen. Daarom had ze hem aangenomen. Maar ze had hem nog niet gedragen. Dat zou ze pas doen als het echt nodig was.

'Post voor ons?' vraagt Fergus.

Het 'ons' klinkt zo vanzelfsprekend dat Kate glimlacht.

'Ja, van Adelaide, uit Quebec.'

Ze strijkt het papier glad en begint te lezen.

Beste Kate,

Ik hoop en bid dat het goed met jullie gaat. Dat jouw gezondheid niets te lijden heeft en dat Fergus nog leeft. Natuurlijk bidden we ook voor David en Alice, dat God hen wil sparen.'

Kate stokt meteen. De gebeden zijn niet verhoord. David en Alice zijn twee weken geleden al gestorven, maar haar broers en Adelaide weten dat niet. Zelfs Nora weet niet dat haar vader en moeder dood zijn. Kate moet het haar vertellen, in een brief. Ze zucht en kijkt weer op het volgeschreven papier.

Wij hebben nog een week in de Quarantaine-pass gelegen en daarna mochten we doorvaren. Michael huilde toen we wegvoeren, omdat hij jou niet achter wilde laten, maar Connor kon hem troosten. Je broers zijn aan de reling gaan staan en Pat heeft op zijn fluit gespeeld. 'Vaarwel nu, mijn liefste', het lied dat hij ook speelde toen je in het roeibootje stapte. Connor en Michael hebben meegezongen en inmiddels ken ik de tekst ook. Mijn Iers wordt steeds beter, maar schrijven gaat me beter af in het Engels. Ik denk niet dat je het afscheid van je broers gehoord hebt, maar Connor zegt van wel. Connor is soms zo stellig dat ik daar af en toe bang van word. Hij weet dingen altijd zo zeker, terwijl ik over alles twijfel.

Wij zijn overgebracht naar Bluestore, maar daar zijn we niet lang gebleven. Pat en Connor hebben een pub gevonden, waar veel Ieren komen. Pat heeft daar op zijn fluit gespeeld en alle bezoekers zongen mee. Pat vertelde dat het zo mooi was, duizenden mijlen van huis met al zijn landgenoten zingen. Paddy MacCullam, de eigenaar, heeft Pat ge-

vraagd of hij in de kroeg wil komen werken en dat doet hij nu. Wij,
Pat en ik, mogen op de zolder boven de kroeg wonen. Connor, Michael,
Nora, John en Martin komen iedere dag hiernaartoe. Zij wonen nog
wel in Bluestore, maar ik denk niet lang meer. Connor is heel stil, als-
of hem iets dwarszit, maar hij wil niets zeggen, zelfs niet tegen Pat.

Kate, ik hoop dat je mijn pakketje hebt gevonden en dat je het daar
op het eiland goed kunt gebruiken. Anders moet je het maar verber-
gen. Zorg alsjeblieft dat het niet gestolen wordt.'

Fergus kucht. Hij heeft een diepe rimpel boven zijn donkere
wenkbrauwen.

'Waar heeft Adelaide het over?'

Kate slikt. Ze had dit stuk niet voor moeten lezen. Fergus mag
niets weten van de juwelen die ze van Adelaide heeft gekregen.
Op Grosse Île heeft ze er niets aan. Ze krijgt iedere dag haar drie
shilling en daar kan ze van leven. De sieraden bewaart ze voor
als ze ook in Quebec is. Ze trekt een schouder op.

'Adelaide heeft me een pakketje eten gegeven, voor noodgevallen,' zegt ze. 'Ik denk dat ze dat bedoelt.'

De leugen kleurt haar wangen rood en Fergus kijkt haar onderzoekend aan, zijn donkere ogen vlakbij de hare. Hij heeft zijn
lippen op elkaar geklemd en bestudeert haar gezicht alsof hij de
waarheid er vanaf wil schrapen. Kate kijkt van hem weg. Opeens
pakt hij zacht haar kin beet en draait haar gezicht weer naar hem
toe. Hij buigt zich voorover en kust haar op haar mond. Kate beantwoordt zijn kus, aarzelend, voorzichtig, alsof kussen nog te
veel leven van Fergus vraagt. Maar Fergus zelf lijkt die angst niet
te kennen. Hij duwt haar zacht achterover in het zand en kust
haar ogen, haar neus en haar mond. Zijn lippen zijn nog gebars-
ten en zijn huid voelt ruw, maar hij is bij haar, heel dichtbij
haar.

'Oh, mijn lieve Kate, *stóir*,' kreunt hij. 'Ik heb het zo gemist
om dichtbij je te zijn. In mijn koortsdromen zag ik je voor me,
naakt en prachtig, maar als ik je aan wilde raken verdween je
weer.'

Kate probeert het onbehaaglijke gevoel van zich af te schudden. Ze moet niet denken aan alle vragen die er zijn, de geheimen die ze voor Fergus heeft. Ze leven en ze zijn samen. Daar moet ze van genieten. Ze glimlacht.

'Ik ben er nu.'

Fergus streelt haar voorhoofd.

'Ja, je bent er nu. Blijf bij me, Kate, voor altijd.'

Opeens gaat hij op zijn knieën zitten en pakt haar hand. Kate kijkt hem aan. Hij lijkt nerveus, anders dan de Fergus die ze kent, haar buurjongen, de leider van de opstand in Galway, de man die streed tegen de Engelse overheersing, maar hij glimlacht.

'Kate, lieve Kate, moeder van mijn kind. Mag ik je hand vragen?'

Zijn magere gezicht met het litteken staat ernstig. Opeens mist Kate haar vader. Fergus zou hem om haar hand moeten vragen, maar dat kan niet. Haar vader is, als hij nog leeft, ergens in Amerika. Of misschien is zijn schip ook nooit in New York aangekomen en is hij in Canada, maar dan nog weet ze niet waar. En moeder. Moeder had bij haar huwelijk moeten zijn. Ze zou haar hebben moeten helpen met haar trouwjurk. Kate denkt aan de jurk die Robert haar gegeven heeft. Het is een mooie jurk, van een goede kwaliteit, veel beter dan de jurk die ze thuis in *Ghealcnoc* droeg, maar ze kan er nooit in trouwen. Ze heeft hem van Robert gekregen. Bovendien is hij groen en ieder kind weet dat je nooit in het groen moet trouwen. Groen is de kleur van de elfen. Elfen zijn altijd op feesten op zoek naar de mooiste vrouw. En dat is natuurlijk de bruid. Als de bruid een groene jurk draagt, kunnen de elfen haar meenemen naar de andere wereld. Kate moet dus een andere jurk hebben, het liefst rood, net zoals de trouwjurk van haar moeder, de jurk die ze heeft moeten verkopen om de pacht te betalen. De jurk die ze stiekem heeft aangetrokken, omdat ze hem niet wilde wegdoen zonder te weten hoe hij haar stond. Toen ze de jurk aanhad, zag ze Fergus en hij zag haar. Vanaf dat moment wist ze dat ze een toekomst met hem had. Maar dat zou een toekomst in Ierland zijn geweest. Zij zou met Fergus trouwen en ze zouden gaan werken in *Ghealcnoc*, net zoals haar vader en moeder. Maar de jurk is in Ierland gebleven. Hij is daar gedragen door een bakkersdochter op haar bruiloft. En Kate is nu op Grosse Île. Hier heeft ze alleen haar werkjurk, de jurk voor in het huis van mevrouw Tremblay en nu de nieuwe groene jurk voor als de andere twee niet meer passen. En er moeten ook ringen zijn. Kate zou van Fergus de ring met de roos kunnen krijgen, de ring uit het kistje van Adelaide, maar dan moet ze uitleggen hoe ze daaraan komt en dat wil ze nog niet. Hier op het eiland kunnen ze toch niet trouwen. Ze zullen naar Quebec moeten. Daar zijn kerken die gewoon kerk zijn, waar heilige missen zijn en priesters, godsgebouwen die niet vol liggen met zieken en stervenden. En Pat en Connor kunnen haar weggeven. Of misschien kan ze een advertentie plaatsen in een krant om haar vader te zoeken. Als hij in Canada is, hoort hij misschien van iemand dat hij gezocht wordt. Hij kan zelf geen kranten lezen, maar...

'Kate?'

Fergus onderbreekt haar gedachten.

'Je hebt me geen antwoord gegeven. Wil je alsjeblieft met mij trouwen, wil je je leven delen met mij?'

Zijn ogen staan smekend en Kate voelt hoe haar wangen opnieuw gaan branden. Ze heeft nagedacht over alles rond de bruiloft, maar al die tijd geen antwoord gegeven! Ze kust zijn hand en slaat haar armen om hem heen.

'Natuurlijk, Fergus, ik ben jouw vrouw, voor altijd.'

Haar hart vult zich met liefde voor de man voor haar. Hij is nog ziek en zwak, maar hij zal aansterken. Ze zullen samen naar *de nieuwe wereld* gaan en een nieuw leven krijgen. Kate legt haar handen op haar buik. Een nieuw leven, voor hen samen, van hen samen.

29

Donderdag 29 juli 1847

'Houd vol, Kate.'

Moeders gezicht schemert voor haar ogen, maar ze hoort de stem van Robert Berger. Volhouden, zegt hij, maar ze is te moe. Slapen, ja, slapen.

'Denk aan mij, aan ons kind,' smeekt Fergus

Het kind, natuurlijk, daarom heeft ze zo'n pijn. Kracht, oerkracht. Moeder kon het niet tegenhouden, kleine Séan, veel te vroeg geboren, een zusje alstublieft, Heer. Nee, geen zusje, een dochter, haar dochter en van Fergus. Een schreeuw. Wie gilt er zo? Een klein meisje met Fergus' gezicht, zwarte krullen, een harde ongeschoren kaak, ontsierd door een litteken. 'Je hebt gelogen!' Robert schreeuwt in haar oor. 'Zijn kind, een Ierse pauper.' Een open dokterstas, het kind erin. Grote stappen over het dek van de 'Mary Elisabeth'. Zeildoek, geen liturgie. Over de reling. 'Mijn kind, mijn kind!' Redden, ze moet het redden. Een sprong in de diepte van de oceaan. Zout water omsluit haar. Het meisje. Ze strekt haar handen. Een walvis met geopende muil. Jona luisterde niet naar God. Zij heeft Robert niet echt begeerd, een leven in warmte, een middag op Telegraph Hill, Fergus' kind, de grote leugen. Kou, mijn kind, mijn kind. Vader met open armen verdwijnt. De walvis, groot, zwart en dreigend. Het mes, steken, in het dikke vlees van de walvis. Weerstand van de speklaag. De liefde van de witte forel, een krijsende jonkvrouw in de pan. Het mes dat in het witte vlees snijdt, Edwards bloedende arm. Een knal. Edward op de zeebodem. 'Ik ben niet dood!' Haat in zijn ogen, graaiende handen naar haar kind, het mondje open en dicht, moeders strelende hand. Vingers die zich uitstrekken om haar hals en knijpen, knijpen, knijpen. Geen lucht, geen licht, geen leven.

Zaterdag 31 juli 1847

'Kate?'

Moeders stem klinkt anders, lager, met een accent. Vreemd dat dat haar opvalt. Moeizaam opent ze haar ogen. Het gezicht van moeder is vlak voor haar, de donkerrode haren, de groene ogen. Te felle kleuren in het licht. Ze sluit haar ogen weer.

'Kate, houd je ogen open.'

Iemand bevochtigt haar lippen.

'Het ergste is voorbij, je moet nu aansterken.'

Kate fronst. Dat geeft een bonkende pijn in haar hoofd. Ze ontspant haar voorhoofd weer. Ze zal straks wel horen wat er is, waarom ze zo moe is en haar hoofd zo'n pijn doet.

'Ik ga je man voor je halen. Hij heeft wekenlang aan je bed gezeten, hopend en biddend dat God jouw leven wilde sparen en dat van jullie kindje.'

Zachte vingers strelen haar wang. Opnieuw probeert Kate haar ogen te openen. Moeders gezicht is wazig en trilt, als een weerspiegeling in het water. Kate voelt moeders lippen op haar wang. Dan draait moeder zich om en loopt weg. Stil blijft Kate liggen. Ze legt haar handen op haar buik en draait haar hoofd. Ze ziet een houten wand, rechte planken. In het bed naast haar ligt een vrouw, bleek en uitgemergeld. Dit is niet haar stromatras in haar *bothán*, ze is niet in *Ghealcnoc*. Voor de zekerheid tast ze naast zich, maar Michael ligt er niet. Opeens weet ze het. Michael is naar Quebec vertrokken, samen met haar broers en zij is hier gebleven om Fergus te verzorgen. Maar Fergus heeft wekenlang aan haar bed gezeten, hij heeft haar verzorgd. Moeder is hem nu halen. Nee, moeder is dood, al meer dan twee jaar, gestorven aan de kraamvrouwenkoorts. De vrouw komt terug. Nu pas kan Kate haar goed zien. Het is moeder niet, het is Rebecca. Een scherpe teleurstelling trekt door haar heen. Een kort moment dacht ze dat het daadwerkelijk moeder was, maar diep in haar hart weet ze dat het niet kan, dat moeder dood is. Robert Berger loopt achter haar aan. Robert Berger? Maar ze zou Fergus toch gaan halen? Dat heeft ze gezegd. Kate sluit haar ogen en denkt na. Nee, Rebecca zei: 'Ik ga je man halen, hij heeft wekenlang aan je bed gezeten, hopend en biddend om jouw leven te sparen en dat van jullie kindje.' Vreemd dat ze zich die zin nog letterlijk kan herinneren, terwijl de grote lijnen wazig zijn. Maar als Robert aan haar bed heeft gezeten en heeft gebeden voor hun kindje, waar is Fergus dan? En waarom denkt Robert dat het hun kindje is? Ze is toch niet met hem meegegaan? Mistflarden vullen Kates hoofd. Ze weet het niet meer, ze weet het echt niet meer. Schaamte trekt door haar heen. Als ze met Robert samen is geweest en hem heeft verteld dat ze hun kind draagt, dan moet ze zich dat toch herinneren? Ze weet alleen dat ze eraan gedacht heeft. Als Fergus dood zou gaan, zou ze met Robert meegaan en doen of het zijn kind was om de toekomst veilig te stellen, van zichzelf, maar vooral van het kind. Robert glimlacht naar haar en legt een hand op haar voorhoofd. Daarna pakt hij haar pols en knikt tevreden.

'Je gaat de goede kant op, Kate. Wij zijn zo bang geweest je kwijt te raken.'

Kate knikt. Ze heeft inmiddels begrepen dat ze erg ziek is geweest. Robert streelt haar zacht over haar wang.

'Ga nog maar slapen, dan knap je het snelste op. Maar het gevaar is in ieder geval geweken.'

Hij buigt zich voorover en kust haar voorhoofd. Kate kijkt hem na als hij wegloopt, volledig in de war. Ze weet bijna zeker dat ze voor Fergus had gekozen, maar de nevel in haar hoofd vertroebelt haar herinnering. En ze is moe, zo moe. Ze sluit haar ogen.

Als ze weer wakker wordt zit Fergus aan haar bed. Hij glimlacht. Aarzelend strekt Kate haar hand uit. Hij pakt hem en geeft er een kneepje in. Dan buigt hij zich voorover.

'Ik ben God zo dankbaar,' fluistert hij in haar oor. 'Zo dankbaar. Ik dacht dat ik je kwijt was, jou en ons kind, ons nieuwe leven samen.'

Kate probeert te begrijpen wat er om haar heen gebeurt. Wie is nu haar man, de vader van haar kind? Ze weet zo zeker dat het Fergus is, dat God haar dit heeft gegeven op de dag dat ze samen waren op de heuvel in Westport, maar al het andere in haar hoofd is wazig.

'Dokter Berger is dag en nacht voor je bezig geweest. Ik geloof dat hij zelfs ruzie heeft gehad met dokter Douglas, omdat hij jou medicijnen heeft gegeven, die alleen voor de artsen bestemd waren.'

Kate knikt. Ze zal Fergus laten vertellen, dan komt ze er misschien achter wat er de afgelopen weken is gebeurd.

'Erg aardig van hem.'

Kate draait haar hoofd. Iets in de stem van Fergus heeft haar doen opkijken. Zijn gezicht staat strak, afstandelijk. Opeens voelt ze een afstand tussen hen. Ze begrijpt niet precies wat er de laatste weken tijdens haar ziekte gebeurd is, maar Fergus' wantrouwen en zijn argwaan zijn zo voelbaar dat ze in Kates verwarde gedachten doordringen. Fergus zit naast haar, zijn hand in de hare en toch voelt ze een bijna fysieke verwijdering. En dat wil ze niet. Dat wil ze niet! Kate kucht. Haar mond voelt droog, maar ze moet het toch zeggen.

'Ik houd van jou, Fergus.'

Fergus glimlacht wat droevig en kust haar lippen.

'Ik ook van jou, mijn lieve, mooie Kate *rua*.'

Hij streelt over haar haar. Kate schrikt op. Niemand mag aan haar haar komen. Snel brengt ze haar hand naar haar nek. Door de plotselinge beweging draait het voor haar ogen, maar ze zet door. Haar vingers voelen onder haar dikke, rode haar, maar ze weet het al. De sieraden, de juwelen die ze van Adelaide heeft gekregen en die ze al die tijd onder haar haren had verborgen, omdat ze ze niet in het huis van mevrouw Tremblay achter durfde te laten, zijn verdwenen. Iemand heeft ze ontdekt en gestolen, terwijl zij vocht voor haar leven. De tranen prikken achter haar oogleden. Haar kans op een mooie toekomst in Quebec is weg. Ze voelt hoe een traan ontsnapt, een zout spoor trekt van haar ooghoek over haar jukbeen en zo haar hals in loopt. Met een vinger veegt Fergus hem weg.

'Niet huilen, *stóirín*,' zegt hij zacht. 'Je hebt het overleefd. Je zult aansterken en dan beginnen we een nieuw leven, jij, ik en ons kind.'

Kate knikt. Fergus heeft gelijk. De juwelen waren niet echt van haar. Ze heeft ze van Adelaide gekregen en ze weet niet hoe die eraan kwam. Nu zijn ze weg, maar ze heeft het belangrijkste nog, haar man en haar kind. En met zijn drieën wacht hun een nieuw leven. Zonder geld, vol vragen en onzekerheden, maar met elkaar.

DEEL III

NOVEMBER 1847

30

'Ga je mee, Kate?'

Rebecca strekt haar hand uit. Kate knikt en komt overeind met haar hand op haar ronde buik. Langzaam daalt ze de trappen in het huis van mevrouw Tremblay af. De traptreden lijken stroperig, alsof ze Kates gang naar dokter Douglas willen vertragen. Dokter Douglas heeft haar nooit eerder gevraagd naar zijn kantoor te komen, maar ze begrijpt waarom hij dat nu wel heeft gedaan. De laatste twee maanden is de toestroom van zieke landgenoten afgenomen en er moest worden opgeruimd: tenten moesten worden verwijderd, de lege lazaretten en de kerk moesten worden ontsmet. Gebruikt beddengoed moest worden verbrand, verweesde kinderen hadden troost nodig. Kate werkte lange dagen, vaak zij aan zij met Fergus, maar nu zijn er bijna geen patiënten meer. Kate weet waarom dokter Douglas haar wil spreken. Na al die tijd op Grosse Île zal zij ook ontslagen worden en met de stoomboot naar Montreal of Quebec worden gebracht. Daar moet ze opnieuw werk en een slaapplaats zoeken, maar niemand zal een jonge vrouw die overduidelijk een kind draagt aan willen nemen. Eenmaal buiten pakt Rebecca haar hand. Maggie gaat aan de andere kant van haar staan. Maggie lijkt veel ouder geworden in de maanden dat ze op Grosse Île is, de rimpels in haar ronde gezicht zijn dieper en haar haren die onder de omslagdoek vandaan komen zijn allemaal grijs. Ze heeft gewerkt zonder te rusten en nu zijn haar schouders krom gebogen en haar wangen vaal. Toch glimlacht ze.

'Het einde van het bekende,' zegt ze met een stem vol berusting.

'En het begin van ons doel,' vult Rebecca aan. 'We zijn een half jaar geleden aan boord gestapt op weg naar een ander leven in *de nieuwe wereld*.'

Kate zegt niets. Rebecca heeft gelijk. Bijna op de dag af een half jaar geleden vertrokken ze uit Westport op de 'Mary Elisabeth', maar het vasteland hebben ze nog altijd niet bereikt. Dat zal over korte tijd anders worden. Kate trekt de jas die ze van Robert Berger heeft gekregen dichter om zich heen en houdt met haar andere hand haar omslagdoek stevig vast. Met trage stappen loopt ze het dorp uit, over de laag sneeuw die het hele eiland bedekt. Onder kale bomen door vervolgt ze haar weg naar het huis van dokter Douglas aan de oever van de rivier. Ook Rebecca en Maggie lijken in gedachten verzonken. Nog onverwachts staat ze bij het grote grasveld voor het huis van dokter Douglas. Op het gras ligt de sneeuw nog hoger dan op de weg. Kate haalt diep adem en loopt naar de voordeur. Nu zal ze het te horen krijgen. Met haar knokkels klopt ze aan. Vrijwel meteen wordt de deur opengetrokken.

'Kom binnen,' zegt dokter Douglas kort.

Maggie stapt als eerste over de drempel. Even later staan ze alle drie in de spreekkamer. Dokter Douglas gaat achter zijn bureau zitten en kijkt in een aantekenboek dat voor hem ligt. Hij vraagt: 'Maggie Nelligan uit Letterkenny, Donegal?'

Met rustige stem antwoordt de *gaelacha*: 'Dat ben ik.'

'Rebecca Farrell uit Ballinsloe, *county* Sligo?'

'Ja.'

'Kate O'Doherty uit *Ghealcnoc, county* Mayo?'

Kate slikt de brok in haar keel weg en antwoordt: 'Dat ben ik.'

Dokter Douglas kijkt even naar haar dikke buik onder de vermaakte groene jurk en richt dan zijn ogen weer op het aantekenboek.

'We gaan Grosse Île sluiten en jullie moeten vertrekken voor de Saint Lawrence dichtvriest.'

Niemand geeft antwoord, maar dat lijkt de dokter ook niet te verwachten. Hij buigt zich over het geldkistje dat op de rand van zijn bureau staat en telt het loon voor drie weken uit. Met een korte knik overhandigt hij het geld.

'Morgen gaat de stoomboot naar Quebec. Jullie kunnen daar aan boord.'

Met een handgebaar stuurt hij hen zijn kamer af, zonder een woord van dank voor de maanden die ze gewerkt hebben. Zij hebben hun deel bijgedragen aan de onmogelijke taak om al die zieken te genezen of in ieder geval hun laatste weken te verlichten en hen waardig te laten sterven, maar dokter Douglas zegt er niets over. Kate vraagt zich af hoeveel er hier op Grosse Île de afgelopen maanden gestorven zijn, hoeveel Ieren er begraven liggen op de begraafplaats aan de andere kant van het eiland. Het moeten er vele duizenden zijn.

'Nou, dat was het dan,' zegt Rebecca. 'Wat gaan... we nu doen?'

De korte aarzeling voor het woordje 'we' valt Kate meteen op. Ze weet het niet. Ze wil in ieder geval samenblijven met Fergus, maar ze heeft nog niet nagedacht over een toekomst na Grosse Île. Het zal al moeilijk worden om een huis te vinden voor haar en Fergus, een huis waar hun kindje geboren kan worden, maar het is nog lastiger om een huis te vinden waar ook Rebecca en Maggie kunnen wonen. Toch kan ze zich niet voorstellen dat ze hen niet meer zal zien na morgen. Morgen moeten ze aan boord van de 'Saint George'. Morgen al. Kate heeft niet eens tijd om Adelaide te schrijven dat ze komen.

'Ik ga eerst naar mijn broer Pat,' antwoordt Kate. 'Hij woont in Quebec boven de pub waar hij werkt. Misschien dat hij een baan voor mij weet.'

Ze legt haar hand op haar dikke buik. Onmiddellijk voelt ze hoe de baby tegen haar handpalm schopt. Ze bijt op haar lip. Werk zoeken zal niet meevallen. En hoe moet het met haar kindje dat over een paar maanden geboren zal worden? Ze kan het niet alleen laten als ze gaat werken.

*

De sneeuw kraakt onder Kates voeten terwijl ze het smalle, steile pad opklautert naar Telegraph Hill, het hoogste punt van Grosse Île. Daar is de sneeuw nog niet platgetrapt en Kate zakt tot haar enkels weg. Ze is dankbaar voor de warme laarzen die ze draagt. Ze richt haar ogen op het kruis dat bovenop de heuvel staat. Ze weet dat het geen echt kruis is. Robert Berger heeft haar verteld dat vanaf het hoogste punt van het eiland signalen per semafoor naar het vasteland worden geseind. Toch is het voor Kate een plaats om rust te zoeken en even weg te zijn uit haar harde wereld van ziekenhuizen schrobben en beddengoed verbranden. Het is heel anders dan haar plekje onder de meidoorn in *Ghealcnoc*, maar de vrede die ze voelt is dezelfde. Fergus pakt haar hand. Ze geeft hem een klein kneepje. Hand in hand lopen ze verder. Als ze eindelijk bovenaan de top is, blijft ze staan en staart over de Saint Lawrencerivier. Daarachter ligt Quebec, de stad waar Pat en Adelaide wonen. Connor, Michael, Nora en haar broertjes hebben Quebec al verlaten. Adelaide heeft dat in een van haar brieven vermeld. Ze was er kort over, maar tussen de regels door las Kate wat ze eigenlijk altijd had geweten. Connor hoort niet in een stad, daar kan hij niet ademen, zichzelf niet zijn. Hij zal vertrokken zijn, rustig, maar vastbesloten, zoals hij alles doet. Hij zal Michael hebben meegenomen en Nora zal hem met haar broertjes gevolgd zijn. Kate kijkt even opzij, naar de harde kaak van Fergus, de zwarte krullen die onder zijn pet vandaan komen. Zij zal straks met Fergus en hun baby een thuis moeten vinden, maar ze weet niet of dat bij Pat of bij Connor is. Misschien gaan Fergus en zij ook wel ergens anders heen. Met elkaar zijn ze een half jaar geleden aan boord gestapt, maar nu lijkt het erop dat ze in dit grote land niet meer samen zullen zijn. Pat en Connor volgen hun eigen weg en zij zal met Fergus samen ook haar pad bewandelen. En vader. Ergens in *de nieuwe wereld* is vader. De hoop dat ze hem zal vinden is bij iedere brief van Adelaide, bij alles wat dokter Berger vertelde over Amerika en Canada, kleiner geworden. Het land is zo groot, zo uitgestrekt. Eén man, die misschien niet eens meer leeft, kan nooit gevonden worden. Kate haalt diep adem om het verdriet dat in haar hart brandt uit te bannen. Ze probeert niet te denken aan alles wat ze verloren heeft. Dit is haar laatste avond op Grosse Île. Ze wil samen met Fergus stilstaan bij dit moment. Al die maanden op het eiland sinds Fergus weer beter is, is ze nauwelijks met hem samen geweest. Fergus is ook op Grosse Île gebleven. Hij heeft een slaapplaats gevonden in een van de barakken en werkte waar hij kon. Ze hebben elkaar niet echt meer gesproken. Kate heeft Fergus van de bekentenis van David verteld, maar Fergus had alleen geknikt. 'Ik kon hem niet verraden,' had hij gezegd en meer wilde hij niet kwijt over de ochtend dat Edward vermoord werd. Kate had het zo gelaten. De patiënten hadden haar zorg nodig. Maar nu zijn ze samen, op Telegraph Hill. Kate draait zich om naar Fergus en pakt zijn beide handen vast. Ze snuift de harsachtige geur van de donkergroene dennenbomen op. Fergus glimlacht haar toe.

'Mijn vrouw,' zegt hij zacht. 'Als we hier weg zijn, gaan we trouwen. Ik wil dat je echt mijn vrouw bent als ons kind geboren wordt.'

Hij kijkt naar haar ronde buik, zijn blik zacht als een streling.

'Een kleine Kate of een kleine Fergus,' fluistert hij.

Kate antwoordt niet. Ze legt haar hoofd op zijn schouder en sluit haar ogen. Haar kind zal in de provincie Canada geboren worden. Morgen gaat ze echt naar *de nieuwe wereld*.

*

Vrijdag 5 november 1847

De machine van het stoomschip 'Saint George' maakt een oorverdovend lawaai. Kate klemt haar handen om de reling, net zoals ze deed toen de 'Mary Elisabeth' Ierland verliet. Toen stond ze tussen Fergus en haar broers in. Fergus staat ook nu naast haar met zijn arm om haar schouders. Zijn gezicht staat strak. Achter haar staan Maggie en Rebecca. Als de matroos de trossen los gooit, legt Rebecca even een hand op haar schouder. Fergus prevelt zacht: 'Vaarwel David, rust zacht.'

Kate buigt haar hoofd. Haar gedachten zijn bij David en Alice en de duizenden landgenoten die daar begraven liggen. Al die mensen, die vol hoop aan boord stapten, maar hier aan de andere kant van de oceaan niet meer vonden dan een ondiep graf in de aarde. Gezichten die ze heeft afgeveegd en gebroken ogen die ze gesloten heeft zweven voor haar geestesoog, maar al die gelaatstrekken verworden tot een naamloos, mager, ingevallen gezicht, getekend door de dood. Plotseling schrikt ze op uit haar gedachten. Iemand brult haar naam: 'Kate, Kate!'

Ze kijkt rond en ziet dat Robert Berger aan komt rennen. Hij vliegt recht op de 'Saint George' af, maar hij zal te laat komen. Er komt steeds meer ruimte tussen de kade en de stoomboot.

'Kate!' Zijn schreeuw klinkt wanhopig. 'Ga niet weg, ik moet je nog...'

Ze kan de rest van zijn zin niet verstaan. Hulpeloos spreidt ze haar handen. Robert staat aan de kade, van haar gescheiden door steeds meer meters water. Hij kijkt haar recht aan en vormt met zijn mond woorden die ze niet begrijpt. Opnieuw schudt Kate haar hoofd. Het is duidelijk dat hij haar nog iets wil zeggen en als ze naar zijn wanhopige gezicht kijkt, is het iets belangrijks, maar zijn stem komt niet boven het gedreun van de stoommachine uit. Gisterenavond, nadat ze terug kwam van Telegraph Hill, heeft ze hem nog gezocht. Ze is naar zijn kamer geweest bij mevrouw Tremblay, maar daar was hij niet. Ze heeft gezocht in de kerk, die zo sterk naar desinfecterende middelen rook dat ze haar adem in moest houden. Ze is ook bij de lazaretten en barakken geweest, maar ze kon hem nergens vinden. Daarom is ze vertrokken zonder afscheid. En nu staat hij hier met paniek op zijn gezicht. Fergus klemt zijn arm vaster om haar schouder heen en legt zijn hand op haar buik, als om Robert, zelfs op dit moment van afscheid, te tonen dat Kate en het kind van hem zijn. Terwijl de 'Saint George' een bocht rondt, steekt Kate haar hand op naar Robert Berger, de dokter waar ze zo veel aan te danken heeft, misschien zelfs haar leven, maar die ze nooit meer zal zien. Zodra Robert Berger uit zicht is, vermindert Fergus zijn greep om haar schouder. Hij wijst naar een groot groen veld in de beschutting van bomen en struiken.

'Kijk,' zegt hij zacht.

Kate knikt. Ze weet wat hij niet zegt. Die mooie, rustige plek, ver weg van de kerk, de barakken, de lazaretten en het ziekenhuis, is de Ierse begraafplaats. Hier liggen duizenden naamloze landgenoten. Overledenen van de schepen, die hier aan land zijn gebracht en mensen die hier gestorven zijn, voordat ze konden zeggen wie ze waren. Vijfduizend anonieme mensen in een ondiep massagraf. Vijfduizend, een enorm aantal. Kate buigt haar hoofd en vouwt haar handen. Zacht bidt ze voor al die duizenden om wie niemand heeft gehuild. Alleen God kent hun namen en Kate hoopt dat ze nu allemaal bij Hem zijn, dat ze de vrede van de dood hebben gevonden, daar, waar ze zochten naar nieuw leven. Kate legt haar hand op haar buik. Ze voelt hoe het kindje in haar buik zich omdraait. Het lijkt of het zich koestert in de warmte van haar hand. Nieuw leven, haar kindje, hun kindje.

31

282 | Kate kijkt naar de kale rotsen van Cape Diamond, de voorstad van Quebec. Ze trekt haar gezicht in een grimas. Cape Diamond, Diamantkaap, maar zij is haar juwelen en diamanten kwijt. Ook de ring met de rode steen in de vorm van een roos is verdwenen. Ze brengt even een hand naar haar nek onder haar omslagdoek, half en half hopend dat de juwelen op wonderbaarlijke wijze weer terug zijn in hun bergplaats. Maar haar nek voelt kaal. Haar kans op een eerlijke start in *de nieuwe wereld* is verdwenen. Toch heeft zij meer dan al die duizenden berooide landgenoten die voor haar de overtocht maakten. Zij heeft Fergus, haar man, en haar broers hebben hier al een voorzichtig bestaan opgebouwd. En ergens in dit onmetelijke land leeft misschien haar vader. De 'Saint George' vaart de laatste meters en meert af aan de kade. Een matroos schuift met zekere bewegingen de loopplank uit. Kate sluit aan in de rij wachtenden. De meesten zijn al vaker in Quebec geweest, maar er zijn nog een paar Ierse verpleegsters, schoonmakers en wagenmenners die deze week door dokter Douglas ontslagen zijn en die nu voor het eerst voet aan wal in Canada gaan zetten. Op hun gezichten ziet Kate dezelfde angstige hoop die zij voelt, de onzekere verwachting. De matroos roept iets tegen haar en gebaart naar de kade. Met langzame stappen loopt Kate de loopplank af, haar ogen gericht op het ijs aan de oever. Dokter Douglas heeft hen op tijd weggestuurd. Het lijkt of de schotsen ijs iedere minuut groter worden. Over een paar weken is misschien de hele Saint Lawrence dichtgevroren. Kate klemt de tas van stevige tapijtstof in haar hand. Ze vertrok een half jaar geleden met een volle kist vanuit Westport, maar nu komt ze aan met alleen deze tas, een tas die dokter Berger haar heeft gegeven uit de laatste zending kleding en goederen voor de patiënten op Grosse Île.

Kate heeft zich geen moment schuldig gevoeld over de kleren, de laarzen en de tas die ze zich heeft toegeëigend. Ook dokter Berger scheen het normaal te vinden om uit de zending goederen eerst datgene te halen wat ze echt nodig hadden, voordat het werd uitgedeeld onder de patiënten. Kate haalt diep adem en zet de laatste stap, van de loopplank de kade op. Ze staat op Canadese grond! Ze beweegt haar tenen in de te grote laarzen, als om haar nieuwe thuis te voelen. Fergus komt naast haar staan, zijn arm om haar schouders.

'*De nieuwe wereld*,' zegt hij.

Kate knikt. Meer is er niet te zeggen. Maggie en Rebecca schuifelen de loopplank af. Het lijkt of Maggie moeite heeft met lopen over de smalle walverbinding. Rebecca loopt half achterstevoren om haar te ondersteunen. Kate fronst. Zo kent ze Maggie niet. Maggie heeft al die maanden zo hard gewerkt als een jonge vrouw. Nu is ze oud, echt oud. Of ziek, zegt een stemmetje in Kates hoofd. Kate knijpt haar ogen wat samen en kijkt naar Maggies bleke gezicht, zoekend naar sporen van *an drochthinneas*. Als Maggie de ziekte bij zich draagt, zullen ze haar misschien de stad niet in laten. En Kate wil niet dat Maggie bij hen blijft als ze ziek is. Op het eiland waar iedereen dacht dat ze haar grootmoeder was, hoorden ze samen, maar in *de nieuwe wereld* is dat anders. Kate schrikt van de zelfzuchtigheid van haar gedachten. Maggie heeft haar geholpen, haar verpleegd toen ze ziek was. En nu zou Kate haar in de steek laten, alleen omdat zij een adres heeft waar ze heen kan gaan en Maggie, de vrouw die onvermoeibaar voor alle zieken heeft gezorgd, haar hier tot last is. Een warme gloed trekt over haar gezicht en ze buigt haar hoofd.

'God, vergeef me deze gedachte,' prevelt ze.

'Kom,' zegt Fergus. 'We gaan op zoek.'

Hij pakt haar hand. Kate knikt.

'Whitechapelstreet 27.'

Dat is het adres waar Kate haar brieven naartoe stuurde. Had ze maar een week eerder geweten dat dokter Douglas hen zou ontslaan. Dan had ze Adelaide en Pat kunnen schrijven dat ze eraan kwam. Haar broer had hier op de kade kunnen staan en haar naar zijn zolderkamer kunnen leiden. Misschien was Connor zelfs wel gekomen. Ze legt even haar hand op haar borst. Connor en Michael wonen op een boerderij, een dagreis hier vandaan. Opeens mist ze hen meer dan ze al die maanden op Grosse Île heeft gedaan. Te midden van de schreeuwende mannenstemmen, de arrensledes met rinkelende bellen en de vrouwen die met manden aan hun arm door de haven lopen voelt ze zich eenzaam. Fergus knijpt in haar hand. Hij lijkt zich minder verloren te voelen in de drukte. Hij trekt haar zachtjes met zich mee de kade af. Maggie en Rebecca volgen. Rebecca heeft Maggie een arm gegeven.

'Weet je waar je broer precies woont?' vraagt Rebecca.

Kate schudt haar hoofd. Ze heeft alleen een postadres, de naam van een onbekende straat, Whitechapelstreet. Maar een Ierse pub en een witte kapel moeten wel te vinden zijn in deze stad. Ze trekt haar schouders naar achteren. Ze gaat Pat vinden. Zo moeilijk kan dat niet zijn. Met haar hoofd recht loopt ze door, voortdurend om zich heen kijkend, speurend naar een Ierse pub. Het lopen over de besneeuwde kinderkopjes in de te grote laarzen valt niet mee, maar ze denkt aan de lange tocht op haar kapot gelopen blote voeten dwars door het hongerende Ierland. Nu heeft ze in ieder geval geen lege maag en een bestemming, Whitechapelstreet 27. Ze komt door een nauw steegje dat stinkt naar vis en plotseling staat ze op een groot plein, tegenover een enorme kathedraal. Rechts steekt een prachtige achthoekige toren hoog de hemel in, als een vinger die zich uitstrekt naar God. Links is een lagere toren en in het midden een eenvoudig houten kruis. Ondanks de schoonheid van de toren met kunstige glas-in-loodramen wordt Kates blik getrokken door het houten kruis in het midden. Het kruis van Jezus, van nederigheid en opoffering, maar ook het symbool van vergeving, van opstanding en van nieuw leven. De kathedraal is van lichtgrijze, bijna witte steen. Haar hart gaat sneller slaan. Dit moet de Whitechapel zijn, dan is Pat vlakbij. Zoekend kijkt ze om zich heen. Ergens moet een Ierse pub zijn en daarboven is de zolderkamer van Pat. Wat zal hij opkijken als ze opeens voor hem staat. Ze heeft niet geschreven dat ze in verwachting is, dat ze Fergus' kind draagt. Ze heeft het wel geprobeerd, maar het lukte niet. Steeds als ze het probeerde op te schrijven stond het zo hard, alsof ze niet iets moois in zich draagt, geen kind van de liefde tussen haar en Fergus, maar alleen een probleem, een belemmering voor het leven dat ze in *de nieuwe wereld* wil opbouwen. Daarom schreef ze het niet. Maar als ze straks voor hem staat, zal hij het meteen aan haar zien.

'Ik zie geen pub,' zegt Fergus. 'Ik ga het vragen.'

Hij loopt naar een man die op de hoek van het plein staat en naar de kathedraal staart. Kate volgt Fergus.

'Goedemiddag,' begint Fergus.

Kate hoort dat hij zijn best doet om goed Engels te spreken, alsof hij zich schaamt voor zijn Ierse afkomst, maar zelfs in dat ene woord klinkt zijn accent door. De man draait zich om en monstert Kate en Fergus, hun kleding, hun smalle, vermoeide gezichten. Kate kan bijna zien wat hij denkt. Hij weet dat zij Iers zijn, maar hun kleding zal hem verbazen. De jurk en de jas die Kate van dokter Berger heeft gekregen zijn van goede stof en kwaliteit. Ook de kleding van Fergus is niet slecht, maar ze zijn wel mager door de ontberingen aan boord van de 'Mary Elisabeth' en het harde werken op Grosse Île. De man doet bijna onmerkbaar een stap naar achteren, maar hij knikt wel met zijn hoofd als antwoord.

'Wij zijn op zoek naar Whitechapelstreet 27, een Ierse pub. We hebben de witte kathedraal gevonden, maar we zien hier geen pub.'

De man schudt zijn hoofd.

'Dit is de Whitechapelstreet niet,' zegt hij. 'Die ligt niet in Lower Quebec, maar binnen de ommuurde stad.'

Hij wijst omhoog naar een hoge muur die steil oprijst.

'Daar moet je heen en dan kun je het nog eens vragen.'

De man haast zich weg.

Kate zucht. Even dacht ze dat ze dicht bij haar broer was, dat de zoektocht eenvoudig zou zijn, maar nu zal ze de steile trap op moeten en dan binnen de ommuurde stad opnieuw moeten beginnen met zoeken naar het adres. Zwijgend loopt ze langs de mooie kathedraal, door andere smalle steegjes tot ze op een groot marktplein komen. Overal staan waren uitgestald: broodjes, vis, vlees, fruit, groenten, eieren en allerlei houten voorwerpen, waarvan Kate niet weet wat het zijn. Ze ruikt de heerlijke geur van versgebakken broodjes. Haar weekloon, zorgvuldig opgeborgen onder haar jas, brandt. Wat ziet het eten er heerlijk uit. Op het eiland was ook eten, veel meer dan aan boord van de 'Mary Elisabeth', maar het was niet smaakvol. Alle ingrediënten werden bij elkaar in een grote stoofpot gegooid, langdurig gekookt en daarna uitgedeeld. Het was genoeg, het was voedzaam, maar smaakte elke dag hetzelfde. Maar hier ligt alles waar Kate de afgelopen jaren van heeft gedroomd. Ze komt langs een vrouw die naast dikke ganzen staat. Ze zijn opgehangen aan hun geeloranje poten. De koppen hangen naar beneden. Kate loopt er snel voorbij, naar een vrouw die rijen en rijen eieren heeft liggen, bruin en wit als kiezels. Daarnaast is een plank met ronde broodjes en gele cakejes. Speeksel vult haar mond. Als ze de sieraden nog had, zou ze acht van die heerlijke broodjes kopen, voor ieder twee en dan nog een cakeje. Maar nu heeft ze alleen haar weekloon en moet ze zuinig doen. Ze weet niet of ze bij Pat kan blijven, hoe groot de zolder is waar hij met Adelaide woont en hoe snel ze een baan kan vinden. Ze wil niet leven op de kosten van haar broer, maar de cakejes zien er zo verleidelijk lekker uit. Ze blijft stilstaan. De vrouw die naast de plank staat ziet haar aarzeling. Ze glimlacht.

'Dit is de lekkerste cake van heel Quebec,' zegt ze. 'Nee, van heel Canada!'

Kate denkt aan haar weekloon. Misschien kan ze twee cakejes

kopen, dan kunnen ze alle vier een halve eten. Ze draait zich om naar Maggie en Rebecca. Maggie lijkt nog witter dan toen ze van de boot stapten. Iets eten zal haar goed doen.

'Willen jullie een cakeje?'

Rebecca bijt even op haar lip. Kate weet dat ze in gedachten dezelfde rekensom maakt die Kate heeft gemaakt, dan schudt ze haar hoofd.

'Ik wil mijn geld bewaren,' zegt ze zacht.

'Je krijgt het van mij,' zegt Kate. 'Ik koop er twee en dan nemen we allemaal een halve.'

Tot Kates grote verbazing zegt de vrouw achter de plank in het Iers: 'Ik zal je vier cakejes geven voor de prijs van twee. Als je het maar niet verder vertelt.'

Met een ruk draait Kate zich om. De vrouw lacht samenzweerderig.

'Ik ben zestien jaar geleden van de boot gekomen. Ik kom uit Kilmilling, *county* Wicklow.'

Ze overhandigt de goudgele cakejes.

'Denk eraan,' zegt ze. 'Betaal hier op de markt nooit de volle prijs.'

Kate knikt en neemt een hap van het cakeje. Het is heerlijk zoet en ze proeft de pure smaak van de boter. Ze eet met kleine hapjes om zo lang mogelijk te genieten. Opnieuw kijkt ze naar de overvloed op de markt. Als het haar maar lukt om een baan en een kosthuis te vinden. Dan zal ze nooit meer honger hebben en kan ze iedere dag zo'n heerlijk cakeje eten.

*

Kate staart naar het groene bord boven de deur. 'Paddy's pub' staat er in sierlijke letters. Nog een paar seconden, dan zal ze haar broer weer zien.

'Heer, laat hem hier zijn,' prevelt ze.

Nu ze voor de kroeg staat waar Pat werkt, zou ze het niet kunnen verdragen als ze zou moeten wachten tot hij thuis is.

Al die maanden kon ze leven zonder de aanwezigheid van haar broers, maar nu niet meer. Niet hier in Quebec, niet in Paddy's pub. Langzaam duwt ze de deur open. Hij gaat zwaar. Snel kijkt ze om zich heen. Ze ziet een toog met hoge houten krukken en een paar tafels met banken ervoor. Helemaal achterin staat een lange, blonde man. Hij heeft een doek over zijn schouder en veegt met een andere doek over een tafel. Kate kucht.

'Goedemiddag,' begint ze aarzelend in het Engels.

De man draait zich om. Kate houdt haar adem in. Het is Pat, hij is het! Dikker dan toen ze hem voor het laatst zag, groter zelfs, met keurig gekamde, kortgeknipte haren. Maar het is Pat, haar broer.

'Kate!'

In een paar stappen is hij bij haar en slaat zijn armen stevig om haar heen.

'Oh, mijn zusje, *moladh le Dia*, God zij geloofd.'

Kate voelt zijn ademhaling in haar nek, zijn armen die haar omknellen.

'Pat.'

Haar stem is niet meer dan een zucht. Pat klemt haar zo dicht tegen zich aan dat de baby in haar buik schopt. Abrupt laat Pat haar los en doet een stap naar achteren. Hij kijkt naar haar buik en zijn mond valt open. Fergus komt naast haar staan en slaat zijn arm om haar heen. Hij grijnst. Kate bijt op haar lip, trots en angst vechten in haar hart. Dan glimlacht Pat. Voorzichtig legt hij een hand op haar buik.

'Je verwacht een kind,' zegt hij zacht. 'Wat mooi!'

Opgelucht ademt Kate uit.

'Ja,' antwoordt ze. 'Fergus en ik, wij...'

Ze maakt haar zin niet af. Pat stort zich op Fergus en omhelst hem, klopt hem stevig op zijn rug.

'Fergus, vriend!'

Er is zo veel te zeggen, maar er zijn geen woorden, geen zinnen. Er zijn alleen armen, omhelzingen en kussen. Maar midden in de omhelzing, de woordeloze liefde van Pat, snijdt het gemis van Connor en Michael.

*

De zolder boven Paddy's pub lijkt wat op die van mevrouw Tremblay op Grosse Île. Het is een ruime kamer met schuine wanden. Twee kleine ramen laten voldoende licht door. In een hoek staat het eikenhouten bed van Pat en Adelaide. Pat knikt ernaar met zijn hoofd en zegt: 'Paddy McCullam, mijn baas, denkt dat we getrouwd zijn en dat heb ik maar zo gelaten.'

Kate geeft geen antwoord. Haar broer hoeft haar niets uit te leggen. Fergus en zij zijn ook nog niet getrouwd, maar zo voelt het wel. Toch zou ze graag echt met hem willen trouwen, het liefste nog voor hun kindje geboren wordt. Als ze de juwelen niet was kwijtgeraakt, was er genoeg geld voor geweest. Nu heeft ze niet eens genoeg geld om langer dan een week van te eten. Ze moet snel een baantje vinden.

'Pat, weet jij werk voor mij of voor Fergus?'

Pat grijnst, de lach die ze zich van vroeger herinnert.

'Nou, lieve zus, laat me eerst eens iedereen fatsoenlijk welkom heten op mijn kamer.'

Hij loopt naar Maggie en Rebecca. Kate ziet hoe zijn ogen Maggie snel opnemen.

'Misschien wilt u even zitten?'

Hij gebaart naar de stoel die voor een ronde tafel staat. Dan draait hij zich om naar Kate en trekt zijn wenkbrauwen hoog op, de onuitgesproken vraag op zijn gezicht. Kate kijkt van hem weg. Zij stelt zichzelf die vraag ook voortdurend. Heeft Maggie *an droch-thinneas*? En als dat zo is, zal ze dan Pat en Adelaide die de ziekte nog niet hebben gehad, ook aansteken? Had ze Maggie maar niet meegenomen. Snel begint ze over iets anders.

'Waar is Adelaide?'

'Aan het werk,' antwoordt Pat. 'Ik was ook bezig, maar die ou-de Paddy is niet zo streng als mevrouw Taylor, de baas van Adelaide. Toch is ook zij niet slecht, hoor.'

Kate geeft geen antwoord. Adelaide heeft geschreven dat zij een baan had in de bakkerij van mevrouw Taylor, maar Kate vindt het nog steeds moeilijk om zich Adelaide voor te stellen als werkende vrouw, als bakkersknecht. Het beeld van een vrouw in een schort, haar handen vol deeg en bloem en met vegen op haar gezicht past niet bij Adelaide. Aan boord van de 'Mary Elisabeth' heeft ze Adelaide zien huilen, zien smeken, ze heeft haar 's nachts op de vieze emmer zien zitten, ze heeft haar hoofd afgewend toen Adelaide een restje scheepsbeschuit in haar mond propte. Ze heeft zelfs de vernedering door de matroos Sam Jones gezien, maar toch blijft Adelaide in haar ogen altijd Adelaide Harrison, de jonge vrouw die in haar roze fluwelen jurk de kerk kwam binnenschrijden achter haar vader, moeder en broer aan. Maar Harrison is dood, neergeschoten door Molly, een wanhopige, hongerige vrouw en mevrouw Harrison heeft zichzelf van het leven beroofd. Edward is vermoord door David en Adelaide is als enige over. Maar ze heeft de juwelen, die prachtige, kostbare juwelen, die de vrouw van een landheer zou moeten dragen, niet de dochter van de *bailiff*. De juwelen waarvan Kate nog steeds niet weet hoe Adelaide eraan is gekomen. Ze kijkt naar haar broer. Ze kan zich bijna niet voorstellen dat Adelaide hem niets over het mahoniehouten kistje heeft verteld. Maar als ze zo rijk is, waarom wonen ze dan op een zolder en werkt Adelaide in een bakkerij? Kate schudt haar hoofd. Dat zijn vragen waar ze later over na zal denken. Nu wil ze genieten van de warmte van de zolderkamer en het weerzien met haar oudste broer. Achter haar gaat een deur open. Een stem, schor van emotie, fluistert: 'Kate, *deirfiúr*, zuster.'

Met een ruk draait Kate zich om. In de deuropening staat Connor. Connor! Connor zou op de boerderij moeten werken, hier een dagreis vandaan. Ze had hem hier helemaal niet verwacht. Maar hij staat er, levend, voorzichtig glimlachend. Kate rent naar hem toe en slaat haar beide armen om hem heen. Wat heeft ze haar broertje gemist! Connor wrijft over haar rug en mompelt zachte, onverstaanbare woordjes in haar oor. Dan doet hij een stap naar achteren en laat zijn ogen over haar heen glijden. Langzaam brengt hij zijn hand naar voren en legt die op haar buik. Plotseling denkt Kate aan haar moeder. Meer dan twee jaar geleden legde Connor zijn hand op de dikke buik van moeder en zei dat hun broertje die nacht geboren zou worden. Pat had hem bespot, gezegd dat het veel te vroeg was, maar Connor had gelijk gekregen. De kleine Séan was die nacht geboren en een paar uur later gestorven. Een rilling trekt door Kates lichaam en beschermend vouwt ze haar armen om haar buik, Connors hand gevangen onder haar arm. Connor kijkt haar aan en glimlacht.

'Wat fijn om je weer te zien, Kate,' zegt hij zacht. 'En dit is jouw kindje, van jou en Fergus. Het is Séan niet.'

Kate voelt haar wangen kleuren. Ze heeft Connor bijna een half jaar niet gezien, maar nog altijd lijkt hij te weten wat zij denkt. Hij schijnt ook niet verbaasd te zijn dat ze Fergus' kind draagt. Ze houdt haar hoofd wat schuin en vraagt zich af of Connor het al wist toen hij zei dat ze als verpleegster naar Grosse Île moest gaan om voor Fergus te zorgen. Maar ze vraagt het niet. Connor zal het haar toch nooit vertellen. Kate schraapt haar keel.

'Connor, is Michael niet meegekomen?'

Connor schudt zijn hoofd.

'Nee, hij is met Nora op de boerderij gebleven. Het zou te zwaar voor hem zijn om een dag heen en een dag terug te reizen. En ik wist niet zeker of je er zou zijn. Ik had alleen het gevoel dat ik vandaag naar Quebec moest gaan. Maar ik zal Michael morgen vertellen dat ik jou heb gezien en dat het goed met jullie gaat. En misschien kun je dan over een tijdje met je kindje naar ons op de boerderij komen.'

Kate knikt. Ze heeft nog niet over een toekomst nagedacht. Pat doet een stap naar voren en omhelst zijn jongere broer. Aan de verbazing op Pats gezicht ziet Kate dat de komst van Connor ook voor hem heel onverwachts is. Fergus slaat zijn arm om haar heen en glimlacht naar haar broers. Even is het stil. Dan roept Pat: 'Kom op, we gaan naar beneden, naar de pub. We gaan vieren dat mijn zus en haar man terug zijn. *Moladh le Dia*, God zij geloofd!'

32

Kate draait zich moeizaam op haar zij en schurkt met haar rug tegen Fergus aan. Fergus slaat zijn arm om haar heen en kust haar op haar achterhoofd.

'Ben je al wakker?' vraagt hij zacht.

Kate kijkt door het kleine zolderraam naar buiten naar de paarsoranje vrieslucht.

'Ja,' fluistert ze. 'Maar volgens mij is het nog erg vroeg.'

Fergus streelt over haar wang.

'Toch moet ik er zo uit,' zegt hij.

Fergus moet vroeg opstaan voor zijn werk in de haven van Quebec. Ook Adelaide moet in de vroege ochtend beginnen in de bakkerij. Ze zijn nu tweeënhalve week in Quebec, maar het lijkt langer. Fergus en Rebecca hebben al werk gevonden, een gevuld leven, maar Kate zit op deze zolder en ze breit omslagdoeken voor haar kindje.

'Ik heb gisteren mijn weekloon gekregen,' zegt Fergus zacht. 'Misschien kun je vandaag naar de markt gaan om een kip te kopen.'

Ze knikt. Ze hoeft niet echt naar de markt, in Paddy's pub is eten genoeg. Adelaide brengt iedere avond brood mee dat niet is verkocht en daar geeft Francis, de vrouw van Paddy, boter en jam bij. Maar Kate wil graag weg van de zolder, slenteren door de stad en zich even niet opgesloten voelen. Hoewel, ook de stad met al zijn mensen, het geschreeuw en het getingel van de bellen van de arrensledes benauwt haar.

'Ik heb vannacht van mijn meidoorn gedroomd,' zegt ze.

Fergus slaakt een diepe zucht.

'De meidoorn,' zegt hij. 'Daar zag ik je in je moeders trouwjurk. Je was zo mooi als een *síog*, als een fee. En toen wist ik hoeveel ik van je hield.'

Kate voelt de tranen in haar ogen prikken. Haar moeders trouwjurk, wat zou ze die nu graag gehad hebben. Dan had ze in moeders jurk met Fergus kunnen trouwen. Het zou geleken hebben of haar moeder bij haar was. Nu moet ze zonder haar vader en moeder met Fergus trouwen, maar sinds ze in Quebec zijn heeft Fergus niet meer over een huwelijk gesproken.

*

De strakblauwe hemel is zo helder dat Kate haar ogen moet dichtknijpen tegen het licht. De vrieslucht beneemt haar bijna de adem, maar het is heerlijk om buiten te zijn. Met langzame stappen loopt ze over de krakende sneeuw. Ze kent de kortste weg naar de markt, maar ze loopt anders om langer buiten te zijn, te kunnen genieten van de frisse lucht. Ze zou veel vaker naar buiten moeten gaan, maar de eerste week wilde ze Maggie niet alleen laten en toen het beter ging met Maggie was het al normaal geworden om binnen te blijven. Het zou ook vreemd voelen om doelloos door Quebec te dwalen. Maar nu gaat ze naar de markt om een kip te kopen van het loon dat Fergus heeft verdiend. Een kip en wortelen. Ze hangt de mand aan haar andere arm en blijft even staan. De geur van vis dringt in haar neus, wijst haar de weg naar de markt. Van een afstand hoort ze al hoe de vrouwen hun waren aanprijzen. Ze slentert over de markt, haar ogen gericht op alle etenswaren die uitgestald liggen. Godzijdank heeft ze nu een goed gevulde maag. Even flitsen haar gedachten naar de tijd dat ze met haar broers door Ierland trok, toen ze bloemblaadjes en knollen aten om in leven te blijven. Kate is dankbaar dat ze nu hier is, maar als ze kijkt naar al die overvloed denkt ze aan de verhalen die ze in de pub hoort. Vreselijke, hartverscheurende getuigenissen van landgenoten die met de laatste schepen zijn aangekomen. Kate schudt haar hoofd om de gedachten aan alle Ieren die zijn achtergebleven te verdrijven. Ze loopt naar een kraam met eieren en kippen. Op het moment dat ze haar hand uitstrekt naar een plank met honderden eieren hoort ze roepen.

'Kate, Kate O'Doherty!'

Snel draait ze zich om. Haar mond valt open als ze ziet hoe Robert Berger met grote passen naar haar toe komt lopen. Hij draagt een chique jas, een hoed en warme laarzen. Hij is gladgeschoren en lijkt heel anders dan op het eiland.

'Kate, Godzijdank dat ik je hier zie! Ik ben al dagen naar je op zoek.'

Als hij bij haar is, omhelst hij haar. Kate blijft stil staan, haar armen tegen haar lijf geklemd. Ze voelt de zachte stof van zijn jas tegen haar wang en ze sluit haar ogen. Even leunt ze tegen het lichaam van Robert, dan duwt ze hem van zich af, zacht, maar vastberaden. Ze wil zich niet op straat door een andere man laten aanraken. Robert Berger laat haar snel los. Een blos kleurt zijn wangen.

'Excuseer me,' mompelt hij.

Dan recht hij zijn rug, houdt zijn hoofd schuin en kijkt haar onderzoekend aan.

'Hoe gaat het met je, Kate? Je ziet er goed uit. Veel beter dan op het eiland.'

Zijn toon is plotseling formeel.

Kate knikt.

'Het gaat goed. Fergus en ik wonen bij mijn broer op de zolder boven een Ierse pub. De eerste twee weken woonden Maggie en Rebecca ook bij ons. Maggie was ziek en ik heb haar verpleegd, maar nu is ze weer beter. Eergisteren zijn Maggie en Rebecca verhuisd.'

Kate hoort zichzelf ratelen. Ze weet dat ze dat doet om het ongemakkelijke gevoel te verdrijven. Met deze man heeft ze maanden zij aan zij gewerkt op het eiland, maar toen droeg hij niet van die chique kleren, was zijn gezicht niet zo gladgeschoren en waren zelfs zijn schouders niet zo recht.

'Ja,' antwoordt hij. 'Ik dacht al dat Maggie ziek zou worden zodra ze niemand meer hoefde te verplegen. Ze heeft veel te hard gewerkt voor zo'n oude vrouw. Ze had toch geen tyfus?'

Kate schudt haar hoofd.

'Nee, het was gewoon koorts. Ze heeft een week in bed gelegen en daarna ging het weer beter. Nu woont ze onder de bakkerij waar Adelaide werkt. Rebecca maakt daar schoon.'

'En jij, heb jij al werk gevonden?'

Kate buigt haar hoofd.

'Ik heb wel gezocht,' zegt ze, terwijl ze even een hand op haar buik legt. Ze kijkt op. 'Maar Fergus heeft een baan, in de haven. En daarmee verdient hij genoeg om van te leven.'

Nu tenminste, denkt ze er achteraan. Maar het werk in de haven kan over een paar dagen ophouden. Als de Saint Lawrence dicht is gevroren, zal er geen werk meer zijn. En dan hebben ze geen geld om van te leven. Dan zijn ze afhankelijk van de liefdadigheid van Pat. Ze zullen op de zolder moeten blijven wonen. Er is geen geld om een eigen kamer te vinden. Kate is verbaasd over haar eigen gedachten. Als ze in Ierland was gebleven, als de aardappeloogst niet was mislukt, zou ze ook geen eigen huis hebben gehad. Als Fergus en zij getrouwd zouden zijn, zou Kate in het kleine huisje van de Mullans zijn gaan wonen. Ze zou de kamer hebben moeten delen met Fergus' familie: zijn moeder Eileen, vader Thomas, grootmoeder Biddy, zuster Bridget en zijn kleine broertje Murtagh. Met Eileen kon ze het goed vinden, maar Thomas en Biddy ging ze liever uit de weg. Maar nu zijn Thomas en Biddy dood, Bridget is getrouwd en Eileen en Murtagh werken voor lady Evelyn. Het kleine huisje halverwege de heuvel is neergehaald door de *bailiff*. Er zullen nu schapen grazen. Het leven in Ierland is voorbij. Ze is nu hier, in Canada. En daar mist ze een plek voor henzelf. Misschien omdat ze bij Adelaide woont en ze toch nog vaak het gevoel heeft dat Adelaide niet bij hen hoort.

Robert Berger kijkt schielijk om zich heen. Hij buigt zich voorover en fluistert in haar oor: 'Kate, ik moet even met je praten, maar dat kan niet hier. Loop je met me mee naar mijn huis?'

Kate aarzelt. Ze weet niet waar Robert woont en het lijkt haar niet goed om met hem mee te gaan. Maar zijn gezicht staat zo ernstig, dat ze knikt. Robert legt zijn hand om haar elleboog en leidt haar weg van de markt. Ze lopen door een paar smalle straatjes, waar de besneeuwde klinkers zo glad zijn, dat Kate bijna uitglijdt. Robert Berger pakt haar stevig bij haar arm. Zo lopen ze door. Vlak voor hen gaat een deur open en een dikke vrouw stapt naar buiten. De wenkbrauwen van de vrouw schieten omhoog als ze Kate en Robert ziet en meteen daarna verdonkert haar gezicht.

'Kate?' zegt Francis McCullam, de vrouw van Paddy, met nauwelijks onderdrukte woede in haar stem. 'Wat doe jij hier? Waar ga je heen? Wie is dat?'

Kate beseft hoe het er in de ogen van de oudere vrouw uit moet zien, maar ze doet niets fout. Ze gaat rechtop staan, haar dikke buik vooruit, opbollend onder de warme jas. De jas die ze op het eiland van de dokter had gekregen.

'Dit is dokter Berger,' zegt ze. 'Ik heb hem net op de markt ontmoet. Hij werkte ook op Grosse Île.'

Ze geeft geen antwoord op de vraag van Francis waar ze heen gaat.

'En heeft deze dokter jouw man ook ontmoet?'

Francis spreekt het woord dokter uit als een vloek.

Robert Berger doet een stap naar voren.

'Natuurlijk,' zegt hij. 'Kate is erg ziek geweest op het eiland. Ze had vlektyfus, zoals bijna iedereen daar, en ze was mijn patiënt. Iedere keer als ik haar bezocht, zat Fergus Mullan aan haar bed. Zelden heb ik zo'n toegewijde echtgenoot gezien. Wij hadden haar al opgegeven, maar hij bleef vertrouwen houden. Hij zat daar, haar slappe hand in die van hem en zo bad hij. Dagen- en nachtenlang. Ik geloof beslist dat zijn liefde voor Kate haar heeft genezen, nog meer dan mijn medicijnen.'

Het ronde gezicht van Francis verzacht en Kate onderdrukt een glimlach. Ze beseft dat Robert precies het juiste heeft gezegd tegen de oude vrouw. Francis knikt.

'Ja,' zegt ze. 'Het is mooi om de liefde van een man en vrouw te zien. En over een paar maanden zal hun kind geboren worden.'

Dokter Berger knikt.

'We hebben niet alleen Kate gered, maar ook hun ongeboren kind. Het was heel bijzonder toen ze na haar ziekte haar ogen opsloeg. Maar als u ons wilt excuseren.'

Hij neemt Kate weer bij de elleboog en voert haar weg van Francis.

'Wat een afschuwelijke oude vrouw,' fluistert hij zodra ze buiten gehoorsafstand zijn. 'Maar ik heb een paar ongetrouwde tantes en die zijn dol op me. Ik weet hoe ik met dat soort vrouwen om moet gaan.'

Hij grijnst. Kate schudt haar hoofd.

'Francis is helemaal geen afschuwelijke, oude vrouw. Ze heeft ons in huis genomen, laat ons gebruik maken van haar keuken en delen in de maaltijden. Ik ben haar heel dankbaar. Wie weet wat er van mijn broers terecht was gekomen als zij Pat niet meteen een baan had gegeven in haar pub.'

'Pat!' roept Robert uit. 'Dat was de naam van je oudste broer. Ik wist het niet meer. Ik dacht Jim.'

Kate begrijpt niet waarom Robert de naam van haar broer moest weten, maar ze vraagt er niet naar. Zwijgend loopt ze naast Robert door de steeds breder wordende straten. Uiteindelijk komen ze bij een laan met grote huizen. Robert blijft staan bij een mooi huis van lichtbruine steen. Het donkergrijze dak heeft een hoge punt, als de letter A, en loopt zo schuin dat er geen sneeuw op is blijven liggen. Robert gebaart naar de roomwitte paneeldeur.

'Hier woon ik,' zegt hij.

Hij loopt naar de voordeur en belt aan. Over zijn schouder zegt hij: 'Ik kom liever openlijk met je binnen, dan dat ik je schijnbaar ongezien naar mijn kamer leid. Mijn huishoudster is erg vriendelijk, maar ze ziet alles en trekt veel te snel conclusies.'

Hij lacht.

'Ze was al bij ons in dienst toen ik nog een kleine jongen was en af en toe vergeet ze dat ik niet meer het jongetje ben dat takken mee naar huis sleepte om er boten van te bouwen.'

De deur wordt geopend door een kleine, vriendelijke vrouw met een schort voor. Fijne, grijze krulletjes komen onder haar witte mutsje vandaan.

'Dag Lottie, wij lopen meteen door naar de salon. Kun je zo thee komen brengen?'

De vrouw houdt haar hoofd schuin en bekijkt Kate van top tot teen.

'Zal ik meteen wat honingcake brengen? Ik heb er net één gemaakt.'

'Graag, Lottie!'

De huishoudster verdwijnt door een deur. Met zijn jas nog aan loopt Robert vooruit. Kate volgt hem een grote salon in. Op een dik roodwit tapijt staan zachte banken, in een halve kring rond een brandende openhaard.

'Laten we daar gaan zitten,' zegt Robert, terwijl hij naar de banken wijst. Kate kiest de fauteuil tegenover hem. Ze zakt weg in de zachte kussens. Wat een weelde om zo'n stoel te bezitten, maar Robert lijkt het niet bijzonder te vinden. De afstand tussen hen is nog zoveel groter dan ze op Grosse Île dacht. Even denkt ze terug aan zijn verzoek om samen met hem naar Telegraph Hill te gaan. Zijn bedoeling was duidelijk geweest. Haar kindje had hier op kunnen groeien, in deze warme kamer met de prachtige meubels, met de satijnen draperieën voor de ramen. Maar dan zou haar hele leven een leugen zijn. Robert schraapt zijn keel: 'Ik ben blij dat ik je gevonden heb, Kate. Ik ben al dagen naar je op zoek.'

'Oh?'

'Ja, ik ben tien dagen geleden van het eiland gekomen. Het quarantaine-station is nu definitief gesloten, want er zullen geen schepen meer komen. De Saint Lawrence is bijna helemaal dichtgevroren. Vorige week moest de 'Saint George' soms al door het ijs breken om naar Quebec te komen.'

Hij pauzeert even.

'Kate,' roept hij dan uit. 'Ik moet je zo veel vertellen, maar ik weet gewoon niet waar ik moet beginnen.'

'Bij het begin,' zegt Kate rustig.

Ze vraagt zich af waarom hij zo geagiteerd doet, wat er zo dringend is dat hij naar haar op zoek is geweest. Uit zijn gedrag de laatste weken op Grosse Île en zijn woorden net tegen Francis, leidt ze af dat hij haar keuze voor Fergus echt heeft geaccepteerd, dus waarom wil hij haar dan zo graag spreken?

'Ja,' knikt Robert. 'Ik zal beginnen vanaf het moment dat ik weer voet op het vasteland zette.'

Hij staart even voor zich uit. Dan begint hij met zachte stem te vertellen over zijn reis terug naar Quebec, toen hij samen met dokter Douglas op een bijna lege 'Saint George' zat, en over zijn plannen nu hij weer in Quebec is. Hij beschrijft hoe hij naar huis ging, een heerlijk bad nam en hoe Lottie een uitgebreide maaltijd voor hem bereidde. Hij zegt dat hij zich koesterde in de warmte van het haardvuur en de goede zorgen van zijn huishoudster. Eén dag zat hij bij de warme haard en las kranten, maar daarna was hij de stad in gegaan op zoek naar haar.

'Waarom zocht je mij?'

Kate hoort zelf dat haar stem schor klinkt. Ze wil het antwoord niet weten en toch ook weer wel.

Robert schudt zijn hoofd.

'Dat vertel ik je straks. Laat me eerst verder gaan met mijn verhaal.'

Kate buigt het hoofd.

'Ik herinnerde me dat je correspondeerde met je broer en dat hij boven een Ierse pub woonde. Ik dacht dat het niet zo moeilijk was om je te vinden, ook al wist ik niet meer of je broer in Quebec of Montreal woonde.'

'In Quebec.'

Robert heft zijn hoofd op.

'Dan was je dus al die tijd vlakbij. Dat wist ik niet. Ik had op een avond een vriend op bezoek, dokter Alexander Crawford uit

Montreal. Ik vertelde hem dat ik op zoek was naar een muzikant die in een Ierse pub speelde en die O'Doherty heette. Alexander wist meteen wie ik bedoelde, de violist Jim O'Doherty. Hij had hem wel eens in Duffy's horen spelen, een Ierse pub aan de haven.'

Kate gaat rechtop zitten. Een violist Jim O'Doherty. Haar vader speelt viool en hij heet James. Jim is een afkorting van James. Zou het onmogelijke waar kunnen zijn? Zou haar vader niet naar New York zijn gegaan, maar naar Montreal? Hij had ruim een jaar geleden in Galway tegen Alice, de vrouw van David, gezegd dat hij spaarde om naar New York te gaan, maar dat was niet helemaal waar. Kate heeft van George O'Malley gehoord dat vader helemaal niet kon sparen, omdat hij zijn loon steeds opdronk. Hij had een passagebiljet gewonnen in de pub, maar George kon zich niet herinneren of dat naar Amerika of Canada was. Het zou mogelijk kunnen zijn dat haar vader de violist is in Montreal. En dat is niet zo ver bij Quebec vandaan. Robert zal gedacht hebben dat haar broer Jim heette en dat hij boven de pub in Montreal woonde. Maar het kan net zo goed een andere O'Doherty zijn. Zij zijn niet de enige Ieren met die naam en Jim is geen James. Ze buigt zich naar voren en kijkt Robert aan.

'Was het... ben je gegaan?' fluistert ze met trillende stem.

Robert kijkt haar onderzoekend aan.

'Waarom is dat zo belangrijk? Ik vertel je dit alleen om uit te leggen hoe het kan dat ik je nog niet eerder heb gevonden. Je broer heet toch Pat en hij woont in Quebec. Wat maakt het je dan uit of ene Jim O'Doherty viool speelt in Montreal?'

Kate haalt diep adem. Ze voelt haar hart bonken en het lijkt of zelfs het kindje in haar buik onrustiger trappelt dan anders.

'Mijn vader heet James O'Doherty. Ik heb hem al meer dan twee jaar niet gezien. Hij zou naar Amerika gaan, of naar Canada, dat weet ik niet precies.'

Robert zucht diep.

'Dat wist ik niet. Ik ben meteen de volgende dag naar Montreal gegaan. Ik was er van overtuigd dat het je broer zou zijn en dat ik je daar zou zien. Alexander moest zelf nog een paar weken in Quebec blijven. Hij gaat over een paar dagen pas terug naar Montreal, maar hij had me uitgelegd waar ik Duffy's kon vinden. Ik had de pub inderdaad snel gevonden. Het was er erg donker en het stonk er, maar de kroegbaas was vriendelijk genoeg. Hij kende Jim O'Doherty wel, een wat verlopen, grijze man die geweldig viool speelde en af en toe in zijn pub kwam spelen, in ruil voor een paar maaltijden en drank. De kroegbaas haalde hem altijd graag binnen. Hij speelde prachtig en zijn sentimentele muziek bracht de klanten terug naar hun land. Door het heimwee dronken ze altijd meer dan ze van plan waren en dat was goed voor zijn nering. Ik begreep al snel dat het niet om je broer ging, dus ik ben weer weggegaan. Ik ben gisteren pas teruggekomen.'

Kate buigt haar hoofd. Een wat grijze man die prachtige, sentimentele liederen op de viool speelt in ruil voor gratis drank en een maaltijd. Het zou haar vader kunnen zijn. Oh God, als het toch echt haar vader was.

'Wanneer speelt hij in die pub?'

Robert haalt zijn schouders op.

'Dat weet ik niet. De kroegbaas zei dat hij kwam en ging. Soms kwam hij een week lang iedere dag, dan weer weken niet.'

Kate antwoordt niet. Ze probeert te bedenken wat ze kan doen. Ze zou naar de pub kunnen gaan, maar de reis is lang en duur en als vader er soms wekenlang niet is, heeft dat misschien geen zin. Er moet een betere manier zijn.

'Ik wil hem vinden,' zegt ze hardop. 'Ik moet weten of het mijn vader is.'

Robert knikt.

'Plaats een advertentie,' zegt hij. 'In de *Mercury* en de *Montreal transcript*. Er staan iedere week tientallen van die advertenties.'

Kate schudt haar hoofd. Een advertentie plaatsen heeft geen zin. Haar vader kan niet lezen, maar dat wil ze niet tegen Robert zeggen. Boeken en kranten maken deel uit van zijn dagelijks leven. Hij zal niet kunnen begrijpen dat haar vader niet kan lezen en schrijven, dat zij een van de weinige pachterdochters is die dat wel kan en alleen maar omdat Eileen haar dat geleerd heeft. Ondanks alle ellende die Robert heeft gezien op Grosse Île heeft hij nog steeds geen idee van de situatie in Ierland, van het leven van arme pachters op kleine, onvruchtbare stukjes grond. In een eenvoudig leven van hard werken en zorgen voor voldoende eten voor alle kinderen is geen ruimte voor lezen. Op een sofa bij het haardvuur een krant lezen is ondenkbaar. In de pachtershutjes zijn geen sofa's. Stromatrassen, een essenhouten tafel, een paar eenvoudige stoelen met rechte leuningen, wat driepootjes, een paar kistjes, soms een kast met wat serviesgoed en een turfvuur met een kookpot. Meer staat er meestal niet in *bothán*s. Kate kijkt naar het ingewikkelde roodwitte patroon van het dikke vloerkleed op de grond. Zo anders dan de lemen vloer in hun *bothán* in *Ghealcnoc*. Ze kan dat nooit aan Robert uitleggen. Daarom zegt ze: 'Dat zal ik doen, maar ik wil ook zelf naar Montreal.'

Er wordt geklopt en Robert roept 'binnen'. De deur gaat open en de huishoudster komt de salon in. Ze draagt een dienblad met daarop een theepot en twee porseleinen kopjes op schoteltjes. De kopjes zijn heel fijn en rijkelijk versierd met paarse druiven. Ernaast staat de honingcake, in dikke plakken gesneden.

'Zet het daar maar neer, Lottie,' zegt Robert terwijl hij naar een kleine ronde tafel met gebogen poten wijst. De vrouw zet het dienblad neer en schenkt de thee in de kopjes.

'Bedankt, Lottie, ik roep je wel als ik je nodig heb.'

Er klinkt iets door in zijn stem wat Kate verbaast, een autoritaire, zelfgenoegzame toon van een meerdere tegen een mindere. Zo heeft ze hem op het eiland nooit horen praten. Lottie, onderdanig opeens, buigt het hoofd en loopt achterwaarts het vertrek uit.

'Ik wil niet dat ze ons nog stoort,' zegt Robert met een strak gezicht. 'Want ik was natuurlijk niet voor niets naar je op zoek.'

Hij staat op en loopt naar haar toe. Nonchalant gaat hij op de armleuning van de fauteuil van Kate zitten en buigt zich naar haar toe. Kate draait haar hoofd. Zijn blauwe ogen zijn opeens vlakbij. Ze ziet de gele streepjes in zijn irissen. Opnieuw doen ze haar denken aan zonnestralen. Robert veegt met een teder gebaar een lok achter haar oor. Kate blijft stil zitten.

'Ik moet je iets vertellen, Kate. Over het eiland, over toen je zo ziek was. En ik wil niet dat iemand dat weet. Lottie is een goede vrouw, een zorgzame huishoudster, maar ze is soms wat nieuwsgierig. En ze mag niet horen wat ik je ga vertellen.'

Hij buigt zich nog verder naar haar toe en fluistert in haar oor: 'Toen jij zo ziek was, is Maggie me komen halen. Ze wilde dat ik je medicijnen gaf omdat je het anders niet zou overleven. Ik ben met haar meegegaan en zag je liggen, kleurloos, met afwezige ogen waaruit iedere sprankeling was verdwenen. Alleen je rode haar had nog kleur, het leek zelfs te branden in het licht dat door het zolderraam viel. Ik stuurde Maggie weg om een kom water te halen en toen was ik alleen met jou.'

Robert zucht diep. Opeens trekt er een diepe blos over zijn wangen, waardoor hij er jeugdiger uitziet dan hij is, jonger dan bij zijn deftige kleren past. Het zelfvertrouwen en de autoriteit die passen bij zijn stand lijken hem verlaten te hebben. Hij begint te hakkelen: 'Je... je lag daar. Alleen en zo... zo ziek. En ik dacht aan hoe je voor iedereen had gezorgd, zonder aan jezelf te denken, hoe je huilende wezen had getroost, een opbeurend woord gaf aan de zieken, een slokje water haalde voor de dorstigen. Je leek een engel, zo bleek, doorschijnend bijna. En ik voelde, ik, nou ja...'

Hij haalt zijn schouders op. Kate weet wat hij niet zegt. Ze heeft het goed gevoeld. Zijn vraag of zij meeging naar Telegraph Hill was serieus, hij hield van haar. Daarom had hij haar steeds geholpen op het eiland, een kamer voor haar gezocht, haar genezen met de medicijnen die voor de medische staf bedoeld waren en haar de mooiste kleren gegeven die door de parochianen van Quebec voor de noodlijdende Ieren waren ingezameld. Hij had haar liefde voor Fergus, zijn nederlaag, glimlachend en met opgeheven hoofd geaccepteerd, maar was wel in stilte van haar blijven houden. Kate leest het in zijn ogen, in de blos op zijn gladde wangen, de aarzelende glimlach om zijn mond.

'Je hebt goed voor me gezorgd,' zegt Kate zacht. 'Dankzij jou leef ik, door jouw toewijding leeft ook mijn kindje nog. Ik ben je daar zo dankbaar voor.'

Robert strekt zijn hand uit en streelt zacht over haar rode haar.

'Laat me verder vertellen, Kate.'

Kate weet dat ze zijn hand weg moet duwen, maar ze kan het niet. Zijn liefde voor haar is zo voelbaar dat ze het niet op kan brengen om hem nu af te wijzen.

'Ik zat met jou op de zolderkamer en ik was bang dat ik aan je sterfbed zat. Ik streelde je haar en opeens voelde ik iets hards.'

Kate heft met een ruk haar hoofd op. Robert moet de juwelen hebben gevoeld, die ze had verborgen onder haar dikke haren, de veiligste plek die ze kon bedenken. Robert knikt.

'Ja,' zegt hij. 'Ik vond de sieraden. Ik begreep niet hoe je er aan kwam en wie er allemaal van wisten, maar ik besefte dat als ik niets deed, ze misschien gestolen zouden worden als we je overbrachten naar de lazaretten of... of...'

Hij stokt even. Dan vervolgt hij schor: 'of dat je begraven zou worden met de juwelen nog in je haar. Daarom heb ik ze voorzichtig uit je haar gehaald en bij me gestoken.'

Hij kijkt even voor zich uit.

'Godzijdank genas je en ik wilde ze je teruggeven. Ik wachtte op een goed moment, maar dat kwam niet. En toen zag ik je opeens op de boot staan, wegvarend van Grosse Île en van mij. En ik had jouw juwelen.'

33

De koets hobbelt over de harde, besneeuwde oppervlakte. Kate houdt beide handen beschermend om haar buik. Ze is blij dat Robert Berger heeft geregeld dat ze met zijn vriend Alexander Crawford en diens vrouw Isabella mee naar Montreal kan rijden, maar deze koets is niet half zo comfortabel als het rijtuig van lady Evelyn, waar Kate in Westport in gezeten heeft. Daar waren de banken bekleed met rood fluweel, maar in deze koets zijn ze van hout en Kate voelt iedere oneffenheid in de weg. Fergus legt zijn hand op haar buik.

'Gaat het met onze kleine?' vraagt hij.

Kate knikt. Het is vreemd om Fergus zo over de baby te horen praten, alsof het al geboren is. Tot nu toe heeft hij er weinig over gezegd.

'Wanneer komt het?' vraagt hij.

Kate haalt haar schouders op.

'Precies weet ik het niet,' zegt ze. 'Maar ik denk over iets meer dan twee maanden.'

Fergus knikt bedachtzaam.

'Dan word ik vader,' zegt hij zacht.

Iets in zijn stem laat Kate opkijken. Fergus kijkt haar niet aan, maar staart naar de vloer van de koets. Snel werpt Kate een blik op Alexander en Isabella. Ze slapen allebei, Isabella met haar hoofd op de schouder van haar man. Kate pakt Fergus' hand.

'Ja, dan word jij vader,' herhaalt ze. 'En ik zal moeder zijn. Een moeder zonder moeder of zussen. Er is niemand aan wie ik hulp kan vragen.'

Terwijl ze het zegt ziet ze Rebecca's gezicht voor zich en ze weet dat ze ongelijk heeft. Rebecca zal haar met liefde willen helpen bij het verzorgen van haar kindje. Ze zal zijn als een moeder.

'Je wordt vast een geweldige moeder,' zegt Fergus. 'Jouw moeder was een goed voorbeeld. Mijn vader niet.'

Kate geeft geen antwoord. Ze begrijpt dat Fergus niet zo wil worden als zijn eigen vader: een man die zijn landgenoten verraadde in ruil voor eten. Thomas, Fergus' vader, deed dat voor zijn gezin, maar ze weet dat Fergus zijn eigen vader veracht.

'Ik zou graag een vader willen worden waar mijn kind trots op kan zijn. Toen ik zelf een kind was, wilde ik niets liever dan dat mijn vader groot en sterk was, een stoere, hardwerkende man, waar ik tegenop kon kijken.'

Hij schudt zijn hoofd. Kate knijpt zwijgend in zijn hand. Zo kent ze Fergus niet. Hij praat nooit over onzekerheden. Toch wil Kate hem laten merken dat hij met haar kan praten, dat hij zijn twijfels met haar kan delen. Opeens zegt Fergus luid: 'Blake.'

Snel kijkt Kate naar Alexander en Isabella. Fergus praat zo hard dat ze misschien wakker worden. Alexander mompelt wat in zijn slaap, maar hij wordt niet wakker.

'Ik had een vader als Blake willen hebben,' zegt Fergus, nu wat zachter.

Kate knikt. Blake was groot, sterk en moedig. Hij trotseerde de *bailiff* en vocht voor een vrij Ierland. Blake liep nooit weg voor problemen. Heel anders dan Thomas en ook dan haar eigen vader. Blake dronk wel, en veel ook, maar het was nooit belangrijker dan zijn gezin en Ierland. Kate kan zich voorstellen dat Fergus liever Blake als vader had gehad. Ze houdt haar hoofd wat schuin.

'Of een vader als David?' vraagt ze.

'Ja,' zegt Fergus zacht. 'Of als David.'

Kate streelt over Fergus' hand.

'David heeft me bij zich laten roepen op zijn sterfbed. Hij zei dat hij Edward had vermoord. Dat heb ik je op het eiland ook verteld.'

Fergus wrijft met zijn duim over haar knokkels. Hij geeft geen antwoord. Toch gaat Kate verder. Het lijkt of ze nu, in de hobbelende koets, voor het eerst echt kunnen praten. Misschien zal Fergus haar nu ook willen vertellen wat er precies is gebeurd op die ochtend dat Edward haar probeerde te vermoorden.

'David zei dat hij Edward had vermoord en in zee gegooid. Hij vertelde ook dat Edward een mes had, maar ik weet niet precies wat er is gebeurd. Ik ehm...'

Kate stokt en knippert met haar ogen.

'Ik was vooral heel opgelucht dat jij Edward niet had vermoord. Jij had gezegd dat je Harrison om had kunnen brengen omdat hij Blake neerschoot. En nu zag je Harrisons zoon die probeerde mij te doden en ik dacht... ik bedoel... ik zou het begrepen hebben.'

Fergus zwijgt nog steeds. Kate gaat moeizaam verder.

'En je deed zo vreemd na die ochtend. Je leek zo ver weg met je gedachten en je had het met Connor over boete doen. Maar met mij wilde je niet praten.'

Fergus zegt nog steeds niets.

'Praat met me, Fergus,' smeekt Kate. 'Alsjeblieft. David is dood. Edward is dood. Iedereen is dood, maar wij leven nog en ik wil het weten. Wat is er gebeurd?'

Fergus zucht heel diep. Even sluit hij zijn ogen. Dan knikt hij.

'Goed,' zegt hij zacht. 'Ik zal eerlijk zijn. Daar heb je recht op. En het was ook Davids wil dat jij het wist. Anders had hij je niet laten halen op zijn sterfbed.'

Fergus trekt zijn hand uit Kates hand en wrijft met zijn duim en wijsvinger over zijn wenkbrauwen. Dan begint hij met zachte stem te vertellen. 'Ik werd wakker van een geluid. Ik voelde naast me, maar er was niemand. Ik ging rechtop zitten en zag dat Connor uit zijn bed sprong. Hij rende de trap op, hoewel het luik dicht was. Het zag er zo paniekerig uit, dat ik erachteraan ging en ik hoorde dat er nog iemand volgde, maar ik wist niet wie dat was.'

Fergus staart voor zich uit, alsof hij in gedachten weer aan boord is en de steile trap op rent naar het achterdek.

'Ik kwam vlak achter Connor aan. Samen deden we het luik open en we zagen hetzelfde. Jij lag op het dek. Die vieze *Sasanach* zat bovenop je en hij had zijn handen om je keel geklemd. Hij... hij probeerde je te wurgen.'

Fergus draait zich naar haar toe en legt zijn beide handen op haar schouders.

'Ik zag hem, Kate, met moordlust op zijn gezicht, en ik dacht dat je dood was.'

Kate rilt bij de gedachte aan die ochtend. De kou, de haat in Edwards ogen, zijn knijpende vingers, de zilveren stofdeeltjes voor haar ogen.

'Dat was ook bijna zo. Als jullie niet waren gekomen... Ik kan me helemaal niet herinneren dat jullie kwamen. Ik weet alleen nog dat Edwards handen zich om mijn nek klemden en dat hij kneep. Alles werd zwart en ik hoorde mijn moeder zeggen: 'Kom naar huis, *stóirín*.' En opeens waren jullie er.'

'Ja,' zegt Fergus. 'Jij was bewusteloos toen wij aan dek kwamen, maar dat wist ik niet. Ik dacht dat je dood was. Ik stortte me op Edward en we vochten. Ik sloeg hem recht op zijn neus en ik hoorde het kraken. Connor was naar jou toe gegaan, maar ik wilde eerst Edward uitschakelen. Ik zat bovenop hem. Plotseling hoorde ik iemand roepen: 'Pas op, hij heeft een mes.' Ik keek achter me en zag David aankomen. Daarom lette ik even niet op en Edward wist mij van zich af te gooien. Toen lag ik onderop en ik zag Edwards hand komen. Hij had een dolk. Het was Connors dolk. Ik weet nog dat ik dacht dat het vreemd was dat ik die op zo'n moment herkende, in de laatste seconden voor mijn dood.'

Kate knikt. Zij had de dolk meegenomen. Ze had er Edward nog mee in zijn arm gestoken, maar hij had de dolk uit haar hand geschopt en het mes was ergens op het dek gevallen. Edward had hem blijkbaar kunnen pakken. Fergus vervolgt zijn verhaal: 'Ik hief mijn handen op, om zo de dolksteek af te weren, maar voordat het mes mij raakte, had David ons bereikt. Hij trapte met zijn voet tegen het hoofd van Edward. Een harde schop, recht in zijn gezicht. Edward viel van me af en lag op zijn buik op het dek. David sprong bovenop hem. Hij pakte hem bij zijn haren beet en ramde hem met zijn gezicht tegen de houten planken, steeds weer.'

Fergus heft in een machteloos gebaar zijn handen.

'Ik ben naar jou toe gerend. Connor zat naast je en praatte tegen je. Je leefde nog, maar je was bewusteloos. Samen probeerden we je bij te brengen. Maar opeens riep Connor: 'David, houd op.' Hij liet jou liggen en rende naar David toe. Hij probeerde David van Edward af te trekken, maar David slingerde hem weg en Connor viel op het dek.'

Fergus verbergt zijn gezicht in zijn handen.

'Het ging allemaal zo snel, Kate,' zegt Fergus, zijn stem gesmoord door zijn handen. 'Dit vertellen duurt bijna langer. Ik zat naast jou, en ik bleef naast jou zitten. Maar ik had Connor moeten gaan helpen. Ik had moeten zien wat Connor zag, dat David verblind was door woede en Edward doodsloeg. Connor probeerde hem nog tegen te houden, maar ik niet. Ik niet...'

Als Fergus weer opkijkt staan er tranen in zijn ogen.

'Ik had David kunnen tegenhouden, ik ben sterk genoeg, maar ik deed het niet. Ik denk dat ik het diep in mijn hart niet erg vond dat hij Edward doodsloeg. Of misschien was ik wel echt alleen met jou bezig. Ik weet het gewoon niet.'

Fergus veegt zijn tranen weg.

'Maar ik weet wel, dat als ik David had tegengehouden, Edward nu niet dood zou zijn geweest.'

Kate slaat een arm om Fergus heen.

'En toen?' vraagt ze zacht.

Fergus zucht.

'Edward lag daar op het dek, bewegingsloos, en opeens kwam David bij zinnen. Hij zei dat we van het lijk af moesten, dat we het overboord moesten gooien. Ik ben opgesprongen en heb David geholpen. Samen tilden we Edward op en brachten hem naar de reling. In één beweging gooiden we hem overboord.'

Fergus draait zijn hoofd weg. Hij kijkt haar niet aan als hij

zegt: 'Ik dacht dat ik hem hoorde schreeuwen toen hij in het water viel.'

Kate grijpt Fergus' arm.

'Was hij niet dood? Heb je hem levend overboord gegooid?'

Fergus spreidt zijn handen.

'Ik weet het echt niet. Connor zegt dat hij dood was, dat er een
matroos op het voordek iets riep, maar ik heb sindsdien heel
vaak gedroomd dat Edward over de zeebodem wandelde.'

Kate pakt Fergus' handen.

'Als Connor zegt dat hij dood was toen jullie hem overboord
gooiden, dan was dat zo, Fergus.'

Fergus haalt zijn schouders op.

'Dat zeg ik ook steeds tegen mezelf. Connor leek heel zeker te
zijn, zoals hij dat zo vaak is. Maar toch hoor ik vaak die schreeuw
in mijn gedachten. Ik vertel mezelf dan steeds dat het een matroos was, dat Edward echt dood was toen we hem in het water
gooiden en dus niet kon schreeuwen. Soms denk ik ook dat het
niet uitmaakt of hij wel of niet dood was omdat hij toch een arrogante *Sasanach* was. Een moordenaar die de dood verdiende,
hoewel hij jou niet echt heeft vermoord natuurlijk. Zo denk ik
overdag, maar 's nachts is het anders. En toen David zei dat hij
boete wilde doen, deed ik met hem mee. Hij zei dat als we zouden overleven, dat het een teken was dat God ons had vergeven.'

Fergus kijkt Kate recht aan.

'Nu weet je alles.'

Kate kust Edward zacht op zijn lippen.

'Bedankt dat je het verteld hebt, Fergus.'

Fergus glimlacht droevig. Hij geeft geen antwoord.

34

Vlak aan de kade van de dichtgevroren haven van Montreal staat een grote kerk. De vierkante toren steekt hoog de strakblauwe lucht in als in een poging om God de hand te reiken. Kate kijkt naar de deur en aarzelt. Ze zou er graag binnengaan en bidden dat ze vandaag haar vader weer ziet, dat de violist die af en toe in Duffy's speelt in ruil voor drank en een maaltijd inderdaad haar vader is en niet een andere O'Doherty, maar ze durft niet goed. De kerk is zo mooi, zo groot, zo heel anders dan het kerkje in *Ghealcnoc*. En de kerk op Grosse Île was geen kerk maar een ziekenhuis. Fergus wijst naar de weinige schepen die in de haven liggen.

'Kijk, Kate,' zegt hij. 'Daar kan zelfs geen praam meer doorheen en het zal nog maanden duren voordat het weer open is en ik kan gaan werken. Waar moeten we al die tijd van leven?'

Ze hebben het er nog niet over gehad. Toen Fergus een week geleden 's avonds thuiskwam en vertelde dat er geen werk meer was omdat de hele haven was dichtgevroren, zag Kate dat als een kans om samen naar Montreal te gaan om haar vader te zoeken. Ze had net die dag van Robert Berger gehoord dat er wel eens een Jim O'Doherty in de pub in Montreal speelde en dat Roberts vriend Alexander naar Montreal zou gaan. Kate en Fergus hebben verder niet over de toekomst gesproken, over het leven zonder de baan van Fergus. Het zoeken van vader leek het enige wat telde. Kate heeft Fergus verteld dat vader misschien in Montreal was en dat ze iemand kende met wie ze mee naar Montreal kon rijden. Ze heeft verzwegen dat ze het van Robert Berger had gehoord, uit angst dat Fergus dan niet met haar mee zou willen. Kate brengt haar hand naar haar haren. De juwelen die ze van

Robert Berger terug heeft gekregen, heeft ze daar weer verstopt omdat ze niet over straat durfde met de waardevolle sieraden in haar schort. In de pub heeft ze er niets over verteld. Natuurlijk vertrouwt ze Pat, maar ze vindt het vreemd dat hij niets heeft gezegd over de juwelen uit het mahoniehouten kistje van Adelaide. Ook Adelaide zelf heeft erover gezwegen. Misschien zijn ze van haar ook gestolen of heeft ze ze voor Pat verborgen gehouden. Het gevoel dat Kate steeds heeft gehad, dat Adelaides verhaal over het kistje niet klopte, wordt steeds sterker. Daarom wilde Kate niet dat Pat de juwelen zag. En alle dagen dat ze nu op weg zijn naar Montreal durfde ze ze ook niet tevoorschijn te halen, zelfs niet toen Alexander en Isabella sliepen. Toch moet ze het delen met Fergus. Hij is ook open tegen haar geweest over de morgen dat Edward probeerde haar te vermoorden en ze wil niet dat er een geheim tussen hen in blijft staan. Ze buigt zich naar hem toe en fluistert: 'Daar heb ik een oplossing voor, maar dat kan ik je hier niet vertellen.'

Fergus richt zijn ogen op de dikke vlecht van Kate.

'Je hebt de juwelen weer?'

Kates mond valt open. Fergus wist het! Hij heeft al die tijd geweten dat ze sieraden had, maar blijkbaar wist hij ook dat ze op Grosse Île van haar gestolen waren. En hij heeft er niets over gezegd, helemaal niets. Ze haalt diep adem en antwoordt: 'Ja, ik heb ze vorige week van Robert Berger gekregen.'

Fergus deinst achteruit alsof ze een besmettelijke ziekte heeft. Met samengeknepen ogen en een uitdrukking van walging op zijn gezicht, kijkt hij haar aan.

'Je hebt die dokter in Quebec ook nog gezien? Dat heb je me niet eens verteld!'

Kate blijft staan. Opeens doemt het beeld op van de matroos Sam Jones, de man die Adelaide 's nachts in het donkere ruim wilde dwingen tot vernederende handelingen voor de zogenaamde pillen tegen *an droch-thinneas*. Later, toen Kate deze aan de *gaelacha* had gegeven om Fergus mee te genezen, had Maggie haar hoofd geschud. Ze had gezegd dat ze waardeloos waren, neppillen. Ze had ze toch aan Fergus gegeven, maar het had niets geholpen. En voor die pillen had Sam Jones Adelaide willen dwingen. Kate hoort nog de roepende stemmen uit het ruim, de haat die daaruit sprak: 'Slore, slore, God verhoede dat een Ierse ooit zo diep zal zinken.' En zij, Kate, had Adelaide daar weggeleid, was voor haar opgekomen en had er zelfs begrip voor gehad dat Adelaide zich had laten kussen door Sam Jones, terwijl ze van Pat hield. Maar Fergus moet daar heel anders over hebben gedacht. Fergus' blik gaat naar haar dikke buik en dan weer terug naar haar gezicht. Een kort moment ziet Kate pure haat in zijn ogen en ze zet een wankele stap achteruit, alsof hij haar geslagen heeft. Opeens is het haar duidelijk wat Fergus denkt, wat hij misschien wel al die tijd gedacht heeft en waarom hij niet met haar over de juwelen gesproken heeft. Ze schudt haar hoofd, plotseling heel misselijk.

'Fergus,' fluistert ze. 'Hoe kun je dat van me denken? Ik ben toch jouw vrouw?'

'We zijn niet getrouwd,' zegt Fergus bot. 'En op het eiland gedroeg je je ook niet als mijn vrouw.'

'Wat bedoel je?'

Fergus zucht.

'Ik heb je gezien, Kate,' zegt hij zacht. 'Die avond dat David stierf. Ik zag je de kerk binnenkomen. Je stond in de hal, samen met die dokter. Hij kuste je.'

Hij schudt even zijn hoofd.

'Daarna weet ik niets meer.'

Kate herinnert zich dat Robert haar in de hal op haar voorhoofd kuste. Ze is toen alleen de kerk ingelopen, recht naar Fergus. Maar Fergus lag bewegingsloos op de grond en reageerde niet op haar aanrakingen. Ze had toen zelfs gedacht dat hij dood was. En de volgende dag leek Fergus te sterven. Fergus gaat verder.

'Ik moet in slaap zijn gevallen, of bewusteloos zijn geraakt. Dat weet ik niet precies. Ik weet alleen dat ik niet meer wilde leven, dat ik te moe was om nog te vechten. En waarvoor zou ik het nog doen? Mijn familie was dood of ver weg en jij had die dokter. Zo'n gestudeerde Canadees die je meer kon bieden dan ik ooit zou kunnen. Ik geloof dat ik tot God gebeden heb of Hij me kwam halen, maar zelfs dat weet ik niet meer.'

'Je was ook bijna dood,' fluistert Kate. 'Toen ik de kerk binnenkwam kreeg je het heilig oliesel. Vader Green was woedend dat ik tegen je aan bleef praten en je niet rustig liet sterven.'

Fergus glimlacht nauwelijks zichtbaar.

'Ja, ik hoorde jou opeens. Je zei dat je van me hield en ons kind droeg en toen wist ik dat het mijn tijd nog niet was.'

Hij zet voorzichtig een stap naar haar toe. Kate strekt haar handen uit, maar Fergus pakt ze niet. Hij houdt zijn hoofd schuin.

'Maar vlak daarna werd jij ziek. Die dokter deed alles voor je, gaf je zelfs medicijnen die alleen voor de staf bedoeld waren. Er werd over gesproken, door de wagenmenners, de sjouwers. Ik denk zelfs door de artsen. En toen vond ik die juwelen.'

Fergus zwijgt. Hij kijkt opnieuw naar haar dikke buik.

'Ik kende maar één man die ze aan je gegeven kon hebben. En ik kon ook maar één reden verzinnen.'

Kate schudt wild haar hoofd.

'Nee, Fergus!' roept ze uit. 'Dat kun je niet van me gedacht hebben!'

Fergus haalt zijn schouders op.

'Hoe kwam je er dan aan? Aan boord had je ze nog niet.'

Kate kijkt Fergus recht aan. Zijn donkere ogen lijken bijna zwart en zijn wenkbrauwen vormen een rechte streep. Ze wil het hem zo graag uitleggen, maar hij kijkt zo kwaad dat ze alle woorden vergeten lijkt te zijn. Opeens hoort ze zichzelf zeggen: 'Ik heb de juwelen van Adelaide gekregen, vlak voordat ik van de 'Mary Elisabeth' ging om voor jou te zorgen.'

Deze woorden komen vanzelf, alsof iemand ze haar heeft ingefluisterd. Het zou iets zijn wat Connor had kunnen zeggen. In een paar eenvoudige zinnen duidelijk maken wat de waarheid is. Zoekend kijkt Kate om zich heen, hoewel haar verstand zegt dat Connor hier niet kan zijn. Fergus pakt haar bij haar arm.

'Echt waar? Ik dacht...'

Hij maakt zijn zin niet af.

'Ik weet wat je dacht.'

Hij buigt zijn hoofd. Als hij weer opkijkt, heeft hij tranen in zijn ogen.

'Vergeef me, Kate, vergeef het me.'

Kate kijkt naar zijn vertrouwde gezicht. Fergus, haar man, de vader van haar kind. Hij had nooit zo over haar mogen denken! Maar ze herinnert zich dat ze zelf heeft gedacht dat het zo makkelijk zou zijn om met Robert Berger mee te gaan, om te doen of ze zijn kind droeg, toen Fergus zo ziek was dat ze dacht dat hij zou sterven. Maar ze heeft het niet gedaan. Haar liefde voor de waarheid was sterker dan het vooruitzicht van een toekomst in warmte en weelde. Ze begrijpt Fergus, maar toch kan ze hem niet meteen vergeven dat hij zo over haar heeft kunnen denken. Ze haalt diep adem, probeert woorden te vinden om Fergus uit te leggen wat ze denkt en voelt, maar de woorden komen niet. Ze kan alleen maar naar de tranen in Fergus' ogen staren.

Opeens komt er een rijtuig aangereden. Twee grote, bruine paarden trekken het moeiteloos over de sneeuw. Op de bok zit een man zonder hoed, diep weggedoken in zijn kraag. Kate ziet alleen halfgesloten ogen en grijsblonde krullen. Ze staart naar de man, probeert de kleur van zijn ogen te zien. Zou het kunnen, zou het mogelijk zijn dat dat vader is? Dat God hem op deze eenvoudige manier op haar pad brengt? De man op de bok roept iets onverstaanbaars naar haar en maakt een handbeweging dat ze opzij moet gaan. Kate blijft staan. Als dit vader is, dan zal ze hem niet laten passeren. De man houdt de paarden in en gaat staan op de bok. Nu kan Kate zijn gezicht zien. Hij lijkt niet eens op vader! Beschaamd doet ze een stap opzij en laat het rijtuig passeren.

'Ik dacht even dat het vader was,' zegt ze met schorre stem tegen Fergus.

Fergus knikt. De korte onderbreking heeft de sfeer tussen hen veranderd.

'Kom,' zegt hij. 'Laten we naar Duffy's gaan. Daarom kwamen we hier. En misschien kan ik daar ook wel een baan vinden. We hoeven niet bij Pat en Adelaide te blijven wonen.'

Kate zwijgt. Fergus praat al weer over een toekomst voor hen samen, maar zonder Pat en Adelaide, een leven in een andere stad, waar ook Robert Berger niet woont. Ze kan zich Fergus niet voorstellen als werkend in een pub, de hele dag binnen, omgeven door mannen die drinken en zingen, maar niets nuttigs doen. Fergus hoort buiten te werken, als boer, als sjouwer in de haven, als staljongen, als houthakker desnoods, maar niet opgesloten in een pub. Maar in de koude winter zal er niet veel werk buiten zijn. Zwijgend loopt ze naast hem voort.

Op een ovaal uithangbord staat met grote gele schrijfletters: 'Duffy's'. Daaronder leest Kate: 'Irish pub'. Ze heeft het gevonden. Misschien staat ze over een minuut oog in oog met haar vader die ze al ruim twee jaar niet heeft gezien. Ze zucht eens diep. Ze zal vanavond met Fergus praten, hem alles vertellen over de juwelen en hoe ze twijfelt over de herkomst. Ze weet dat dat niet hoeft. Als ze uitlegt dat Adelaide ze heeft meegenomen toen de boerderij werd aangevallen is dat voldoende. Fergus is een man, een eenvoudige boer. Hij heeft nooit voor de vrouw van een landheer gewerkt; hij weet niet dat deze sieraden veel te kostbaar zijn voor de Harrisons. Ze zou het kunnen verzwijgen, maar ze wil niet dat er vragen tussen hen in blijven staan. Ze zal hem vertellen wat ze weet en dan zal ze voorstellen om van het geld dat de juwelen opbrengen de bruiloft te betalen. Ze zal een mooie jurk kunnen kopen en ze zal aan de hand van haar vader de kerk binnenschrijden. En haar kind zal binnen het huwelijk geboren worden. Zo zal het gaan, zo moet het gaan. Kate heft haar hoofd op.

'Daar gaan we.'

Ze duwt de deur open. Ondanks het ochtenduur is het schemerduister in de pub. Haar ogen dwalen door de pub, zoekend naar een blonde man, die zacht met zijn strijkstok over de snaren van zijn viool streelt. Kate ziet een toog met hoge, houten krukken ervoor, er staan twee tafeltjes met elk vier stoelen er omheen. Het ruikt naar verschaald bier en whiskey, maar er is 318 | niemand. Een scherp gevoel van teleurstelling steekt in haar buik. Natuurlijk wist ze dat de kans dat ze vader hier zou zien heel klein was, maar ze had het gehoopt, zo gehoopt. Kate schraapt haar keel en roept: 'Goedemorgen!'

Als er niet gereageerd wordt, herhaalt ze haar groet in het Iers: '*Dia dhuit ar maidin.*'

Kate hoort gestommel en een kleine, kale man duikt op achter de toog.

'*Dia's muire dhuit*, goedemorgen,' antwoordt hij. 'Wat wilt u drinken?'

Fergus bestelt een bier en een thee. Hij gaat op een kruk zitten en Kate schuift naast hem. Ze zet haar ellebogen op de toog, maar trekt ze weer terug als ze voelt hoe haar jas blijft plakken. Deze pub is heel anders dan die van Paddy. En hier komt vader dus vaak, als het tenminste vader is over wie Robert vertelde.

'Het is koud, hè,' begint de kleine man. 'Zo koud is het thuis nooit. Ik ben in 1837 gekomen. Ik ben hier nu tien jaar, maar iedere winter verlang ik meer en meer naar huis, naar ons mooie, groene land.'

Hij zucht diep.

'En de ergste kou moet nog komen. Zijn jullie hier allang?'

Kate schudt haar hoofd.

'Pas een paar weken. We zijn in juni aangekomen, maar we zijn eerst een paar maanden op Grosse Île geweest.'

De man deinst achteruit, zijn handen afwerend uitgestrekt.

'Oh nee,' roept hij. 'Weg met jullie! Ik moet geen zieken in mijn zaak. Al die besmette Ieren geven ons een slechte naam. Ik ben hier al tien jaar. Tien jaar! En ik heb het goed. Maar deze zomer kwamen jullie met duizenden en duizenden op wrakken aan land, allemaal ziek of halfdood en hongerig. En ik wil de ziekte niet. Ik wil het niet hebben in mijn zaak. Weg! Weg met jullie!'

Kate bijt op haar lip. Zij is niet ziek, niet meer en ze wil zich niet weg laten sturen, niet nu ze zo dichtbij vader is. Was Connor maar bij haar. Hij zou de juiste dingen zeggen, de man kalmeren. Snel kijkt ze opzij naar Fergus. Zijn ogen flikkeren en hij heeft zijn vuisten gebald. Hij buigt over de toog.

'En waarom denkt u dat we komen? Al die Ieren, hongerig en wanhopig zoekend naar een warm welkom, een baan en een plek om te slapen? Niet omdat we zo graag willen, omdat we ons geliefde land achter willen laten. Maar omdat we geen keus hebben. U zit hier al tien jaar, veilig ver weg van die *Sasanach*, die de aardappelziekte gebruiken om ons land nog verder kapot te maken, om ons volk kapot te maken. U kent misschien de smaak van honger niet eens meer.'

De man schudt zijn hoofd en duwt in een kinderlijk gebaar zijn beide handen tegen zijn oren.

'Ik wil het niet horen,' roept hij. 'Ik heb hier een eerlijke kroeg en ik wil geen slechte naam omdat ik de ziekte verspreid.'

Kate leunt naar voren. Voorzichtig pakt ze de handen van de man beet en trekt ze van zijn oren. Ze kijkt hem recht aan.

'Wij zijn niet ziek,' zegt ze. 'We zijn jong, sterk en gezond.'

De man knippert zenuwachtig met zijn ogen. Dan laat hij zich op een stoel vallen, die achter de toog staat en verbergt zijn gezicht in zijn handen.

'*Go mo leithscéal*, neem me niet kwalijk. Ik ben heel bang voor die ziekte. Ik hoor hier de vreselijkste verhalen over.'

Kate knikt. *An droch-thinneas* is ook verschrikkelijk en ze weet dat de mannen in de kroeg het nog erger zullen laten klinken dan het is, hoewel dat bijna niet mogelijk is.

'Het is goed,' zegt ze zacht tegen de man. 'Wij komen hier om inlichtingen te vragen. Kent u James O'Doherty, een man van zevenendertig met blond haar?'

Kate voelt haar hart bonken alsof ze hard gelopen heeft. Ze houdt haar adem in. De kleine man knikt.

'Ja, die ken ik. Dat wil zeggen, ik ken een Jim O'Doherty. Hij speelt prachtig viool. Ik heb hem heel graag in mijn zaak, maar hij komt en gaat als de wind. Als ik het het minst verwacht staat hij op de stoep en zegt: 'Duffy, heb jij nog een slaapplaats en een whiskey voor een arme violist?'

Hij tikt met zijn wijsvinger tegen zijn borst.

'Ik ben Duffy,' legt hij uit.

Kate knikt. Ze wil dat Duffy verder vertelt. Ze moet weten of het haar vader is.

'Praat Jim O'Doherty wel eens over Ierland, over waar hij vandaan komt?'

Duffy wrijft nadenkend over zijn ongeschoren kin.

'Tja,' begint hij aarzelend. 'Hij heeft wel eens iets gezegd, maar wat was het toch ook alweer?'

Hij krabbelt op zijn kale hoofd.

'Zie je, juffrouw. Ik hoor de hele dag door verhalen. De mannen die hier komen praten en praten en ik luister en knik, maar ik weet niet wie wat vertelt.'

'Alstublieft,' smeekt Kate. 'Denkt u goed na.'

Opeens gaat de kleine man staan en leunt naar voren. Hij knijpt zijn ogen tot spleetjes.

'En waarom wil je dat weten? Het is niet goed voor mijn klandizie als ik alles maar rondvertel.'

Kate zucht diep. Het gaat moeizamer dan ze had verwacht.

'Ik ben Kate O'Doherty,' zegt ze zacht. 'Ik heb mijn vader al meer dan twee jaar niet gezien.'

Het gezicht van de man tegenover haar verandert, wordt zachter.

'Je vader,' fluistert hij.

'Dat hoop ik.'

De man knikt.

'Ik zal je alles vertellen wat ik weet. Een kind hoort bij haar vader, een kleinkind bij zijn grootvader.'

Kate legt haar hand op haar buik. Haar vader weet niets van haar, niet dat ze in Canada is, niet dat ze in verwachting is en niet dat ze wil trouwen met Fergus. Nu ze de juwelen terug heeft, is er geld voor. Wat zou het heerlijk zijn als ze aan de arm van haar vader de kerk in kon lopen. Hij weet niet eens dat ze nog leeft.

'Jim O'Doherty is een violist. Ik schat hem tussen de veertig en de vijftig.'

Kate fronst. Haar vader is iets jonger, maar misschien ziet hij er ouder uit.

'Hij is lang, heeft blondgrijze krullen en is blind aan één oog.'

Met een ruk heft Kate haar hoofd op. Ze voelt Fergus' hand op haar arm, maar dat kan haar geen troost bieden bij de enorme teleurstelling. Deze Jim O'Doherty is haar vader niet. Misschien is hij inderdaad wel naar New York gegaan, zoals Alice vertelde. George O'Malley wist niet meer of hij naar Canada of Amerika ging. Als vader in New York is, zal ze hem nooit vinden. Zoveel weet ze nu al wel van *de nieuwe wereld*. Ze kreunt. Met één woord is haar droombeeld uiteen gesprongen. 'Vader is niet blind,' fluistert ze met schorre stem.

Duffy heft zijn hand op.

'Niet zo snel. Jim is niet altijd blind geweest. Hij heeft me verteld dat hij een paar maanden voor hij uit Ierland vertrok blind is geworden. Laat me even denken.'

De kale man krabbelt opnieuw aan zijn kin, terwijl hij diepe rimpels in zijn hoofd trekt. Kate wacht, misselijk van hoopvolle verwachting. Duffy bukt zich en grijpt onder de toog. Hij pakt een fles whiskey en zet hem aan zijn mond. Hij drinkt een paar grote slokken en boert luid.

'Ha,' roept hij. 'Dat helpt altijd. Ik weet het weer. Jim vertelde dat hij in Ierland op zoek was geweest naar een baan. Hij had ergens aangeklopt, vraag me niet waar het was, in het westen, geloof ik.'

Hij pauzeert en neemt nog een paar slokken.

'Of was het nou in het zuiden? Ik weet het niet meer. Ik hoor zoveel verhalen en ik haal ze soms door elkaar.'

Kate onderdrukt een zucht. Dat heeft hij al eerder verteld. Ze

hoeft al die andere verhalen niet te horen. Ze wil weten of de violist haar vader is.

'Ga verder,' zegt Fergus kort.

'Ehm...'

'Je zei dat hij een baan zocht en toen blind was geworden.'

Duffy boert opnieuw en roept uit: 'Ja, zo was het. Hij had gevraagd of hij ergens kon werken, maar daar was hij niet welkom.
En die man had hem in elkaar geslagen en op zijn oog geschopt.
Zo hard dat het voor altijd donker werd in zijn rechteroog. En
het was niet eens een Engelsman. Het was een Ier, een landge-
noot, die de arme Jim O'Doherty zo toetakelde.'

Hij schudt zijn hoofd en plotseling staan er tranen in zijn
ogen.

'Wij Ieren zijn één volk, wij moeten ons sterk maken tegen die
Engelse overheersers. Ja, dat moeten wij!'

Kate ziet de blik van verachting op het gezicht van Fergus en
ze pakt snel zijn hand. Fergus moet zich inhouden, hoewel ze
begrijpt dat hij het liefst tegen deze man zou schreeuwen dat hij
niets weet van de onderdrukking, van hoe het de laatste jaren in
Ierland is. Hij zit al tien jaar hier in dit koude land en heeft niets
meegemaakt van de laatste hongersnood. Ze gelooft ook niet dat
hij ooit iets heeft gedaan tegen de Engelsen. Hij veegt over zijn
ogen.

'Ja, één volk, een gezegend volk, maar daar dacht die visser
anders over.'

'Visser?'

Duffy knikt heftig.

'Ja, een visser!'

Hij spuugt het woord uit als een vloek, kleine belletjes speeksel vliegen uit zijn mond en landen vlak voor Kate op de toog.
De man lijkt het niet te zien.

'Het was een visser die Jim zo heeft verwond. Een Ierse visser.'

Kate schraapt haar keel.

'Was deze Jim dan een visser?'

Ze voelt haar hart bonken. Ze is er steeds meer van overtuigd

dat dit haar vader niet is. Haar vader heet James, geen Jim, hij
is niet tussen de veertig en de vijftig, hij was niet blind en hij
was ook geen visser.

Duffy schudt zijn hoofd.

'Nee, nee, geen visser. Dat herinner ik me nog goed. Hij was
een aardappelboer. Ja, nu weet ik het weer. Een aardappelboer
uit het westen. Maar de oogst mislukte en daarom zocht hij een
andere baan. Ja, zo was het.'

Ademhalen gaat opeens moeilijk. Nu klinkt het wel als haar
vader. Hij was een aardappelboer in het westen. En David had
verteld dat vader naar een baan als visser had gezocht, maar
David zei niets over blindheid. Dat was ook niet zo toen Alice
hem later in de haven van Galway had gezien. Tenminste, Alice
had daar niets over verteld.

'Waar kwam hij precies vandaan?'

Duffy fronst weer diep en schudt zijn hoofd. Hij grijpt de
whiskeyfles en lurkt eraan.

'Ik weet het niet, ik weet het echt niet. Hij heeft het me verteld. Echt waar, maar ik kan niet alles onthouden. Ik hoor hier
zoveel verhalen.'

Onzichtbaar voor Duffy balt Kate haar vuisten. Als hij nog een
keer gaat zeggen dat hij zoveel verhalen hoort, gaat ze hem
slaan.

'Kwam hij soms uit *Ghealcnoc?*' vraagt ze met trillende stem.

Duffy staart nadenkend voor zich uit, terwijl Kate op haar lip
bijt om haar ongeduld te bedwingen. Wat een vreselijke man!

'Een prachtige naam, *Ghealcnoc*,' zegt Duffy met een drome-
rige blik in zijn ogen. '*Ghealcnoc*, meidoornheuvel. De schoonheid van Ierland in één woord. Oh, ik herinner me nog de heuvels, doorsneden met muurtjes. De zon die scheen op de
meertjes en de meidoorn, stevig op zijn stam, met de prachtige
witte bloemen. Ons Ierland is zo mooi, maar ik zal het nooit
meer zien.'

'Kwam hij uit *Ghealcnoc* of niet?' vraagt Fergus ruw.

Langzaam schudt Duffy zijn hoofd.

'Nee, die naam zou ik me herinnerd hebben. Hij heeft wel gezegd waar hij vandaan kwam, maar het was niet *Ghealcnoc*, zeker niet.'

'Bedankt, *go raibh maith agat*.'

Kate laat zich van de kruk glijden. Ze wil niet langer naar deze man luisteren. Hij heeft waarschijnlijk alles verteld wat hij weet, maar het heeft haar geen zekerheid gegeven. Toch zou het nog steeds haar vader kunnen zijn. Fergus slaat zijn arm om haar heen en samen lopen ze naar de deur. Weg van die kleine, kale man, de stinkende pub uit. Fergus trekt de deur open.

'Wacht!' roept Duffy. 'Ik weet het weer.'

Kate draait zich om.

'Ja, ik herinner het me weer. Hij zei dat hij uit het westen kwam, uit een klein dorpje in de buurt van Cong. Hij was daar weggegaan omdat zijn vrouw en kind waren gestorven.'

In een paar stappen is Kate terug bij de toog. Hun dorpje *Ghealcnoc* ligt in de buurt van Cong. En vader had hen verlaten toen de aardappelziekte toesloeg, een paar maanden nadat moeder en Séan waren gestorven. Het kan vader wel zijn, het moet haar vader zijn.

'Als hij weer komt, vertel hem dan dat zijn dochter Kate naar hem op zoek is. We wonen in Quebec, Whitechapelstreet 27.'

35

Kate haalt een doek over de tafels van de pub als achter haar de deur opengaat. Connor stapt binnen. Snel loopt ze naar hem toe en slaat haar armen om hem heen. Heerlijk dat Connor vanavond al is gekomen. Dan is hij zeker op tijd voor de bruiloft.

'Kate!' Michaels hoge, heldere stemmetje schalt door de pub. Hij duikt op achter Connor. Kates mond valt open. Daar staat Michael, haar kleine broertje. Ze heeft hem niet meer gezien sinds zij een half jaar geleden naar Grosse Île is gegaan. Ze liet hem toen bleek en mager achter en heeft voortdurend voor hem gebeden, dat haar broers goed voor hem zouden zorgen en dat hij niet ziek zou worden. En nu staat hij hier voor haar. Hij is niet meer zo mager en ook zeker een kop groter dan de laatste keer dat ze hem zag. Zijn ogen sprankelen en hij heeft kleur op zijn wangen, een gezonde rode blos die ze al jaren niet bij hem heeft gezien. Het leven op de boerderij doet hem zichtbaar goed. Ze slaat haar armen om hem heen en knuffelt hem. Hij komt nu al bijna tot aan haar borst. Ze laat hem los om hem opnieuw aan te kijken. Het is Michael, maar hij ziet er zo anders uit. Hij straalt, zoals hij twee jaar geleden deed, voordat de aardappeloogst mislukte. Even sluit ze haar ogen en in stilte dankt ze God dat Hij haar broertje naar haar heeft teruggebracht. Michael, vrolijk, zoals hij was. Connor staat glimlachend naast hen.

'Nora en haar broertjes Martin en John zijn ook meegekomen,' zegt hij.

Zijn stem heeft een speciale klank als hij Nora's naam uitspreekt. Kate lacht naar het meisje. Ze herinnert zich hoe Nora naast haar stond op het dek van de 'Mary Elisabeth', haar donkerbruine haren in scherp contrast met haar spierwitte gezicht.

Ze weet nog hoe Nora's ogen waren gaan stralen toen kapitein Jordan sprak over scheepsbeschuit. Nu ziet ze er, net als Michael en Connor, goed doorvoed uit. Haar gezicht is ronder en ze lijkt in een half jaar meer vrouw te zijn geworden.

'Laten we gaan zitten,' zegt Kate. 'Dan kunnen jullie wat drinken. Jullie zullen wel moe zijn van die lange reis.'

*

Kate kijkt de pub rond naar al die gezichten die haar zo dierbaar zijn. Ze zijn allemaal voor haar gekomen, voor haar en Fergus. Voor hun bruiloft. Nu zitten ze bij elkaar, vertellen elkaar verhalen, proberen in één avond maanden te overbruggen. Maar morgen zal het anders zijn. Dan zal de pub van Paddy en Francis MacCullam gevuld zijn met gezang en gelach. De vloer zal vol staan met dansers, maar Kate zal niet dansen. Ze kan niet samen met Fergus dansen zoals ze dat twee jaar geleden op de *céilí* deed. Bruiden mogen dat niet. Dat heeft moeder haar verteld. Een bruid danst nooit, want zodra haar voeten van de vloer zijn, kunnen de *síogs*, de elfen, haar meenemen naar die andere wereld. Een *síog* is altijd op zoek naar schoonheid en een bruid is de mooiste van het feest. Daarom heeft Kate ook een blauwe trouwjurk en geen groene, hoewel groen prachtig bij haar ogen zou staan en Adelaide daarop aandrong. Maar een groene trouwjurk is een uitnodiging voor de *síogs* die zij op haar huwelijksdag op afstand wil houden. In gedachten verzonken draait ze een streng haar om haar vinger. Misschien zijn er geen *síogs*, in dit land. Het zou kunnen dat de *sidhe* in Ierland zijn gebleven, dat zij hoorden bij haar oude leven, haar leven op de heuvel met de meidoorn aan de oever van het meertje. Niet bij haar nieuwe leven op de zolder van een Ierse pub, duizenden mijlen van huis. Ze zucht zacht en strekt haar hand uit naar Michaels zachte, blonde krullen. Haar broertje hangt half in slaap tegen haar aan, op een vertrouwde manier. Ze streelt zijn haren die nu weer dik en zacht zijn. Haar hand vindt vanzelf de weg naar zijn slaapwarme hoofd. Opeens staat Connor op en komt aan de andere kant van haar zitten.

'Je zou volmaakt gelukkig moeten zijn,' zegt hij.

Iets in zijn stem verraadt dat hij weet dat ze dat niet is. Natuurlijk mist ze vader en moeder op een avond als deze, maar ze heeft een stille hoop dat vader de advertentie heeft gezien en dat hij morgen op tijd in de kerk is. Hij komt en gaat als de wind, had Duffy gezegd. Connor kijkt haar onderzoekend aan. Kate knikt.

'Ik ben heel dankbaar dat God ons allemaal heeft gespaard,' zegt ze. 'Dat wij veilig deze *nieuwe wereld* hebben bereikt en nu allemaal bij elkaar zijn. En morgen trouw ik met Fergus, zodat ons kind binnen het huwelijk geboren zal worden.'

Connor knikt bedachtzaam.

'En daarna?' vraagt hij zacht.

Kate haalt haar schouders op. Na de bruiloft kan ze niet veel meer doen dan Kerstmis en Nieuwjaar vieren en vlak daarna zal haar kindje geboren worden. Over een paar maanden begint de lente en dan vindt Fergus zeker weer een baan in de haven. Tot die tijd zullen ze bij Pat en Adelaide wonen en leven van het geld dat de juwelen opbrengen.

'Dan komt ons kindje.'

Connor knikt.

'Wij werken op de boerderij van Arthur en Becky Campbell, op meer dan een dagreis hier vandaan. Het was voor hen zwaar dat we allemaal weggingen, maar ze begrepen dat we met jouw huwelijk en met Kerstmis bij elkaar wilden zijn. Arthur en Becky zijn oud en ze hebben nooit kinderen mogen krijgen. In de wintermaanden werken er soms wat houthakkers voor hen, maar eigenlijk hebben ze altijd iemand nodig. Een sterke man. Ik doe natuurlijk mijn best, maar ik ben nog niet zo sterk als een volwassen man. En het is voor Nora veel werk om het huis schoon te houden, nu mevrouw Campbell zelf steeds minder kan doen. Mevrouw Campbell zou eigenlijk nog een dienstmeisje moeten hebben, iemand die haar ook kan verplegen, want ze is veel ziek en de dokter verwacht dat ze in de koude wintermaanden veel het bed zal moeten houden.'

Kates hart gaat sneller slaan. Zou Connor bedoelen dat zij en Fergus bij hen kunnen komen wonen en dat ze op de boerderij mogen werken? Fergus zal daar opbloeien. Ze ziet hoeveel moeite het hem kost om in de stad te wonen, om niet de ruimte te hebben om te ademen. En ze merkt dat het steeds moeilijker voor hem wordt om de verleiding van de pub te weerstaan.

'Oh, Connor. Wonen op de boerderij, dat zou heerlijk zijn. Maar we zullen eerst met de boer moeten praten. Misschien wil hij geen jong gezin in dienst nemen.'

Ze legt haar hand op haar ronde buik. Connor glimlacht, een lach die lichtjes in zijn geelgroene ogen tovert.

'Dat heb ik al gedaan, zus. Als de baby geboren is, kunnen jullie komen.'

*

Donderdag 23 december 1847

In de grote passpiegel die Francis McCullam speciaal voor vandaag heeft geleend, kijkt Kate naar zichzelf. De helderblauwe jurk met de ronde rok hangt tot op haar voeten zodat de warme laarzen die ze draagt niet te zien zijn. Door de plooien rond haar middel valt zelfs haar buik niet zo erg op. De witkanten manchetten komen tot halverwege haar handen. Adelaide buigt zich voorover en hangt een eenvoudig wit parelsnoer om Kates hals. Kate herkent het. Het is een half jaar geleden dat Adelaide haar stiekem op het dek van de 'Mary Elisabeth' het mahoniehouten kistje met de sieraden liet zien, maar Kate herinnert zich nog hoe dit parelsnoer om de gouden ring met de rode roos lag, de ring die nu haar trouwring zal zijn. Adelaide strijkt een donkerrode haarlok achter Kates oor en zet hem vast met een speld. Kates krullen zijn met gouden sierspelden opgestoken, zodat ze ouder lijkt dan ze is.

'Je bent een prachtige bruid, Kate!'

Tot Kates verbazing heeft Adelaide tranen in haar ogen. Adelaide buigt zich voorover en kust haar zacht op haar wang. Kate glimlacht. Adelaide heeft haar met alles geholpen, het uitkiezen van de jurk, het opsteken van haar haren en het omdoen van de ketting. Ze heeft alle taken vervuld van een moeder of zus. Kate zucht diep. Vandaag is haar huwelijksdag en ze voelt het gemis van haar moeder scherper dan op andere dagen. De afgelopen weken heeft ze voortdurend gebeden dat vader in ieder geval deze dag bij haar zou zijn, dat ze samen met hem door de kerk zou kunnen lopen. De kale kroegbaas Duffy heeft bezworen dat hij Jim O'Doherty onmiddellijk naar Quebec zou sturen als hij hem zag en Kate heeft advertenties in de *Mercury* en de *Montreal transcript* laten zetten: *Dringend gezocht: James (Jim) O'Doherty, zevenendertig jaar oud, uit Ghealcnoc, county Mayo. Informatie kan worden gestuurd naar: Paddy McCullam, Whitechapelstreet 27, Quebec.* Iedere dag heeft ze Paddy gevraagd of er bericht was, maar hij moest haar steeds teleurstellen. Daarom heeft ze vorige week een nieuwe advertentie laten plaatsen: *Uitnodiging voor James (Jim) O'Doherty voor het bijwonen van de trouwplechtigheid van Fergus Mullan en Kate O'Doherty op donderdag 23 december in de Whitechapel in Quebec.* Misschien, heel misschien, zal vader straks de kerk binnen komen lopen. Haar vader die ze al meer dan twee jaar niet heeft gezien.

Kate brengt haar handen naar de prachtige ketting en betast de kleine witte parels. In de spiegel kijkt ze naar Adelaide die achter haar staat.

'Adelaide, wil je me vertellen hoe je aan die juwelen komt?'

Het is opeens erg belangrijk voor Kate dat ze de herkomst kent van de sieraden die er voor gezorgd hebben dat ze genoeg geld heeft om de bruiloft te betalen. Adelaide buigt het hoofd.

'Dat heb ik je al verteld, Kate. Ze waren van mijn moeder en ik heb ze meegenomen toen onze boerderij werd aangevallen.'

Kate blijft Adelaide strak aankijken in de spiegel. Ze gelooft wel dat Adelaide ze toen heeft meegenomen, maar ze wil weten hoe het kan dat de *bailiff* zulke waardevolle juwelen had. Adelaide kijkt weg.

'*Deirfiúr*, zuster,' zegt Kate zacht.

Opeens begint Adelaide te huilen. Grote tranen druppen over haar ronde gezicht, vallen op de kraag van haar roze jurk. Dezelfde kleur jurk als ze in de kerk in *Ghealcnoc* droeg, jaren geleden. Adelaide is ook weer even dik als toen, maar haar gezicht is veranderd, volwassen geworden, vrouwelijk en zacht.

'Je zult niet willen trouwen als je dat weet,' snikt ze, terwijl ze als een klein meisje in haar ogen wrijft.

Zwijgend begint Kate de parelketting los te maken. Als er een geheim rond de sieraden is, wil ze die niet dragen.

'Stop,' zegt Adelaide. 'Het heeft geen zin om ze niet te gebruiken, nu we ze toch hebben. En we kunnen het verleden niet veranderen. Nooit.'

Kate draait weg van de spiegel en legt haar beide handen op Adelaides schouders.

'Vertel het me,' zegt ze dringend.

Adelaide gaat op een rechte stoel zitten en zucht.

'Je hebt gelijk,' zegt ze. 'Het is beter dat je de waarheid kent, maar ik ben bang dat je mij en mijn familie dan voor altijd zult verachten.'

Kate antwoordt niet. Ze kan niet tegen Adelaide zeggen dat ze Edward al vreselijk verachtte. Niets wat ze over hem hoort zal haar nog slechter over hem kunnen laten denken. De *bailiff* liet zijn pachters creperen, terwijl hij zelf een schuur vol eten had, maar hij was ook de man die haar een zak koeken en appels meegaf nadat ze bij hem hadden ingebroken. Hoe makkelijk had hij Connor en haar toen niet kunnen arresteren. Maar hij koos ervoor om hen naar het armenhuis te laten vertrekken, met twee zakken van zijn eigen voorraad. En de moeder van Adelaide. Kate heeft nooit over haar nagedacht. Ze was een mooie vrouw met dure japonnen en bijzondere sieraden, maar hoe ze werkelijk was, weet Kate niet. Ze heeft het zich ook nooit afgevraagd. Adelaide begint met zachte stem te vertellen: 'De familie van mijn vader woont al generaties lang in Ierland, al mijn voorvaderen hebben als *bailiff* voor de landheer gewerkt. Ze vroegen twee keer per jaar geld aan de pachters van het land, aan Ieren, boeren zoals jullie. Mijn grootvader en mijn vader hebben me altijd verteld dat alle Ieren lui waren, dat ze niets anders deden dan klagen, zingen en kinderen krijgen en dat ze de helft van de tijd dronken waren. Het was de taak van mijn vader en grootvader om die nietsnutten, zoals zij ze noemden, toch aan het werk te houden.'

Kates hele wezen schreeuwt om Adelaide te vertellen hoe verkeerd dit beeld is. Hoe hard haar vader, haar moeder, zij allemaal, van 's morgens vroeg tot 's avonds laat ploeterden op de harde, onvruchtbare grond met constant de dreiging van de pachtbetaling boven hun hoofd. Hoe ze iedere dag weer moesten strijden om te overleven, om voldoende eten te hebben. Maar ze zwijgt. Ze is bang dat Adelaide niets meer zal zeggen als ze haar nu in de rede valt. Adelaide gaat verder met het verhaal: 'Om ervoor te zorgen dat de pachters hard genoeg werkten, hieven mijn voorvaders en later mijn vader een hogere pacht dan de landheer dacht. Rentmeester Bennett wist dat natuurlijk. Mijn vader en hij deelden de winst van de extra pachtheffingen.'

Kate schudt haar hoofd. Al die jaren is haar volk niet alleen door de landheer uitgebuit, maar ook nog door de *bailiff* en de rentmeester, zodat zij in weelde konden leven. Toch weet Kate dat dit niet het volledige verhaal is. Ze kijkt Adelaide recht aan.

'Ik geloof je niet,' zegt ze kalm. 'Van een paar pond extra kunnen nooit zulke juwelen worden gekocht.'

Adelaide staat op van de stoel en spreidt haar handen.

'Hoe kun je dat nu weten? Je bent een pachtersdochter!'

Het klinkt zo neerbuigend dat Kate een stap naar achteren zet. Opeens is Adelaide niet meer de vriendin die haar helpt met alles rond de bruiloft. Ze is de dochter van de *bailiff*. Zelfs hier, in *de nieuwe wereld* zijn ze niet gelijk. Kate trekt de sierspelden uit haar haar zodat de donkerrode krullen los op haar rug vallen. Ze begint de blauwe trouwjurk los te knopen. Adelaide loopt naar haar toe en legt haar handen op die van Kate.

'Niet doen.'

Kate trekt haar handen weg.

'Ik hoef je liefdadigheid niet, Adelaide. Ik trouw wel in mijn eigen jurk.'

'Kate, alsjeblieft,' smeekt Adelaide. 'Zo bedoelde ik het niet. Mijn moeder heeft me altijd gezegd dat de pachtersvrouwen domme boerinnen waren, die niets van kleding en sieraden begrepen. Niemand zou ooit weten dat de juwelen veel te duur waren.'

'Ik heb voor de vrouw van de landheer gewerkt,' zegt Kate.

'Dan weten zelfs domme boerinnen dat jouw sieraden erg kostbaar zijn, veel te duur voor de vrouw van een *bailiff*.'

Adelaide buigt haar hoofd.

'Jij bent niet dom, Kate, en je hebt gelijk. Ik heb je niet de hele waarheid verteld.'

Kate kijkt Adelaide recht aan.

'Vertel het me.'

Adelaide staart naar haar trillende vingers. Dan knikt ze, alsof ze een besluit heeft genomen.

'De sieraden waren van mijn moeder,' zegt Adelaide. Het klinkt alsof ze een bekentenis doet, maar ze zegt niets nieuws.

'Natuurlijk waren ze van je moeder. Dat heb je meteen al gezegd.'

Adelaide schudt het hoofd.

'Laat me alles vertellen, over mijn moeder. Onderbreek me alsjeblieft niet, Kate.'

Kate knikt.

'Goed,' begint Adelaide. 'Wat ik je net vertelde over de extra pachtheffing was waar. Mijn vader, mijn grootvader en overgrootvader deden dat. Ze vonden het heel normaal om dat te doen, maar dat leverde inderdaad niet veel op. Toch deed mijn vader het, en hij probeerde zelfs zoveel mogelijk extra te heffen. Als er een pachter illegaal vis had gevangen, dan deed mijn vader of hij heel vriendelijk was door hem niet uit te zetten, maar

hij rekende wel extra pacht. Tenzij hij dacht dat de pachter de
extra pacht niet kon betalen, dan zette hij hem wel uit.'

Het kost Kate moeite om niets te zeggen. Het is walgelijk om
te horen hoe berekenend de *bailiff* met zijn pachters omging.

'Mijn vader deed dat voor mijn moeder. Om haar mooie jurken en sieraden te geven. Mijn moeder hield veel van juwelen.'

Adelaide zwijgt een kort moment. Dan zegt ze zacht:

'Te veel.'

Adelaide pakt met haar beide handen Kates bovenarmen beet.

'Kate, beloof me dat je dit nooit aan Pat zult vertellen?'

Kate aarzelt. Ze wil heel graag weten waar de sieraden vandaan komen, maar zolang ze de waarheid niet kent, weet ze niet
of ze dat voor Pat wil verbergen. Langzaam schudt ze haar hoofd.

'Dat kan ik niet,' zegt ze.

Adelaide haalt haar schouders op.

'Dat begrijp ik wel. Pat is je broer, maar ik ben bang dat hij op
me neer zal kijken als hij de waarheid weet.

Kate bijt op haar lip om een lachbui te verbergen. Wat een be-
lachelijk idee dat Pat op Adelaide neer zou kijken. Adelaide heeft
het net nog gezegd. Kate is een pachtersdochter, dus Pat is ook
niet meer dan de zoon van een arme aardappelboer, terwijl
Adelaide naar school is geweest en is opgegroeid in luxe.
Adelaide lijkt niet te beseffen dat ze iets vreemds heeft gezegd.
Met zachte stem vertelt ze: 'Mijn moeder is niet Iers. Ze is een
Engelse, geboren in Liverpool. Haar ouders, mijn grootouders,
waren erg rijk en mijn moeder hield als meisje al veel van mooie
spullen. Alles om haar heen moest van de beste kwaliteit zijn en
ze kon het niet verdragen als iemand iets had dat mooier was
dan wat zij had. Ze had een hekel aan andere mooie vrouwen en
was jaloers op de sieraden die zij droegen.'

Adelaide kijkt even voor zich uit.

'Ik heb dit verhaal van mijn grootmoeder gehoord, de moeder van mijn vader. De ouders van mijn moeder heb ik nooit gezien. Zij zijn nooit naar Ierland gekomen en wilden niets meer
met mijn moeder te maken hebben.'

'Waarom niet?'

'Die sieraden, die juwelen, die heeft mijn moeder gestolen.'

Kate kijkt op.

'Gestolen?' herhaalt ze.

Adelaide knikt beschaamd.

'Ja, van vriendinnen, van familie. Ik heb begrepen dat mijn moeder dat jarenlang heeft gedaan. Ze kon de juwelen natuurlijk niet dragen, want dan zou het meteen uitkomen, maar ze kon het niet hebben dat een andere vrouw ze had. Maar op een dag zag mijn grootmoeder dat ze een broche stal van een nicht. Toen is mijn grootmoeder in haar kamer gaan zoeken en ze vond juwelen die niet van mijn moeder waren. Mijn grootvader was woedend en wilde niets meer met zijn dochter te maken hebben. De gevonden juwelen gaf hij terug aan de vrouwen van zijn vrienden en aan zijn zusters, want zelfs van hen had mijn moeder gestolen. Er werd natuurlijk over gesproken en mijn grootvader kon maar één ding doen; mijn moeder wegsturen. Alleen als mijn moeder wegging en beloofde nooit meer terug naar Liverpool te komen, zou mijn grootvader geen aangifte tegen haar doen. Mijn moeder was toen zestien en ze moest trouwen met mijn vader, hoewel ze hem nog nooit had gezien. Mijn moeder was zelfs nog nooit in Ierland geweest. Mijn vader was toen al dertig en op zoek naar een vrouw. Toen mijn moeder naar Ierland kwam, bleek dat ze veel juwelen bij zich had. Mijn grootmoeder had lang niet alles gevonden, want mijn moeder had de juwelen op verschillende plaatsen verstopt. Mijn moeder koesterde de sieraden die ze had. Ze kon er hele dagen naar staren. En mijn vader hief dus extra pacht om haar af en toe wat nieuwe sieraden en japonnen te kunnen geven.'

Adelaide zwijgt. Kate sluit even haar ogen. Ze probeert te bevatten wat ze net gehoord heeft. De mooie vrouw van de *bailiff*, de moeder van Adelaide en Edward was een dief, een juwelendief. Edward voelde zich altijd zo boven haar, Kate, verheven omdat zij arm was en hij rijk en Engels, maar hij was al die tijd een dievenzoon, veel verachtelijker dan de dochter van een hardwerkende boer. Kate kijkt naar Adelaide die met een schuwe blik in haar ogen voor haar staat. Kate zet een stap naar haar toe en legt een hand op haar schouder.

'Jij bent je moeder niet.'

Adelaide schudt haar hoofd.

'Nee, maar ik heb wel haar sieraden meegenomen.'

Kate geeft geen antwoord. Ze kijkt naar haar handen. Straks zal Fergus een ring om haar vinger schuiven, een gestolen ring. Moet ze dat wel doen? Maar wat moeten ze anders met de juwelen? Ze kunnen ze ook niet teruggeven. Adelaides moeder heeft ze jaren geleden gestolen van andere rijke Engelsen, die er geen hap minder om zullen eten. En Kate en Adelaide kunnen er nu van leven, hier aan de andere kant van de wereld. Toch is het vreemd om dat te doen met gestolen sieraden. Kate begrijpt opeens waarom Adelaide zelf is gaan werken bij de bakkerij, waarom ze Pat ook niets van het mahoniehouten kistje heeft verteld. Zij schaamt zich vreselijk voor de afkomst ervan, maar ze is wel zo verstandig dat ze inziet dat ze het af en toe moet gebruiken, voor noodgevallen. Dan kan ze over de afschuw die ze voelt heenstappen. Dat zou zij, Kate, ook moeten doen. Vooruit kijken, naar een leven met Fergus en haar kindje. Adelaide pakt de borstel op. Zonder iets te zeggen gaat ze achter Kate staan en begint haar haren opnieuw te borstelen.

*

Aan de arm van Pat schrijdt Kate over het middenpad de kleine witte kerk binnen. De achterste banken zijn leeg en het is koud in de kerk, maar vooraan zit iedereen die haar lief is. Connor, Michael, Nora, Martin en John bezetten de voorste bank. Achter hen zitten Maggie, Rebecca, Paddy en Francis McCullam. Daarachter zitten verschillende klanten van de pub. Wat afzijdig van hen zit Robert Berger, onberispelijk gekleed in een donker pak. Hij valt uit de toon, maar lijkt zich daar niet ongemakkelijk onder te voelen. Met een warme glimlach kijkt hij hoe ze voorbij loopt. Kate vangt de blik van Rebecca. De oudere vrouw knikt naar haar. Plotseling is daar het gemis van haar moeder. Haar eigen, lieve moeder zou zo trots op haar geweest zijn. Moeder heeft er wel eens over gesproken. Ze had Kate willen zien trouwen in hun kleine natuurstenen kerkje vlakbij *Ghealcnoc*, in de donkerrode gebreide trouwjurk waar moeder zelf ook in is getrouwd. Maar in plaats daarvan trouwt ze hier, in dit koude, vreemde land, zonder haar moeder, zonder haar vader. Hoewel hij, als God haar genadig is, misschien nog wel zal komen naar deze trouwdienst. Vader kan zelf niet lezen, maar hij kan in de kroeg van Duffy zijn geweest of iemand kan hem de uitnodiging hebben voorgelezen. En dan kan hij komen. Dat kan nog. Kate knippert tegen haar tranen. Als ze vooraan in de kerk staan, laat Pat haar los. Hij gebaart naar Fergus die in een keurig net zwart pak voor in de kerk staat. Fergus draagt zelfs een strik om zijn hals. Kate heeft hem nog nooit zo gezien en ze glimlacht. Daar staat hij, haar man! Vader Green, de priester die ook op Grosse Île werkte, is speciaal voor de bruiloft uit Drummondville gekomen. Kate heeft hem de afgelopen weken niet meer gezien, maar hij ziet er anders uit dan ze zich herinnert. Zijn haar is nog even grijs, maar zijn wangen zijn niet langer vaal. Er liggen kleine rode blosjes op. Hij glimlacht haar toe. Dan draait hij zich naar de mensen in de kerkbanken en heet hen hartelijk welkom. Kate hoort de woorden wel die hij uitspreekt, maar ze dringen niet tot haar door. Ze kijkt naar de mensen die voor haar en Fergus hier naartoe zijn gekomen. Ze zitten stijf rechtop in de kerkbanken, in hun beste kleren en met gesteven kragen. Niemand heeft iets gezegd over de baby die ze overduidelijk verwacht, het kindje dat over een paar weken geboren zal worden. Ook vader Green zwijgt erover, hoewel hij de bolling onder de blauwe jurk gezien moet hebben. Vader Green slaat zijn bijbel open en begint te lezen: 'De liefde is geduldig en vol goedheid. De liefde kent geen afgunst, geen ijdel vertoon en geen zelfgenoegzaamheid. Ze is niet grof en niet zelfzuchtig, ze laat zich niet boos maken en rekent het kwaad niet aan, ze verheugt zich niet over het onrecht maar vindt vreugde in de waarheid. Alles verdraagt ze, alles gelooft ze, alles hoopt ze, in alles volhardt ze.'

Kate kijkt opzij naar Fergus, naar zijn lieve, krachtige gezicht dat ze al haar hele leven kent. Nog enkele momenten, dan zal hij haar man zijn en over een paar weken wordt hij de vader van haar kind. Ze hoort een krakend geluid en werpt een vlugge blik over haar schouder. De kerkdeur gaat langzaam open. Ze houdt haar adem in. Zou het kunnen, zou het mogelijk zijn dat vader, nu ze luistert naar het woord van haar hemelse Vader, toch de kerk binnenkomt? Een gebogen man met grijs haar en een pet tot ver over zijn ogen getrokken komt de kerk in. Vader Green zwijgt en alle gezichten draaien zich naar de man. Hij zet zijn pet af. Kate laat haar adem ontsnappen. Het is haar vader niet. Het is de oude Johnny Baxter, die vaak hele avonden in Paddy's pub zit. Fergus pakt haar hand. Haar vingers vlechten zich door die van hem. Vader Green legt twee ringen op de opengeslagen bijbel op tafel, een gladde gouden ring en de ring met de rode roos. Hij heft zijn armen en zegt: 'Goede Vader in de hemel, dank voor al het goede dat U hebt gebracht. Dat U deze man en vrouw samen hebt gebracht en hen hier naartoe hebt geleid. Zegen hun levens, die nu voor eeuwig verstrengeld zijn als de vingers van hun handen. Amen.'

Hij kijkt Fergus recht aan en vraagt met ernstige stem: Fergus Mullan, beloof jij Kate O'Doherty als vrouw in je leven te ontvangen, beloof je haar lief te hebben en trouw te zijn, haar te eerbiedigen en bij te staan door alle beproevingen in het leven, in goede en kwade dagen, in rijkdom en in armoede, in gezondheid en in ziekte? En beloof je te leven in de geest van God totdat de dood jullie scheidt? Wat is daarop jouw antwoord?'

Fergus draait zich naar Kate en glimlacht, een tedere lach die de harde lijnen van zijn gezicht verzacht. Heel kort streelt hij met zijn duim over haar hand. Dan zegt hij met luide, heldere stem: 'Dat beloof ik.'

Vader Green stelt zijn vraag aan Kate. De woorden kabbelen over haar heen terwijl ze naar Fergus kijkt, naar zijn zwarte krullen, de harde kaaklijn, het rafelige litteken over zijn wang en zijn donkerbruine ogen die vol liefde op haar gericht zijn. Fergus Mullan, haar man, vader van haar kind, haar beschermer en trooster, haar vechter, Ierlands strijder. Hier staat ze nu, in Canada. Zo ver van huis, zo ver van het vertrouwde kerkje thuis, zonder haar vader en moeder, zonder Eileen en Thomas Mullan. Fergus heeft zelfs helemaal geen familie in dit grote land. Zij, Kate, is nu zijn familie. Ze haalt diep adem en zegt duidelijk: 'Dat beloof ik.'

36

Kate draait zich op haar andere zij en trekt haar benen op. Ze is moe na de bruiloft van gisteren en de uitgebreide kerstmaaltijd van vanavond. Het was heerlijk om met iedereen bij elkaar te zijn, Michael te kunnen omhelzen, met Connor te kunnen praten en lekker te kunnen eten. Maar de *colcannon* die Francis had klaargemaakt ligt nu zwaar op haar maag. Ze legt haar hand op haar buik. Het kindje trapt flink en ze kreunt. Stil blijft ze liggen. Ze hoort de klok van de Whitechapel slaan en telt de slagen. Elf uur. Ze begrijpt niet waarom ze niet kan slapen. Ze gaat op haar rug liggen, maar dat ligt niet lekker. Ze draait terug op haar zij.

'Wat is er, *stóir?*' vraagt Fergus slaperig.

Kate schudt haar hoofd.

'Te veel gegeten, denk ik,' antwoordt Kate.

Te veel gegeten! Dat zij dat ooit zou kunnen zeggen. Vorig jaar sleepte ze zichzelf over wegen en paden op weg naar een hap eten en zacht gras om haar vermoeide hoofd op neer te leggen. En nu steekt haar buik omdat ze twee borden *colcannon* op heeft. De kool komt omhoog en ze klemt haar lippen op elkaar om niet te spugen. Kate gaat overeind zitten. Ze voelt zich onrustig en zou wat rond willen lopen, maar de zolder ligt vol slapende mensen. Connor, Michael, Nora, Martin en John slapen allemaal op de zolder. Ze blijven tot de dag na kerst, dan zullen ze terugreizen naar de boerderij van de Campbells. Het kindje in Kates buik trapt opnieuw en ze duwt haar beide handen tegen haar onderbuik. Hij trapt wel erg hard. Ze veegt over haar voorhoofd en voelt dat dat klam is. Opeens denkt ze aan moeder. Hoe moeder in de kerk zat, de dag voordat Séan werd geboren. Met haar handen tegen haar onderbuik gedrukt en zweet parelend op haar voorhoofd. 'Er is niets,' had moeder gezegd. 'De baby schopte gewoon hard.' Maar Connor had zijn hand op moeders buik gelegd en gezegd dat hun broertje geboren wilde worden. Connor had gelijk gekregen. De kleine Séan was geboren, veel te vroeg. En ook weer gestorven. Kate kijkt naar de matras waar Connor op ligt. De streep maanlicht die door het schuine zolderraam naar binnen valt, schijnt precies op Connors lichtoranje haar. Het lijkt of hij voelt dat ze naar hem kijkt, want hij opent zijn ogen en kijkt haar recht aan. Dan komt hij overeind, met zekere bewegingen alsof hij niet net uit een diepe slaap is ontwaakt. Hij gaat naast haar op het bed zitten.

'Wil je dat ik Rebecca en Maggie ga halen?'

'Waarom?' vraagt Fergus, half in slaap. 'Omdat Kate te veel heeft gegeten?'

'Nee.'

Connor legt niets uit, maar zijn rustige zekerheid bevestigt wat Kate diep in haar hart al weet. Haar kindje schopt niet hard, het is niet de *colcannon*. Het is tijd voor het kindje. Een paar weken eerder dan ze had verwacht. Haar hart gaat sneller slaan en tegelijkertijd rilt ze. Ze gaat een kind krijgen, een kerstkind. En hier op zolder is niemand die haar daarmee kan helpen. Connor wacht haar antwoord niet af, maar staat op van het bed.

'Ik loop naar de bakker en dan maak ik Rebecca en Maggie wakker. Daarna zal ik de matrassen beneden in de pub leggen. Dan kunnen wij daar verder slapen, terwijl jij boven bent. Het komt goed, Kate. Het komt allemaal goed.'

Kate hoort Connor wel praten, maar ze weet niet precies wat hij zegt, alleen dat hij het allemaal zal regelen. Haar buik trekt samen als vuisten die gebald worden en ze buigt zich voorover. Ze herinnert zich dat moeder haar adem met korte pufjes uitblies. Kate probeert het ook. Het voelt vreemd om zo te hijgen, maar het helpt. De pijn die haar buik lijkt te scheuren wordt minder. 'Oh, heilige Moeder Gods,' prevelt ze. 'Ik krijg een kind met kerstmis, net als U. Sta me bij!'

Kate buigt zich over het kleine bundeltje in haar armen. Ze duwt haar neus in de plakkerige donkere haartjes en snuift de heerlijke babygeur op. Met een vinger streelt ze heel voorzichtig over het zachte wangetje. Twee heldere donkere oogjes kijken haar recht aan. Ze tuit haar lippen en kust het kindje op haar kleine bolletje. Fergus komt naast haar zitten, zijn ogen zacht en vol liefde.

'Daar is ze dan, Kate. Ons kind.'

Kate knikt met tranen in haar ogen.

'Ja,' zegt ze zacht. 'Mary-Roisin, onze Rose.'

Ze staart door het schuine zolderraam naar buiten. De Canadese hemel kleurt langzaam licht. Het is kerstmis. Een traan glijdt over haar wang. Ze heeft haar dochtertje natuurlijk vernoemd naar Maria, de Heilige Maagd, moeder van Jezus en naar haar eigen moeder, Roisin. Wat zou ze Rose graag aan haar moeder hebben laten zien. Moeder zou zo trots zijn geweest op dit meisje, zo klein, maar helemaal compleet, met prachtige donkere haren en donkere ogen. Haar kindje, hun baby. Maar moeder is dood, begraven op het kerkhof in *Ghealcnoc* aan de andere kant van de oceaan, duizenden mijlen bij haar vandaan. De deur gaat open en Connor, Nora en Michael komen binnen. Kate glimlacht. Michael loopt meteen naar het kindje toe en kijkt in de omslagdoek.

'Wat is hij klein!'

'Zij,' zegt Kate zacht. 'Het is een meisje, Rose.'

Michael kijkt nog eens, haalt zijn schouders op en zegt: 'Ik had liever een jongetje gewild.'

Kate bijt op haar lip. Ze herinnert zich hoe ze zelf heeft gebeden om een zusje toen moeder in verwachting was van Michael en later van Séan. Maar beide keren kreeg ze een broertje in plaats van het zusje waar ze zo op had gehoopt. God had haar gebeden toen niet verhoord, maar nu heeft hij haar een dochter gegeven. Een dochter, een meisje, Rose. Ze hoort de zoldertrap kraken en herkent de vlugge stappen van Pat. De deur gaat open en haar oudste broer staat in de deuropening. Ze glimlacht. Wat is God goed geweest dat hij Rose nu heeft laten komen, nu al haar broers bij haar zijn. Als Rose twee dagen later zou zijn geboren, waren Michael en Connor weer weggeweest. Pat lacht niet terug. Hij heeft een vreemde, geschokte uitdrukking op zijn gezicht.

'Kate.'

Zijn stem klinkt schor. Hij doet een stap opzij. Schuin achter hem, nauwelijks zichtbaar in de donkere hal, staat een man. Zijn rug is wat gebogen en zijn gezicht is verborgen in de schaduw. Langzaam loopt de man naar voren. Als hij in het ochtendlicht staat dat door het zolderraam naar binnen valt begint Kate te trillen. Ze klemt haar dochtertje dicht tegen zich aan. De man ziet er verlopen uit. Hij draagt een vale jas en heeft een groezelige pet op. Daaronder vandaan komen lichte krullen. Voor zijn rechteroog draagt hij een ooglap. Een vreemde, vuile man, maar toch komt hij haar bekend voor.

'Kate?' fluistert de man.

Met voorzichtige passen loopt hij naar het bed toe, traag alsof iedere stap maanden van onzekerheid en ontbering moet overbruggen.

'Iemand vertelde me van de advertentie in de *Montreal transcript*. Ik was in Montreal, maar ik moest naar jullie toe. Ik ben gaan lopen naar Quebec. Soms kon ik een stukje meerijden in een rijtuig, maar meestal liep ik, dagen en dagen achtereen. Ik kwam te laat voor de bruiloft.'

Kate snakt naar adem. Deze vervuilde, oude man, met het vieze lapje voor zijn oog kan haar vader toch niet zijn? Maar die stem, zijn stem. Connor loopt naar de man toe en strekt zijn armen naar hem uit. De man zet een stap vooruit en laat zich tegen Connor aan vallen.

'Connor, mijn kind!' roept hij uit. 'God is genadig. Mijn kind.'

Pat komt ook dichterbij en laat zich door de man in de omhelzing trekken. Kate kijkt naar de drie mannen, bijna alsof het vreemden zijn. Ze kan niet bevatten dat het echt haar vader is die daar staat. De kleine Rose begint te huilen, met zachte maar indringende geluidjes. Kate buigt zich over haar dochter en drukt haar tegen zich aan, haar hand beschermend om het ronde hoofdje. Het kleine meisje stopt met huilen. Vader maakt zich los uit de omhelzing van Pat en Connor. Hij loopt naar het bed en knielt bij Kate. Hij zegt niets, maar staart van Kate naar het kleine meisje. Dan glimlacht hij en onder het vuile, ongeschoren gezicht ziet Kate de vader die hij was. Ze strekt een hand naar hem uit en hij grijpt die. Ze voelt de ruwheid, het eelt. Toch zijn dit de handen die teder een strijkstok vast kunnen houden, die hemelse muziek kunnen maken. Kate kijkt naar het kleine meisje, van wie de oogjes langzaam dichtvallen.

'Dit is mijn dochter.'

Vaders ene oog wordt groot. Kate moet haar hoofd afwenden om niet naar het vieze lapje voor zijn andere oog te staren. Duffy had gezegd dat hij door een visser in elkaar was geslagen, maar David had daar niets over verteld. Maar op zijn sterfbed zei hij 'net als met je vader'. Kate dacht toen dat ze het verkeerd verstaan had. Maar daar wil ze nu niet aan denken.

'U bent grootvader,' zegt ze zacht.

'Grootvader,' herhaalt hij met trillende stem.

Kate knikt.

'Ze heet Mary-Roisin, naar moeder.'

Er glijdt een trek van diep verdriet over het gegroefde gezicht van vader.

'Je moeder,' zucht hij. 'God hebbe haar ziel. Ik verdiende de dood, niet zij.'

Connor legt zijn hand op vaders schouder.

'Niet doen, vader,' zegt hij. 'We praten niet over de dood. Wij vieren het leven, het nieuwe leven, de geboorte van Rose.'

Rebecca kucht en gaat staan.

'Willen jullie allemaal naar beneden gaan? Kate en de kleine Rose moeten rusten.'

Ze zet haar beide handen in haar zij. Vader springt overeind, sneller dan Kate ooit van een oude man had verwacht. Met zijn armen afwerend voor zich uitgestrekt deinst hij naar achteren, bij Rebecca vandaan.

'Nee,' kreunt hij. 'Oh nee, Roisin!'

Trillend over zijn hele lichaam laat hij zich op zijn knieën vallen.

'Oh, Roisin, mijn lieve Roisin, vergeef me, toe, vergeef me.'

Hij kruipt naar Rebecca toe en pakt haar enkels beet. Rebecca kijkt naar beneden, naar de man die nederig aan haar voeten geknield ligt. Kate wendt haar gezicht af. Het is pijnlijk om haar vader zo te zien, maar ze begrijpt zijn angst en de verwarring. Vader voelt zich schuldig aan de dood van moeder omdat hij haar geslagen had toen ze zijn kind droeg. En Rebecca lijkt zoveel op moeder, zoals ze daar staat met haar handen in haar zij dat het lijkt of moeder voor hem staat, alsof het hele gezin herenigd is op de zolderkamer boven de pub.

'Vader,' zegt Kate zacht. 'Dit is moeder niet. Dit is Rebecca Farrell. Ze komt uit Ballinsloe, *county* Sligo. Ik heb haar ontmoet op het schip waarmee we hier zijn gekomen.'

Vader komt overeind, zijn ogen staan verwilderd. Zoveel maanden, zoveel gebeurtenissen, zoveel doden en zoveel nieuwe vriendschappen liggen tussen de dag dat vader hun *bothán* verliet en dit moment. Connor loopt naar vader toe en zegt: 'Kom, vader. Kate en Rose moeten rusten. Wij gaan allemaal naar beneden.'

Nora gehoorzaamt Connor en loopt naar de deur toe. Ze komt vlak langs vader. Vader kijkt haar verward aan, een diepe frons boven zijn wenkbrauwen.

'Ik heb jou eerder gezien!' roept hij uit. 'Maar je komt niet uit *Ghealcnoc*.'

Nora schudt haar hoofd.

'Nee,' zegt ze. 'Ik ben Nora Murphy uit Claddagh in *county* Galway.'

Ze strekt haar hand uit. Vader wil haar de hand drukken, maar zijn arm blijft in de lucht hangen. Hij staart naar de ring om

Nora's vinger, de claddaghring met het gekroonde hartje gevouwen in twee zorgzame handen. 'Het hart voor liefde, de kroon voor trouw en de handen voor vriendschap, maar een eerbare *spailpín*, een arme man die gewoon vraagt om een baantje half blind slaan,' mompelt vader. Nora wordt plotseling vuurrood, blijkbaar getroffen door een herinnering. Connor slaat een arm om Nora heen, troostend, zijn lichaam beschermend tussen Nora en vader in. Rebecca zet een stap naar voren. Ze legt vrijmoedig een hand op vaders schouder en duwt hem zacht de kamer uit. Vader laat zich sturen door de vrouw die zo op moeder lijkt.

'Nu moet iedereen echt naar beneden,' zegt Rebecca beslist. 'Kom mensen, de kraamvrouw heeft rust nodig!'

Kate kijkt toe hoe iedereen de zolderkamer verlaat. Ze voelt zich onzeker, onwennig na het weerzien met vader, dat zo heel anders verliep dan ze had gehoopt. Ze had gedroomd van een vader die een eerzaam bestaan had opgebouwd in *de nieuwe wereld*. Ze dacht aan een boerderij, waar ze met zijn allen zouden kunnen wonen, maar hij lijkt een verlopen zwerver te zijn geworden, half blind geslagen door David Murphy, de man die haar leven heeft gered toen Edward Harrison haar probeerde te vermoorden. En ze weet nu wat hij haar wilde vertellen op zijn sterfbed. Maar God had David bij zich genomen voor hij haar meer over haar vader kon vertellen. Ze vraagt zich af of Nora wist dat de man die haar vader in Claddagh in elkaar had geslagen Connors vader was. Connor wist het. Kate zag het aan de rust, de vanzelfsprekendheid, waarmee hij tussen vader en Nora in ging staan, alsof hij Nora wilde beschermen tegen zijn halfblinde vader. En nu is vader hier in haar huis. Kate kijkt opzij naar Fergus. Ze wil van alles zeggen, maar haar hart is te vol om het in woorden te vertalen. Fergus kust haar.

'Het komt goed, Kate,' zegt hij zacht. 'We vinden wel een plek voor je vader. Hij heeft zijn gezin terug, hij is grootvader. Misschien is de liefde van zijn bloed genoeg om hem van de drank te houden. Als we daarvoor bidden.'

Kate knikt en kijkt neer op het slapende meisje in haar armen, haar dochter. En zij is vaders dochter. Liefde is genoeg, het moet genoeg zijn. Opeens pakt Fergus haar arm.

'Luister,' zegt hij zacht.

Van beneden klinkt tedere muziek. Iemand streelt een viool met alle liefde die hij in zich heeft.

'Vader,' zegt Kate zacht.

Een fluit valt in, volgt de viool in zijn spel, twee instrumenten die één lijken te worden in een oude, vertrouwde melodie. Het lied dat moeder altijd voor haar zong voordat ze ging slapen. Nu hoort ze een koor van stemmen. Vaders stem, nog altijd zuiver, klinkt er bovenuit.

An bhfaca tú mo Maire-Roisin
Mo chroí, mo cailín beag

Heb je mijn Rose gezien, mijn liefste schat, mijn kleine meisje? Kates tranen rollen over haar wangen, vallen op de dikke gebreide omslagdoek waarin ze Rose heeft gewikkeld. Ze klemt het warme, slapende bundeltje tegen haar borst. Fergus slaat zijn arm om haar heen en kust haar teder. Ze glimlacht. Liefde is genoeg.

Verklarende woordenlijst

an droch-thinneas	letterlijk vertaald, de slechte ziekte. Vlek- **| 347** tyfus, een heel besmettelijke ziekte, over- gebracht door luizen
bailiff	opzichter, die de uitzettingen regelde en die belast was met toezicht op de akkers. Hij werkte in opdracht van de (vaak in En- geland wonende) landheer
banshee	in het wit geklede, jammerende vrouwelij- ke geest, die de dood aankondigt
bhastaird	rotzak
bodhrán	traditionele Ierse trommel
bothán	hut, eenvoudig huisje
Boireann	een karstlandschap (kalksteen) in het noordwesten van *county* Clare
cailín	vriendin
cailleach	feeks
céilí	Ierse dansbijeenkomst
cinniúint	noodlot
cladhaire	lafaard
colcannon	traditionele stamppot van kool en aardap- pelen
Cong	plaats in Ierland, in *county* Mayo waar Kate vlakbij woonde
county	graafschap
county Mayo	het graafschap in Ierland waar Kate woonde
de nieuwe wereld	Amerika
Dia dhuit ar maidin	Goedemorgen
Dia's muire dhuit	Goedemorgen
dhaidí	vader
diadhuit	God zij met je

deirfiúr	zuster
Ego te absolvo a	Ik ontsla u van uw zonden in de Naam van
peccatis tuis in	de Vader en de Zoon en de Heilige Geest.
nomine Patris et	Amen.
Filii et Spiritus Sancti. Amen	

Erin Go Bragh	strijdkreet, Ierland voor altijd
fiabhras dubh	vlektyfus
gabh suas ort fein	rot op
gaelacha	Ierse verpleegster, vrouw met enige kennis van traditionele geneeswijzen
ghaoil	schat
Ghealcnoc	letterlijk vertaald: meidoornheuvel, het dorpje waar Kate woonde
go mo leithscéal	neem me niet kwalijk
go raibh maith agat	bedankt
jig	Ierse volksdans
leipreachán	dwerg
mhamaí	mamma
Michael bheag	lieve, kleine Michael
moladh le Dia	God zij geloofd
poitín	illegaal gestookte Ierse whiskey, gemaakt van aardappelen of graan
ráiméis	onzin
reel	traditionele Ierse dans
rua	rode, met het rode haar
Sasanach	Engelsen
scailpeen	schuilplaats
sidhe	schepsels uit de 'andere wereld', zoals dwergen en trollen
síog	elf, iemand van het kleine volkje
slane	halve spade waarmee aardappels gerooid werden
slore	sloerie
spailpín	reizende boeren, die waren weggestuurd van hun eigen land. Zij reisden van dorp naar dorp voor hand- en spandiensten.

stóirín/stóir	lieverd
Tuam	plaats in Ierland waar het armenhuis stond waar Kate Michael heeft achtergelaten
ùmaidh	rotzak
Van Diemens land	vroegere benaming voor Tasmanië. Veel Ieren (onder wie veroordeelde misdadigers) werden op gammele boten daarnaartoe gestuurd. De meesten keerden nooit naar Ierland terug

Wil je weten wat er aan Rose voorafging?
Lees dan van dezelfde auteur:

Kate

De jonge Kate O'Doherty woont met haar ouders en broers in een eenvoudig pachtershuisje op een groene heuvel in het westen van Ierland. Haar vader werkt voor een rijke, Engelse landheer, die zijn pachters zo weinig betaalt dat ze er niet van kunnen leven. Op een morgen mishandelt Kates vader in een dronken bui haar moeder, die in verwachting is. Dat is het einde van Kates jeugd. In een door honger en ziekte geteisterd land moet ze keuzes maken die zelfs voor volwassenen onmogelijk zijn.

Een bloedmooie roman over een meisje dat probeert te overleven onder erbarmelijke omstandigheden.

'Ineke Kraijo schreef een indrukwekkend boek. Het verhaal boeit, mede door het grote inlevingsvermogen van Kraijo. Ze schrijft soepel en met vaart, waardoor de lezer vanaf het begin wordt meegetrokken in het verhaal. Met haar eerste Young adult roman laat Kraijo haar talent zien.' – *Nederlands Dagblad*

ISBN 978 90 239 9409 1
336 blz.
€ 14,90

Ook verkrijgbaar als e-book
ISBN 978 90 239 2015 1
€ 5,99